20.000 LÉGUAS SUBMARINAS

JULES VERNE

www.editorapedaletra.com.br
(11) 3733-0404 / 3687-7198

Projeto gráfico: Quatria Comunicação
Tradução: Lívia Bono

Equipe editorial
Gustavo Mendes - Capa
Karina Diniz - Diagramação
Marcos Reis - Revisão

Dados Internacionais de Catalogação na Publicação (CIP)
(eDOC BRASIL, Belo Horizonte/MG)

Verne, Jules, 1828-1905.
V531v 20.000 léguas submarinas / Jules Verne; tradutora Lívia Bono. – Cotia (SP): Pé da Letra, 2018.
296 p. : il. ; 16 x 23 cm

Título original: 20000 Leagues Under The Sea
ISBN 978-85-9520-120-0

1. Ficção francesa. 2. Literatura francesa – Romance. I. Bono, Lívia. II. Título.
CDD 843

Elaborado por Maurício Amormino Júnior – CRB6/2422

20.000 LÉGUAS SUBMARINAS

JULES VERNE

1ª Edição

Cotia, 2018

PÉ DA LETRA EDITORA E DISTRIBUIDORA

Parte um

Capítulo 1
Um coral que se move

O ano de 1866 foi marcado por um incidente notável, um fenômeno misterioso e intrigante, que, sem dúvida, ainda não foi esquecido por ninguém. Sem falar nos rumores que agitaram a população marítima e instigaram a mente do público, até mesmo no interior dos continentes, com os marinheiros particularmente excitados. Mercadores, marujos comuns, capitães de embarcações, comandantes da Europa e da América, oficiais navais de todos os países e os Governos de diversos Estados, em ambos os continentes, ficaram profundamente interessados no assunto.

Já fazia algum tempo que as embarcações encontravam uma "coisa enorme", um objeto longo, com um formato de fuso de uma roca, ocasionalmente fosforescente, e infinitamente maior e com movimentos mais rápidos do que uma baleia.

Os fatos relativos a tal aparição (escritos em diversos diários de bordo) concordavam quanto à maioria dos aspectos relativos ao formato do objeto ou da criatura em questão, à rapidez incansável de seus movimentos, seus surpreendentes poderes de locomoção e a vida peculiar com a qual parecia ter sido agraciado. Se fosse uma baleia, seu tamanho superava o de todas até então classificadas pela ciência. Levando-se em consideração a média das observações feitas em diferentes momentos – rejeitando-se a estimativa tímida dos que atribuíram ao objeto um comprimento de sessenta metros, assim como as opiniões exageradas que o deram um quilômetro e meio de largura e cinco de comprimento -, podemos concluir razoavelmente que este misterioso ser ultrapassava em muito todas as dimensões admitidas pelos eruditos da época, se é que existia de fato. E era inegável que existia, mesmo; e, com a tendência da mente humana a favor do fantástico, podemos compreender a emoção que produziu no mundo inteiro esta aparição sobrenatural. Quanto a classificá-la na lista de fábulas, a ideia estava fora de questão.

No dia 20 de julho de 1866, o barco a vapor Governador Higginson, da Companhia de Navegação a Vapor Calcutá e Burnach, encontrou esta massa que se movia, a oito quilômetros de distância da costa leste da Austrália. O Capitão Baker primeiro pensou que estava na presença de um banco de areia desconhecido; até se preparou para determinar a posição exata do mesmo, quando duas colunas d'água, projetadas pelo misterioso objeto, ascenderam sibilando quase cinquenta metros. Agora, a não ser que o banco de areia tivesse sido submetido à erupção intermitente de um gêiser, o Governador Higginson estava lidando com nada mais, nada menos, do que um mamífero aquático, até então desconhecido, que expelia de suas ventas colunas d'água misturadas com ar e vapor.

Fatos semelhantes foram observados no dia 23 de julho do mesmo ano, no Oceano Pacífico, pela embarcação Colombo, pertencente à Companhia de Navegação a Vapor das Índias Ocidentais e do Pacífico. Mas esta criatura extraordinária conseguia mover-se de um lugar para o outro com uma velocidade surpreendente, visto que, em um intervalo de três dias, as embarcações Governador Higginson e Colombo a observaram em dois pontos diferentes da carta náutica, separadas por uma distância de mais de setecentas léguas náuticas.

Quinze dias depois, a trezentos e vinte quilômetros de distância daquele local, o Helvética, da Compagnie-Nationale, e o Shannon, da Companhia de Navios a Vapor do Correio Britânico, que viajavam a barlavento naquela parte do Oceano Atlântico que fica entre os Estados Unidos e a Europa, avisaram um ao outro sobre o monstro, em 42° 15' de latitude norte e 60° 35' de longitude oeste. Nessas observações simultâneas, ambos acreditaram estar corretos ao estimar o comprimento mínimo do mamífero como sendo mais de cem metros, visto que o Shannon e o Helvetia tinham dimensões menores do que as dele, apesar de medirem noventa metros no total.

Contudo, as maiores das baleias, que frequentam aquelas partes do mar ao redor das ilhas Aleutas, Kulammak e Umgullich, jamais haviam medido mais do que cinquenta e cinco metros, se tanto.

Em todos os lugares de importância, o monstro era o assunto da vez. Canções eram cantadas sobre ele nas cafeterias, os jornais o ridicularizavam e as peças de teatro o representavam. Todo tipo de história era circulada sobre ele. Nos jornais, apareciam caricaturas de toda criatura gigantesca e imaginária, desde a baleia branca, a terrível "Moby Dick" das regiões subárticas, até o imenso kraken, cujos tentáculos conseguiam agarrar um navio de quinhentas toneladas e o carregar até os abismos do oceano. Até mesmo as lendas dos tempos antigos foram ressuscitadas.

Então, irromperam as discussões intermináveis entre os crentes e os descrentes, nas associações de sábios e nas publicações científicas. "A questão do monstro" inflamava todas as mentes. Os editores das publicações científicas, guerreando com os que acreditavam no sobrenatural, entornaram mares de tinta durante esta memorável campanha, alguns até mesmo derramando sangue; pois, da serpente marinha, chegaram a personalidades diretas.

Durante os primeiros meses do ano de 1867, a questão parecia enterrada, para nunca reviver, quando novos fatos foram expostos ao público. Naquela altura, não era mais um problema científico a ser resolvido, e sim um perigo verdadeiro, que deveria ser seriamente evitado. O assunto tomou outro formato, completamente diferente. O monstro tornou-se uma pequena ilha, um rochedo, um coral, mas um coral de proporções indefinidas e móveis.

No dia 5 de março de 1867, o navio Moravian, da Companhia Oceânica de Montreal, encontrando-se, durante a noite, em 27° 30' latitude e 72° 15' longitude, bateu seu lado estibordo em um rochedo, que não havia sido marcado em nenhuma carta daquela parte do mar. Sob os esforços combinados do vento e de sua força de quatrocentos cavalos, o navio viajava a treze nós. Não fosse pela força superior do casco do Moravian, ele teria se partido com o choque e afundado, junto com os

237 passageiros que levava para casa, vindo do Canadá.

O acidente aconteceu cerca de cinco da manhã, ao raiar do dia. Os oficiais do tombadilho superior correram para a popa do navio. Examinaram o mar com a mais cuidadosa atenção. Não viram nada, exceto por um forte redemoinho, a cerca de três cabos de distância, como se a superfície tivesse sido violentamente agitada. A orientação exata do lugar foi registrada, e o Moravian continuou em sua rota, sem danos aparentes. Havia batido em uma rocha submersa, ou em enormes destroços? Não sabiam dizer; mas, ao examinarem a parte de baixo do navio, enquanto passava por consertos, descobriram que parte de sua quilha estava quebrada.

Este fato, tão grave por si só, poderia, talvez, ter sido esquecido, como muitos outros, não fosse pelo fato de ter ocorrido novamente, três semanas depois, sob circunstâncias semelhantes. Mas, graças à nacionalidade da vítima da batida e à reputação da companhia à qual o navio pertencia, as circunstâncias foram extensamente circuladas.

No dia 13 de abril de 1867, com o mar calmo e a brisa favorável, o navio Scotia, da linha da Companhia Cunard, encontrava-se em 15° 12' longitude e 45° 37' latitude. Viajava à velocidade de treze nós e meio.

Aos dezessete minutos depois das quatro da tarde, enquanto os passageiros estavam reunidos para o almoço no grande salão, uma ligeira colisão foi sentida no casco do Scotia, em sua lateral, um pouco para trás da roda de leme.

O Scotia não havia batido, e sim sido atingido, aparentemente por algo um tanto quanto pontudo e penetrante, ao invés de contundente. O choque fora tão leve que ninguém se alarmara, não fosse pelos gritos do vigia, que correu até a ponte de comando, exclamando: "Estamos afundando! Estamos afundando!" De primeira, os passageiros ficaram bastante assustados, mas o Capitão Anderson apressou-se a acalmá-los. O perigo não podia ser iminente. O Scotia, dividido em sete compartimentos, por repartições fortes, conseguiria passar incólume por qualquer vazamento. O Capitão dirigiu-se imediatamente até o compartimento de carga. Descobriu que o mar estava sendo despejado para dentro do quinto compartimento, e a rapidez do fluxo mostrava que a força d'água era considerável. Felizmente, tal compartimento não abrigava as caldeiras, ou os fogos teriam sido imediatamente extinguidos. O Capitão Anderson ordenou que os motores fossem parados imediatamente, e um dos homens desceu para verificar a extensão dos danos. Alguns minutos depois, descobriram a existência de um grande buraco, com quase dois metros de diâmetro, na parte inferior do navio. Um vazamento daqueles não podia ser contido, e o Scotia, com seus remos submersos até a metade, foi forçada a continuar em movimento. Estava, naquele momento, a quase quinhentos quilômetros de distância da ilha irlandesa de Cape Clear e, após um atraso de três dias, que causou grandes preocupações em Liverpool, adentrou o cais da companhia.

Os engenheiros visitaram o Scotia, que havia sido colocado em dique seco. Mal podiam acreditar no que viam; dois metros abaixo da linha de flutuação, havia um rasgo regular, na forma de um triângulo isósceles. A parte quebrada das placas de ferro estava tão bem definida, que não poderia ter sido feita com mais precisão por um aparelho. Ficou, então, claro que o instrumento que produziu a perfuração não era algo comum, e, após ter sido projetado com prodigiosa força, e furado uma placa de ferro de cinco centímetros de grossura, havia sido retirado com um movimento para trás.

Esta foi a última descoberta que causara uma renascença da torrente da opinião pública. A partir daquele momento, todos os acidentes desditosos, que não podiam ser de outra forma explicados, foram atribuídos ao monstro.

Sobre esta criatura imaginária repousava a responsabilidade por todos os naufrágios, os quais, infelizmente, eram consideráveis; pois dentre os trezentos navios, cuja perda era registrada anualmente pelo Lloyd's[1], a quantidade de veleiros e embarcações a vapor que supunha-se terem sido completamente perdidos, devido à ausência de qualquer notícia, totalizava mais de duzentos!

Agora era o monstro que, justa ou injustamente, era acusado do desaparecimento deles, e, graças a ele, as comunicações entre os diferentes continentes se tornava cada vez mais perigosa. O público exigia, com vigor, que os mares fossem livrados, a qualquer preço, daquele formidável cetáceo.

---

[1]N. da T.: Sociedade classificadora britânica, responsável pelos registros de navegações, ainda em existência.

Capítulo 2
Prós e contras

Durante o período em que tais eventos ocorreram, eu havia acabado de voltar de uma pesquisa científica no desagradável território de Nebraska, nos Estados Unidos. Em virtude de meu posto como Professor Assistente no Museu de História Natural, em Paris, o governo francês havia me incluído naquela expedição. Após seis meses em Nebraska, cheguei em Nova York pelo fim de março, carregado com uma preciosa coleção. Minha partida para a França havia sido marcada para os primeiros dias de maio. Enquanto isso, me ocupava classificando minhas riquezas mineralógicas, botânicas e zoológicas, quando o acidente com o Scotia aconteceu.

Eu estava perfeitamente atualizado sobre o assunto do dia. Como poderia não estar? Havia lido e relido todos os jornais americanos e europeus, sem me aproximar de qualquer conclusão. O mistério me intrigava. Devido à impossibilidade de formar uma opinião, eu pulava de um extremo ao outro. Que havia, mesmo, alguma coisa, não se podia duvidar, e os incrédulos eram convidados a colocar o dedo na ferida do Scotia.

Por ocasião de minha chegada a Nova York, a questão estava em seu ápice. A teoria da ilha flutuante e do banco de areia do qual não se podia aproximar, apoiada por mentes pouco competentes para fazer algum juízo, havia sido abandonada. E, realmente, a não ser que aquele coral tivesse uma máquina em seu estômago, como conseguiria mudar de posição com tamanha rapidez?

Pelo mesmo motivo, a ideia do casco flutuante de um enorme naufrágio foi largada.

Sobravam, portanto, só duas possíveis soluções para a questão, que criaram dois grupos distintos: de um lado, os que defendiam um monstro de força colossal; do outro, os que defendiam uma embarcação submarina de enorme força motriz.

Mas esta última teoria, por mais plausível que fosse, não resistia a indagações feitas em ambos os mundos. Não era provável que um cavalheiro particular tivesse tal máquina sob seu comando. Onde, quando e como havia sido construída? E como podia sua construção ter sido mantida em segredo? Certamente que um governo poderia possuir uma máquina tão destrutiva. E, naquela época desastrosa, quando a engenhosidade dos homens havia multiplicado o poder das armas de guerra, era possível que, sem o conhecimento dos outros, um Estado tentasse criar uma engenhoca tão formidável.

Mas a ideia de uma máquina de guerra foi descartada pela declaração dos governos. Visto que era uma questão de interesse público, e que as comunicações transatlânticas estavam afetadas, a veracidade da mesma não podia ser posta em dúvida. Mas como admitir que a construção deste submarino havia escapado aos olhos do público? Para que um cavalheiro particular mantivesse segredo, sob tais circunstâncias, seria extremamente difícil, e para um Estado que tem todos os seus atos persistentemente acompanhados por poderosos rivais, certamente impossível.

Quando cheguei em Nova York, diversas pessoas me honraram com suas consultas sobre o fenômeno em questão. Eu havia publicado, na França, um ensaio em quarto[2], em dois volumes, intitulado "Mistérios dos Grandes Territórios Submarinos". Este livro, altamente aprovado pelo mundo erudito, me trouxe uma reputação especial neste ramo da História Natural, que é um tanto obscuro. Pediram meu conselho. Por tanto tempo quando consegui negar a realidade dos fatos, limitei-me a negar decididamente. Porém, após ser pressionado, logo fui obrigado a me explicar ponto por ponto. Discuti a questão sob todas as suas formas, política e cientificamente, e dou aqui um trecho de um artigo cuidadosamente estudado, que publiquei na edição do dia 30 de abril. Foi impresso conforme segue:

> *"Após examinar, uma a uma, as diferentes teorias, rejeitando todas as outras sugestões, tornou-se necessário admitir a existência de um animal marinho de imenso poder.*
>
> *As grandes profundezas do oceano nos são inteiramente desconhecidas. Sondagens não as alcançam. O que se passa naquelas profundezas remotas – que criaturas vivem, ou conseguem viver, vinte ou vinte e cinco milhas abaixo da superfície das águas –, qual é a organização desses animais, mal podemos conjecturar. Contudo, a solução para o problema que me foi apresentado*

[2]N. da T.: Termo usado no séc. XIX para referir-se a livros com 20 x 25 cm de tamanho.

pode modificar a forma do dilema. Ou conhecemos todas as variedades de criaturas que habitam nosso planeta, ou não. Se não conhecemos todas – se a natureza ainda tem segredos nas profundezas, que esconde de nós, nada poderia ser mais racional do que admitir a existência de peixes, ou cetáceos, de outros tipos, ou até mesmo novas espécies, de uma organização formada para habitar os níveis inacessíveis às sondagens, e que algum acidente trouxe, em longos intervalos, para o nível superior do oceano.

Se, pelo contrário, conhecemos todas as criaturas vivas, precisamos procurar o animal em questão dentre os seres marinhos já classificados; e, neste caso, estou inclinado a admitir a existência de um narval gigante.

O narval comum, ou unicórnio do mar, costuma atingir o comprimento de dezoito metros. Se aumentarmos seu tamanho por cinco ou dez vezes, dermos a ele uma força proporcional a seu tamanho e alongarmos suas armas destrutivas, obteremos o animal necessário. Terá suas proporções determinadas pelos oficiais do Shannon, o instrumento exigido pela perfuração do Scotia e o poder necessário para penetrar o casco do navio.

De fato, o narval é armado com um tipo de espada de marfim, uma alabarda, de acordo com a expressão de certos naturalistas. A presa principal é dura como o aço. Algumas dessas presas foram encontradas enterradas nos corpos de baleias, que o unicórnio sempre ataca com sucesso. Outras foram retiradas, com esforço, dos fundos de navios, que haviam perfurado completamente, como uma verruma fura um barril. O Museu da Faculdade de Medicina de Paris possui uma dessas armas defensivas, com dois metros de comprimento e quinze centímetros de diâmetro na base.

Muito bem! Suponhamos que esta arma seja seis vezes mais forte, e o animal dez vezes mais poderoso; se a lançarmos a trinta quilômetros por hora, obteremos um choque capaz de produzir a catástrofe que ocorreu. Portanto, até termos mais informações, argumentarei que é um unicórnio do mar de dimensões colossais, armado não com uma alabarda, mas como uma verdadeira lança, como as das fragatas, ou um aríete de guerra, que possui enormidade e força motriz ao mesmo tempo. Desta forma, este fenômeno intrigante pode ser explicado, a não ser que haja algo além de tudo o que já se conjecturou, viu, percebeu ou experimentou; que esteja dentro, por pouco, dos limites da possibilidade".

Estas últimas palavras foram covardia de minha parte; mas, até certo ponto, quis proteger minha dignidade de professor, e não dar muitos motivos para risada por parte dos americanos, que sabem rir muito bem. Reservei para mim mesmo uma rota de fuga. Na verdade, contudo, admiti a existência do "monstro". Meu artigo foi calorosamente discutido, o que me trouxe uma grande reputação. Conquistou um certo número de partidários. A solução que propunha deu, pelo menos, total liberdade à imaginação. A mente humana se deleita com grandes conceitos de criaturas supernaturais. E o mar é o veículo ideal, o único meio no qual esses gigantes (contra os quais os animais terrestres, como elefantes ou rinocerontes, não são nada) podem ser produzidos ou desenvolvidos.

As publicações industriais e comerciais trataram a questão principalmente deste ponto de vista. A Gazeta Mercantil e de Navegação, a Lista da Lloyd, e as revistas "Packet Boat" e "Análise Marítima e Colonial", todas as quais eram dirigidas a seguradoras que ameaçavam aumentar os prêmios dos seguros, eram unânimes quanto a este ponto. A opinião pública havia sido pronunciada. Os Estados Unidos foram o primeiro no campo e, em Nova York, fizeram preparações para uma expedição destinada a ir atrás do narval. Uma fragata de grande velocidade, chamada Abraham Lincoln, foi comissionada logo que possível. Os arsenais foram colocados à disposição do Comandante Farragut, que apressou-se a armar sua fragata; mas, como sempre acontece, no momento em que decidiram perseguir o monstro, o monstro não apareceu. Por dois meses, ninguém ouviu falar dele. Nenhum navio o encontrou. Parecia que este unicórnio sabia dos planos sendo feitos em relação a ele. Falara-se tanto sobre isso, até mesmo através dos cabos transatlânticos, que os piadistas diziam que o gatuno havia interceptado um telegrama e estava aproveitando ao máximo.

Então, quando a fragata havia sido armada para uma longa campanha, e equipada com formidáveis equipamentos de pesca, ninguém sabia dizer em que direção devia ir. A impaciência crescia rapidamente quando, no dia 2 de julho, ficaram sabendo que um navio a vapor na linha de São Francisco, que ia da Califórnia até Xangai, havia avistado o animal três semanas antes, no Pacífico Norte. O entusiasmo causado por tal notícia foi extremo. O navio foi reabastecido e carregado com carvão.

Três horas antes do Abraham Lincoln sair do píer do Brooklyn, recebi uma carta assim escrita:

"Ao Sr. Aronnax, Professor do Museu de Paris, Hotel da Quinta Avenida, Nova York.

Prezado Senhor.

Se concordar em se juntar ao Abraham Lincoln nesta expedição, o Governo dos Estados Unidos terá o prazer de incluir a França neste empreendimento. O Comandante Farragut tem uma cabine à sua disposição.

Atenciosamente,
J. B. Hobson, Secretário da Marinha".

Capítulo 3
Tomo minha decisão

Três segundos antes da chegada da carta de J. B. Hobson, eu havia cogitado perseguir o unicórnio tanto quanto pensava em tentar fazer a passagem pelo Mar do Norte. Três segundos após ler a carta do ilustre Secretário da Marinha, senti que minha verdadeira vocação, o único propósito de minha vida, era ir atrás daquele perturbador monstro e livrar o mundo dele.

Mas havia acabado de retornar de uma jornada fatigante, cansado e ansiando por repouso. Não queria nada mais do que rever meu país, meus amigos, meus pequenos aposentos perto do Jardin des Plantes, minhas queridas e preciosas coleções – mas nada poderia me fazer ficar de fora! Esqueci-me de tudo – da fadiga, dos amigos e das coleções – e aceitei a oferta do governo americano sem hesitação.

- Além disso, – pensei comigo mesmo, – todas as estradas levam de volta à Europa, e o unicórnio pode ser agradável o suficiente para me levar em direção ao litoral da França. Este digno animal pode permitir-se ser capturado nos mares europeus (em meu particular benefício), e não trarei menos do que meio metro de sua alabarda de marfim de volta para o Museu de História Natural.

Mas, enquanto isso, eu precisaria perseguir aquele narval no Pacífico Norte, que, na volta para a França, iria rumo às antípodas.

- Conseil – chamei, com impaciência.

Conseil era meu criado, um garoto flamengo fiel e devotado, que me acompanhava em todas as minhas viagens. Eu gostava dele, e ele retribuía bem minha afeição. Era de natureza calada, com princípios regulares e hábitos zelosos, demonstrando pouca perturbação mediante as diferentes surpresas da vida, rápido com as mãos e hábil em qualquer serviço que lhe fosse solicitado; e, apesar de seu nome, nunca dava conselhos, nem mesmo quando lhe eram pedidos.

Conseil havia me seguido pelos últimos dez anos, para onde quer que a ciência me levasse. Nunca reclamara da duração ou do cansaço de uma jornada, nunca fazia objeção a arrumar suas malas para ir a qualquer país, por mais longe que fosse, China ou Congo. Além de tudo isso, tinha boa saúde, que desafiava qualquer doença, e músculos sólidos, mas nenhum nervosismo; um bom moral é presumido. O garoto tinha trinta anos de idade, e sua idade, em relação à de seu patrão, era como quinze para vinte. Posso me permitir dizer que eu mesmo tinha quarenta anos?

Mas Conseil tinha um defeito: era cerimonioso ao máximo, e nunca falava comigo de maneira que não na terceira pessoa, o que era irritante, às vezes.

- Conseil – disse eu novamente, começando a fazer os preparativos para minha partida com mãos ansiosas.

Certamente que eu não duvidava do devotado garoto. Via de regra, nunca perguntava a ele se lhe era conveniente me seguir em minhas viagens; mas, desta vez, a expedição em questão podia ser prolongada, e a tarefa de perseguir um animal capaz de afundar uma fragata com a facilidade de uma noz, perigosa. Havia assunto para reflexão, até mesmo para o homem mais impassível do mundo. O que Conseil diria?

- Conseil – chamei, pela terceira vez.

Conseil apareceu.

- Chamou, senhor? – disse ele, entrando.

- Sim, meu garoto. Faça preparativos para mim, e para você, também. Partimos em duas horas.

- Como quiser, senhor – respondeu Conseil, em voz baixa.

- Não temos um instante a perder; tranque em meu baú todos os utensílios de viagem, casacos, camisas e meias, sem contar, quantos conseguir, e apresse-se.

- E suas coleções, senhor? – observou Conseil.

- Eles as guardarão no hotel.

- Não voltaremos para Paris, então? – perguntou Conseil.

- Oh! Certamente, – respondi, evasivamente, – fazendo uma curva.

- A curva o agradará, senhor?

- Oh! Não será nada demais; só não será tão direta quanto uma estrada, é só isso. Iremos no Abraham Lincoln.

- Como achar adequado, senhor – respondeu Conseil, friamente.

- Sabe, meu amigo, tem a ver com o monstro: o famoso narval. Vamos livrar os mares de sua presença. Uma missão gloriosa, porém perigosa! Não sabemos para onde iremos; esses animais podem ser bastante caprichosos. Mas iremos de qualquer jeito; temos um capitão bastante atento.

Nossa bagagem foi transportada para o convés da fragata imediatamente. Apressei-me a subir a bordo e perguntei pelo Comandante Farragut. Um dos marinheiros me conduziu até a popa, onde me encontrei na presença de um oficial de boa aparência, que estendeu-me a mão.

- Monsieur Pierre Aronnax? – disse ele.

- O próprio – respondi. – Comandante Farragut?

- Seja bem-vindo, Professor; sua cabine está pronta.

Fiz uma reverência e pedi que fosse conduzido à cabine que me fora reservada.

O Abraham Lincoln havia sido bem escolhido e equipado para seu novo uso. Era uma fragata de grande velocidade, equipada com motores de alta pressão, que aguentavam sete atmosferas. Com estes, o navio atingia a velocidade média de quase dezoito nós, e um terço por hora – velocidade considerável, mas, ainda assim, insuficiente para atracar-se com o cetáceo gigante.

Os arranjos interiores da fragata correspondiam a suas qualidades náuticas. Fiquei satisfeito com minha cabine, que ficava na popa, acima da sala de armas.

- Ficaremos bem acomodados, aqui – disse eu para Conseil.

- Tão bem, se o senhor me permite dizer, quanto um caranguejo na concha de um búzio – disse Conseil.

Deixei-o guardando nossos baús em lugares convenientes e voltei até o convés da popa para observar os preparativos para a partida.

Naquele momento, o Comandante Farragut ordenava a soltura das últimas cordas que seguravam o Abraham Lincoln ao píer do Brooklyn. Então, dentro de quinze minutos, talvez menos, a fragata teria partido sem mim. Eu teria perdido esta expedição extraordinária, sobrenatural e incrível, a narrativa da qual pode muito bem ser recebida com suspeitas.

Mas o Comandante Farragut não queria perder nenhum dia, nenhuma hora, antes de começar a vasculhar os mares onde o animal havia sido avistado. Mandou chamar o engenheiro.

- Estamos a pleno vapor? – perguntou ele.

- Sim, senhor – respondeu o engenheiro.

- Vamos partir – exclamou o Comandante Farragut.

Capítulo 4
Ned Land

O Comandante Farragut era um bom marinheiro, digno da fragata que comandava. Sua embarcação e ele eram como um. Ele era sua alma. Não tinha dúvidas sobre a questão do monstro e não permitia que a existência do animal fosse contestada a bordo. Acreditava nela, como certas mulheres acreditam no leviatã – devido à fé, e não à razão. O monstro existia, e ele havia jurado livrar os mares dele. Ou o Comandante Farragut mataria o narval, ou o narval mataria o comandante. Não havia uma terceira opção.

Os oficiais a bordo compartilhavam da opinião do chefe. Passavam o tempo todo conversando, discutindo e calculando as chances de um encontro, observando atentamente a vasta superfície do oceano. Mais de um acomodou-se voluntariamente no madeiramento do mastro, e teria praguejado contra tal aposento sob quaisquer outras circunstâncias. Durante todo o tempo em que o sol seguia seu caminho diário, o cordame ficava lotado de marinheiros, cujos pés se queimavam a tal ponto, com o calor do convés, que se torava insuportável; mesmo assim, o Abraham Lincoln ainda não havia entrado nas águas suspeitas do Pacífico. Quanto à tripulação, não queria nada além de encontrar o unicórnio, acertá-lo com o arpão, puxá-lo a bordo e despachá-lo. Observavam o mar com atenção ansiosa.

Além disso, o Capitão Farragut havia mencionado uma soma de dois mil dólares, alocada para quem primeiro avistasse o monstro, fosse ele cabineiro, marinheiro comum ou oficial.

Deixo para os leitores imaginarem como os olhos estavam sendo usados a bordo do Abraham Lincoln.

Eu mesmo não estava atrás dos outros, e não deixava para ninguém a minha parte das observações diárias. A fragata poderia ter sido chamada de Argos[3], por centenas de motivos. Somente um dentre nós, Conseil, parecia protestar com sua indiferença pela questão que nos interessava tanto, e estar fora de sintonia com o entusiasmo geral a bordo.

Já disse que o Capitão Farragut havia cuidadosamente equipado seu navio com todos os acessórios para capturar o cetáceo gigantesco. Nenhum baleeiro estivera melhor armado. Possuíamos todos os apetrechos conhecidos, desde o arpão arremessado à mão, até as flechas farpadas do bacamarte e as bolas explosivas da escopeta. No castelo de proa estava a perfeição de uma arma de retrocarga, bastante grossa na parte de trás e estreita na frente, cujo modelo estivera na Exposição de 1867. Esta preciosa arma, de origem americana, conseguia arremessar facilmente um projétil cônico de quatro quilos a uma distância média de dez milhas.

Deste modo, não faltava ao Abraham Lincoln qualquer meio de destruição e, melhor ainda, tinha a bordo Ned Land, o príncipe dos arpoadores.

Ned Land era canadense, com uma incomum rapidez nas mãos, e inigualável em sua perigosa ocupação. Habilidade, frieza, audácia e astúcia ele possuía no mais alto grau, e seria preciso uma baleia astuta para escapar de seu arpão.

Ned Land tinha cerca de quarenta anos de idade; era alto (com mais

---

[3]N. da T: Referência a Argos Panoptes, gigante da mitologia grega com muitos olhos.

de um metro e oitenta), de constituição forte, sério e taciturno, ocasionalmente violento e muito passional quando contrariado. Sua pessoa atraía atenção, mas, acima de tudo, a ousadia de sua aparência, que dava uma expressão singular a seu rosto.

Aquele que se chama de canadense, se chama de francês; e, por menos comunicativo que Ned Land fosse, devo admitir que ele nutriu um certo interesse por mim. Sem dúvida fora minha nacionalidade que o atraiu a mim. Era uma oportunidade para que ele falasse, e para que eu ouvisse, a velha língua de Rabelais, que ainda é usada em algumas províncias canadenses. A família do arpoador era originalmente de Quebec, e já era uma tribo de robustos pescadores, quando aquela cidade ainda pertencia à França.

Pouco a pouco, Ned Land pegou gosto por conversar, e eu adorava ouvir as récitas das aventuras dele nos mares polares. Me contou sobre sua pesca e seus combates, com uma poesia natural de expressão; sua narrativa tomou a forma de um poema épico, e eu parecia estar ouvindo um Homero canadense cantando a Ilíada das regiões do Norte.

Estou retratando meu vigoroso companheiro da forma como realmente o conheci. Agora somos velhos amigos, unidos por aquela amizade imutável que nasce e é cimentada em meio a extremo perigo. Ah, corajoso Ned! Não peço nada além de viver mais cem anos, para ter mais tempo para deleitar-me com sua memória.

Agora, qual era a opinião de Ned Land sobre a questão do monstro marinho? Devo admitir que ele não acreditava no unicórnio, e era o único a bordo que não compartilhava de tal convicção universal. Até mesmo evitava o assunto, o que, um dia, pensei que devia discutir com ele. Uma magnífica manhã, no dia 30 de julho (isto é, três semanas após nossa partida), a fragata estava cruzando o Cabo Branco, cinco quilômetros a sotavento da costa da Patagônia. Havíamos cruzado o trópico de Capricórnio, e o Estreito de Magalhães se abria a mil e duzentos quilômetros ao sul. Em menos de oito dias, o Abraham Lincoln estaria cindindo as águas do Pacífico.

Sentados na popa, Ned Land e eu conversávamos sobre uma coisa ou outra, enquanto observávamos aquele misterioso mar, cujas enormes profundezas eram, até aquele momento, inacessíveis aos olhos humanos.

Naturalmente, conduzi a conversa até o unicórnio gigante, e examinei as várias chances de sucesso ou fracasso da expedição. Mas, vendo que Ned Land me deixava falar sem ele mesmo dizer muita coisa, o pressionei:

- Bem, Ned, – disse eu, – será possível que não está convencido da existência deste cetáceo que estamos seguindo? Tem algum motivo específico para ser tão incrédulo?

O arpoador olhou fixamente para mim, por alguns momentos, antes de responder; passou sua mão larga sobre a testa (um hábito que tinha), como que para se recompor, e disse, finalmente:

- Talvez eu tenha, Sr. Aronnax.

- Mas Ned, você, um baleeiro por profissão, familiarizado com todos os grandes mamíferos marinhos, você deveria ser o último a duvidar, sob tais circunstâncias!

- É justo aí que se engana, Professor – respondeu Ned. – Como baleeiro, já segui muitos cetáceos, capturei inúmeros deles com meu arpão e matei diversos; mas, por mais fortes ou bem armados que possam ter sido, nem suas caudas, nem suas armas teriam sido capazes de ao menos arranhar as placas de ferro de um navio a vapor.

- Mas Ned, há histórias de navios perfurados de um lado para o outro pelos dentes de um narval.

- Navios de madeira; isso seria possível, – respondeu o canadense, – mas nunca vi acontecer. E, até que haja mais provas, nego que baleias, cetáceos ou unicórnios do mar consigam produzir o efeito que o senhor descreve.

Bem, Ned, repito com a convicção baseada na lógica dos fatos. Acredito na existência de um poder de mamíferos completamente organizado, pertencente ao ramo dos vertebrados, como as baleias, cachalotes ou os golfinhos, e equipados com um chifre de defesa, com grande poder de penetração.

- Hum! – disse o arpoador, balançando a cabeça com ar de quem não seria convencido.

- Repare em uma coisa, meu louvável canadense – continuei. – Se este animal existe, se habita as profundezas do oceano, se frequenta os níveis quilômetros abaixo da superfície do mar, ele precisa possuir uma constituição que tenha uma força incomparável.

- E por que essa constituição poderosa? – perguntou Ned.

- Porque é necessária uma força incalculável para manter-se naqueles níveis e resistir a sua pressão. Escute. Vamos admitir que a pressão da atmosfera é representada pelo peso de uma coluna d'água de dez metros. Na realidade, a coluna seria mais curta, visto que estamos falando da água do mar, cuja densidade é maior do que a da água doce. Muito bem, quando você mergulha, Ned, para cada dez metros de água que há sobre você, o seu corpo aguenta uma pressão igual à da atmosfera, quer dizer, sete quilos, para cada seis centímetros cúbicos de sua superfície. Então, se segue que a cada cem metros, essa pressão é igual a 10 atmosferas, ou 10 atmosferas a um quilômetro, e 100 atmosferas a dez quilômetros, o que equivale dizer que se você conseguisse chegar a essa profundidade no oceano, cada centímetro cúbico da superfície de seu corpo aguentaria uma pressão de 2.500 quilos. Ah, meu corajoso Ned, sabe quantos centímetros cúbicos você tem na superfície do seu corpo?

- Não faço ideia, Sr. Aronnax.

- Cerca de cem mil; e, visto que na realidade a pressão atmosférica é de cerca de sete quilos para cada seis centímetros cúbicos, seus cem mil centímetros cúbicos aguentam, neste momento, uma pressão de quarenta e quatro mil quilos.

- Sem que eu perceba?

- Sem que você perceba. E, se você não é esmagado por esta pressão, é porque o ar penetra no seu corpo com igual pressão. É por isso o perfeito equilíbrio entre a pressão interior e a exterior, que neutralizam uma à outra, e que permitem que você aguente sem inconveniência. Mas, dentro d'água, é diferente.

- Sim, compreendo, – respondeu Ned, se tornando mais atento, – porque a água me cerca, mas não penetra.

- Exatamente, Ned; então, a dez metros abaixo da superfície do mar, você estaria sob uma pressão de quarenta e quatro mil quilos; a cem metros, dez vezes esta pressão; a mil metros, cem vezes esta pressão; e, finalmente, a dez mil metros, mil vezes esta pressão seriam 44.000.000 de quilos – isto é, você seria achatado como se tivesse sido tirado das placas de uma máquina hidráulica!

- Santo Deus! – exclamou Ned.

- Muito bem, meu honrado arpoador, se algum vertebrado, com centenas de metros de comprimento e proporções grandes, consegue se manter naquelas profundezas, naquelas cujas superfícies são representadas por milhões de centímetros cúbicos, isto é, dezenas de milhões de quilos, precisamos estimar a pressão que aguenta. Considere, então, qual deve ser a resistência de sua estrutura óssea, e a força de sua constituição, para suportar tamanha pressão!

- Puxa! – exclamou Ned Land. – Deve ser feito de placas de ferro com grossura de vinte centímetros, como as fragatas blindadas.

- Como você diz, Ned. E imagine que destruição essa massa causaria, se lançada com a velocidade de um trem expresso, de encontro ao casco de uma embarcação.

- Sim... certamente... talvez – respondeu o canadense, abalado com os números, mas ainda não disposto a ceder.

- Bom, o convenci?

- Convenceu-me de uma coisa, senhor, que é que se esses animais existem no fundo do mar, devem ser tão fortes quando diz.

- Mas se não existem, meu obstinado arpoador, como explica o acidente com o Scotia?

Capítulo 5
Uma iniciativa

A viagem do Abraham Lincoln não foi, por muito tempo, marcada por qualquer incidente especial. Mas uma circunstância aconteceu, que mostrou a maravilhosa destreza de Ned Land, e provou que confiança podíamos depositar nele.

No dia 30 de junho, a fragata comunicou-se com alguns baleeiros americanos, que nos disseram que não sabiam nada sobre o narval. Mas um deles, o capitão do navio Monroe, sabendo que Ned Land estava a bordo do Abraham Lincoln, implorou sua ajuda para perseguir uma baleia que tinham em mira. O Comandante Farragut, desejando ver

Ned Land em ação, deu-lhe permissão para ir a bordo do Monroe. E o destino ajudou tanto nosso canadense que, ao invés de uma baleia, ele atingiu duas com um só arpão, ferindo uma direto no coração e pegando a outra após uma perseguição de alguns minutos.

Decididamente, se o monstro alguma vez se encontrasse com o arpão de Ned Land, as coisas não terminariam a seu favor.

A fragata contornou o litoral sudeste da América com grande rapidez. No dia 3 de julho, estávamos na boca do Estreito de Magalhães, na altura do Cabo das Virgens. Mas o Comandante Farragut não quis fazer uma passagem tortuosa, e dirigiu-se ao Cabo Horn.

A tripulação do navio concordou com ele. E certamente era possível encontrarem o narval naquela passagem estreita. Muitos dos marinheiros afirmavam que o monstro não conseguiria passar por ali, que ele era "grande demais para isso!"

No dia 6 de julho, cerca de três da tarde, o Abraham Lincoln, vinte e cinco quilômetros para o sul, contornou a ilha solitária, aquela pedra perdida na extremidade do continente americano, que alguns marinheiros holandeses haviam batizado com o nome de sua cidade natal, Cabo Horn. O curso foi estabelecido para o noroeste e, no dia seguinte, a fragata finalmente cindia as águas do Pacífico.

- Mantenham os olhos abertos! – exclamavam os marinheiros.

E ficaram bem abertos. Olhos e binóculos, um pouco deslumbrados, é verdade, pelo prospecto de dois mil dólares, não haviam tido um minuto de descanso.

Eu mesmo, para quem o dinheiro não tinha atração, não era dos mais desatentos a bordo. Gastando apenas alguns minutos com minhas refeições e algumas horas para dormir, indiferente quanto à chuva ou ao sol, não saía da popa da embarcação. Ora debruçado sobre a rede do castelo de proa, ora sobre o corrimão, eu devorava ansiosamente a suave espuma que esbranquiçava o mar, até onde os olhos alcançavam; e com que frequência compartilhava da emoção da maioria dos tripulantes, quando alguma baleia caprichosa levantava as costas pretas acima das ondas! O convés de popa ficava lotado em um momento. Das cabines saía uma torrente de marinheiros e oficiais, todos ofegantes e com expressão preocupada, observando o curso do cetáceo. Eu olhava e olhava, até ficar quase cego, enquanto que Conseil repetia, em voz calma:

- Senhor, se não apertasse tanto os olhos, enxergaria melhor!

Mas vão entusiasmo! O Abraham Lincoln acelerava e dirigia-se ao animal assinalado, uma simples baleia, ou cachalote comum, que logo desaparecia em meio a uma enxurrada de xingamentos.

Mas o tempo estava bom. A viagem estava sendo feita sob os mais favoráveis auspícios. Naquela época, era a temporada ruim na Austrália, com o mês de julho naquela zona correspondendo ao nosso janeiro na Europa, mas o mar estava lindo e facilmente varrido, em uma vasta circunferência.

No dia 20 de julho, o trópico de Capricórnio foi cortado a 105° de longitude, e no dia 27 do mesmo mês, cruzamos o Equador a 110° meridiano. Após passarmos, a fragata tomou uma direção mais decididamente ocidental, e adentrou as águas centrais do pacífico. O Comandante Farragut pensou, com razão, que seria melhor permanecer em águas profundas, e ficar longe de continentes ou ilhas, que o próprio monstro parecia rejeitar ("talvez por não haver água o suficiente para ele!", sugeriu a maior parte da tripulação). A fragata passou a alguma distância das Ilhas Marquesas e Sandwich, cruzou o trópico de Câncer e dirigiu-se aos mares da China. Estávamos no palco das últimas diversões do monstro e, para falar a verdade, não vivíamos mais a bordo. Toda a tripulação do navio passava por uma emoção nervosa, que não consigo descrever: não conseguiam comer, não conseguiam dormir – vinte vezes ao dia, um engano ou uma ilusão de ótica por parte de algum marinheiro sentado na balaustrada causava horríveis perspirações, e essas emoções, repetidas vinte vezes, nos mantinham em um estado de excitação tão violento, que alguma reação seria inevitável.

E, deste modo, a reação logo ocorreu. Por três meses, durante os quais um dia parecia uma eternidade, o Abraham Lincoln percorreu todas as águas do Pacífico Norte, correndo em direção a baleias, fazendo desvios abruptos de sua rota, virando repentinamente de um lado para o outro, parando bruscamente, acelerando e desacelerando, o tempo todo, correndo o risco de danificar seu maquinário, e nenhum ponto dos litorais japonês ou americano ficou inexplorado.

Os mais calorosos partidários do empreendimento tornaram-se seus mais ardorosos detratores. A reação passou da tripulação para o próprio capitão e, certamente, se não fosse pela resoluta determinação do Comandante Farragut, a fragata teria se dirigido ao sul. Aquela busca infrutífera não poderia durar muito mais tempo. O Abraham Lincoln não tinha do que se repreender, havia feito o que podia para ser bem-sucedido. Nunca uma tripulação de um navio havia exibido mais zelo ou paciência; não podia ser responsabilizada por seu fracasso – não havia o que fazer, a não ser voltar.

Isso foi declarado ao comandante. Os marinheiros não conseguiam esconder seu descontentamento, e o trabalho piorou. Não digo que houve um motim a bordo, mas, após um razoável período de obstinação, o Comandante Farragut (assim como Colombo) pediu mais três dias de paciência. Se, dentro de três dias, o monstro não aparecesse, o homem no comando viraria o timão três vezes, e o Abraham Lincoln se dirigiria aos mares europeus.

Esta promessa foi feita no dia 2 de novembro. Teve o efeito de reanimar a tripulação do navio. O oceano foi vasculhado com atenção renovada. Cada um desejava dar uma última olhada para resumir suas lembranças. Os binóculos foram usados com atividade fervorosa. Era um grande desafio lançado ao grande narval, e ele dificilmente poderia deixar de responder ao chamado e "aparecer".

Dois dias se passaram, as caldeiras estavam com meia pressão; mil esquemas haviam sido tentados para atrair a atenção e estimular a apatia do animal, caso ele fosse encontrado naquelas partes. Grandes quantidades de bacon foram arrastadas na traseira do navio, para enorme satisfação (devo dizer) dos tubarões. Pequenas barcas irradiavam do Abraham Lincoln em todas as direções, enquanto o navio estava imóvel, e não deixaram uma única parte do mar inexplorada. Mas a noite do dia 4 de novembro chegou, sem resolução do mistério submarino.

No dia seguinte, 5 de novembro, às doze horas, a prorrogação terminaria (moralmente falando); após aquele horário, o Comandante Farragut, fiel à sua promessa, mudaria o curso em direção sudeste e abandonaria para sempre as regiões nortenhas do Pacífico.

A fragata estava, naquela ocasião, em 31° 15' de latitude norte e 136° 41' de longitude leste. O litoral do Japão ainda estava menos de trezentos e cinquenta quilômetros a sotavento. A noite se aproximava. Haviam acabado de soar o sino oito vezes; grandes nuvens escondiam o rosto da lua, que estava, então, em seu primeiro quarto. O mar ondulava pacificamente sob o casco do navio.

Naquele momento, eu me debruçava sobre as redes a estibordo. Conseil, de pé ao meu lado, olhava em frente. A tripulação, empoleirada nos cabos horizontais, examinava o horizonte, que se contraía e escurecia gradativamente. Oficiais, com suas lentes noturnas, varriam a escuridão crescente: às vezes, o oceano brilhava sob os raios da lua, que aparecia entre duas nuvens, e depois todos os traços de luz se perdiam na escuridão.

Ao olhar para Conseil, pude ver que ele estava um pouco sob a influência dos outros. Pelo menos, foi o que pensei. Talvez pela primeira vez, os nervos dele vibrassem com um sentimento de curiosidade.

- Venha, Conseil, – disse eu, – esta é nossa última chance de embolsar os dois mil dólares.

- Permita-me dizer, senhor, – respondeu ele, – que nunca pensei em ganhar o prêmio; e que, se o governo federal oferecesse cem mil dólares, não faria a menor diferença.

- Está certo, Conseil. É um negócio tolo, afinal de contas, no qual embarcamos de forma leviana. Quanto tempo perdido, quantas emoções inúteis! Devíamos ter voltado à França seis meses atrás.

- Em seu pequeno aposento, senhor, – respondeu Conseil, – e em seu museu; e eu já teria classificado todos os seus fósseis, senhor. E Babiroussa já estaria instalado em sua jaula no Jardin des Plantes, e atraído todas as pessoas curiosas da capital!

- É como diz, Conseil. Imagino que correremos o risco de que riam de nós pelo que passamos.

- Isso está quase que certo – respondeu Conseil, em voz baixa. – Acho que vão fazer chacota do senhor. E, devo dizer...

- Diga, meu bom amigo.

- Bom, senhor, será bem o que merece.

- É mesmo?

- Quando se tem a honra de ser tão sábio quanto o senhor, não se deve expor a...

Conseil não teve tempo de terminar seu elogio. No meio do silêncio generalizado, uma voz acabara de ser ouvida. Era a voz de Ned Land, gritando:

- Olhem ali! Justamente o que estávamos procurando – na direção do vento!

Capítulo 6
A todo vapor

Com o grito, toda a tripulação correu em direção ao arpoador – o comandante, os oficiais, os mestres, marinheiros, cabineiros; até mesmo os engenheiros largaram os motores, e os caldeireiros suas caldeiras.

A ordem de parar o navio havia sido dada, e a fragata agora movia-se simplesmente com seu próprio ímpeto. A escuridão estava profunda e, por melhores que fossem os olhos do canadense, me perguntei como ele havia conseguido ver, e o que. Meu coração batia como se fosse se quebrar. Mas Ned Land não havia se enganado, e todos percebemos o objeto para o qual ele apontava. A uma distância de dois cabos do Abraham Lincoln, em estibordo, o mar parecia estar todo iluminado. Não era um mero fenômeno fosfórico. O monstro emergia da água a algumas braças[4], e então lançou aquela luz muito intensa, porém misteriosa, mencionada nos relatórios de vários capitães. Aquela magnífica irradiação devia ser produzida por um agente de imenso poder de brilho. A parte luminosa traçava sobre o mar um imenso oval, bastante alongado, cujo centro concentrava um calor escaldante, emanando um fulgor avassalador, que sumia gradativamente.

- É só uma massa de partículas fosfóricas – exclamou um dos oficiais.

- Não, senhor, certamente que não – respondi. – Aquela claridade é de uma natureza essencialmente elétrica. Além disso, veja só! Ela se move; está se movendo para frente, para trás; está vindo em nossa direção!

Uma exclamação generalizada emanou da fragata.

[4]N. da T.: Unidade de medida que não é mais utilizada, equivalente a 2,20m; 3.000 braças compõem uma légua.

- Silêncio! – disse o capitão. – Peguem o timão, virem os motores.

O vapor foi desligado e o Abraham Lincoln, virando-se em direção a proa, fez um semicírculo.

- Endireitem o timão, vamos em frente – gritou o capitão.

As ordens foram cumpridas e a fragata moveu-se rapidamente para longe da luz brilhante.

Eu estava enganado. A embarcação tentou fugir, mas o animal sobrenatural aproximou-se com o dobro de velocidade.

Arfamos em surpresa; estupefação, mais do que medo, nos fez ficar mudos e imóveis. O animal se aproximava de nós, brincando com as ondas. Circundou a fragata, que estava, naquele momento, indo a quatorze nós, e a envelopou com seus anéis elétricos, como poeira luminosa.

Então, afastou-se duas ou três milhas, deixando um rastro fosforescente, como aqueles volumes de vapor que os trens expressos deixam para trás. De repente, da linha escura do oceano para onde havia se afastado para ganhar ímpeto, o monstro avançou sobre o Abraham Lincoln com alarmante rapidez, parou repentinamente cerca de seis metros do casco, e parou – não mergulhando sob a água, pois seu brilho não diminuiu – mas de repente, e como se a fonte daquela brilhante emanação houvesse ficado exausta. Então, reapareceu do outro lado da embarcação, como se houvesse se virado e deslizado por debaixo do casco. A qualquer momento, uma colisão poderia ter ocorrido, a qual seria fatal para nós. Contudo, fiquei atônito com as manobras da fragata. Fugiu, e não atacou.

No rosto do capitão, geralmente tão impassível, havia uma expressão de inexplicável assombro.

- Sr. Aronnax, – disse ele, – não sei com que criatura formidável tenho que lidar e não arriscarei minha fragata imprudentemente no meio desta escuridão. Além disso, como atacar esta coisa desconhecida, como se defende dela? Esperemos a luz do dia, e a cena irá mudar.

- Não tem mais dúvidas, capitão, quanto à natureza do animal?

- Não, senhor; é evidentemente um narval gigantesco, e elétrico.

- Talvez – acrescentei – só se possa aproximar dele com um torpedo.

- Indubitavelmente, – respondeu o capitão, – se ele tem este enorme poder, é o animal mais terrível que já foi criado. É por isso, senhor, que preciso ficar atento.

A tripulação passou a noite em claro. Ninguém pensou em dormir. O Abraham Lincoln, incapaz de lidar com aquela velocidade, havia moderado seu ritmo, e navegava a meio vapor. De sua parte, o narval, imitando a fragata, deixava as ondas o balançarem como quisessem, e parecia ter decidido não sair da cena do embate. Perto da meia noite, entretanto, ele desapareceu, ou, para usar um termo mais apropriado, "apagou", como um grande vagalume. Tinha fugido? Só podíamos temer, e não esperar. Mas, sete minutos antes da uma da manhã, um assobio ensurdecedor foi ouvido, como aquele produzido por uma massa d'água avançando com grande violência.

O capitão, Ned Land e eu, estávamos no convés de popa, naquele momento, olhando ansiosamente a profunda escuridão.

- Ned Land, – perguntou o comandante, – já ouviu com frequência o rugido de baleias?

- Frequentemente, senhor; mas nunca de baleias cuja visão me trouxessem dois mil dólares. Se ao menos pudesse chegar a uma distância de quatro arpões dela!

- Mas para se aproximar dela – disse o comandante – preciso colocar um baleeiro à sua disposição?

- Certamente que sim, senhor.

- Isso seria brincar com as vidas de meus homens.

- E com a minha, também – disse o arpoador, de forma simples.

Quase às duas da manhã, a luz fulgurosa reapareceu, tão intensa quanto antes, cerca de oito quilômetros a barlavento do Abraham Lincoln. Não obstante a distância, e o barulho do vento e do mar, ouvia-se distintamente as altas batidas da cauda do animal, e até mesmo sua respiração ofegante. Parecia que, naquele momento, o enorme narval subira para respirar na superfície e o ar fora puxado para dentro de seus pulmões, como o vapor nos vastos cilindros de uma máquina de dois mil cavalos de potência.

- Hum! – pensei eu. – Uma baleia com a força de um regimento de cavalaria seria uma bela baleia!

Ficamos em alerta até o raiar do sol, preparando-nos para o combate. Os equipamentos de pesca foram colocados ao lado das redes. O segundo tenente carregou os bacamartes, que conseguia lançar arpões a uma distância de um quilômetro e meio, e as longas escopetas, com balas explosivas, que infligiam feridas mortais até mesmo nos mais terríveis animais. Ned Land contentou-se em afiar seu arpão – uma arma terrível, em suas mãos.

Às seis horas, o dia começou a raiar e, com o primeiro brilho do sol, a luz elétrica do narval desapareceu. Às sete horas, o dia já estava suficientemente avançado, mas uma névoa marinha muito grossa obscurecia nossa visão, e nem mesmo os melhores binóculos conseguiam atravessá-la. Isso causou decepção e raiva.

Subi no terceiro mastro. Alguns oficiais já estavam empoleirados no mastro principal. Às oito horas, a névoa pairava pesadamente sobre as ondas, e seus torvelinhos subiam pouco a pouco. O horizonte ficou mais largo e visível, ao mesmo tempo. Repentinamente, assim como no dia anterior, a voz de Ned Land foi ouvida:

- A coisa em pessoa a bombordo! – gritou o arpoador.

Todos os olhos voltaram-se para o ponto indicado. Ali, três quilômetros de distância da fragata, uma massa longa e escura emergia um metro acima das ondas. Sua cauda, sacudida violentamente, produziu um turbilhão considerável. Nunca uma cauda havia batido no mar com tamanha violência. Um rastro imenso, de uma brancura estonteante, marcou a passagem do animal, e fez uma longa curva.

A fragata se aproximou do cetáceo. Eu o examinei cuidadosamente.

Os relatórios do Shannon e do Helvetia haviam exagerado bastante seu tamanho, e eu estimei seu comprimento como sendo só setenta e cinco metros. Quanto a suas dimensões, só pude conjecturar que fossem de proporções admiráveis. Enquanto observava aquele fenômeno, dois jatos de vapor de água foram ejetados de suas ventas, e subiram a mais de trinta metros; assim, verifiquei seu modo de respirar. Concluí definitivamente que pertencia ao ramo dos vertebrados, classe dos mamíferos.

A tripulação esperava impacientemente as ordens de seu chefe. Este último, após observar o animal com atenção, chamou o engenheiro. O engenheiro correu até ele.

- Senhor, – disse o comandante, – está com o vapor alto?

- Sim, senhor – respondeu o engenheiro.

- Bem, aumente o fogo e coloque a todo vapor.

A ordem foi recebida com três "vivas". O momento do embate havia chegado. Alguns segundos depois, as duas chaminés da fragata vomitaram torrentes de fumaça preta e a ponte sacudiu sob o tremor das caldeiras.

O Abraham Lincoln, impelido por sua maravilhosa hélice, avançou diretamente sobre o animal. Este último permitiu que o navio chegasse a uma distância de um cabo; então, como se desdenhasse mergulhar, girou ligeiramente e parou a uma curta distância.

Esta perseguição durou quase três quartos de hora, sem que a fragata chegasse dois metros mais perto do cetáceo. Ficou evidente que, naquele ritmo, nunca chegaríamos até ele.

- Bom, Sr. Land, – disse o capitão, – me aconselha a mandar os barcos ao mar?

- Não, senhor, – respondeu Ned Land, – porque não pegaremos esta fera facilmente.

- O que faremos, então?

- Aumente o vapor, se conseguir, senhor. Com sua permissão, pretendo me posicionar sob o gurupés[5] e, se chegarmos a uma distância da qual eu possa lançar meu arpão, o farei.

- Vá, Ned – disse o capitão. – Engenheiro, coloque mais pressão.

Ned Land foi para seu posto. Os fogos foram aumentados, a hélice girava quarenta e três vezes por minuto, e o vapor saía das válvulas. Pegamos o livro de registro e calculamos que o Abraham Lincoln estava navegando a trinta quilômetros por hora.

Mas o maldito animal nadava na mesma velocidade.

Durante uma hora inteira, a fragata manteve aquele ritmo, sem chegar dois metros mais perto. Era humilhante para uma das embarcações mais velozes da marinha americana. A tripulação foi tomada por uma raiva obstinada; os marinheiros praguejavam contra o monstro, que, como antes, não dignou-se a dar resposta; o capitão não se contentava mais em retorcer a barba: a mastigava.

O engenheiro foi chamado novamente.

- Colocou os motores a todo vapor?

[5]N. da T.: Mastro que se projeta diagonalmente da frente da embarcação.

- Sim, senhor – respondeu o engenheiro.

A velocidade do Abraham Lincoln aumentou. Seus mastros tremiam até as vases, e as nuvens de fumaça mal conseguiam sair das chaminés estreitas.

Examinaram os registros pela segunda vez.

- Bem? – perguntou o capitão ao homem que estava no timão.

- Trinta e um vírgula um quilômetros, senhor.

- Botem mais vapor.

O engenheiro obedeceu. O manômetro mostrava dez graus. Mas o cetáceo também devia estar esquentando, certamente; pois, sem se esforçar, chegou a trinta e um vírgula um quilômetros.

Que perseguição! Não, não consigo descrever a emoção que me perpassava. Ned Land estava firme em seu posto, com o arpão em mãos. Diversas vezes, o animal deixou que nos aproximássemos dele. "Vamos pegá-lo, vamos pegá-lo!", exclamou o canadense. Mas, justo quando ele ia arremessar, o cetáceo se afastava com uma rapidez que não podia ser estimada como menos do que quarenta e cinco quilômetros por hora, e, mesmo durante a nossa velocidade máxima, ele provocava a fragata, nadando em círculos ao seu redor. Um grito de fúria foi arrancado de todos!

Ao meio-dia, não havíamos avançado mais do que às oito da manhã.

O capitão decidiu, então, tomar medidas mais diretas.

- Ah! – disse ele. – Esse animal é mais rápido do que o Abraham Lincoln. Muito bem! Veremos se escapará destas balas cônicas. Mande seus homens ao castelo de proa, senhor.

A arma do castelo de proa foi imediatamente carregada e trazida. Mas o tiro passou alguns metros acima do cetáceo, que estava a um quilômetro e meio de distância.

- Outro, mais para a direita – exclamou o comandante. – E cinco dólares para quem acertar esta fera infernal.

Um velho atirador, de barba grisalha – que consigo ver mesmo agora –, com olhos firmes e semblante sério, subiu até a arma e mirou por um longo tempo. Um barulho alto foi ouvido, misturado com os gritos de alegria da tripulação.

A bala fez seu trabalho; acertou o animal e, deslizando sobre sua superfície arredondada, perdeu-se nos três quilômetros de profundeza do mar.

A perseguição recomeçou, e o capitão, inclinando-se em minha direção, disse:

- Perseguirei aquela fera até que minha fragata se quebre.

- Sim, – respondi, – e terá toda a razão em fazê-lo.

Desejei que o animal se cansasse e que não fosse insensível à fadiga, como um motor a vapor. Mas não adiantou. Horas se passaram, sem que ele mostrasse qualquer sinal de exaustão.

Contudo, o Abraham Lincoln precisa ser elogiado por ter seguido em frente infatigavelmente. Imagino que a distância que percorreu naquele dia desafortunado, 6 de novembro, não foi menos do que quatrocentos e cinquenta quilômetros. Mas a noite chegou, e lançou sombras sobre o oceano agitado.

Naquele momento, pensei que nossa expedição estava terminada, e que nunca mais veríamos o extraordinário animal. Estava enganado. Dez minutos para as onze da noite, a luz elétrica reapareceu cinco quilômetros a barlavento da fragata, tão pura e intensa quanto na noite anterior.

O narval parecia estar imóvel; talvez cansado do dia de trabalho, dormia, deixando-se flutuar com a ondulação. Era uma chance que o capitão resolveu aproveitar.

Deu suas ordens. O Abraham Lincoln ficou a meio vapor, e avançou cautelosamente, para não acordar seu adversário. Não é raro encontrar, no meio do oceano, baleias dormindo tão profundamente que podem ser atacadas com sucesso, e Ned Land havia atingido mais de uma, enquanto dormiam. O canadense foi posicionar-se novamente sob o gurupés.

A fragata aproximou-se silenciosamente, parou a uma distância de dois cabos do animal e seguiu seu rastro. Ninguém respirava; um silêncio profundo reinava no convés. Estávamos a menos de trinta metros do foco brilhante, cuja luz aumentava e ofuscava nossos olhos.

Naquele momento, inclinado sobre o baluarte do castelo de proa, vi Ned Land abaixo de mim, agarrado na correia com uma mão e brandindo seu terrível arpão na outra, a menos de dez metros do animal imóvel. Repentinamente, seu braço se endireitou, e o arpão foi arremessado; ouvi a batida alta da arma, que parecia ter atingido um corpo sólido. A luz elétrica se apagou de repente, e duas enormes trombas d'água começaram a jorrar sobre o convés da fragata, correndo como uma torrente, de proa a popa, derrubando homens e quebrando as amarras dos suportes das velas. Um tremendo choque se seguiu e, arremessado sobre a balaustrada, sem ter tempo de me segurar, caí ao mar.

Capítulo 7
Uma espécie desconhecida de baleia

A queda inesperada me desorientou tanto, que não tenho lembranças claras de minhas sensações naquele momento. Primeiro, foi sugado a uma profundidade de cerca de dez metros. Sou um bom nadador (apesar de não pretender rivalizar com Byron ou Edgar Poe, que eram mestres na arte), e, naquele mergulho, não perdi minha presença de espírito. Duas vigorosas braçadas me levaram de volta à superfície. Minha primeira preocupação foi procurar o navio. A tripulação me havia visto desaparecer? O Abraham Lincoln tinha se virado? O capitão enviaria um barco? Havia esperanças de ser salvo?

A escuridão era intensa. Vi de relance uma massa escura desaparecendo ao leste, suas luzes se extinguindo à distância. Era a fragata! Eu estava perdido.

- Socorro, socorro! – gritei, nadando em direção ao Abraham Lincoln, em desespero.

Minhas roupas me atrapalhavam; pareciam grudadas no meu corpo, e paralisavam meus movimentos.

Eu estava afundando! Estava sufocando!

- Socorro!

Foi meu último grito. Minha boca se encheu de água; debati-me para não ser sugado para o abismo. Repentinamente, minhas roupas foram agarradas por uma mão forte, e me senti sendo puxado rapidamente para a superfície do mar; e ouvi, sim, ouvi estas palavras ditas no meu ouvido:

- Se o senhor pudesse fazer a gentileza de se deitar sobre meu ombro, o senhor nadaria com muito mais facilidade.

Agarrei com uma mão o braço de meu fiel Conseil.

- É você? – disse eu. – Você?

- Eu mesmo, – respondeu Conseil, – e estou aguardando as ordens do senhor.

- Aquela batida o jogou ao mar, também?

- Não; mas, estando a serviço de meu senhor, eu o segui.

O valoroso camarada achava aquilo natural.

- E a fragata? – perguntei.

- A fragata? – respondeu Conseil, virando-se sobre as costas. – Acho que seria melhor se o senhor não contasse muito com ela.

- Acha?

- Digo que, no momento em que me joguei ao mar, ouvi o homem no timão dizer: "A hélice e o leme estão quebrados".

- Quebrados?

- Sim, quebrados pelos dentes do monstro. É o único dano que o Abraham Lincoln sofreu. Mas é ruim, para nós; ele não responde mais ao timão.

- Então estamos perdidos!

- Talvez – respondeu Conseil, calmamente. – Contudo, ainda temos muitas horas pela frente, e pode-se fazer bastante coisa em algumas horas.

A tranquilidade imperturbável de Conseil me animou novamente. Nadei mais vigorosamente; mas, restrito por minhas roupas, que grudavam-se a mim como um peso de chumbo, senti muita dificuldade em me manter acima da superfície. Conseil percebeu.

- O senhor permite-me fazer um rasgo? – perguntou ele e, passando um canivete aberto sob minhas roupas, as rasgou de cima a baixo rapidamente. Então, as tirou de mim com destreza, enquanto eu nadava pelos dois.

Depois, fiz o mesmo por Conseil, e continuamos a nadar perto um do outro.

Não obstante, nossa situação não estava menos terrível. Talvez nosso desaparecimento não houvesse sido notado e, se houvesse, a fragata não conseguisse navegar, por estar sem seu timão. Conseil argumentou com base nessa suposição e fez seus planos de acordo. Aquele garoto quieto estava perfeitamente senhor de si. Decidimos, então, que visto que nossa única chance de sobrevivência seria sermos resgatados pelos barcos do Abraham Lincoln, devíamos esperar por eles o máximo que pudéssemos.

Resolvi, então, economizar nossas forças, para que os dois não ficassem exaustos ao mesmo tempo. Assim foi que conseguimos: enquanto um se deitava de costas, imóvel, com os braços cruzados e as pernas esticadas, o outro nadava e empurrava o outro à frente. Este esquema de reboque não durava mais de dez minutos para cada um; e, nos revezando, conseguimos nadar por algumas horas, talvez até o raiar do dia. Que chances ínfimas! Mas a esperança é tão firmemente enraizada nos corações dos homens! Ademais, estávamos em dois. Na verdade, declaro (apesar de poder parecer improvável) que, ainda que quisesse acabar com todas as esperanças, que desejasse me desesperar, não podia.

A colisão da fragata com o cetáceo ocorrera cerca de onze horas da noite anterior. Calculei que tínhamos oito horas a nadar antes do dia nascer, uma operação bastante praticável, se nos revezássemos. O mar, bastante calmo, estava a nosso favor. Às vezes, tentei penetrar a intensa escuridão que só era dispersa pela fosforescência causada por nossos movimentos. Observava as ondas luminosas que passavam por cima de minhas mãos, cuja superfície quase que espelhada era cheia de anéis prateados. Poderia ser dito que estávamos em uma banheira de prata-viva.

Quase à uma da manhã, fui tomado por um cansaço violento. Meus membros endureceram sob uma violenta câimbra. Conseil foi obrigado a me segurar, e nossa preservação passou a depender somente dele. Ouvia o pobre garoto ofegar; sua respiração ficou curta e acelerada. Percebi que ele não aguentaria muito mais tempo.

- Deixe-me! Deixe-me! – disse para ele.

- Deixar meu senhor? Jamais! – respondeu ele. – Prefiro me afogar.

Naquele momento, a lua apareceu através dos contornos de uma grossa nuvem, que o vento empurrava em direção ao leste. A superfície do mar brilhava com seus raios. Aquela luz gentil nos reanimou. Minha mente melhorou. Olhei para todos os pontos do horizonte. Avistei a fragata! Estava a oito quilômetros de nós e parecia uma massa preta, mal discernível. Mas não havia nenhum barco!

Eu teria gritado. Mas que bem faria, àquela distância? Meus lábios inchados não conseguiam emitir nenhum som. Conseil conseguia articular algumas palavras, e o ouvi repetir, em intervalos: "Socorro! Socorro!".

Nossos movimentos foram suspensos por um instante; ouvíamos. Poderia ser só um zumbido nos ouvidos, mas me parecia que um grito respondera o chamado de Conseil.

- Ouviu isso? – murmurei.

- Sim! Sim!

E Conseil gritou mais uma vez, desesperadamente.

Daquela vez, não houve engano! Uma voz humana respondeu às nossas. Seria a voz de outra criatura desafortunada, abandonada no meio do oceano, alguma outra vítima da batida que a embarcação sofrera? Ou seria um barco da fragata, que nos chamava na escuridão?

Conseil fez um último esforço e, apoiando-se sobre meu ombro, enquanto eu me impulsionava com um esforço desesperado, levantou metade do corpo para fora d'água, depois soltou-se, exausto.

- O que conseguiu ver?

- Eu vi... – murmurou ele. – Eu vi... não fale nada. Reserve suas forças!

O que ele havia visto? Naquele momento, não sei por que, pensei no monstro pela primeira vez! Mas aquela voz! A época em que Jonas se refugiava na barriga da baleia já havia passado! Entretanto, Conseil me puxava novamente. Às vezes levantava a cabeça, olhava à nossa frente e emitia uma exclamação de reconhecimento, que era respondida por uma voz que se aproximava cada vez mais. Eu mal podia ouvi-la. Minhas forças haviam se esgotado; meus dedos, se endurecido; minhas mãos não me apoiavam mais; minha boca, abrindo-se convulsivamente, estava cheia de água salgada. O frio tomava conta de mim. Levantei minha cabeça pela última vez, e então afundei.

Naquele momento, um corpo sólido bateu em mim. Agarrei-o; então, senti que estava sendo puxado para cima, trazido para a superfície, que meu peito estava se esvaziando – e desmaiei.

Tenho certeza de que logo acordei, graças à vigorosa massagem que recebi. Abri os olhos pela metade.

- Conseil – murmurei.

- O senhor me chama? – perguntou Conseil.

Logo então, à luz minguante da lua, que sumia no horizonte, vi um rosto que não era o de Conseil, mas que reconheci imediatamente.

- Ned! – exclamei.

- O próprio, senhor, que está atrás de seu prêmio! – respondeu o canadense.

- Você foi arremessado ao mar pela batida na fragata?

- Sim, Professor; mas, com mais sorte que você, consegui me manter de pé quase que imediatamente, sobre uma ilha flutuante.

- Uma ilha?

- Ou, para falar mais corretamente, sobre o nosso gigantesco narval.

- Explique-se, Ned!

- É que logo descobri por que meu arpão não havia penetrado a pele dele, e porque ele havia ficado cego.

- Por que, Ned, por quê?

- Porque, Professor, a fera é feita de placas de aço.

As últimas palavras do canadense causaram uma repentina revolução em minha mente. Me arrastei rapidamente até o topo da criatura, ou objeto, que estava com metade do corpo para fora d'água e que servia de refúgio para nós. Chutei-o. Era, evidentemente, um corpo sólido e impenetrável, e não a substância macia que forma os corpos dos grandes mamíferos marinhos. Mas aquele corpo sólido podia ser uma cobertura óssea, como a dos animais antediluvianos; e eu poderia classificar aquele monstro entre os répteis anfíbios, como as tartarugas ou os jacarés.

Bem, não! As costas escuras que me serviam de apoio eram lisas, polidas, sem escamas. O golpe produziu um som metálico; e, por mais incrível que possa parecer, devo dizer que era feita de placas rebitadas.

Não havia qualquer dúvida! Aquele monstro, aquele fenômeno natural que embasbacara todo o mundo erudito, e enganado as imaginações dos marinheiros de ambos os hemisférios, era um fenômeno ainda mais assombroso, por ser simplesmente uma construção humana.

Não tínhamos tempo a perder, contudo. Estávamos deitados sobre as costas de algum tipo de submarino, que parecia (até onde eu podia ver), um enorme peixe de aço. Ned Land já havia se convencido, naquele momento. Conseil e eu só podíamos concordar com ele.

Logo então, um borbulhar começou na parte de trás daquela estranha coisa (que era evidentemente impulsionada por uma hélice), e ela começou a se mover. Só tivemos tempo de agarrar a parte superior, que se projetava a cerca de dois metros da superfície, e, felizmente, sua velocidade não era muito grande.

- Contanto que navegue horizontalmente, – murmurou Ned Land, – não me importo; mas se decidir mergulhar, nem vou pensar na minha própria vida.

O canadense poderia ter falado menos. Tornou-se verdadeiramente necessário comunicar-nos com as criaturas, o que quer que fossem, que estavam dentro da máquina. Procurei na parte externa inteira uma abertura, um painel ou uma portinhola, para usar uma expressão técnica; mas as linhas dos rebites de ferro, solidamente enterradas nas juntas das placas, eram nítidas e uniformes. Além disso, a lua havia desaparecido e nos deixado em escuridão total.

Finalmente, aquela longa noite terminara. Minhas lembranças indistintas me impedem de descrever todas as impressões que me causara. Só consigo me lembrar de uma circunstância. Durante alguns momentos de mar e vento calmos, pensei ter ouvido, por diversas vezes, vagos sons, um tipo de harmonia fugidia produzida por palavras de comando. Qual seria, então, o mistério daquela embarcação submarina, sobre a qual o mundo todo buscava, em vão, uma explicação? Que tipo de seres existiam dentro daquele estranho barco? Que agente mecânico causava sua prodigiosa velocidade?

O dia raiou. A neblina matinal nos cercava, mas logo se dissipou. Eu estava prestes a examinar o casco, que formava, no convés, um tipo de plataforma horizontal, quando o senti afundar gradativamente.

- Ah, mas que inferno! – exclamou Ned Land, chutando a placa com um estrondo. – Abram, seus malandros pouco hospitaleiros!

Felizmente, o movimento para baixo cessou. De repente, um barulho, como instrumentos de ferro violentamente empurrados, veio do interior do barco. Uma placa de ferro foi deslizada, um homem apareceu, emitiu uma exclamação estranha, e desapareceu imediatamente.

Alguns momentos depois, oito homens fortes e mascarados apareceram em silêncio e nos levaram para dentro de sua máquina formidável.

Capítulo 8
Mobilis in Mobili

O sequestro, conduzido de forma tão bruta, foi rápido como um raio. Meu corpo inteiro tremia. Com quem teríamos que lidar? Sem dúvida, algum tipo novo de piratas, que exploravam o mar de seu próprio jeito. O painel estreito mal havia se fechado sobre mim, quando fui engolfado pela escuridão. Meus olhos, ofuscados pela luz externa, não conseguiam distinguir nada. Senti meus pés descalços agarrarem-se aos degraus de uma escada de ferro. Ned Land e Conseil, sendo segurados firmemente, me seguiam. Ao pé da escada, uma porta se abriu, e se fechou imediatamente com um ruído, após nossa passagem.

Estávamos sozinhos. Onde, não sabia dizer, e mal podia imaginar. Tudo estava preto, e um preto tão denso que, mesmo após alguns minutos, meus olhos não conseguiram discernir nem mesmo o mais tênue brilho.

Enquanto isso, Ned Land, furioso com aqueles procedimentos, extravasou sua indignação.

- Que inferno! – exclamou ele. – Essas pessoas são tão hospitaleiras quanto os escoceses! São quase canibais. Não ficarei surpreso se me comerem, mas declaro que não o farão sem que eu proteste.

- Acalme-se, amigo Ned, acalme-se – respondeu Conseil, em voz baixa. – Não grite antes de ser machucado. Ainda não estamos perdidos.

- Ainda não, – respondeu o canadense, rispidamente, – mas quase, de todo jeito. As coisas estão pretas. Felizmente, ainda tenho minha faca bowie[6] e sempre consigo enxergar bem o suficiente para usá-la. O primeiro desses piratas que colocar a mão em mim...

- Não se exalte, Ned, – disse eu para o arpoador, – e não nos comprometa com violência desnecessária. Quem sabe eles não nos ouvem? Vamos tentar descobrir onde estamos.

Tateei ao meu redor. Com cinco passos, cheguei a uma parede de ferro, feita de placas parafusadas umas nas outras. Então, me virando, bati em uma mesa de madeira, perto da qual estavam diversos banquinhos. O chão da prisão estava escondido por um grosso tapete, que abafava os sons dos nossos passos. As paredes vazias não revelavam qualquer

[6]N. da T.: Faca longa de caça.

traço de janela ou porta. Conseil, andando na direção contrária, me encontrou e voltamos para o meio da cabine, que media cerca de seis metros por três. Quanto à sua altura, Ned Land, apesar de ser, ele mesmo, bastante alto, não conseguia medir.

Meia hora já havia se passado sem que nossa situação melhorasse, quando a densa escuridão foi repentinamente substituída por uma extrema luz. Nossa prisão foi iluminada, de repente; quero dizer, foi preenchida por uma matéria luminosa, tão forte que não consegui aguentar, logo de cara. Em sua brancura e intensidade, reconheci aquela luz elétrica que brincara ao redor do submarino, como um magnífico fenômeno de fosforescência. Após fechar os olhos involuntariamente, os abri e vi que aquele agente luminoso vinha de um meio-globo, rugoso, posicionado no teto da cabine.

- Finalmente se pode ver! – exclamou Ned Land, que, com a faca na mão, estava em posição defensiva.

- Sim, – disse eu, – mas continuamos no escuro sobre nós mesmos.

- Que o senhor tenha paciência – disse o imperturbável Conseil.

A repentina iluminação da cabine permitiu-me examiná-la em detalhes.

Só continha uma mesa e cinco banquinhos. A porta invisível poderia ter sido hermeticamente selada. Não se ouvia qualquer barulho. Tudo parecia morto no interior daquela embarcação. Ela se mexia, flutuava sobre a superfície do oceano ou mergulhava em suas profundezas? Não conseguia adivinhar.

Um barulho de fechaduras foi, então, ouvido, a porta se abriu e dois homens apareceram.

Um era baixo, bastante musculoso, com ombros largos, membros robustos, cabeça forte, uma abundância de cabelo preto, bigode farto, um olhar vivaz e penetrante e a vivacidade que caracteriza a população do Sul da França.

O segundo estranho merece uma descrição mais detalhada. Identifiquei suas principais qualidades imediatamente: autoconfiança – porque sua cabeça era bem assentada sobre os ombros, e seus olhos negros olhavam ao seu redor com segurança fria; calma – pois sua pele, um tanto pálida, demonstrava a frieza de seu sangue; energia – evidenciada pela rápida contração de suas sobrancelhas altivas; e coragem – porque suas respirações profundas denotavam um grande poder pulmonar.

Se esta pessoa tinha trinta e cinco ou cinquenta anos de idade, não sei dizer. Era alto, com uma testa grande, nariz reto, boca bem definida, belos dentes, com mãos finas e afuniladas, indicativas de um temperamento altamente nervoso. Este homem era, certamente, o espécime mais admirável que eu já conhecera. Uma característica em particular eram seus olhos, um tanto quanto distantes um do outro, e que podiam absorver quase um quarto do horizonte de uma vez só.

Esta habilidade (que verifiquei posteriormente) dava a ele um campo de visão muito superior ao de Ned Land. Quando este estranho se concentrava em um objeto, suas sobrancelhas se juntavam, suas grandes pálpebras se fechavam para contrair seu campo de visão, e ele parecia magnificar os objetos diminuídos pela distância, como se penetrasse as camadas d'água tão opacas a nossos olhos e como se lesse as próprias profundezas dos mares.

Os dois estranhos, com chapéus feitos de pelo de lontra marinha e calçados com botas feitas de pele de foca, estavam vestidos com roupas de textura particular, que permitiam que seus membros se movimentassem livremente. O mais alto dos dois, evidentemente o chefe a bordo, nos examinou com grande atenção, sem dizer uma palavra; e então, virando-se para seu companheiro, falou com ele em uma língua desconhecida. Era um dialeto sonoro, harmonioso e flexível, com as vogais parecendo permitir uma acentuação variada.

O outro respondeu com um aceno de cabeça, e acrescentou duas ou três palavras perfeitamente incompreensíveis. Então, pareceu questionar-me com um olhar.

Respondi em bom francês que não conhecia sua língua; mas ele pareceu não me entender e minha situação se tornou ainda mais embaraçosa.

- Se o mestre contasse nossa história, – disse Conseil, – talvez esses cavalheiros pudessem entender algumas palavras.

Comecei a contar nossas aventuras, articulando cada sílaba claramente, e sem omitir um único detalhe. Anunciei nossos nomes e cargos, apresentando, em pessoa, o Professor Aronnax, seu criado Conseil e o senhor Ned Land, o arpoador.

O homem de olhos suaves e calmos me ouvia em silêncio, até mesmo com educação e extrema atenção; mas nada em seu semblante indicava que havia compreendido minha história. Quando terminei, ele não disse uma palavra.

Nos restava só um recurso, falar em inglês. Talvez conhecessem o idioma quase que universal. Eu o conhecia – assim como o alemão – bem o suficiente para lê-lo fluentemente, mas não para falá-lo corretamente. Mas, de qualquer forma, precisávamos nos fazer entender.

- Agora é sua vez, – disse eu para o arpoador, – fale seu melhor anglo-saxão, e tente se sair melhor do que eu.

Ned não hesitou e recomeçou nossa história.

Para seu enorme desgosto, o arpoador não pareceu ter sido mais inteligível do que eu. Nossos visitantes não se mexeram. Evidentemente, não compreendiam nem o idioma da Inglaterra, nem o da França.

Muito embaraçado, após termos exaurido em vão nossos recursos falados, eu não sabia o que fazer, quando Conseil disse:

- Se o senhor me permitir, contarei a história em alemão.

Mas, apesar dos termos elegantes e bom sotaque do narrador, a língua alemã não obteve sucesso. Finalmente, confuso, tentei recordar-me de minhas primeiras aulas, e narrar nossas aventuras em latim, mas sem melhor sucesso. Esta última tentativa tendo sido infrutífera, os dois estranhos trocaram algumas palavras em sua língua desconhecida e se retiraram.

A porta se fechou.

- É uma vergonha absoluta – exclamou Ned Land, que explodiu pela vigésima vez – Falamos com aqueles patifes em francês, inglês, alemão e latim, e nenhum deles teve a educação de responder!

- Acalme-se, – disse eu para o impetuoso Ned, – raiva não será de nenhuma valia.

- Mas o senhor vê, Professor, – respondeu nosso irascível companheiro, – que certamente morreremos de fome nesta jaula de ferro?

- Bah! – disse Conseil, filosoficamente. – Ainda conseguimos aguentar mais um pouco.

- Meus amigos, – disse eu, – não podemos nos desesperar. Já estivemos em situações piores. Façam-me o favor de esperar um pouco antes de formar uma opinião sobre o comandante e a tripulação deste barco.

- Minha opinião está formada – respondeu Ned Land, rispidamente. – São patifes.

- Que bom! E de que país?

- Da terra dos vilões!

- Meu corajoso Ned, este país não está claramente indicado no mapa-múndi; mas admito que a nacionalidade dos dois estranhos é difícil de determinar. Nem inglesa, francesa, nem alemã, isso com certeza. Contudo, estou inclinado a pensar que o comandante e seu companheiro nasceram nas latitudes baixas. Há sangue sulista neles. Mas não consigo decidir, com base em sua aparência, se são espanhóis, turcos, árabes ou indianos. Quanto à sua língua, é bastante incompreensível.

- É a desvantagem de não se conhecer todas as línguas, – disse Conseil, – ou a desvantagem de não se ter uma língua universal.

Enquanto ele dizia essas palavras, a porta se abriu. Um camareiro entrou. Nos trazia roupas, casacos e calças, feitos de materiais que eu não conhecia. Apressei-me em me vestir, e meus companheiros seguiram meu exemplo. Durante aquele tempo, o camareiro – mudo, talvez surdo – havia posto a mesa e colocado três pratos.

- Está aí algo que gosto! – disse Conseil.

- Bah! – disse o arpoador enraivecido. – O que você supõe que eles comem aqui? Fígado de tartaruga, filé de tubarão e carne de foca.

- Veremos – disse Conseil.

Os pratos, de metal para fazer sinos, foram colocados sobre a mesa, e tomamos nossos lugares. Sem dúvida, estávamos lidando com pessoas civilizadas e, se não fosse pela luz elétrica que nos inundava, eu poderia ter imaginado que estava no salão de jantar do Hotel Adelphi em Liverpool, ou no Grand Hotel em Paris. Devo dizer, contudo, que não havia pão, nem vinho. A água era fresca e límpida, mas era água, e não combinou com o gosto de Ned Land. Entre os pratos que nos foram trazidos, reconheci diversos peixes, delicadamente temperados; mas alguns, apesar de excelentes, eu não podia dar qualquer opinião, tampouco dizer a que reino pertenciam, se animal ou vegetal. Quanto à baixela, era elegante e perfeitamente de bom gosto. Cada utensílio – colher, garfo, faca, prato – tinha uma letra gravada, com um lema sobre ela, dos quais esta é uma cópia exata:

MOBILIS IN MOBILI
N

A letra N era, sem dúvida, a inicial do nome da pessoa enigmática que comandava no fundo do oceano.

Ned e Conseil não refletiram muito. Devoraram a comida, e fiz igual. Ademais, eu já estava certo quanto ao nosso destino, e parecia evidente que nossos anfitriões não nos deixariam morrer de fome.

Entretanto, tudo tem um fim, tudo passa, até mesmo a fome de pessoas que não comem há quinze horas. Com nossos apetites satisfeitos, nos sentimos tomados pelo sono.

- Nossa! Dormirei muito bem – disse Conseil.

- Eu também – respondeu Ned Land.

Meus dois companheiros se esticaram sobre o carpete da cabine e logo estavam em um sono pesado. De minha parte, pensamentos demais aglomeravam-se em meu cérebro, perguntas insolúveis demais me pressionavam, imaginações demais mantinham meus olhos entreabertos. Onde estávamos? Que estranha força nos impulsionava para a frente? Eu sentia – ou, na verdade, imaginava sentir – a máquina afundando até os níveis mais profundos do mar. Terríveis pesadelos me acometiam; eu via, naquelas misteriosas regiões isoladas, um mundo de animais desconhecidos, entre os quais aquele submarino parecia ser igual, vivo, móvel e formidável como eles. Então, minha mente se acalmou, minha imaginação perambulou para uma inconsciência vaga e logo caí em um sono profundo.

Capítulo 9
O temperamento de Ned Land

Não sei dizer por quanto tempo dormimos, mas nosso sono deve ter durado bastante, pois nos recuperou completamente de nosso cansaço. Acordei primeiro. Meus companheiros não haviam se movido, e continuavam esticados em seus cantos.

Mal havia levantado de meu sofá um tanto quanto duro, senti meu cérebro liberto, minha mente clara. Então, comecei um exame atento de nossa cela. A prisão continuava sendo uma prisão – os prisioneiros, prisioneiros. Contudo, o camareiro, durante nosso sono, havia tirado a mesa. Eu respirava com dificuldade. O ar pesado parecia oprimir meus pulmões. Apesar de a cela ser grande, havíamos evidentemente consumido uma grande parte do oxigênio que continha. Na verdade, cada pessoa consome, em uma hora, o oxigênio contido em mais de 80 litros de ar, e este ar, carregado (como estava) com uma quantidade quase igual de gás carbônico, se torna impossível de ser respirado.

Tornara-se necessário renovar a atmosfera de nossa prisão e, sem dúvida, de todo o submarino. Isso fez com que surgisse uma questão em minha mente. Como o comandante daquela habitação flutuante procederia? Obteria ar por meios químicos, conseguindo, através do calor, o oxigênio contido no cloreto de potássio, e absorvendo gás carbônico por hidróxido de potássio? Ou – uma alternativa mais conveniente, econômica e, consequentemente, mais provável – se contentaria em subir e respirar na superfície da água, como uma baleia, e, deste modo, renovar a provisão atmosférica por vinte e quatro horas?

Na verdade, eu já estava sendo obrigado a aumentar minhas respirações para retirar da pequena cela o pouco de oxigênio que continha, quando fui repentinamente refrescado por uma corrente de ar puro e perfumado com emanações salinas. Era uma brisa do mar revigorante, carregada de iodo. Abri bem minha boca e meus pulmões se saturaram com partículas frescas.

Ao mesmo tempo, senti o barco rolando. O monstro de placas de ferro havia, evidentemente, acabado de subir à superfície do oceano para respirar, à moda das baleias. Descobri, com isso, a forma de ventilação do barco.

Após inalar livremente aquele ar, busquei o cano de condução, que trazia até nós a lufada benéfica, e não demorei a encontrá-lo. Acima da porta, havia um duto de ventilação, através do qual volumes de ar fresco renovavam a atmosfera empobrecida da cela.

Fazia minhas observações, quando Ned e Conseil acordaram, quase ao mesmo tempo, sob a influência do ar renovador. Esfregaram os olhos, espreguiçaram e estavam de pé em um instante.

- O senhor dormiu bem? – perguntou Conseil, com sua educação costumeira.

- Muito bem, meu corajoso garoto. E você, Sr. Land?

- Profundamente, Professor. Mas, não sei se estou certo, parece haver uma brisa do mar!

Um marinheiro não poderia se enganar, e contei para o canadense tudo o que havia transcorrido enquanto ele dormia.

- Bom! – disse ele. – Isso explica os rugidos que ouvimos, quando o suposto narval tinha o Abraham Lincoln em sua mira.

- Exatamente, senhor Land; estava respirando.

- Só que, Sr. Aronnax, não tenho ideia de que horas sejam, a não ser que seja hora do jantar.

- Hora do jantar! Meu bom homem! Está mais para hora do café da manhã, pois certamente já começamos um novo dia.

- Então, – disse Conseil, – dormimos vinte e quatro horas?

- É minha opinião.

- Não o contradirei – respondeu Ned Land. – Mas, jantar ou café, o camareiro seria bem-vindo, o que quer que traga.

- Senhor Land, precisamos nos adaptar às regras de bordo, e suponho que nossos apetites estejam se antecipando à hora da comida.

- É bem a sua cara dizer isso, amigo Conseil – disse Ned, impacientemente. – Nunca perde a paciência, está sempre calmo; você preferiria agradecer antes de receber a bênção, e morrer de fome antes de reclamar!

O tempo passava e ficávamos extremamente famintos; mas, daquela vez, o camareiro não apareceu. Era um período um tanto longo demais para nos abandonarem, se realmente tinham boas intenções em relação a nós. Ned Land, atormentado pela fome, ficou ainda mais nervoso; e, não obstante sua promessa, temi uma explosão, quando ele se encontrasse com alguém da tripulação.

Por mais duas horas, o temperamento de Ned Land piorou; ele clamou e gritou, mas em vão. As paredes estavam surdas. Não havia um som a ser ouvido em todo o barco; tudo estava parado como a morte. Ele não se movia, pois eu teria sentido o tremor do casco sob a influência dos parafusos. Mergulhado nas profundezas das águas, não pertencia mais à terra; o silêncio era terrível.

Sentia-me aterrorizado, Conseil estava calmo, e Ned Land rugia.

Naquele momento, um barulho foi ouvido lá fora. Passos soavam sobre o piso de metal. As trancas foram giradas, a porta aberta e o camareiro apareceu.

Antes que eu pudesse avançar para impedi-lo, o canadense jogara o camareiro no chão e o segurara pela garganta. O homem sufocava sob a pressão de sua poderosa mão.

Conseil já estava tentando tirar a mão do arpoador de sua vítima quase sufocada, e eu me apressava para ajudar, quando, de repente, fui imobilizado pelo som das seguintes palavras em francês:

- Fique quieto, senhor Land; e você, Professor, poderia fazer a gentileza de me ouvir?

Capítulo 10
O homem dos mares

Era o comandante da embarcação que falava.

Ao som dessas palavras, Ned Land levantou-se repentinamente. O camareiro, quase estrangulado, cambaleou para fora, a um sinal de seu mestre. Mas tamanho era o poder do comandante a bordo, que nenhum gesto traiu o ressentimento que o homem deve ter sentido em relação ao canadense. Conseil, interessado apesar de si mesmo, e eu, estupefato, esperamos em silêncio o desfecho da cena.

O comandante, inclinado sobre a ponta da mesa, com os braços dobrados, nos examinava com profunda atenção. Hesitava ele em falar? Arrependia-se das palavras que acabara de pronunciar em francês? Quase que se poderia pensar que sim.

Após alguns minutos de silêncio, que nenhum de nós sonhava em interromper:

- Cavalheiros, – disse ele, em uma voz calma e penetrante, – falo francês, inglês, alemão e latim igualmente bem. Poderia, portanto, tê-los respondido após sua primeira narrativa, mas quis conhecê-los primeiro, e depois refletir. A história contada por cada um de vocês, batendo inteiramente em relação aos pontos principais, convenceu-me de sua identidade. Agora sei que a sorte trouxe até mim o Monsieur Pierre Aronnax, Professor de História Natural do Museu de Paris, a quem foi confiada uma missão científica no estrangeiro; Conseil, seu criado; e Ned Land, de origem canadense, arpoador a bordo da fragata Abraham Lincoln, da marinha dos Estados Unidos da América.

Concordei com a cabeça. Não era uma pergunta, que o comandante me fazia. Portanto, não havia resposta a ser dada. O homem se expressava com perfeita facilidade, sem qualquer sotaque. Suas frases eram bem formuladas, suas palavras claras e a fluência de seu discurso incrível. Ainda assim, não reconheci nele um compatriota.

Ele continuou a conversa nesses termos:

- Indubitavelmente pensou, senhor, que demorei demais para fazer-lhe esta segunda visita. O motivo é que, tendo reconhecido sua identidade, quis cogitar, de forma madura, que papel eu deveria assumir em relação a vocês. Hesitei muito. Circunstâncias das mais irritantes os trouxeram à presença de um homem que rompeu todos os laços com a humanidade. Vieram para perturbar minha existência.

- Involuntariamente! – disse eu.

- Involuntariamente? – respondeu o estranho, levantando um pouco a voz. – Foi involuntariamente que o Abraham Lincoln me perseguiu por todos os cantos do oceano? Foi involuntariamente que vocês embarcaram na fragata? Foi involuntariamente que suas balas de canhão ricochetearam nas placas de minha embarcação? Foi involuntariamente que o Sr. Ned Land me atingiu com seu arpão?

Detectei uma irritação contida nestas palavras. Mas a estas recriminações, eu tinha uma resposta bastante natural para dar, e a dei.

- Senhor, – disse eu, – sem dúvida desconhece as discussões que ocorreram em relação a você, nos Estados Unidos e na Europa. Não sabe que diversos acidentes, causados por colisões com sua máquina submarina, despertaram o interesse do público nos dois continentes. Omito as incontáveis teorias que tentaram explicar aquilo cujo segredo só você possui. Mas deve entender que, ao persegui-lo pelos altos-mares no Pacífico, o Abraham Lincoln acreditava estar atrás de um poderoso monstro marinho, do qual era necessário livrar os mares a qualquer preço.

Um ligeiro sorriso entortou os lábios do comandante. Então, em uma voz mais calma:

- Sr. Aronnax – respondeu ele, – ousa afirmar que sua fragata não teria perseguido e atirado um submarino, tanto quanto um monstro?

A pergunta me envergonhou, pois certamente o Capitão Farragut não teria hesitado. Poderia ter considerado seu dever destruir um aparato daquele tipo, tanto quanto um narval gigantesco.

- Compreende, então, senhor, – continuou o estranho, – que tenho o direito de tratá-los como inimigos?

Não respondi nada, de propósito. Pois que bem faria discutir tal asseveração, quando a força poderia destruir o melhor dos argumentos?

- Hesitei por algum tempo, – continuou o comandante, – nada me obrigava a mostrar-lhes hospitalidade. Se decidisse me separar de vocês, não teria o menor interesse em vê-los novamente; poderia colocá-los no convés desta embarcação, que já lhes serviu de refúgio, afundar sob as águas e esquecer de sua existência. Não seria um direito meu?

- Poderia ser o direito de um selvagem, – respondi, – mas não de um homem civilizado.

- Professor, – respondeu o comandante, rapidamente, – não sou o que chama de homem civilizado! Larguei a sociedade inteiramente, por motivos que só eu tenho o direito de apreciar. Portanto, não obedeço suas leis, e peço que nunca as mencione na minha frente novamente!

Isto foi dito de forma direta. Um lampejo de raiva e desdém surgiu nos olhos do Desconhecido, e pude entrever um terrível passado na vida daquele homem. Não só ele havia se colocado para além das leis humanas, como também havia se tornado independente delas, livre na definição mais estrita da palavra, bem além de seu alcance! Quem, então, ousaria persegui-lo no fundo do mar, quando, em sua superfície, ele desafiava todos os ataques a ele?

Que embarcação poderia resistir a um choque com seu submarino? Que couraça, por mais grossa que fosse, poderia aguentar as batidas de seu esporão? Nenhum homem poderia exigir que ele explicasse seus atos; Deus, se ele acreditasse em algum – sua consciência, se ele tivesse uma – eram os únicos juízes para os quais prestava contas.

Estas reflexões passaram rapidamente por minha mente, enquanto o personagem incógnito estava em silêncio, absorto, como se ensimesmado. Eu o olhava com medo, misturado com interesse, do modo como, sem dúvida, Édipo olhara para a Esfinge.

Após um silêncio um tanto quanto longo, o comandante continuou a conversa.

- Hesitei, – disse ele, – mas pensei que meus interesses poderiam ser conciliados com a pena à qual todo ser humano tem direito. Permanecerão a bordo de minha embarcação, já que o destino os jogou aqui. Estarão livres; e, em troca desta liberdade, só imporei uma única condição. Sua palavra de honra de que irão obedecer a ela será o suficiente.

- Fale, senhor – respondi. – Suponho que esta condição seja do tipo que um homem honrado possa aceitar?

- Sim, senhor; é esta: é possível que certos eventos, imprevisíveis, possam me obrigar a restringi-los a suas cabines por algumas horas, ou alguns dias, conforme o caso. Como desejo nunca usar violência, espero de você, mais do que todos os outros, uma obediência passiva. Ao agir deste modo, assumo toda a responsabilidade: o absolvo inteiramente, pois impedirei que vejam o que não deve ser visto. Aceitam esta condição?

Então coisas ocorriam a bordo que eram, no mínimo, singulares, e que não podiam ser vistas por pessoas que não estivessem além do alcance das leis sociais. Entre as surpresas que o futuro estava preparando para mim, esta podia não ser a menor.

- Aceitamos, – respondi, – só pedirei sua permissão, senhor, para fazer-lhe uma pergunta; somente uma.

- Fale, senhor.

- Disse que estaríamos livres a bordo.

- Inteiramente.

- Pergunto-lhe, então, o que quer dizer com esta liberdade?

- Só a liberdade de ir, vir, ver, até mesmo observar, tudo o que se passa aqui, salvo raras circunstâncias. A liberdade, em resumo, que nós mesmos, eu e meus companheiros, temos.

Era evidente que não entendíamos um ao outro.

- Perdão, senhor, – continuei, – mas esta liberdade é somente aquela que todo prisioneiro tem, de vaguear por sua prisão. Não pode nos ser suficiente.

- Terá que lhes ser suficiente, contudo.

- O que! Devemos renunciar para sempre revermos nosso país, nossos amigos, nossos parentes?

- Sim, senhor. Mas renunciar aquele insuportável jugo mundano, que os homens acreditam ser liberdade, talvez não seja tão doloroso quanto imagina.

- Bem, – exclamou Ned Land, – nunca te darei minha palavra de honra de que não tentarei escapar.

- Não pedi sua palavra de honra, Sr. Land – respondeu o comandante, friamente.

- Senhor, – respondi, começando a ficar irritado, apesar de mim mesmo, – está abusando de sua situação em relação a nós; isso é crueldade.

- Não, senhor, é clemência. São meus prisioneiros de guerra. Os mantenho, quando poderia, com uma palavra, mergulhá-los nas profundezas do oceano. Vocês me atacaram. Surpreenderam um segredo que nenhum homem do mundo deve penetrar – o segredo de minha inteira existência. E acham que vou mandá-los de volta para aquele mundo, que não pode mais me conhecer? Jamais! Ao retê-los, não são vocês que protejo – é a mim mesmo.

Essas palavras indicaram uma resolução formada pelo comandante, contra a qual nenhum argumento prevaleceria.

- Então, senhor, – contrapus, – apenas nos dá a escolha entre vida e morte?

- Apenas isso.

- Meus amigos, – disse eu, – a uma pergunta deste modo feita, não há nada a responder. Mas nenhuma palavra de honra nos prende ao mestre desta embarcação.

- Nenhuma, senhor – respondeu o Desconhecido.

Então, em um tom mais brando, ele continuou:

- Agora, permitam-me terminar o que tenho a dizer para vocês. Te conheço, Monsieur Aronnax. Você e seus companheiros talvez não tenham tanto do que reclamar sobre a fortuna que os ligou ao meu destino. O senhor encontrará, entre os livros que mais gosto de estudar, a obra que publicou sobre "as profundezas do mar". O leio sempre. O senhor conduziu seu trabalho até onde a ciência terrestre lhe permitiu. Mas não conhece tudo; não viu tudo. Deixe que lhe diga, então, Professor, que não se arrependerá do tempo passado a bordo de minha embarcação. Visitará a terra das maravilhas.

Tais palavras do comandante tiveram um grande efeito sobre mim. Não posso negar. Meu ponto fraco havia sido tocado; e esqueci, por um momento, que a contemplação desses assuntos sublimes não fazia a perda da liberdade valer a pena. Então, limite-me a dizer:

- Por qual nome devo tratá-lo?

- Senhor, – respondeu o comandante, – para você, não sou nada além de Capitão Nemo, e você e seus companheiros não são nada para mim, além de passageiros do Náutilus.

O Capitão Nemo chamou, e um camareiro apareceu. O capitão deu a ele suas ordens, naquele idioma estranho que eu não compreendia. Então, voltando-se para o canadense e Conseil:

- Uma refeição os aguarda em sua cabine – disse ele. – Tenham a bondade de seguir este homem.

- E agora, Monsieur Aronnax, nosso café da manhã está pronto. Permita-me guiá-lo.

- Estou à sua disposição, Capitão.

Segui o Capitão Nemo e, logo que passáramos pela porta, descobri-me em um tipo de passagem, iluminada por eletricidade, semelhante à parte central de um navio. Após termos andado por dez metros, uma segunda porta se abriu à minha frente.

Entrei, então, em uma sala de jantar, decorada e mobiliada com gosto severo. Aparadores altos, feitos de carvalho, engastados com ébano, estavam nas duas extremidades da sala, e sobre eles brilhavam louças, porcelanas e vidros de valor inestimável. O prato sobre a mesa brilhava nos raios que o teto iluminado lançava, enquanto a luz era temperada e suavizada por maravilhosas pinturas.

No centro da sala estava uma mesa ricamente posta. O Capitão Nemo indicou o lugar que eu deveria ocupar.

O café da manhã consistia em uma certa quantidade de pratos, cujo conteúdo fora fornecido somente pelo mar; e eu desconhecia a natureza e o modo de preparação de alguns deles. Reconheci que eram bons, mas tinham um sabor peculiar, ao qual me acostumei facilmente. Aqueles diferentes alimentos me pareciam ser ricos em fósforo, e pensei que deviam ter origem marinha.

O Capitão Nemo me olhava. Não fiz quaisquer perguntas, mas ele adivinhou meus pensamentos e respondeu voluntariamente as perguntas que eu ansiava por lhe fazer.

- A maioria destes pratos lhe é desconhecida – disse ele para mim. – Contudo, pode servir-se deles sem medo. São saudáveis e nutritivos. Há muito que renunciei da comida da terra, e nunca adoeço, hoje em dia. Minha tripulação, que é saudável, se alimenta da mesma comida.

- Então, – disse eu, – todos estes comestíveis são produtos do mar?

- Sim, Professor, o mar supre todas as minhas necessidades. Às vezes, puxo minhas redes atrás da embarcação e as recolho a ponto de quebrar. Às vezes, caço no meio deste elemento, que parece inacessível para o homem, e capturo os animais que habitam minhas florestas submarinas. Meus rebanhos, assim como os dos velhos pastores de Netuno, pastam destemidamente nas imensas pradarias do oceano. Tenho uma vasta propriedade lá, que eu mesmo cultivo, e que é sempre semeada pela mão do Criador de todas as coisas.

- Consigo compreender perfeitamente, senhor, que suas redes fornecem excelentes peixes para sua mesa; também consigo compreender que caça animais aquáticos em suas florestas submarinas. Mas não entendo de modo algum como uma partícula de carne, por menor que seja, possa fazer parte de seu cardápio.

- Isto aqui, que acredita ser carne, Professor, não é nada além de filé de tartaruga. Aqui também temos alguns fígados de golfinho, que você pensa ser ragu de porco. Meu cozinheiro é um camarada esperto, mestre em temperar estes vários produtos do oceano. Prove todos estes pratos. Aqui temos uma conserva de pepino do mar, que um malaio declararia ser a melhor do mundo; aqui, um creme, cujo leite foi fornecido pelos cetáceos, e o açúcar pelas grandes favas do Mar do Norte; e, por último, permita-me oferecer-lhe uma conserva de anêmonas, igualável à mais deliciosa das frutas.

Provei, mais por curiosidade do que como um conhecedor, enquanto o Capitão Nemo me encantava com suas histórias extraordinárias.

- Gosta do mar, Capitão?

- Sim; o amo! O mar é tudo. Cobre sete décimos do globo terrestre. Seu ar é puro e saudável. É um imenso deserto, onde o homem nunca fica solitário, pois sente a vida vibrando por todos os lados. O mar é somente uma existência sobrenatural e maravilhosa personificada. Não é nada além de amor e emoção; é o "Infinito Vivo", como um de seus poetas disse. Na verdade, Professor, a Natureza se manifesta nele em seus três reinos – mineral, vegetal e animal. O mar é o vasto reservatório da Natureza. O planeta começou com o mar, por assim dizer; e quem sabe não termina com ele? Em sua suprema tranquilidade. O mar não pertence a déspotas. Sobre sua superfície, o homem ainda pode exercer suas leis injustas, brigar, fazer um ao outro em pedaços, e se deixar levar pelos horrores terrestres. Mas, dez metros abaixo de seu nível, o reino do homem cessa, sua influência é sufocada, e seu poder desaparece. Ah, senhor, viva! Viva no seio das águas! Só há independência! Aqui, não reconheço nenhum mestre! Aqui, sou livre!

O Capitão Nemo caiu repentinamente em silêncio, no meio deste entusiasmo, pelo qual havia se deixado levar. Por alguns minutos, andou de um lado para o outro, muito agitado. Então, se acalmou, recobrou sua costumeira frieza de expressão e, virando-se para mim, disse:

- Agora, Professor, se quiser explorar o Náutilus, estou à sua disposição.

O Capitão Nemo levantou-se. Eu o segui. Uma porta dupla, colocada na parte de trás da sala de jantar, se abriu, e entrei em um cômodo de dimensões iguais às do que havia acabado de sair.

Era uma biblioteca. Altos móveis, feitos de ébano cor de violeta escura, engastados com latão, suportavam em suas largas estantes uma grande quantidade de livros, com capas uniformes. Seguiam o formato da sala, terminando, na parte inferior, em enormes divãs, cobertos com couro marrom, curvados, para propiciar o maior conforto. Mesas móveis e leves, feitas para deslizarem para dentro e para fora, à vontade, permitiam que a pessoa descansasse seu livro enquanto lia. No centro, ficava uma imensa mesa, coberta com panfletos, entre os quais havia alguns jornais, já antigos. A luz elétrica inundava tudo; emanava de quatro globos grosseiros, meio afundados nas espirais do teto. Olhei com verdadeira admiração aquele cômodo, tão engenhosamente equipado, e mal podia acreditar em meus olhos.

- Capitão Nemo, – disse eu para meu anfitrião, que acabara de se jogar em um dos divãs, – esta é uma biblioteca digna de um palácio continental, e estou absolutamente atônito, ao considerar que pode te seguir até o fundo do mar.

- Onde mais alguém conseguiria encontrar uma solidão ou um silêncio maior, Professor? – respondeu o Capitão Nemo. – Seu escritório no Museu lhe propiciava tamanho silêncio?

- Não, senhor; e devo confessar que ele é bastante pobre, em comparação com o seu. Deve ter seis ou sete mil volumes, aqui.

- Doze mil, Monsieur Aronnax. Estes são os únicos laços que me ligam à terra. Mas cortei ligações com o mundo no dia em que meu Náutilus mergulhou pela primeira vez debaixo das águas. Naquele dia, comprei meus últimos volumes, meus últimos panfletos, meus últimos artigos, e, daquele momento em diante desejo pensar que os homens não pensam ou escrevem mais. Estes livros, Professor, estão à sua disposição, e pode se utilizar deles livremente.

Agradeci o Capitão Nemo, e fui até as estantes da biblioteca. Obras sobre ciências, morais e literatura eram abundantes, em todos os idiomas; mas não vi nenhum livro sobre economia política. Este tema parecia ser estritamente proscrito. É estranho dizer, mas todos os livros estavam organizados irregularmente, em qualquer idioma que houvessem sido escritos; e aquela mistura provava que o Capitão Nemo devia ler indiscriminadamente os livros que pegava de forma aleatória.

- Senhor, – disse eu para o Capitão, – agradeço por ter colocado esta biblioteca à minha disposição. Ela contém tesouros da ciência e farei bom uso deles.

- Este cômodo não é apenas uma biblioteca, – disse o Capitão Nemo, – é também uma sala de fumo.

- Uma sala de fumo! – exclamei. Então pode-se fumar a bordo?

- Certamente.

- Então, senhor, sou forçado a acreditar que mantém comunicação com Havana.

- Nenhuma – respondeu o Capitão. – Aceite este charuto, Monsieur Aronnax; e, apesar de não vir de Havana, ficará contente com ele, se for um conhecedor.

Peguei o charuto que me era oferecido; seu formato lembrava os de Londres, mas parecia ter sido feito de folhas de ouro. O acendi em um pequeno fogareiro, apoiado sobre uma haste elegante de bronze, e dei as primeiras tragadas com o deleite de um amante do fumo que não fuma há dois dias.

- É excelente, mas não é tabaco.

- Não! – respondeu o Capitão. – Este tabaco não vem nem de Havana, nem do Oriente. É um tipo de alga marinha, rica em nicotina, que o mar me fornece, mas de forma um tanto quanto frugal.

Naquele momento, o Capitão Nemo abriu uma porta que ficava no lado oposto àquele pelo qual havíamos entrado na biblioteca, e passou para uma imensa sala de estar, esplendidamente iluminada.

Era um cômodo vasto, de quatro lados, com dez metros de comprimento, cinco de largura, e quatro de altura. Um teto luminoso, decorado com leves arabescos, lançava uma luz suave e límpida sobre todas as maravilhas acumuladas naquele museu. Pois era, de fato, um museu, no qual uma mão inteligente e pródiga havia acumulado todos os tesouros da natureza e da arte, com a confusão artística que distingue o estúdio de um pintor.

Trinta pinturas de primeira classe, emolduradas uniformemente, separadas por cortinas de cores vívidas, ornamentavam as paredes, nas quais estavam penduradas tapeçarias de design austero. Vi obras de grande valor, a maior parte das quais havia admirado nas coleções especiais da Europa e nas exibições de quadros. As várias escolas dos velhos mestres estavam representadas, por uma madonna do Rafael, uma virgem do Leonardo da Vinci, uma ninfa do Correggio, uma mulher do

Ticiano, uma adoração do Veronese, uma assunção do Murillo, um retrato do Holbein, um monge do Velázquez, um mártir do Ribera, uma dama do Rubens, duas paisagens flamengas do Teniers, três pequenas pinturas de gênero do Gerard Dow, Metsu e Paul Potter, dois espécimes do Géricault e Proudhon, e algumas peças marítimas de Backhuysen e Vernet. Entre as obras dos pintores modernos estavam quadros com as assinaturas de Delacroix, Ingres, Decamps, Troyon, Meissonier, Daubigny, etc., e algumas admiráveis estátuas em mármore e bronze, copiadas dos melhores modelos antigos, estavam sobre pedestais nos cantos daquele magnífico museu. Admiração, como o Capitão do Náutilus havia predito, já começara a tomar conta de mim.

- Professor, – disse aquele estranho homem, – deve desculpar a forma descortês com a qual o recebo, e a desordem desta sala.

- Senhor, – respondi, – sem tentar saber quem você é, reconheço em você um artista.

- Um amador, e nada mais, senhor. Antigamente, adorava colecionar estas maravilhosas obras criadas pela mão do homem. As buscava avidamente, e as desencavava sem descanso, e consegui coletar alguns objetos de grande valor. Estes são meus últimos suvenires daquele mundo que morreu para mim. Para meus olhos, seus artistas modernos já estão velhos; têm dois ou três mil anos de existência; os confundo em minha mente. Mestres não têm idade.

- E estes músicos? – disse eu, apontando para algumas obras de Weber, Rossini, Mozart, Beethoven, Haydn, Meyerbeer, Hérold, Wagner, Auber, Gounod e diversos outros, espalhadas sobre um grande piano-órgão que ocupava um dos painéis da sala de estar.

- Estes músicos – respondeu o Capitão Nemo – são contemporâneos de Orfeu; pois na memória dos mortos, todas as diferenças cronológicas somem; e estou morto, Professor; tão morto quanto os seus amigos que dormem a sete palmos da terra!

O Capitão Nemo ficou em silêncio, e parecia perdido em um devaneio profundo. O contemplei com grande interesse, analisando em silêncio a estranha expressão em sua face. Apoiado sobre um cotovelo, contra um dos ângulos de uma cara mesa de mosaico, ele não me enxergava mais; havia se esquecido de minha presença.

Não perturbei seu devaneio, e continuei a observar as curiosidades que enriqueciam aquela sala.

Sob elegantes estojos de vidro, fechados com rebites de cobre, estavam classificadas e etiquetadas as mais preciosas produções marinhas já apresentadas aos olhos de um naturalista. Podem imaginar meu deleite como professor.

A divisão que continha os zoófitos apresentava os espécimes mais curiosos dos dois grupos de corais e equinodermos. No primeiro grupo, as tubíporas, estavam górgonas arrumadas em forma de leque, esponjas moles da Síria, esponjas das Ilhas Molucas, corais pennatulidae, uma admirável virgularia dos mares noruegueses, umbellularias variegadas, alcyonarias, uma série inteira de madréporas, que meu mestre Milne-Edwards havia classificado de forma tão inteligente, entre as quais reparei em umas maravilhosas flabellinas oculinas da Ilha de Bourbon, o "carro-de-Netuno" das Antilhas, maravilhosas variedades de corais – em resumo, todas as espécies daqueles corais curiosos que formam ilhas inteiras, que, um dia, se tornarão continentes. Dentre os equinodermos, notáveis por sua cobertura de espinhos, havia astérias, estrelas-do-mar, pentácrinos, comátulas, ouriços, holotúrias, etc., representam individualmente uma coleção completa deste grupo.

Um conquiliólogo de disposição um tanto quanto nervosa teria certamente desmaiado na frente de outras vitrines mais numerosas, nas quais estavam classificados espécimes de moluscos. Era uma coleção de valor inestimável, que não tenho tempo para descrever em detalhes. Entre esses espécimes, menciono de memória somente a elegante ostra-real do Oceano Índico, cujas manchas brancas regulares se sobressaíam de forma brilhante de seu fundo vermelho e marrom; um espôndilo-imperial, de cor brilhante e cheio de espinhos, um raro espécime em museus europeus (estimei seu valor em não menos que 1000); um peixe-martelo comum dos mares da Nova Holanda[7], que só se encontra com dificuldade; uma exótica bucárdia do Senegal; frágeis conchas brancas bivalves, que um sopro poderia desmanchar como espuma; diversas variedades do aspergillum de Java, um tipo de tubo calcário, com

[7]N. da T.: Antigo nome europeu para a Austrália.

pontas de dobras em forma de folha, e muito debatido por amadores; uma série inteira de troquídeos, alguns de cor amarela-esverdeada, encontrados nos mares americanos, outros marrom-avermelhados, nativos das águas australianas; outros do Golfo do México, notáveis por suas conchas imbricadas; morugem encontrada nos mares do sul; e, por último, o mais raro de todos, o magnífico aguilhão da Nova Zelândia, assim como todos os tipos de conchas delicadas e frágeis às quais a ciência deu nomes apropriados.

Separadamente, em outros compartimentos, estavam espalhados conjuntos de pérolas da maior beleza, que refletiam a luz elétrica em pequenas centelhas; pérolas rosadas, tiradas dos moluscos pinna nobilis do Mar Vermelho; pérolas esverdeadas da abalone arco-íris; pérolas amarelas, azuis e pretas, produções curiosas dos diversos moluscos de todo oceano, e determinados mexilhões dos cursos d'água do Norte; por último, diversos espécimes de valor inestimável, que haviam sido coletados das ostras perlíferas mais raras. Algumas daquelas pérolas eram maiores do que um ovo de pombo, e mais valiosas do que aquelas que o viajante Tavernier vendera para o Xá da Pérsia por três milhões, e superavam aquela sob a posse do Imã de Mascate, que eu acreditara não ter rivais em lugar nenhum.

Portanto, estimar o valor daquela coleção era simplesmente impossível. O Capitão Nemo deveria ter gasto milhões para adquirir aqueles diversos espécimes, e eu pensava de que fonte ele poderia tê-los obtido, para ter conseguido gratificar daquela forma seu gosto por colecionar, quando fui interrompido pelas seguintes palavras:

- Está examinando minhas conchas, Professor? Sem dúvidas que devem ser interessantes para um naturalista; mas, para mim, têm um encanto ainda maior, pois as coletei todas com minhas próprias mãos, e não há um mar na face desta Terra que escapou de minhas pesquisas.

- Posso compreender, Capitão, o deleite em vaguear no meio de tais riquezas. O senhor é daqueles que coletam seus tesouros por si próprios. Nenhum museu na Europa tem tal coleção dos produtos dos oceanos. Mas se exaurir toda a minha admiração com ela, não sobrará nenhuma para a embarcação que a carrega. Não desejo bisbilhotar seus segredos; mas devo confessar que este Náutilus, com a força motriz que nele está confinada, os aparelhos que ele permite que funcionem, o poderoso agente que o impulsiona, todos excitam minha curiosidade ao máximo. Vejo suspensos nas paredes desta sala instrumentos cujos usos desconheço.

- Encontrará estes mesmos instrumentos em meu próprio aposento, Professor, onde terei o maior prazer em explicar seus usos para o senhor. Mas, primeiro, venha inspecionar a cabine que foi separada para seu uso. Precisa ver como estará acomodado a bordo do Náutilus.

Segui o Capitão Nemo, que, através de uma das portas que se abriam em cada painel da sala de estar, voltou para o corredor. Conduziu-me em direção à proa, e lá encontrei, não uma cabine, mas um cômodo elegante, com cama, cômoda e muitos outros móveis excelentes.

Só pude agradecer a meu anfitrião.

- Seu aposento é contíguo ao meu – disse ele, abrindo uma porta – e o meu dá para a sala de estar da qual acabamos de sair.

Entrei no aposento do Capitão: tinha um aspecto severo, quase monástico. Uma pequena cama de ferro, uma mesa, alguns artigos de toalete; tudo iluminado por uma claraboia. Nenhum conforto, somente o estritamente necessário.

O Capitão Nemo apontou para um assento.

- Faça a gentileza de se sentar – disse ele. Me sentei, e ele começou o seguinte relato.

Capítulo 11
Tudo através da eletricidade

- Senhor, - disse o Capitão Nemo, mostrando-me os instrumentos pendurados nas paredes de seu aposento, - aqui estão os aparelhos necessários para a navegação do Náutilus. Aqui, assim como na sala de estar, eles estão sempre sob meus olhos, e indicam minha posição e direção exata no meio do oceano. Alguns o senhor já conhece, como o termômetro, que indica a temperatura interna do Náutilus; o barômetro, que indica o peso do ar e prevê as mudanças do clima; o higrômetro, que marca a humidade da atmosfera; o barômetro de Fitzroy, cujo conteúdo, se decompondo, anuncia a aproximação de tempestades; a bússola, que guia meu curso; o sextante, que mostra a latitude pela altitude do sol; os cronômetros, pelos quais calculo a longitude; e binóculos para dia e noite, que uso para examinar os pontos do horizonte, quando o Náutilus está sobre para a superfície das ondas.

- São estes os instrumentos náuticos costumeiros, – respondi, – e sei quais são seus usos. Mas estes outros, sem dúvida, preenchem os requisitos específicos do Náutilus. Este mostrador com a agulha que se mexe é um manômetro, não é?

- É, sim, um manômetro. Mas, comunicando-se com a água, cuja pressão externa ele indica, mostra nossa profundidade, ao mesmo tempo.

- E estes outros instrumentos, cujos usos não consigo adivinhar?

- Aqui, Professor, devo dar-lhe algumas explicações. Fará a gentileza de me escutar?

Ele ficou calado por alguns momentos, e depois disse:

- Há um agente poderoso, obediente, rápido, fácil, que se confirma a todos os usos, e reina supremo em minha embarcação. Tudo é feito através dele. Ele ilumina, aquece e é a alma de meus aparelhos mecânicos. Este agente é a eletricidade.

- Eletricidade! – exclamei, surpreso.

- Sim, senhor.

- Ainda assim, Capitão, você possui uma extrema rapidez de movimento, que não combina muito bem com o poder da eletricidade. Até agora, seu poder dinâmico esteve restrito, e só pôde produzir uma pequena quantidade de força.

- Professor, – disse o Capitão Nemo, – minha eletricidade não é a de todo mundo. Sabe do que a água do mar é composta. Em mil gramas, encontram-se noventa e seis centésimos e meio de água, e cerca de dois centésimos e dois terços de cloreto de sódio; então, em quantidade menor, cloretos de magnésio e potássio, brometo de magnésio, sulfato de magnésia, sulfato e carbonato de cal. Vê, então, que cloreto de sódio forma uma grande parte dela. Então, é este sódio que extraio da água do mar e uso para compor meus ingredientes. Devo tudo ao oceano; ele produz eletricidade, e a eletricidade dá calor, luz, movimento e, por assim dizer, vida ao Náutilus.

- Mas não o ar que respiram?

- Oh! Eu conseguiria fabricar o ar necessário para meu consumo, mas é inútil, pois subo para a superfície quando quero. Contudo, mesmo que a eletricidade não me dê o ar para respirar, ainda assim faz funcionar as poderosas bombas armazenadas em espaçosos reservatórios, e que me permitem prolongar, conforme necessário e por tanto tempo quanto eu quiser, minha permanência no fundo do oceano. Dá uma luz uniforme e ininterrupta, que o sol não dá. Agora, olhe para este relógio: é elétrico, e funciona com uma regularidade que desafia os melhores cronômetros. Eu o dividi em vinte e quatro horas, como os relógios italianos, pois para mim não há dia, nem noite, sol, nem lua, somente esta luz artificial que levo comigo para o fundo do mar. Olha! Agora mesmo, são dez horas da manhã.

- Exatamente.

- Outra aplicação da eletricidade. Este mostrador pendurado à nossa frente indica a velocidade do Náutilus. Um fio elétrico faz com que ele se comunique com o parafuso, e a agulha indica a velocidade real. Olhe! Agora estamos nos movendo a uma velocidade uniforme de seis quilômetros e meio por hora.

- É maravilhoso! E vejo, Capitão, que estava certo ao usar este agente, que toma o lugar do vento, da água e do vapor.

- Ainda não acabamos, Monsieur Aronnax – disse o Capitão Nemo, levantando-se. – Se me permite, examinaremos a popa do Náutilus.

Na verdade, eu já conhecia a parte anterior daquele submarino, do qual esta é a divisão exata, começando pela cabeça da embarcação: a sala de jantar, com quatro metros e meio de comprimento, separada da biblioteca por uma repartição impermeável; a biblioteca, com quatro metros e meio de comprimento; a grande sala de estar, com dez metros de comprimento, separada do aposento do Capitão por uma segunda repartição impermeável; o referido aposento, com quatro metros e meio de comprimento; o meu, com dois metros e meio; e, por último, um reservatório de ar, com seis metros e meio de comprimento, que se estendia até a proa. O comprimento total era de trinta e dois metros, ou cento e cinco pés. As repartições tinham portas fechadas hermeticamente, através de instrumentos feitos de borracha, e garantiam a segurança do Náutilus, em caso de vazamentos.

Segui o Capitão Nemo pelo corredor central e cheguei até o meio da embarcação. Havia um tipo de poço que se abria entre duas repartições. Uma escada de ferro, presa por um gancho de ferro à repartição, levava até a extremidade superior. Perguntei ao Capitão para que a escada era usada.

- Leva ao pequeno barco – disse ele.

- O que! Vocês têm um barco? – exclamei, surpreso.

- Claro; uma embarcação excelente, leve e insubmersível, que serve como barco de pesca ou lazer.

- Mas, então, quando deseja embarcar, é obrigado a ir para a superfície?

- De forma alguma. Este barco está preso à parte superior do casco do Náutilus, e ocupa uma cavidade feita para ele. Tem um convés, completamente impermeável, e é mantido preso por parafusos sólidos. Esta escada leva a um buraco no casco do Náutilus, que corresponde a um buraco semelhante feito na lateral do barco. Através desta abertura dupla, entro no pequeno barco. Eles fecham o que pertence ao Náutilus; eu fecho o outro através de pressão. Solto os parafusos, e o barquinho vai para a superfície do mar com prodigiosa rapidez. Então, abro o painel da ponte, cuidadosamente fechado, até então; subo o mastro, desdobro as velas, pego meus remos e parto.

- Mas como volta a bordo?

- Não volto, Monsieur Aronnax; o Náutilus vai até mim.

- Às suas ordens?

- Às minhas ordens. Um fio elétrico nos conecta. Eu telegrafo para ele, e é o suficiente.

- Realmente, – disse, atônito com tais maravilhas, – nada poderia ser mais simples.

Após ter passado pela armação da escada que levava até a plataforma, vi uma cabine com dois metros de comprimento, onde Conseil e Ned Land, encantados com sua refeição, a devoravam com avidez. Então, uma porta se abriu para uma cozinha com três metros de comprimento, situada entre as grandes despensas. Ali, a eletricidade, melhor do que o próprio gás, cuidava de toda a cozinha. Os fluxos sob as fornalhas davam às esponjas de platina um calor que era regularmente mantido e distribuído. Também aqueciam um aparelho de destilação, o qual, por evaporação, fornecia uma excelente água potável. Perto daquela cozinha havia um banheiro, confortavelmente equipado, com torneiras de água quente e fria.

Ao lado da cozinha ficava o aposento dos beliches, com cinco metros de comprimento. Mas a porta estava fechada e não consegui ver como era administrado, o que poderia ter me dado uma ideia da quantidade de homens empregados a bordo do Náutilus.

No final do corredor, havia uma quarta repartição, que separava o cômodo da casa de máquinas. Uma porta se abriu, e encontrei-me no compartimento onde o Capitão Nemo – que certamente era um engenheiro do mais alto nível – havia arrumado seu maquinário locomotivo. Aquela casa de máquinas, bem iluminada, não media menos do que vinte metros de comprimento. Estava dividida em duas partes: a primeira continha os materiais para produzir eletricidade, e a segunda o maquinário que os conectava com a hélice. Examinei tudo com o maior interesse, para compreender o maquinário do Náutilus.

- Perceba – disse o Capitão – que uso os aparelhos de Bunsen, e não os de Ruhmkorff. Estes não seriam tão potentes. Os de Bunsen são em menor número, mas fortes e grandes, o que a experiência comprovou ser melhor. A eletricidade produzida passa para a frente, onde funciona, através de eletroímãs de grande tamanho, sobre um sistema de alavancas e engrenagens que transmitem o movimento para o eixo da hélice. Este, cujo diâmetro é de cinco metros e meio, e a rosca de sete metros, realiza cerca de 120 revoluções em um segundo.

- E o que consegue?

- Uma velocidade de oitenta quilômetros por hora.

- Vi o Náutilus manobrar na frente do Abraham Lincoln e tenho minhas próprias ideias quanto a sua velocidade. Mas isto não é o suficiente. Precisamos ver aonde vamos. Precisamos conseguir dirigi-lo para a direita, esquerda, acima, abaixo. Como chegam às grandes profundezas, onde encontram cada vez mais resistência, de centenas de atmosferas? Como voltam à superfície do oceano? E como se mantêm no meio necessário? Estou perguntando demais?

- De modo algum, Professor, – respondeu o Capitão, com um pouco de hesitação; – já que nunca poderá sair do submarino. Venha para o salão, é o escritório que usamos no dia a dia, e lá ficará sabendo de tudo o que quiser sobre o Náutilus.

Capítulo 12
Alguns números

Um momento depois, estávamos sentados em um divã no salão, fumando. O Capitão me mostrou um desenho da planta, da transversal e da elevação do Náutilus. Então, começou sua descrição com as seguintes palavras:

- Aqui, Monsieur Aronnax, estão as diversas dimensões da embarcação onde o senhor se encontra. É um cilindro alongado, com extremidades cônicas. Seu formato é bastante parecido com o de um charuto, formato este que já é adotado em Londres, em diversas construções do mesmo tipo. O comprimento deste cilindro, de proa à popa, é exatamente setenta metros, e sua largura máxima é oito metros. Não foi construído exatamente como seus barcos a vapor para longas viagens, mas suas linhas são suficientemente longas, e suas curvas prolongadas o suficiente para permitir que a água deslize sobre ele facilmente, e não oponha obstáculo a sua passagem. Estas duas dimensões permitem que se obtenha, através de um simples cálculo, a superfície e o conteúdo cúbico do Náutilus. Sua área mede 1.838 metros, e seu conteúdo é cerca de 1.146 metros cúbicos; quer dizer, quando completamente imerso, desloca 15.240 metros de água, ou pesa 1.500 toneladas.

- Quando desenhei a planta desta embarcação submarina, pretendi que nove-décimos ficassem submersos; consequentemente, ela deveria deslocar só nove-décimos de seu peso bruto, quer dizer, pesar só aquela quantidade de toneladas. Não deveria, portanto, ter superado aquele peso, construindo-a nas referidas dimensões. O Náutilus é composto por dois cascos, um interno e o outro externo, juntados por ferros em formato de T, que fazem com que ele seja muito forte. Na verdade, devido a esse arranjo celular, ele resiste como um bloco, como se fosse sólido. Suas laterais não se dobram; são espontaneamente coesas, e não devido à proximidade de seus rebites; e sua perfeita união de materiais permite que desafie os mares mais bravios. Estes dois cascos são compostos por placas de metal, cuja densidade é de .7 a .8 a da água. O primeiro tem grossura mínima de duas polegadas e meia, e pesa 394 toneladas. O segundo invólucro, a quilha, com vinte polegadas de altura e dez de grossura, pesa só sessenta e duas toneladas. O motor, o lastro, os diversos acessórios e aparelhos, as repartições e as anteparas, pesam 961,62 toneladas. Está acompanhando?

- Estou.

- Então, quando o Náutilus está flutuando sob essas circunstâncias, um décimo dele está fora d'água. Agora, se construí reservatórios de tamanho igual a um décimo dele, ou capazes de comportar 150 toneladas, e os enchesse de água, a embarcação, pesando, então, 1.507 toneladas, ficaria completamente imersa. Isso aconteceria, Professor. Estes reservatórios estão na parte inferior do Náutilus. Abro as torneiras e eles se enchem, e a embarcação que estava no nível da superfície afunda.

- Bem, Capitão, agora chegamos à verdadeira dificuldade. Consigo compreender como sobem à superfície; mas, afundando abaixo dela, seu aparelho submarino não encontra uma pressão, e consequentemente sofre um impulso para cima de uma atmosfera para cada nove metros de água, um pouco acima de sete quilos por centímetro quadrado?

- Exatamente, senhor.

- Então, a menos que encha o Náutilus completamente, não vejo como consegue levá-lo para aquelas profundezas.

- Professor, não deve confundir estatística com dinâmica, ou se exporá a graves erros. Dá muito pouco trabalho chegar nas regiões mais profundas do oceano, pois todos os corpos têm tendência para afundar. Quando quis descobrir o aumento de peso necessário para afundar o Náutilus, só tive que calcular a redução do volume que a água do mar adquire de acordo com a profundidade.

- Isto é evidente.

- Agora, ainda que a água não seja absolutamente incomprimível, pelo menos é capaz de muito pouca compressão. Na verdade, após os cálculos mais recentes, esta redução é só de .000436 de uma atmosfera para cada nove metros de profundidade. Se quisermos afundar novecentos metros, devo controlar a redução do peso bruto igual ao de uma coluna de água de trezentos metros. Este cálculo é facilmente verificado. Agora, tenho reservatórios complementares, capazes de armazenar cem toneladas. Portanto, consigo afundar a uma profundidade considerável. Quando desejo voltar para o nível do mar, só solto a água e esvazio todos os reservatórios, se quiser que o Náutilus emerja da décima parte de sua capacidade total.

Não tive objeção a fazer a este raciocínio.

- Aceito seus cálculos, Capitão – respondi. – Seria errado contestá-los, já que a experiência diária os confirma; mas prevejo uma verdadeira dificuldade no caminho.

- Qual, senhor?

- Quando estiver a uma profundidade de cerca de trezentos metros, as paredes do Náutilus aguentam uma pressão de 100 atmosferas. Se, então, naquele momento você esvaziasse os reservatórios complementares, para fazer com que a embarcação ficasse mais leve e subisse à superfície, as bombas precisariam superar a pressão de 100 atmosferas, ou seja, 680 quilos por centímetro quadrado. Esta é uma potência...

- Que somente a eletricidade pode dar – disse o Capitão, apressadamente. – Repito, senhor, que a força dinâmica de meus motores é quase infinita. As bombas do Náutilus têm uma potência enorme, como deve ter observado quando seus jatos irromperam como uma torrente sobre o Abraham Lincoln. Além disso, uso reservatórios subsidiários somente para chegar a uma profundidade média de 750 a 1000 braças, e isso com o objetivo de gerenciar minhas máquinas. Ademais, quando desejo visitar as profundezas do oceano, oito ou dez quilômetros abaixo da superfície, uso meios mais lentos, mas não menos infalíveis.

- Quais são, Capitão?

- Isso exige que eu te conte como o Náutilus é controlado.

- Estou impaciente para descobrir.

- Para conduzir esta embarcação a estibordo ou bombordo, para virar, por assim dizer, seguindo um plano horizontal, utilizo um leme preso na parte de trás do pilar de popa, e com uma roda e umas talhas com as quais guiar. Mas também consigo fazer com que o Náutilus suba e desça, desça e suba, em movimento vertical, através de dois planos inclinados amarrados em suas laterais, do lado oposto ao centro de flutuação, planos estes que se movem em todas as direções e que são dirigidos por poderosas alavancas no interior. Se os planos forem mantidos paralelos ao barco, ele se move horizontalmente. Se forem inclinados, o Náutilus, de acordo com esta inclinação, e sob a influência da hélice, afunda diagonalmente ou sobe diagonalmente, conforme eu desejar. E, ainda que eu queira subir mais rapidamente à superfície, mexo na hélice e a pressão da água faz com que o Náutilus suba verticalmente, como um balão cheio de hidrogênio.

- Bravo, Capitão! Mas como o timoneiro segue a rota no meio das águas?

- O timoneiro fica em uma caixa de vidro, que se projeta do casco do Náutilus, usando binóculos.

- E esses binóculos conseguem resistir a tamanha pressão?

- Perfeitamente. Vidro, que se quebra com um golpe, ainda é capaz de oferecer resistência considerável. Durante alguns experimentos de pesca à luz elétrica, em 1864, no Mar do Norte, vimos placas com grossura menor do que meio centímetro resistir a uma pressão de dezesseis atmosferas. Agora, o vidro que uso não é menos do que trinta vezes mais grosso.

- Entendo. Mas, afinal de contas, para que se enxergue, a luz precisa ser maior do que a escuridão, e no meio da escuridão da água, como conseguem enxergar?

- Atrás da caixa do timoneiro fica um poderoso refletor elétrico, cujos raios iluminam o mar à frente por um quilômetro e meio.

- Ah! Bravo, bravo, Capitão! Agora consigo explicar aquela fosforescência no suposto narval, que tanto nos confundiu. Pergunto-lhe agora se a colisão entre o Náutilus e o Scotia, que causou tanto alvoroço, foi resultado de um encontro inesperado?

- Absolutamente acidental, senhor. Eu estava navegando a só uma braça abaixo da superfície, quando o choque aconteceu. Não teve um resultado negativo.

- Nenhum, senhor. Mas e seu encontro com o Abraham Lincoln?

- Professor, sinto muito por uma das melhores embarcações da marinha americana; mas eles me atacaram, e eu precisava me defender. Contudo, me contentei com colocar a fragata fora de combate; ela não terá qualquer dificuldade em ser consertada no próximo porto.

- Ah, Comandante! Seu Náutilus é certamente uma maravilhosa embarcação.

- Sim, Professor, e a amo como se fosse parte de mim mesmo. Se algum perigo ameaça uma de suas embarcações no oceano, a primeira impressão é a sensação de um abismo acima e abaixo. No Náutilus, a coragem dos homens nunca lhes falha. Não há defeitos a temer, pois a casca dupla é firme como um ferro; nenhum encordoamento para cuidar; nenhuma bela para o vento levar embora; nenhuma caldeira para explodir; nenhum incêndio para temer, pois a embarcação é feita de ferro, e não de madeira; nenhum carvão para acabar, pois a eletricidade é um único agente mecânico; nenhuma colisão para temer, pois só ele navega nas profundezas; nenhuma tempestade para enfrentar, pois quando afunda abaixo d'água, alcança a mais absoluta tranquilidade. Aí está, senhor! É a perfeição entre as embarcações. E, se é que é verdade que o engenheiro tem mais confiança na embarcação do que o construtor, e o construtor tem mais do que o próprio capitão, compreende a confiança que deposito em meu Náutilus; pois sou, ao mesmo tempo, capitão, construtor e engenheiro.

- Mas como conseguiu construir este maravilhoso Náutilus em segredo?

- Cada parte separada, Monsieur Aronnax, foi comprada em diferentes partes do globo.

- Mas estas partes tiveram que ser montadas e combinadas?

- Professor, estabeleci minhas oficinas em uma ilha deserta no oceano. Lá, meus trabalhadores, quero dizer, os corajosos homens que instruí e eduquei, e eu mesmo, montamos nosso Náutilus. Então, quando o trabalho havia terminado, o fogo destruiu todos os traços de nossos procedimentos naquela ilha, sobre os quais eu poderia ter pulado, se quisesse.

- Então, o custo desta embarcação é alto?

- Monsieur Aronnax, uma embarcação de ferro custa 145 libras por tonelada. O Náutilus pesa 1.500. Portanto, totalizou 67.500 libras, e mais 80.000 para equipar, e cerca de 200.000, com as obras de arte e as coleções que contém.

- Uma última pergunta, Capitão Nemo.

- Faça-a, Professor.

- O senhor é rico?

- Imensamente rico, senhor; e poderia, sem sentir falta, pagar a dívida externa da França.

Encarei a pessoa singular que me dizia tais coisas. Estaria ele brincando com minha credulidade? O futuro decidiria isso.

Capítulo 13
O Rio Negro

Estima-se que a parte do globo terrestre coberta pela água é maior do que oitenta milhões de acres. Esta massa fluída compreende dez bilhões de quilômetros cúbicos, formando um corpo esférico com um diâmetro de sessenta léguas, cujo peso seria três quintilhões de toneladas. Para compreender estes números é necessário observar que um quintilhão está para um bilhão, assim como um bilhão está para uma unidade; em outras palavras, há tantos bilhões em um quintilhão quanto há unidades em um bilhão. Esta massa de fluido é mais ou menos igual à quantidade de água que seria descarregada por todos os rios da Terra em quarenta mil anos.

Durante as eras geológicas, o oceano originalmente prevalecia em todos os cantos. Então, gradativamente, no período siluriano, os topos das montanhas começaram a aparecer, as ilhas emergiram, e então desapareceram em dilúvios parciais, reapareceram, se estabeleceram, formaram continentes, até que a terra se tornou geograficamente arranjada da forma como a vemos atualmente. O sólido arrancara do líquido noventa e sete milhões, quinhentos e trinta e um mil, cento e oitenta e dois quilômetros quadrados, igual a doze bilhões, novecentos e sessenta milhões de acres.

O formato dos continentes permite que se divida as águas em cinco grandes porções: os oceanos Ártico, ou Oceano Congelado, o Antártico, o Índico, o Atlântico e o Pacífico.

O Oceano Pacífico estende-se de norte a sul, entre os dois Círculos Polares, e de leste a oeste, entre a Ásia e a América, ao longo de 145° de longitude. É o mais calmo dos mares; suas correntes são largas e lentas, ele tem marés médias e chuvas abundantes. Era este o oceano que eu estava destinado a viajar primeiro, sob estas estranhas condições.

- Senhor, – disse o Capitão Nemo, – iremos, se concordar, tirar nossas medidas e estabelecer o ponto inicial desta viagem. São quinze para o meio-dia; subirei novamente até a superfície.

O Capitão apertou um botão em um relógio elétrico três vezes. As bombas começaram a expulsar água dos tanques; a agulha do manômetro marcou a subida do Náutilus com uma pressão diferente, e depois parou.

- Chegamos – disse o Capitão.

Fui até a escadaria central, que se abria para a plataforma, subi os degraus de ferro e encontrei-me na parte superior do Náutilus.

A plataforma estava só um metro acima d'água. As partes da frente e de trás do Náutilus tinham aquele formato de fuso de uma roca, que fazia com que ele fosse, com razão, comparado a um charuto. Reparei que suas placas de ferro, ligeiramente sobrepostas uma à outra, lembravam a casca que recobre os corpos de nossos grandes répteis terrestres. Isso me explicou o quão natural era, apesar de todos os vidros, que esta embarcação fosse confundida com um animal marinho.

Mais para o meio da plataforma, o barco, meio enterrado no casco da embarcação, formava uma ligeira protuberância. Na proa e na popa, elevavam-se duas gaiolas de altura média, com laterais inclinadas, e parcialmente fechadas por grossos vidros lenticulares; uma destinada para um timoneiro, que dirigia o Náutilus, e a outra contendo uma brilhante lanterna para iluminar o caminho.

O mar estava lindo, o céu límpido. O longo veículo mal podia sentir as largas ondulações do oceano. Uma ligeira brisa do leste formava ondas da superfície das águas. O horizonte, livre de névoa, facilitava a observação. Não havia nada à vista. Nem um banco de areia, nem uma ilha. Um vasto deserto.

O Capitão Nemo, com ajuda de seu sextante, mediu a altitude do sol, que também deveria dar a latitude. Aguardou alguns momentos, até que o disco solar tocasse o horizonte. Enquanto anotava suas observações, não movia um músculo, e o instrumento não teria ficado mais imóvel se estivesse em uma mão feita de mármore.

- Doze horas – disse ele. – Quando quiser...

Lancei um último olhar para o mar, ligeiramente amarelado pelo litoral do Japão, e desci até o salão.

- E agora, senhor, deixo-o com seus estudos – acrescentou o Capitão. – Nossa rota é leste-norte-leste, nossa profundidade é de vinte e seis braças. Aqui temos mapas em grande escala, pelos quais poderá segui-la. O salão está a sua disposição e, com sua permissão, me retirarei.

O Capitão Nemo fez uma reverência e eu fiquei sozinho, perdido em pensamentos, todos contendo o comandante do Náutilus. Por uma hora inteira fiquei perdido em reflexões, tentando decifrar aquele mistério, que me era tão interessante. Então, meu olhar caiu sobre o vasto planisfério espalhado sobre a mesa, e coloquei meu dedo no exato local onde as dadas latitude e longitude se cruzavam.

O mar tem seus grandes rios, como os continentes. São correntes especiais, conhecidas por suas temperaturas e cores. A mais notável destas é chamada de Corrente do Golfo. A ciência decidiu, no globo, a direção de cinco correntes principais: uma no Atlântico Norte, uma segunda no Sul, uma terceira no Pacífico Norte, uma quarta no Sul, e uma quinta no Oceano Índico Sul. É provável que uma sexta corrente tenha existido, em alguma época, no Oceano Índico Norte, quando os mares Cáspio e Aral formavam um único corpo d'água.

Naquele ponto indicado no planisfério, uma dessas correntes rolava, a Kuro-Scivo dos japoneses, o Rio Negro, que, saindo do Golfo de Bengala, onde é aquecida pelos raios perpendiculares do sol tropical, cruza o Estreito de Malaca, ao longo da costa da Ásia, vira para o Pacífico Norte, nas Ilhas Aleútes, carregando troncos de canforeiras e outras produções locais, e ladeando as ondas do oceano com o índigo puro de suas águas quentes. Era esta corrente que o Náutilus deveria seguir. A acompanhei com os olhos; a vi se perder na vastidão do Pacífico, e me senti sendo levado por ela, quando Ned Land e Conseil apareceram na porta do salão.

Meus dois corajosos companheiros ficaram petrificados ao ver as maravilhas espalhadas à sua frente.

- Onde estamos? Onde estamos? – exclamou o canadense. – No museu de Quebec?

- Meus amigos, - respondi, sinalizando para que entrassem, - não estão no Canadá, e sim a bordo do Náutilus, quarenta e cinco metros abaixo do nível do mar.

- Mas, Monsieur Aronnax, – disse Ned Land, – pode me dizer quantos homens há a bordo? Dez, vinte, cinquenta, cem?

- Não sei te responder, Sr. Land; é melhor abandonar, por enquanto, qualquer ideia de tomar o Náutilus ou de escapar dele. Esta embarcação é uma obra-prima da indústria moderna, e eu ficaria muito decepcionado se não a houvesse visto. Muitas pessoas aceitariam a situação que nos foi forçada, ainda que só para estar no meio de tais maravilhas. Então, fique quieto e vamos tentar ver o que se passa ao nosso redor.

- Ver! – exclamou o arpoador. – Mas não conseguimos ver nada nesta prisão de ferro! Estamos andando... navegando... às cegas.

Ned Land mal havia acabado de pronunciar estas palavras, quando tudo ficou escuro de repente. O teto luminoso se fora, e tão rapidamente que meus olhos receberam uma impressão dolorosa.

Ficamos mudos, sem nos mexer ou saber que surpresa nos aguardava, se seria agradável ou desagradável. Um barulho deslizante foi ouvido; poderia se dizer que painéis estavam trabalhando nas laterais do Náutilus.

- É o fim do fim! – disse Ned Land.

Repentinamente, fez-se luz de cada lado do salão, através de duas aberturas oblongas. A massa líquida apareceu, vividamente iluminada pelo brilho elétrico. Duas placas de cristal nos separavam do mar. Primeiro, tremi ao pensar que aquela repartição frágil poderia quebrar, mas fortes faixas de cobre as seguravam, dando um poder de resistência quase infinito.

O mar estava distintamente visível por mais de um quilômetro ao redor do Náutilus. Que espetáculo! Que caneta conseguiria descrevê-lo? Quem conseguiria pintar os efeitos da luz através daquelas camadas transparentes de água, e a suavidade das sucessivas gradações, dos níveis inferiores para os superiores do oceano?

Conhecemos a transparência do mar, e sabemos que sua limpidez é muito maior do que a da água doce. As substâncias minerais e orgânicas que contêm em suspensão aumentam sua transparência. Em certas partes do oceano nas Antilhas, debaixo de setenta e cinco braças de água pode-se ver, com surpreendente clareza, um leito de areia. O poder de penetração dos raios solares parece não terminar, por uma profundidade de cento e cinquenta braças. Mas, naquele fluido médio pelo qual o Náutilus viajava, a clareza elétrica era produzida até mesmo no seio das ondas. Não era mais água luminosa, e sim luz líquida.

De cada lado, uma janela se abria para aquele abismo inexplorado. A obscuridade do salão contribuía com a claridade lá fora, e olhávamos para lá como se aquele cristal puro fosse o vidro de um imenso aquário.

- Queria enxergar, amigo Ned; bom, agora enxerga.

- Curioso! Curioso! – murmurou o canadense, que, esquecendo-se de seu mau humor, parecia se deixar levar por uma atração irresistível. – E tem gente que viajaria mais longe do que isso, para admirar tal visão!

- Ah! – pensei comigo mesmo. – Compreendo a vida deste homem; ele criou um mundo à parte para si mesmo, onde guarda todas as suas maiores maravilhas.

Por duas horas inteiras, um exército aquático escoltou o Náutilus. Durante suas brincadeiras, seus pulos, enquanto rivalizavam um com o outro em beleza, brilho e velocidade, consegui distinguir o bodião-verde; a tainha listrada, marcada por linhas pretas duplas; o caboz de cauda redonda, de cor branca com manchas violetas nas costas; a cavalinha japonesa, um lindo pelágico daqueles mares, com corpo azul e cabeça prateada; os brilhantes azurores, cujo próprio nome desafia descrição; algumas espécies listradas, com barbatanas variegadas de azul e amarelo; os salmonetes, alguns dos quais chegam a um metro de comprimento; as salamandras japonesas; as lampreias, serpentes de dois metros, com olhos pequenos e vivos, e enormes bocas cheias de dentes, assim como muitas outras espécies.

Nossa imaginação correu solta, interjeições seguindo-se rapidamente umas às outras. Ned dava nomes aos peixes e Conseil os classificava. Fiquei extasiado com a vivacidade de seus movimentos e a beleza de suas formas. Nunca havia tido a oportunidade de surpreender aqueles animais, vivos e livres, em seu elemento natural. Não mencionarei todas as variedades que passaram por meus olhos maravilhados, toda a coleção dos mares da China e do Japão. Aqueles peixes, mais numerosos do que os pássaros no ar, vinham atraídos, sem dúvida, pelo foco brilhante da luz elétrica.

De repente, apareceu a luz do sol no salão, os painéis de ferro se fecharam novamente e a encantadora visão desapareceu. Mas, por muito tempo, continuei sonhando, até que meu olhar repousou sobre os instrumentos pendurados na repartição. A bússola continuava mostrando a rota leste-norte-leste, o manômetro indicava uma pressão de cinco atmosferas, equivalente a uma profundidade de vinte e cinco braças, e o registro elétrico dava uma velocidade de vinte e cinco quilômetros por hora. Esperei o Capitão Nemo, mas ele não apareceu. O relógio marcava cinco horas.

Ned Land e Conseil voltaram para sua cabine, e retirei-me para meu aposento. O jantar estava pronto. Era composto por sopa de tartaruga, feita das mais delicadas tartarugas-de-pentes, um salmonete servido com patê (cujo fígado, preparado separadamente, estava delicioso) e filés de peixe-anjo-imperador, cujo sabor me parecia ser superior até mesmo ao do salmão.

Passei a noite lendo, escrevendo e pensando. Então, o sono tomou conta de mim, e me estiquei sobre meu sofá de zostera e dormi profundamente, enquanto o Náutilus deslizava rapidamente pela corrente do Rio Negro.

Capítulo 14
Um convite

O dia seguinte era 9 de novembro. Acordei após um longo sono de doze horas. Conseil apareceu, como de costume, para saber "como eu passara a noite" e oferecer seus préstimos. Ele havia deixado seu amigo canadense dormindo como um homem que nunca fizera nada além em toda a sua vida. Deixei o bom rapaz tagarelar como queria, sem me preocupar em respondê-lo. Estava preocupado com a ausência do Capitão desde que nos sentáramos na noite anterior, e esperava vê-lo naquele dia.

Assim que me vesti, fui para o salão. Estava deserto. Mergulhei no estudo dos tesouros de conchas escondidos atrás dos vidros.

O dia inteiro se passou, sem que eu tivesse a honra de uma visita do Capitão Nemo. Os painéis do salão não se abriram. Talvez não quisessem que nos cansássemos daquelas belezas.

A rota do Náutilus era leste-norte-leste, sua velocidade doze nós, a profundidade entre vinte e cinco e trinta braças.

No dia seguinte, 10 de novembro, a mesma deserção, a mesma solidão. Não vi nenhum membro da tripulação; Ned e Conseil passaram a maior parte do dia comigo. Ficaram atônitos com a confusa ausência do Capitão. Aquele homem singular estaria doente? Havia mudado suas intenções quanto a nós?

Afinal, como Conseil dissera, tínhamos total liberdade, éramos delicada e abundantemente alimentados. Nosso anfitrião cumpria os termos do acordo. Não podíamos reclamar e, na verdade, a singularidade de nosso destino reservava uma compensação tão maravilhosa para nós, que não tínhamos o direito de acusá-lo, ainda.

Naquele dia, comecei o registro das aventuras, que me permitiu relatá-las com uma exatidão mais escrupulosa e em detalhes mais minuciosos.

Dia 11 de novembro, de manhã cedo. O ar fresco que se espalhava pelo interior do Náutilus me dizia que havíamos subido à superfície do oceano, para renovar nosso suprimento de oxigênio. Dirigi meus passos até a escadaria central e subi na plataforma.

Eram seis horas, o tempo estava nublado, o mar cinza, porém calmo. Mal havia uma brisa. O Capitão Nemo, que esperava encontrar, estaria ele lá? Não vi ninguém, a não ser o timoneiro preso em sua gaiola de vidro. Sentado na projeção formada pelo casco do barquinho, inalei a brisa salgada com deleite.

Gradativamente, a névoa desapareceu sob a ação dos raios do sol, e a orbe radiante levantou-se de trás do horizonte ao leste. O mar incendiou-se sob sua luz, como um rastro de pólvora. As nuvens espalhadas nas alturas foram coloridas com vivazes tons e numerosos rabos de éguas[8], que indicavam que haveria ventos naquele dia. Mas o que significavam ventos para aquele Náutilus, que tempestades não conseguiam assustar!

Estava admirando aquele alegre nascer do sol, tão feliz e revigorante,

[8]N. da T.: Apelido da Cirrus Uncinus, um tipo de nuvem.

quando ouvi passos aproximando-se da plataforma. Estava preparado para cumprimentar o Capitão Nemo, mas era seu segundo capitão (que eu já havia visto, na primeira visita do Capitão) que aparecia. Avançou sobre a plataforma, sem parecer me ver. Com os poderosos binóculos nos olhos, varreu todos os pontos do horizonte, com bastante atenção. Ao terminar, aproximou-se do painel e pronunciou uma frase, exatamente nestes termos. Lembro-me dela, pois todas as manhãs era repetida, sob exatamente as mesmas condições. Era construída assim:

"Nautron respoc lorni virch".

O que significava, não sabia dizer.

Tendo pronunciado tais palavras, o segundo capitão desceu. Pensei que o Náutilus estava prestes a voltar para sua navegação submarina. Andei de volta até o painel e retornei para meu aposento.

Cinco dias se passaram daquela maneira, sem qualquer mudança à nossa situação. Todas as manhãs, eu subia à plataforma. A mesma frase era pronunciada, pelo mesmo indivíduo. Mas o Capitão Nemo não aparecia.

Havia me convencido de que nunca mais o veria, quando, no dia 16 de novembro, ao voltar para meu quarto com Ned e Conseil, descobri sobre minha mesa um bilhete endereçado a mim. Abri-o impacientemente. Estava escrito em uma letra grande e clara, com as letras um tanto quanto pontiagudas, que lembravam a forma alemã. O bilhete dizia o seguinte:

> *"PARA O PROFESSOR ARONNAX, a bordo do Náutilus. 16 de novembro de 1867.*
>
> *O Capitão Nemo convida o Professor Aronnax para uma caçada, que ocorrerá amanhã de manhã, nas florestas da Ilha de Crespo. Espera que nada impeça a presença do Professor, e terá prazer se este trouxer seus companheiros.*
>
> *CAPITÃO NEMO, Comandante do Náutilus."*

- Uma caçada! – exclamou Ned.

- E nas florestas da Ilha de Crespo! – acrescentou Conseil.

- Oh! Então o cavalheiro vai à terra firme? – acrescentou Ned Land.

- Parece ter sido claramente indicado – disse eu, relendo a carta.

- Bom, precisamos aceitar – disse o canadense. – Mas quando estivermos novamente sobre a terra, saberemos o que fazer. Na verdade, até que gostaria de comer um pouco de carne fresca de veado.

Sem tentar conciliar a contradição entre a clara aversão do Capitão Nemo a ilhas e continentes e seu convite para caçar em uma floresta, contentei-me em responder:

- Vamos primeiro ver onde fica a Ilha de Crespo.

Consultei o planisfério, e em 32° 40' de latitude norte e 157° 50' de longitude oeste, encontrei uma pequena ilha, reconhecida em 1801 pelo Capitão Crespo, e marcada nos antigos mapas espanhóis como Rocca de la Plata, que significa "rocha prateada". Estávamos, naquele momento, a cerca de dois mil e novecentos quilômetros de nosso ponto inicial, e a rota do Náutilus, um pouco alterada, o trazia ligeiramente de volta para o sudeste.

Mostrei aquela pequenina rocha, perdida no meio do Pacífico Norte, a meus companheiros.

- Ainda que o Capitão Nemo às vezes vá à terra firme – disse eu, - pelo menos ele escolhe ilhas desertas.

Ned Land deu de ombros sem responder, e ele e Conseil me deixaram.

Após a ceia, servida pelo camareiro, mudo e impassível, fui para a cama, um tanto quanto ansioso.

Na manhã seguinte, dia 17 de novembro, ao acordar, senti que o Náutilus estava perfeitamente imóvel. Vesti-me rapidamente e entrei no salão.

O Capitão Nemo estava lá, me aguardando. Levantou-se, fez uma reverência e me perguntou se me seria conveniente acompanhá-lo. Visto que não fez referência a sua ausência durante os últimos oito dias, tampouco a mencionei, e simplesmente respondi que meus companheiros e eu estávamos prontos para segui-lo.

Entramos na sala de jantar, onde o café da manhã estava servido.

- Monsieur Aronnax, – disse o Capitão, – peço-lhe que compartilhe de meu café da manhã sem cerimônia; conversaremos enquanto comemos. Pois, apesar de ter-lhe prometido um passeio na floresta, não tentei encontrar hotéis lá. Então, coma como um homem que, muito provavelmente, só jantará bem tarde.

Fiz jus à refeição. Era composta por diversos tipos de peixe, fatias de pepinos do mar e diferentes tipos de algas marinhas. Nossa bebida era água pura, à qual o Capitão acrescentou algumas gotas de bebida alcoólica fermentada, extraída através do método Kamschatcha, de uma alga conhecida como Rhodomenia palmata. O Capitão Nemo comeu, primeiro, sem dizer uma palavra. Então, começou:

- Senhor, quando lhe propus caçar em minha floresta submarina de Crespo, evidentemente me considerou louco. Senhor, nunca deve julgar ninguém levianamente.

- Mas Capitão, acredite...

- Faça a gentileza de escutar, e então verá se tem qualquer motivo para me acusar de loucura e contradição.

- Estou ouvindo.

- Sabe tão bem quanto eu, Professor, que o homem pode viver debaixo d'água, contanto que carregue consigo um suprimento suficiente de ar respirável. Nos trabalhos submarinos, os trabalhadores, vestidos com roupas impermeáveis e suas cabeças dentro de capacetes e metal, recebe ar da superfície através de bombas e reguladores.

- São aparelhos de mergulho – disse eu.

- Exatamente, mas, sob tais condições, o homem não está em liberdade; está preso à bomba que lhe envia ar através de um tubo de borracha, e, se fôssemos obrigados a ficar presos desta forma ao Náutilus, não poderíamos ir longe.

- E o modo de nos livrarmos? – perguntei.

- É usar o aparelho Rouquayrol, inventado por dois de seus conterrâneos, que aperfeiçoei para meu próprio uso, e que permitirá que você se arrisque sob essas novas condições fisiológicas sem que nenhum órgão sofra. Consiste em um reservatório feito de grossas placas de ferro, onde armazeno o ar sob uma pressão de cinquenta atmosferas. Este reservatório é afixado às costas, com suspensórios, como a mochila de um soldado. Sua parte de cima forma uma caixa, onde o ar é mantido através de um fole, e, portanto, não consegue escapar, a não ser que esteja sob tensão normal. No aparelho Rouquayrol que usamos, dois canos de borracha saem dessa caixa e se juntam a um tipo de tenda, que segura o nariz e a boca; um é para introduzir ar fresco, e o outro para deixar sair o ar poluído, e a língua fecha um ou outro, de acordo com a necessidade do respirador. Mas eu, ao encontrar grandes pressões no fundo do mar, fui obrigado a fechar minha cabeça, como um mergulhador em uma bola de cobre; e é para essa bola de cobre que os dois canos, o inspirador e o expirador, se abrem.

- Perfeitamente, Capitão Nemo. Mas o ar que carrega com você deve ser logo usado, pois quando contém só quinze por cento de oxigênio, não está mais apto a ser respirado.

- Certo! Mas já disse, Monsieur Aronnax, que as bombas do Náutilus permitem-me armazenar o ar sob uma pressão considerável, e sob tais condições, o reservatório do aparelho consegue fornecer ar respirável por nove ou dez horas.

- Não tenho mais objeções a fazer – respondi. – Só perguntarei uma coisa, Capitão: como consegue iluminar seu caminho no fundo do mar?

- Com o aparelho Ruhmkorff, Monsieur Aronnax; um é carregado nas costas, o outro amarrado à cintura. É composto por uma pilha de Bunsen, que não uso com dicromato de potássio, e sim com sódio. Um fio é introduzido, que coleta a eletricidade produzida, e a dirige a uma lanterna feita especificamente. Nesta lanterna há um vidro em espiral, contendo uma pequena quantidade de gás carbônico. Quando o aparelho está em funcionamento, este gás fica luminoso, dando uma luz branca e contínua. Assim equipado, consigo respirar e enxergar.

- Capitão Nemo, a todas as minhas objeções o senhor dá respostas tão avassaladoras, que não consigo mais duvidar. Mas, já que sou forçado a admitir os aparelhos Rouquayrol e Ruhmkorff, deve-me permitir certas reservas quanto à arma que devo carregar.

- Mas não é uma arma de pólvora – respondeu o Capitão.

- Então é uma arma de ar.

- Sem dúvida! Como acha que eu fabricaria uma arma de fogo a bordo, sem salitre, enxofre ou carvão?

- Ademais, – acrescentei, – para dispararmos sob a água, em um meio oitocentas e cinquenta e cinco vezes mais denso do que o ar, precisaríamos vencer uma resistência bastante considerável.

- Isso não representaria qualquer dificuldade. Existem armas, de acordo com Fulton, aperfeiçoadas na Inglaterra por Phillip Coles e Burley, na França por Furcy, e na Itália por Landi, equipadas com um sistema peculiar de fechamento, que conseguem disparar sob estas condições. Mas, repito, não tendo pólvora, uso ar sob uma grande pressão, que as bombas do Náutilus fornecem em abundância.

- Mas este ar precisa ser rapidamente utilizado?

- Bom, não tenho meu reservatório Rouquayrol, que consegue fornecê-lo conforme necessário? Uma torneira é tudo que preciso. Além disso, Monsieur Aronnax, precisa ver por si próprio que, durante nossa caça submarina, podemos gastar pouco ar e poucas balas.

- Mas parece-me que, neste ocaso, e no meio de todo este fluido, que é bem denso, em comparação com a atmosfera, os tiros não conseguem ir longe, nem serem facilmente mortíferos.

- Senhor, muito pelo contrário, com esta arma, todo disparo é mortífero e, por mais levemente que o animal seja atingido, cai como se houvesse sido acertado por um raio.

- Por quê?

- Porque as balas atiradas por esta arma não são balas comuns, e sim pequenos projéteis de vidro. Estes projéteis de vidro são cobertos com um revestimento de aço, e pesados com uma pelota de chumbo; são verdadeiras garrafas de Leyden, nas quais a eletricidade é forçada a uma tensão muito alta. Com o mínimo choque, são descarregadas, e o animal, por mais forte que seja, cai morto. Devo dizer que estes projéteis são de tamanho quarto, e que a carga de uma arma comum seria dez.

- Não discutirei mais – respondi, levantando-me da mesa. – Não me sobra nada, além de pegar minha arma. Em todo caso, irei aonde o senhor for.

O Capitão Nemo, então, me levou até a popa e, ao passar pela cabine de Ned e Conseil, chamei meus dois companheiros, que me seguiram imediatamente. Chegamos, então, a uma sala perto da casa das máquinas, onde colocamos nossas vestimentas de sair.

Capítulo 15
Um passeio no fundo do mar

Aquela sala era, para falar corretamente, o arsenal e o guarda-roupas do Náutilus. Uma dúzia de aparelhos de mergulho estavam pendurados na parede, aguardando que os usássemos.

Ned Land, ao vê-los, demonstrou evidente repugnância a vestir um.

- Mas meu corajoso Ned, as florestas da Ilha de Crespo não são nada além de florestas submarinas.

- Que bom! – disse o arpoador decepcionado, que via seus sonhos de carne fresca se esvaírem. – E o senhor, Monsieur Aronnax, vai vestir uma dessas roupas?

- Não há alternativa, mestre Ned.

- Como quiser, senhor, – respondeu o arpoador, dando de ombros, – mas eu mesmo, a não ser que seja forçado, nunca entrarei em uma.

- Ninguém irá forçá-lo, mestre Ned – disse o Capitão Nemo.

- Conseil irá arriscar? – perguntou Ned.

- Sigo meu mestre aonde ele for – respondeu Conseil.

Quando o Capitão chamou, dois membros da tripulação vieram nos ajudar a entrar naquelas roupas pesadas e impermeáveis, feitas de borracha sem costura, e construídas expressamente para resistirem a pressões consideráveis. Poderia pensar que era uma armadura, maleável e resistente. O traje era formado por calças e casaco. As calças acabavam em botas grossas, pesadas com solas de chumbo. O casaco era segurado por faixas de cobre que se cruzavam no peito, protegendo-o da grande pressão d'água, e deixando os pulmões livres; as mangas terminavam em luvas, que não restringiam, de modo algum, o movimento das mãos. Havia uma vasta diferença entre aqueles aparelhos e os antigos peitorais, jaquetas e outros aparatos em voga durante o séc. XVIII.

O Capitão Nemo e um de seus companheiros (um tipo de Hércules, que devia ter uma força considerável), Conseil e eu mesmo logo fomos envoltos pelos trajes. Não nos restava nada além de fechar nossas cabeças na caixa de metal. Mas, antes de começar tal operação, pedi a permissão do Capitão para examinar as armas.

Um dos homens do Náutilus me deu uma arma simples, cuja coronha, feita de aço, oca no centro, era um tanto quanto grande. Servia de reservatório para o ar comprimido, que uma válvula, ativada por uma mola, permitia que escapasse para um tubo de metal. Uma caixa de projéteis em uma ranhura na largura da coronha continha cerca de vinte daquelas balas elétricas, que, através de uma mola, eram forçadas para dentro do cano da arma. Assim que um tiro fosse dado, outro estaria pronto.

- Capitão Nemo, – disse eu, – esta arma é perfeita, e facilmente manuseada; só peço permissão para testá-la. Mas como chegaremos ao fundo do mar?

- Neste exato momento, Professor, o Náutilus está parado a cinco braças, e não temos mais nada a fazer, além de partirmos.

- Mas como sairemos?

- Verás.

O Capitão Nemo colocou a cabeça no capacete, Conseil e eu fizemos o mesmo, não sem ouvir um irônico "que espírito esportivo!" do canadense. A parte superior de nossos trajes terminava em um colarinho de cobre, sobre o qual o capacete de metal era rosqueado. Três buracos, protegidos por um vidro grosso, permitiam que enxergássemos em todas as direções, simplesmente virando a cabeça dentro do capacete. Assim que estava posicionado, o aparelho Rouquayrol, em nossas costas, começava a agir; e eu, pelo menos, conseguia respirar com facilidade.

Com a lâmpada Ruhmkorff pendurada em meu cinto, e a arma em minha mão, estava pronto para partir. Mas, para falar a verdade, preso naqueles trajes pesados e colado ao convés por minhas solas de chumbo, era impossível dar um passo.

Mas preparativos haviam sido feitos para aquela situação. Me senti ser empurrado para dentro de uma salinha contígua à sala das roupas. Meus companheiros me seguiram, conduzidos pelo mesmo caminho. Ouvi uma porta estanque, equipada com placas de vedação, se fechar atrás de nós, e ficamos envoltos por uma profunda escuridão.

Após alguns minutos, ouvimos um sibilo alto. Senti o frio aumentar, dos pés ao peito. Evidentemente, de alguma parte da embarcação, através de uma torneira, haviam deixado entrar a água, que nos circundava e logo enchia a sala. Uma segunda porta, na lateral do Náutilus, foi, então, aberta. Vimos uma luz tênue. Em mais um instante, nossos pés tocaram o fundo do mar.

E agora, como posso explicar a impressão que aquela caminhada sob as águas deixou sobre mim? Palavras são impotentes para relatar tais maravilhas! O Capitão Nemo andava na frente, e seu companheiro o seguia, alguns passos atrás. Conseil e eu ficamos perto um do outro, como se fosse possível trocar algumas palavras através de nossos invólucros metálicos. Não sentia mais o peso de minhas roupas, sapatos, reservatório de ar ou pesado capacete, dentro do qual minha cabeça chacoalhava como uma amêndoa na casca.

A luz, que iluminava o chão dez metros abaixo da superfície do oceano, me surpreendeu com sua força. Os raios solares brilhavam facilmente através da massa de água, e dissipavam todas as cores, de modo que eu conseguia claramente distinguir objetos a uma distância de cento e trinta metros. Além daquilo, as nuances escureciam até se tornarem gradações de ultramarino, e desapareciam em uma obscuridade vaga. Verdadeiramente, a água que me circundava não era nada além de outro ar, mais denso do que a atmosfera terrestre, e quase tão transparente quanto ela. Acima de mim estava a calma superfície do mar. Andávamos sobre uma areia fina e nivelada, sem inclinações, como um litoral plano, que retém a impressão da brisa. Aquele tapete deslumbrante, na verdade, um refletor, repelia os raios do sol com maravilhosa intensidade, o que explicava a vibração que penetrava cada átomo de líquido. Acreditarão em mim quando disser que, a uma profundidade de dez metros, eu conseguia enxergar como se estivesse à plena luz do dia?

Por quinze minutos, caminhei sobre aquela areia, semeada com a impalpável poeira de conchas. O casco do Náutilus, que lembrava um longo coral, desaparecia gradativamente; mas sua lanterna, quando a escuridão nos sobrepujasse nas águas, ajudaria a nos guiar a bordo, com seus distintos raios.

Logo, formas de objetos delineadas à distância se tornavam discerníveis. Reconheci magníficas rochas, carregando uma tapeçaria de zoófitos dos mais lindos tipos, e minha primeira reação foi maravilhar-me com seu efeito peculiar.

Naquele momento, eram dez horas da manhã; os raios do sol batiam na superfície das ondas, em um ângulo um tanto oblíquo, e com o toque de sua luz, decomposta pela refração, como se fosse um prisma, flores, rochas, plantas, conchas e pólipos tinham suas extremidades sombreadas com as sete cores solares. Era maravilhoso, um banquete para os olhos, aquela mistura de tons coloridos, um perfeito caleidoscópio de verde, amarelo, laranja, violeta, índigo e azul; em uma palavra, toda a paleta de um colorista apaixonado! Por que não conseguia falar para Conseil as vívidas sensações que assolavam meu cérebro, e competir com ele em expressões de admiração? Pelo que eu sabia, o Capitão Nemo e seu companheiro conseguiriam trocar pensamentos através de sinais, previamente acordados. Então, por falta de coisa melhor, conversei comigo mesmo; declamei na caixa de cobre que cobria minha cabeça, gastando, assim, mais ar do que seria sábio com palavras vãs.

Vários tipos de corais Isididae, grupos de corais Lophelia puros, fungos pontiagudos e anêmonas formavam um brilhante jardim de flores, adornados com seus colares de tentáculos azuis, estrelas-do-mar pontilhando o fundo arenoso. Me foi uma verdadeira tristeza, esmagar sob meus pés os brilhantes espécimes de moluscos espalhados pelo chão aos milhares, corais-âncora, Donacidae (verdadeiras conchas abundantes), conchas espiraladas, moluscos dentro de conchas, conchas asa-de-anjo e muitos outros produzidos pelo oceano inesgotável. Mas precisávamos caminhar, então prosseguimos, enquanto sobre as nossas cabeças flutuavam medusas, cujos guarda-chuvas de cor de opala ou rosa claro, listrados de azul, nos protegiam dos raios do sol e de águas-vivas abrasadoras, que, na escuridão, teriam iluminado nosso caminho com sua luz fosforescente.

Todas estas maravilhas eu vi no espaço de meio quilômetro, mal parando e seguindo o Capitão Nemo, que me instava a seguir através de sinais. Logo, a natureza do solo mudou; à planície arenosa se seguiu uma parte de lama escorregadia, que os americanos chamam de "lodo", composta por partes iguais de conchas siliciosas e calcárias. Então, passamos por uma planície de algas marinhas, com uma vegetação selvagem e luxuriante. Este relvado era compacto e suave sob os pés, rivalizando com o mais macio dos tapetes tecido pela mão do homem. Porém, apesar de a vegetação estar espalhada aos nossos pés, não abandonara nossas cabeças. Uma leve rede de plantas marinhas, daquela inesgotável família de algas que inclui mais de dois mil tipos conhecidos, crescia na superfície das águas.

Reparei que as plantas verdes mantinham-se próximas do topo do mar, enquanto que as vermelhas em uma profundidade maior, deixando para as pretas ou marrons o cuidado de formar jardins e canteiros nos leitos remotos do oceano.

Havíamos saído do Náutilus há cerca de uma hora e meia. Era quase meio-dia; sabia pela perpendicularidade dos raios do sol, que não estavam mais refratados. As cores mágicas desapareciam gradativamente, e os tons de esmeralda e safira estavam desbotados. Andávamos em ritmo regular, que ressoava no chão com surpreendente intensidade; o menor ruído era transmitido com uma rapidez com a qual os ouvidos não estão acostumados, em terra; na verdade, a água é um condutor de som melhor do que o ar, na proporção de quatro para um. Naquele período, a terra se inclinava para baixo; a luz ganhava um tom uniforme. Estávamos a uma profundeza de noventa e seis metros e cinquenta centímetros, sob uma pressão de seis atmosferas.

Naquela profundidade, ainda podia ver os raios do sol, apesar de frágeis; ao seu intenso brilho, se seguira um ocaso avermelhado, o estado mais baixo entre dia e noite, mas ainda podíamos enxergar bem o suficiente. Ainda não era necessário recorrer ao aparelho Ruhmkorff. Naquele momento, o Capitão Nemo parou; esperou até eu me juntar a ele, e então apontou para uma massa obscura, assomando nas sombras, a pouca distância.

- É a floresta da Ilha de Crespo – pensei eu, e não estava enganado.

Capítulo 16
Uma floresta submarina

Havíamos finalmente chegado às fronteiras daquela floresta, sem dúvida um dos mais belos dos imensos domínios do Capitão Nemo. Ele a considerava sua, e acreditava ter o mesmo direito sobre ela que os primeiros homens tiveram, no início do mundo. E, na verdade, quem disputaria com ele a posse daquela propriedade submarina? Que outro pioneiro durão viria, com machado na mão, cortar os bosques escuros?

A floresta era composta por grandes plantas, e, no momento em que penetramos seus vastos arcos, fui pego de surpresa pela posição singular de seus galhos – posição esta que ainda não havia observado.

Nenhuma erva que recobria o solo, nenhum galho que adornava as árvores estava quebrado ou entortado, tampouco estendido horizontalmente; todos se erguiam na direção da superfície do oceano. Não havia um filamento, uma faixa, por mais fina que fosse, que não estivesse reta como um cano de ferro. Todo fucus e sargaço crescia em linhas perpendiculares rígidas, devido à densidade do elemento que os havia produzido. Imóveis, mas, quando entortados para um lado por uma mão, imediatamente voltavam à posição anterior. Era verdadeiramente a região da perpendicularidade!

Logo me acostumei com aquela fantástica posição, assim como com a comparativa escuridão que nos cercava. O solo da floresta parecia coberto por blocos pontudos, difíceis de evitar. A flora submarina me parecia ser perfeita, e ainda mais rica do que seria nas zonas árticas ou tropicais, onde essas produções não são tão abundantes. Mas, por alguns minutos, eu involuntariamente confundi os gêneros, misturando animais com plantas; e quem não teria se enganado? A fauna e a flora são aliadas próximas demais, no mundo submarino.

Aquelas plantas se autopropagam, e o princípio de sua existência é a água, que as mantém e nutre. A maioria, ao invés de plantas, tem lâminas de formatos únicos, dentro de uma escala de cores rosa, carmim, verde, oliva, bege e marrom.

"Anomalia curiosa, elemento fantástico", dissera um naturalista engenhoso, "onde o reino animal floresce, e o vegetal, não!"

Dentro de uma hora, o Capitão Nemo deu o sinal para que parássemos; de minha parte, não senti muito, e nos esticamos sob um caramanchão de alariáceas, cujas folhas longas e finas estavam empinadas como flechas.

Aquele curto descanso pareceu-me delicioso; não faltava nada, exceto o encanto de uma conversa, mas, impossibilitados de falar e impossibilitados de responder, só pude colocar minha enorme cabeça de cobre perto da de Conseil. Vi os olhos do bom camarada brilhando com deleite, e, para demonstrar sua satisfação, ele se sacudiu dentro de seu peitoral de ar, da forma mais cômica do mundo.

Após quatro horas daquela caminhada, fiquei surpreso ao perceber que não estava esfomeado. Não sabia como explicar a situação de meu estômago. Mas, ao invés disso, sentia um irresistível desejo de dormir, que acomete todos os mergulhadores. E meus olhos logo se fecharam por trás da grossa viseira, e caí em um sono pesado, só impedido antes pelos movimentos. O Capitão Nemo e seu robusto companheiro, esticados no límpido cristal, nos deram o exemplo.

Por quanto tempo fiquei perdido naquela sonolência, não sei dizer, mas, quando acordei, o sol parecia afundar em direção ao horizonte. O Capitão Nemo já havia se levantado, e eu começava a alongar meus membros, quando uma aparição inesperada me fez levantar bruscamente.

A alguns passos de distância, uma monstruosa aranha marinha, com cerca de noventa e cinco centímetros de altura, me observava com os olhos semicerrados, pronta para pular em cima de mim. Apesar de meu traje de mergulho ser grosso o suficiente para me defender da mordida daquele animal, não pude deixar de tremer de horror. Conseil e o marinheiro do Náutilus acordaram naquele momento. O Capitão Nemo apontou para o abjeto crustáceo, que foi derrubado por uma coronhada, e eu vi as horríveis garras do monstro tremerem em apavorantes convulsões. O incidente me lembrou que outros animais a serem temidos podiam vaguear por aquelas obscuras profundezas, contra os ataques dos quais meu traje de mergulho não me protegeria. Nunca havia pensado nisso antes, mas, naquele momento, decidi ficar alerta. Na verdade, pensei que aquela parada marcaria o término de nosso passeio; mas estava enganado, pois ao invés de voltarmos para o Náutilus, o Capitão Nemo continuou sua ousada excursão. O chão ainda estava inclinado, e seu declive parecia ficar maior, nos levando a regiões mais profundas. Deveria ser cerca de três horas da tarde, quando chegamos a um vale estreito, entre altas paredes perpendiculares, situado a uma profundidade de cerca de setenta e cinco braças. Graças à perfeição de nossos aparelhos, estávamos quarenta e cinco braças abaixo do limite que a natureza parece ter imposto ao homem, relativamente a excursões submarinas.

Digo setenta e cinco braças, mas não tinha nenhum instrumento com o qual julgar a distância. Mas sabia que, mesmo nas águas mais límpidas, os raios solares não conseguem penetrar mais fundo. E, assim, a escuridão se aprofundou. A dez passos, nenhum objeto estava visível. Sentia o caminho com as mãos, quando repentinamente vi uma luz branca brilhante. O Capitão Nemo havia acabado de colocar seu aparelho elétrico em uso; seu companheiro fez o mesmo, e Conseil e eu seguimos o exemplo deles. Girando um botão, estabeleci comunicação entre o fio e a espiral de vidro, e o mar, iluminado só por nossas quatro lanternas, foi aclarado em um círculo de trinta e dois metros.

Conforme andávamos, pensei que a luz de nossos aparelhos Ruhmkorff não poderia deixar de atrair algum habitante para fora de seu esconderijo. Mas se algum deles se aproximou de nós, pelo menos manteve uma distância respeitosa dos caçadores. Várias vezes, vi o Capitão Nemo parar, colocar a arma no ombro e, após alguns momentos, guardá-la e seguir em frente. Finalmente, depois de cerca de quatro horas, aquela maravilhosa excursão chegou ao fim. Uma parede de maravilhosas rochas, em uma massa imponente, erguia-se à nossa frente, um amontoado de blocos gigantescos, um litoral de granito enorme e inclinado, formando grutas escuras, mas que não apresentavam uma inclinação praticável; era a base da Ilha de Crespo. Era a terra! O Capitão Nemo parou, repentinamente. Um gesto seu nos deteve; e, por mais desejoso que eu estivesse de escalar o paredão, fui obrigado a parar. Aqui terminavam os domínios do Capitão Nemo. E ele não iria além. Mas para frente, estava uma parte do globo sobre a qual ele não poderia pisar.

Iniciamos a volta. O Capitão Nemo retornara para a frente de seu pequeno bando, dirigindo sua rota sem hesitação. Pensei que não estávamos seguindo o mesmo caminho de volta para o Náutilus. A nova rota era bastante inclinada e, consequentemente, bem dolorida. Nos aproximávamos na superfície do mar rapidamente. Mas aquele retorno aos níveis superiores não foi repentino o suficiente para causar um alívio rápido demais da pressão, que poderia ter ensejado um sério distúrbio a nossa constituição e produzido danos internos, tão fatais para mergulhadores. Logo, a luz reapareceu e aumentou, e, com o sol baixo no horizonte, a refração formava um anel espectral ao redor dos diferentes objetos. A uma profundidade de dez metros, caminhávamos em meio a um cardume de peixinhos de todos os tipos, mais numerosos do que os pássaros no ar, e também mais ágeis; mas nenhum animal aquático digno de ser caçado havia cruzado nosso caminho, quando, naquele momento, vi o Capitão colocar a arma no ombro rapidamente, e seguir um objeto que se movia para dentro de uns arbustos. Ele atirou; ouvi um ligeiro sibilo, e uma criatura caiu aturdida a alguma distância de onde estávamos. Era uma magnífica lontra-marinha, uma Enhydra, o único quadrúpede exclusivamente marinho. A lontra media um metro e meio, e deveria ser muito valiosa. Seu pelo, castanho-escuro por cima e prateado por baixo, teria dado uma daquelas belas peles tão desejadas nos mercados russo e chinês; a beleza e o brilho de seus pelos certamente valeriam oitenta libras. Admirei aquele curioso mamífero, com sua cabeça arredondada ornamentada por orelhas curtas, seus olhos redondos e bigodes brancos como os de um gato, com membranas entre os dedos e cauda em tufos. O precioso animal, caçado e perseguido por pescadores, agora se tornou muito raro e se refugiou principalmente nas partes mais ao norte do Pacífico, senão sua raça provavelmente se tornará extinta muito em breve.

O companheiro do Capitão Nemo pegou o animal, jogou-o sobre seu ombro e continuamos nossa jornada. Por uma hora, uma planície de areia se estendia à nossa frente. Às vezes, subia a dois metros e alguns centímetros de distância da superfície da água. Naqueles momentos, eu via nossa imagem claramente refletida, inversamente, e acima de nós aparecia um grupo idêntico, refletindo nossos movimentos e ações; em resumo, como nós em todos os aspectos, exceto que andavam com as cabeças para baixo e os pés no ar.

Outro efeito que reparei era a passagem de grossas nuvens, que se formavam e desapareciam rapidamente; mas, ao refletir, compreendi que o que pareciam ser nuvens eram efeitos da variação da grossura das algas no fundo do oceano, e conseguia até mesmo ver a espuma velosa que suas partes superiores quebradas multiplicavam na água, e as sombras de grandes pássaros passando por cima de nossas cabeças, cujos voos rápidos eu podia discernir na superfície do mar.

Naquela ocasião, testemunhei um dos mais belos tiros que já emocionaram um caçador. Um grande pássaro, com uma enorme envergadura de asas, claramente visível, aproximou-se de nós, planando sobre nossas cabeças. O companheiro do Capitão Nemo posicionou sua arma e atirou, quando o pássaro estava só alguns metros acima das ondas. A criatura despencou, atordoada, e a força de sua queda a trouxe para dentro do alcance do caçador. Era um albatroz do mais belo tipo.

Nossa caminhada não fora interrompida por aquele incidente. Por duas horas, seguimos a planície arenosa, depois campos de algas, muito desagradáveis de se cruzar. Sinceramente, não conseguiria fazer mais nada, quando vi uma luz bruxuleante, que, por quase um quilômetro, penetrava a escuridão das águas. Era a lanterna do Náutilus. Em menos de vinte minutos, estaríamos a bordo, e eu conseguiria respirar com facilidade, pois parecia que meu reservatório estava fornecendo um ar muito deficiente de oxigênio. Mas não contava com um encontro acidental, que atrasaria nossa chegada por algum tempo.

Eu ficara alguns passos atrás, quando vi o Capitão Nemo se aproximando de mim apressadamente. Com suas mãos fortes, ele me empurrou para o chão, e seu companheiro fez o mesmo com Conseil. De primeira, não sabia o que pensar daquele repentino ataque, mas logo me acalmei, ao ver o Capitão deitar-se ao meu lado e ficar imóvel.

Eu estava estirado no chão, logo abaixo da proteção de um arbusto de algas, quando, levantando a cabeça, vi uma enorme massa, lançando um brilho fosforescente, passar tumultuosamente.

Meu sangue congelou nas veias, quando reconheci dois formidáveis tubarões, que nos ameaçavam. Eram dois tubarões de pontas brancas, criaturas terríveis, com enormes caudas e olhar embotado e vidrado, ejetando a substância fosforescente de buracos nas laterais dos focinhos. Criaturas monstruosas! Que esmagariam um homem inteiro com suas mandíbulas de ferro. Não sabia se o Conseil havia parado para classificá-los; eu mesmo reparei suas barrigas prateadas e suas enormes bocas cheias de dentes, de um ponto de vista muito pouco científico, e mais como uma possível vítima do que um naturalista.

Felizmente, as criaturas vorazes não enxergam muito bem. Passaram sem nos ver, raspando suas barbatanas amarronzadas contra nós, e escapamos milagrosamente de um perigo que seria certamente maior do que topar com um tigre na floresta. Meia hora depois, guiados pela luz elétrica, chegamos ao Náutilus. A porta externa havia sido deixada aberta, e o Capitão Nemo a fechou tão logo entramos na primeira célula. Ele, então, apertou um botão. Ouvi as bombas trabalhando no meio da embarcação, senti a água afundar ao meu redor e, dentro de alguns momentos, a célula estava inteiramente vazia. A porta interna se abriu, então, e entramos na salinha.

Lá, nossos trajes de mergulho foram retirados, não sem alguma dificuldade, e, um tanto quanto esgotado pela falta de comida e sono, voltei para meu quarto, maravilhado com aquela surpreendente excursão ao fundo do mar.

Capítulo 17
Quatro mil léguas abaixo do Pacífico

Na manhã seguinte, dia 18 de novembro, eu já havia me recuperado de meu cansaço do dia anterior, e subi até a plataforma, assim que o segundo tenente declamava sua frase.

Estava admirando o magnífico aspecto do oceano, quando o Capitão Nemo apareceu. Não parecia estar ciente de minha presença, e começou uma série de observações astronômicas. Então, quando terminara, debruçou-se sobre a armação que continha a lâmpada e encarou distraidamente o oceano. Enquanto isso, diversos marinheiros do Náutilus, todos fortes e saudáveis, haviam subido até a plataforma. Vinham para puxar as redes que ficaram estendidas para fora durante a noite toda. Aqueles marinheiros eram, evidentemente, de nações diferentes, apesar de o tipo europeu ser visível em todos eles. Reconheci alguns inconfundíveis irlandeses, franceses, alguns eslavos e um grego ou cretense. Eram educados, e só usavam aquela estranha língua entre eles, cuja origem eu não podia adivinhar, tampouco perguntar a eles.

As redes foram puxadas para dentro. Eram um tipo grande de "chalut", como aquelas do litoral da Normandia, grandes bolsões que as ondas e uma corrente fixada nas malhas menores mantinham abertos. Aqueles bolsões, puxados com barras de ferro, varriam as águas e juntavam tudo em seu caminho. Aquele dia, capturaram curiosos espécimes daquelas costas produtivas.

Imagino que a pesca tenha trazido mais de quatrocentos e cinquenta peixes. Era um bom resultado, mas nada com o que se surpreender. Na verdade, as redes ficam estendidas por várias horas, e prendem em suas malhas uma variedade infinita. Não nos faltava comida excelente, e a rapidez do Náutilus e a atração da luz elétrica sempre conseguiam renovar nosso suprimento. Aquelas diversas produções marinhas foram imediatamente abaixadas através do painel, para os aposentos do camareiro, algumas para serem comidas frescas, e outras enlatadas.

A pesca tendo terminado e a provisão de ar sido renovada, pensei que o Náutilus estivesse prestes a continuar sua excursão submarina, e me preparava para voltar para meu quarto, quando, sem preâmbulos, o Capitão virou-se para mim e disse:

- Professor, este oceano não é abençoado com vida de verdade? Tem seus temperamentos e humores gentis. Ontem, dormiu como nós, e agora acordou após uma noite silenciosa. Olhe! – continuou. – Acorda sob as carícias do sol. Vai renovar sua existência diurna. É um estudo interessante, observar as brincadeiras de sua organização. Ele tem pulso, artérias, espasmos; e concordo com o erudito Maury, que descobriu nele uma circulação tão real quanto a circulação do sangue nos animais. Sim, o oceano tem, mesmo, uma circulação, e para promovê-la, o Criador fez com que as coisas se multiplicassem nele: calórico[9], sal e animais microscópicos.

Quando o Capitão Nemo falava daquela forma, parecia inteiramente mudado, e despertava uma emoção extraordinária em mim.

- Ademais, – acrescentou ele, – há uma verdadeira existência; e consigo imaginar as fundações de cidades náuticas, conjuntos de casas submarinas, que, como o Náutilus, subiriam todas as manhãs para respirar na superfície da água, vilarejos livres, cidades independentes. Ainda assim, quem sabe se algum déspota...

---

[9]N. da T.: Teoria científica obsoleta, do séc. XIX, que propunha a existência de um fluido invisível, chamado calórico, supostamente responsável pelas alterações de temperatura.

O Capitão Nemo terminou sua frase com um gesto violento. Então, dirigindo-se a mim como se para afugentar algum pensamento triste, disse:

- Monsieur Aronnax, – perguntou ele, – sabe qual é a profundidade do oceano?

- Só sei, Capitão, o que as principais sondagens nos ensinaram.

- Poderia me dizer, então, para que eu as adapte para meus propósitos?

- Estas são algumas – respondi – das quais me lembro. Se não estou enganado, uma profundidade de 7.300 metros foi encontrada no Atlântico Norte, e 2.300 metros no Mediterrâneo. As sondagens mais surpreendentes foram feitas no Atlântico Sul, perto do trigésimo-quinto paralelo, e deram 11.000 metros, 13.000 metros e 14.000 metros. Resumindo, imagina-se que se o fundo do mar fosse nivelado, sua profundidade média seria cerca de um e três quartos de légua.

- Bem, Professor, – respondeu o Capitão, – lhe mostraremos coisa melhor, espero. Quanto à profundidade média desta parte do Pacífico, te digo que é só de 3.600 metros.

Tendo dito isso, o Capitão Nemo dirigiu-se para o painel e desapareceu escada abaixo. O segui, e fui para a grande sala de estar. A hélice foi imediatamente colocada em movimento, e os registros mostravam trinta quilômetros por hora.

Durante os dias e semanas que se passaram, o Capitão Nemo foi bastante comedido com suas visitas. Raramente o vi. O tenente marcava o curso da embarcação na carta náutica regularmente, então eu sempre sabia exatamente qual era a rota do Náutilus.

Quase todos os dias, por algum tempo, os painéis da sala de estar eram abertos, e nunca nos cansávamos de penetrar nos mistérios do mundo submarino.

A direção geral do Náutilus era sudeste, e ficava entre noventa e cento e quarenta metros de profundidade. Um dia, contudo, não sei por que, atraído diagonalmente através dos planos inclinados, tocou o leito do mar. O termômetro indicava uma temperatura de 4,25 centígrados, que, naquela profundidade, parecia ser comum a todas as latitudes.

Às três horas da manhã do dia 26 de novembro, o Náutilus cruzou o trópico de Câncer, a 172° de longitude. No dia 27, avistou as Ilhas Sandwich, onde o Capitão Cook morreu, no dia 14 de fevereiro de 1779. Naquele ponto, percorrêramos 4.860 léguas desde nosso ponto inicial. Pela manhã, quando subi à plataforma, vi, a três quilômetros a barlavento, o Havaí, a maior das sete ilhas daquele grupo. Vi claramente campos cultivados, e as diversas cordilheiras paralelas ao litoral, e os vulcões que se sobrelevam ao Mauna Kea, 4.500 metros acima do nível do mar. Além de outras coisas que as redes capturaram, havia diversas Flabellarias e graciosos pólipos, peculiares àquela parte do oceano. A direção do Náutilus ainda era sudeste. Cruzou o Equador no dia 1º de dezembro, a 142º de longitude; e, no dia 4 do mesmo mês, após cruzar rapidamente e sem nada de particular tendo acontecido, avistamos as Ilhas Marquesas. Vi, a cinco quilômetros de distância, o Pico de Martin, em Nuku Hiva, o maior do grupo que pertence à França. Só vi as montanhas amadeiradas contra o horizonte, pois o Capitão Nemo não quis trazer a embarcação para o vento. Lá, as redes capturaram belos espécimes de peixes: alguns com barbatanas azuis e caudas como o ouro, cuja carne não tem igual; alguns quase que sem escamas, mas com um sabor delicioso; outros, com mandíbulas ossudas e guelras amareladas, tão bons quanto bonitos; todos peixes que nos seriam úteis. Após partirmos daquelas encantadoras ilhas protegidas pela bandeira francesa, do dia 4 ao dia 11 de dezembro o Náutilus navegou por cerca de três mil quilômetros.

Durante o dia, em 11 de dezembro, estava ocupado lendo, na grande sala de estar. Ned Land e Conseil observavam a água luminosa, através dos painéis meio abertos. O Náutilus estava imóvel. Enquanto seus reservatórios estivessem cheios, ele permanecia a uma profundidade de novecentos metros, região raramente visitada no oceano, e na qual grandes peixes eram pouco avistados.

Eu estava, naquela ocasião, lendo um livro encantador, escrito por Jean Macé, "Os Escravos do Estômago", e tirava valiosas lições do mesmo, quando Conseil me interrompeu:

- O senhor poderia vir aqui, um momento? – disse ele, com uma voz curiosa.

- O que foi, Conseil?

- Quero que o senhor veja.

Levantei-me, fui e apoiei-me nos cotovelos, na frente dos painéis, para observar.

Em uma vívida luz elétrica, uma enorme massa preta, completamente imóvel, estava suspensa em meio as águas. Observei-a com atenção, tentando descobrir a natureza daquele gigantesco cetáceo. Mas um pensamento repentino passou pela minha cabeça:

- Uma embarcação! – disse, em voz baixa.

- Sim, – respondeu o canadense, – um navio danificado, que afundou perpendicularmente.

Ned Land estava certo; estávamos próximos de um navio cujas velas rasgadas ainda pendiam de suas correntes. A quilha parecia estar em bom estado, e ele devia ter afundado há apenas algumas horas. Três tocos de mastros, quebrados cerca de sessenta centímetros acima da ponte, mostravam que o navio tinha sido forçado a sacrificar seus mastros. Mas, deitado sobre sua lateral, havia enchido de água e estava pendendo para bombordo. Aquele esqueleto do que fora outrora era um espetáculo triste, perdido sob as ondas, mas mais triste ainda era a visão da ponte, onde alguns cadáveres, amarrados com cordas, ainda jaziam. Contei cinco: quatro homens, um dos quais estava de pé perto do timão, e uma mulher perto da popa, segurando um bebê nos braços. Ela era bastante jovem. Pude distinguir suas feições, que a água não havia decomposto, à luz brilhante do Náutilus. Em um último esforço desesperado, ela havia levantado o bebê sobre sua cabeça – pobrezinho! -, e seus bracinhos circundavam a cabeça da mãe. A posição dos quatro marinheiros era assustadora, distorcidos que estavam por seus movimentos convulsivos, enquanto faziam um último esforço para se libertarem das cordas que os amarravam ao navio. Somente o timoneiro, calmo, com uma expressão séria e límpida, seus cabelos grisalhos colados à testa e sua mão agarrando o timão, parecia, até mesmo naquele momento, estar guiando os três mastros quebrados pelas profundezas do oceano.

Que cena! Ficamos mudos; nossos corações batiam rapidamente perante aquele naufrágio, tirado, por assim dizer, da vida e fotografado em seus últimos momentos. E já via, vindo em direção a ele com olhar esfomeado, enormes tubarões, atraídos pela carne humana.

Contudo, o Náutilus, virando-se, contornou o navio submerso e, em um instante, li na popa: "Florida, Sunderland".

Capítulo 18
Vanikoro

Aquele terrível espetáculo foi o precursor de uma série de catástrofes marítimas que o Náutilus estava fadado a encontrar em seu caminho. Enquanto ele passava por águas mais frequentadas, víamos frequentemente os cascos de embarcações naufragadas, apodrecendo nas profundezas, e mais fundo ainda, canhões, balas, âncoras, correntes e milhares de outros materiais de ferro, carcomidos pela ferrugem. Contudo, no dia 11 de dezembro avistamos as Ilhas Pomotou, o antigo "arquipélago perigoso" de Bougainville, que se estendia por 500 léguas, de leste-sul-leste a oeste-norte-oeste, da Ilha Ducie até a Lazareff. Aquele arquipélago cobre uma área de 370 léguas quadradas, e é formado por sessenta grupos de ilhas, dentre os quais o grupo Gambier se destaca, e sobre o qual a França tem poder. São ilhas de corais, que se ergueram vagarosa, porém continuamente, criadas pelo trabalho diário dos pólipos. Uma nova ilha se junta às vizinhas, e um quinto continente se estenderá, da Nova Zelândia e da Nova Caledônia, e de lá até as Marquesas.

Um dia, quando sugeria tal teoria ao Capitão Nemo, ele respondeu friamente:

- A terra não precisa de novos continentes, e sim de novos homens.

A sorte havia conduzido o Náutilus em direção à Ilha de Clermont-Tonnerre, uma das mais curiosas do arquipélago, descoberta em 1822 pelo Capitão Bell, do navio Minerva. Eu poderia, então, estudar o sistema da madrépora, responsáveis pelas ilhas daquele oceano.

Madréporas (que não devem ser confundidas com corais) têm um tecido forrado com um pó calcário, e a modificação de sua estrutura levou M. Milne Edwards, meu ilustre mestre, a classificá-las em cinco seções. Os corpos microscópicos que o pólipo marinho secreta vivem aos milhões, no fundo de suas células. Seus depósitos calcários se tornam rochas, recifes e ilhas pequenas e grandes. Formam um anel, cercando um pequeno lago, que se comunica com o mar através de lacunas. Lá, formam barreiras de recifes, como aquelas no litoral da Nova Caledônia e nas diversas Ilhas Pomotou. Em outros lugares, como nas Ilhas Reunião e nas Ilhas Maurício, formam recifes orlados, com paredes altas e retas, perto das quais a profundeza do oceano é considerável.

A alguns cabos de distância do litoral da Ilha de Clermont, admirei o trabalho gigantesco realizado por aqueles construtores microscópicos. Aquelas paredes são especialmente o fruto do trabalho das madréporas conhecidas como milleporas, poritas e astraeas. Aqueles pólipos são encontrados particularmente nos leitos ásperos do mar, perto da superfície; e, consequentemente, é na parte superior que começam suas operações, onde se enterram gradativamente com os restos das secreções que os apoiam. É esta, pelo menos, a teoria de Darwin, que explica, deste modo, a formação dos atóis, uma teoria superior (em minha opinião) àquela proposta para a fundação das obras das madréporas, de que são cumes de montanhas ou vulcões submersos alguns metros abaixo do nível do mar.

Consegui observar de perto aquelas curiosas paredes, pois, perpendicularmente, tinham profundidade de mais de duzentos e cinquenta metros, e nossos painéis elétricos iluminavam aquele material calcário brilhantemente. Respondendo a uma pergunta feita por Conseil, sobre quanto tempo aquelas barreiras colossais levaram para se formar, o surpreendi dizendo que eruditos imaginavam ser dois centímetros por século.

Ao cair da noite, Clermont-Tonnerre perdera-se na distância, e a rota do Náutilus mudou sensivelmente. Após cruzarmos o trópico de Capricórnio aos 135° de longitude, navegamos em direção oeste-norte-oeste, voltando para a zona tropical. Apesar de o sol de verão ser bastante forte, não sofremos com o calor, pois a quinze ou vinte braças abaixo da superfície, a temperatura não vai além de dez ou doze graus.

No dia 15 de dezembro, partimos para o leste do encantador Arquipélago da Sociedade e da graciosa Taiti, a rainha do Pacífico. Vi pela manhã, alguns quilômetros a barlavento, os cumes elevados da ilha. Aquelas águas encheram nossa mesa com excelentes peixes, cavalinhas, bonitos e algumas variedades de serpentes do mar.

No dia 25 de dezembro, o Náutilus navegou em meio às Novas Hébridas, descobertas por Quiros em 1606, e exploradas por Bougainville em 1768, e às quais Cook dera seu nome atual em 1773. Aquele grupo é composto por nove principais ilhas grandes, que formam uma faixa de 120 léguas norte-norte-sul a sul-sul-oeste, entre 15° e 2° de latitude sul e 164° e 168° de longitude. Passamos razoavelmente perto da Ilha de Aurou, que, ao meio-dia, parecia uma massa de bosques verdes, encimados por um pico altíssimo.

Sendo dia do nascimento de Cristo, Ned Land parecia sentir muito a falta da celebração do Natal, a festa familiar da qual os protestantes gostam tanto. Não via o Capitão Nemo há uma semana quando, na manhã do dia 27, ele entrou na grande sala de estar, parecendo, como sempre, que me tinha visto cinco minutos antes. Eu estava ocupado traçando a rota do Náutilus no planisfério. O Capitão veio até mim, colocou o dedo em um ponto do mapa, e disse esta única palavra:

- Vanikoro.

O efeito foi mágico! Era o nome das ilhas onde La Perouse se perdera! Levantei-me rapidamente.

- O Náutilus nos trouxe a Vanikoro? – perguntei.

- Sim, Professor, – respondeu o Capitão.

- E posso visitar as célebres ilhas onde Boussole e Astrolabe chegaram?

- Se quiser, Professor.

- Quando chegaremos lá?

- Já estamos lá.

Seguido pelo Capitão Nemo, subi até a plataforma e varri o horizonte com o olhar avidamente.

Ao nordeste, duas ilhas vulcânicas emergiam, de tamanhos desiguais, circundadas por um recife de corais que media sessenta e cinco quilômetros de circunferência. Estávamos perto de Vanikoro, a mesma à qual Dumont D'Urville dera o nome de Isle de la Recherche, e exatamente em frente ao pequeno porto de Vanou, situado a 16° 4' de latitude sul e 164° 32' de longitude oeste. A terra parecia coberta por vegetação, do litoral até os picos no interior, coroados pelo Monte Kapogo, com 145 metros de altura. O Náutilus, tendo passado pelo cinturão exterior de rochas, através de um pequeno estreito, encontrava-se entre quebra-ondas, onde o mar tinha trinta a quarenta braças de profundidade. Sob a sombra verdejante de uns mangues, avistei alguns selvagens, que pareciam extremamente surpresos com nossa aparição. Naquele longo corpo escuro, movendo-se entre vento e água, será que não viam um formidável cetáceo, que encaravam com suspeição?

Naquele instante, o Capitão Nemo perguntou-me o que eu sabia sobre o naufrágio de La Perouse.

- Só o que todos sabem, Capitão – respondi.

- E poderia me dizer o que todo mundo sabe sobre ele? – perguntou, ironicamente.

- Facilmente.

Contei a ele tudo o que as últimas obras de Dumont D'Urville haviam contado – obras das quais o que se segue é um breve relato.

La Perouse e seu braço direito, Capitão de Langle, foram enviados por Luís XVI, em 1785, em uma viagem de circum-navegação. Embarcaram nas corvetas Boussole e Astrolabe, nenhuma das quais foi vista novamente. Em 1791, o Governo Francês, justificadamente preocupado com o destino das duas embarcações, equipou dois grandes navios mercantes, o Recherche e o Esperance, que partiram de Brest no dia 28 de setembro, sob o comando de Bruni d'Entrecasteaux.

Dois meses depois, ficaram sabendo de Bowen, o comandante do navio Albemarle, que destroços de embarcações naufragadas haviam sido vistos no litoral da Nova Geórgia. Mas d'Entrecasteaux, ignorando esta informação – que era um tanto quanto incerta, aliás – dirigiu-se para as Ilhas do Almirantado, mencionadas em um relatório do Capitão Hunter como o local onde La Perouse havia naufragado.

Procuraram em vão. O Esperance e o Recherce passaram por Vanikoro sem parar lá e, na verdade, aquela viagem foi das mais desastrosas, pois custou d'Entrecasteaux sua vida e as vidas de dois de seus tenentes, assim como as de vários membros de sua tripulação.

O Capitão Dillon, velho marinheiro do Pacífico cheio de astúcia, foi o primeiro a encontrar traços inconfundíveis dos naufrágios. No dia 15 de maio de 1824, seu navio, o St. Patrick, passou perto de Tikopia, uma das Novas Hébridas. Lá, um marinheiro das Índias Orientais apareceu em uma canoa e vendeu a ele o cabo de uma espada de prata, com uma inscrição no punho. O marinheiro alegou que, seis anos antes, durante uma temporada em Vanikoro, ele havia visto dois europeus que pertenciam a umas embarcações naufragadas nos corais alguns anos antes.

Dillon supôs que ele se referia a La Perouse, cujo desaparecimento abalara o mundo. Tentou chegar até Vanikoro, onde, de acordo com o marinheiro indiano, ele encontraria diversos destroços do naufrágio, mas os ventos e as marés o impediram.

Dillon voltou para Calcutá. Lá, despertou o interesse da Sociedade Asiática e da Companhia Indiana em sua descoberta. Uma embarcação, batizada de Recherche, foi colocada à sua disposição e ele partiu, no dia 23 de janeiro de 1827, acompanhado por um agente da França.

O Recherche, após aportar em diversos pontos do Pacífico, ancorou em Vanikoro no dia 7 de julho de 1827, no mesmo porto de Vanou onde o Náutilus agora estava.

Lá, coletou inúmeras relíquias do naufrágio – utensílios de ferro, âncoras, roldanas, armas, uma bala de oito quilos, fragmentos de instrumentos astronômicos, um pedaço de madeiramento e um relógio de bronze, com a seguinte inscrição: "Bazin m'a fait[10]", e a marca da fundição do arsenal em Brest, de cerca de 1785. Não podia haver mais dúvidas.

Dillon, tendo feito suas inquirições, ficou no azarado local até outubro. Então, saiu de Vanikoro e dirigiu-se até a Nova Zelândia; chegou a Calcutá no dia 7 de abril de 1828 e voltou para a França, onde foi calorosamente recebido por Charles X.

Mas, ao mesmo tempo, sem saber dos movimentos de Dillon, Dumont D'Urville já havia partido para encontrar o local do naufrágio. Então, ficou sabendo por um baleeiro que algumas medalhas e uma cruz de São Luís[11] haviam sido encontradas nas mãos de alguns selvagens de Louisiade e da Nova Caledônia. Dumont D'Urville, comandante do Astrolabe, navegara, então, e dois meses após Dillon ter partido de Vanikoro, aportou em Hobart Town. Lá, ficou sabendo do resultado das investigações de Dillon e descobriu que um certo James Hobbs, segundo-tenente da União de Calcutá, após aportar em uma ilha situada a

---

[10] N. da T.: "Bazin me fez", em francês.

[11] N. da T.: Medalha de ordem militar da França.

8° 18' de latitude sul e 156° 30' de longitude oeste, havia visto algumas barras de ferro e materiais vermelhos usados pelos nativos naquelas partes. Dumont D'Urville, perplexo e sem saber se devia acreditar nos relatos de publicações de classe baixa, decidiu seguir o rastro de Dillon.

No dia 10 de fevereiro de 1828, o Astrolabe apareceu perto de Tikopia e tomou como guia e intérprete um desertor encontrado na ilha; seguiu para Vanikoro, a avistou no dia 12, ficou parado entre os corais até o dia 14 e só no dia 20 lançou a âncora dentro da barreira, no porto de Vanou.

No dia 23, diversos oficiais foram até a ilha e trouxeram alguns objetos insignificantes. Os nativos, adotando um sistema de negações e evasivas, recusaram-se a levá-los até o local azarado. Aquela conduta ambígua os fez acreditar que os nativos haviam maltratado os náufragos, e pareciam mesmo temer que Dumont D'Urville viera para vingar La Perouse e sua desafortunada tripulação.

Contudo, no dia 26, apaziguados por alguns presentes e compreendendo que não precisavam temer represálias, levaram o Monsieur Jacquierot até a cena do naufrágio.

Lá, em três ou quatro braças d'água, entre os corais de Pacou e Vanou, jaziam âncoras, canhões, balas de chumbo e ferro, embutidos nas secreções calcárias. O grande barco e o baleeiro pertencentes ao Astrolabe foram enviados para aquele lugar e, não sem alguma dificuldade, suas tripulações puxaram uma âncora de oitocentos quilos, uma arma de latão, algumas balas de ferro e dois canhões pequenos de cobre.

Dumont D'Urville, questionando os nativos, ficou sabendo, também, que La Perouse, após perder ambas as embarcações nos corais daquela ilha, havia construído um barco menor, mas acabara se perdendo pela segunda vez. Onde, ninguém sabia.

Mas o governo da França, temendo que Dumont D'Urville não estivesse sabendo dos movimentos de Dillon, havia enviado a corveta Bayonnaise, comandada por Legoarant de Tromelin, a Vanikoro, que havia sido alocada no litoral oeste da América. A Bayonnaise ancorou perto de Vanikoro alguns meses após a partida do Astrolabe, mas não encontrou nenhum documento. Ainda assim, declarou que os selvagens haviam respeitado o monumento a La Perouse. Este é o grosso do que relatei ao Capitão Nemo.

- Então, – disse ele, – ninguém sabe onde pereceu a terceira embarcação construída pelos náufragos na ilha de Vanikoro?

- Ninguém sabe.

O Capitão Nemo não disse nada, mas fez sinal para que eu o seguisse até o grande salão. O Náutilus afundou diversos metros abaixo das ondas e os painéis foram abertos.

Corri para a abertura e, sob as crostas de corais cobertas com fungos, esponjas e madréporas, em meio a uma miríade de encantadores peixes – peixes-rei, lucianos, vermelhos e serranídeos –, reconheci certos destroços que as marés não haviam conseguido destruir – estribos de ferro, âncoras, canhões, balas, encaixes de cabrestantes, a proa de um navio, todos objetos que claramente demonstravam que uma embarcação havia naufragado lá, agora cobertos por flores vivas. Enquanto eu observava aquela cena desoladora, o Capitão Nemo disse, em voz triste:

- O Comandante La Perouse partiu no dia 7 de dezembro de 1785, com suas embarcações La Boussole e Astrolabe. Primeiro ancorou em Botany Bay, visitou as Ilhas Amistosas, na Nova Caledônia, e então dirigiu-se para Santa Cruz e aportou em Namouka, uma das ilhas do arquipélago de Hapai. Suas embarcações então bateram nos corais desconhecidos de Vanikoro. A Boussole, que se chocou primeiro, afundou no litoral sul. O Astrolabe foi a seu auxílio, e afundou também. A primeira embarcação foi destruída quase que imediatamente. A segunda, presa pelo vento, resistiu alguns dias. Os nativos receberam bem os náufragos. Se instalaram na ilha e construíram um barco menor, com os restos dos dois maiores. Alguns marinheiros ficaram voluntariamente em Vanikoro; outros, fracos e doentes, partiram com La Perouse. Dirigiram-se para as Ilhas Salomão e lá pereceram, com tudo, na costa oeste da principal ilha do arquipélago, entre os Cabos Decepção e Satisfação.

- Como sabe disso?

- Por causa disso, que encontrei no local do último naufrágio.

O Capitão Nemo mostrou-me uma caixa de latão, marcada com o brasão da França e corroída pela água do mar. Abriu-a e vi um punhado de papéis amarelados, porém ainda legíveis.

Eram instruções do ministro naval para o Comandante La Perouse, anotadas na margem com a letra de Luís XVI.

- Ah! É uma bela morte para um marinheiro – disse o Capitão Nemo, finalmente. – Uma tumba de corais é um túmulo silencioso; e acredito que é exatamente isso que aguarda a mim e a meus companheiros.

Capítulo 19
O Estreito de Torres

Durante a noite de 27 ou 28 de dezembro, o Náutilus partiu da costa de Vanikoro em alta velocidade. Seu curso era sudoeste e, em três dias, havia percorrido as 750 léguas que separavam tal ilha do grupo de La Perouse e o ponto sudeste de Papua.

Nas primeiras horas de 1° de janeiro de 1863, Conseil se juntou a mim na plataforma.

- Mestre, permite-me desejar-lhe um feliz ano novo?

- O que! Conseil, exatamente como se eu estivesse em Paris, em meu escritório no Jardin des Plantes? Bom, aceito seus cumprimentos, e agradeço. Só perguntarei o que quer dizer com "feliz ano novo", sob nossas circunstâncias. Quer dizer que o ano que nos trará ao fim de nossa prisão, ou o ano que nos verá continuando esta estranha viagem?

- Realmente, não sei o que responder, mestre. Com certeza veremos coisas curiosas, e, nos últimos dois meses, não tivemos um momento de tédio. A maravilha mais recente é sempre a mais surpreendente; e, se continuarmos nesta progressão, não sei como tudo terminará. É minha opinião que nunca mais veremos coisa igual. Penso, então, sem querer ofender o senhor, que um feliz ano seria aquele no qual consigamos ver tudo.

No dia 2 de janeiro, havíamos percorrido 18.249 quilômetros, ou 5.250 léguas francesas, desde nosso ponto inicial, nos mares do Japão. À frente da embarcação, estendiam-se os perigosos litorais do mar de corais, na costa nordeste da Austrália. Nosso barco estava a alguns quilômetros do banco temível onde a embarcação de Cook se perdera, no dia 10 de junho de 1770. O barco onde Cook chocara-se contra uma rocha e, se não afundara, era devido a um pedaço de coral que fora partido pela colisão e se prendera na quilha quebrada.

Eu desejara visitar o recife, com 360 léguas de comprimento, contra o qual o mar, sempre bravio, quebrava com grande violência, e com um barulho como o de trovões. Mas, naquele momento, os planos inclinados atraíram o Náutilus para uma profundidade enorme, e eu não conseguia ver nada das altas paredes de corais. Tive que me contentar com os diferentes espécimes de peixe trazidos pelas redes. Reparei, entre outros, em algumas albacoras, uma espécie de bonito grande como um pintado, com laterais azuladas e listras transversais, que desaparecem conforme o animal cresce.

Aqueles peixes nos seguiam em cardumes e nos forneciam um alimento bastante delicado. Também pegávamos uma grande quantidade de douradas, com cerca de quatro centímetros de comprimento e gosto de alfaquim; e peixes voadores, como andorinhas submarinas, que, nas noites escuras, alternam-se entre iluminar o ar e a água, com sua luz fosforescente. Entre os moluscos e zoófitos, encontrei nas redes diversas espécies de anêmonas, ouriços, bagres e crustáceos. A flora era representada por lindas algas flutuantes, Laminariales e algas gigantes, impregnadas com a mucilagem que exalam pelos poros; e dentre as quais peguei uma admirável Nemastoma geliniarois, classificada entre as curiosidades naturais do museu.

Dois dias após cruzarmos o mar de corais, em 4 de janeiro, avistamos as costas da Papua. Naquela ocasião, o Capitão Nemo informou-me que tinha a intenção de chegar até o Oceano Índico através do Estreito de Torres. Sua comunicação resumiu-se a isso.

O Estreito de Torres tem uma largura de quase trinta e quatro léguas, mas é obstruído por uma inumerável quantidade de ilhas, ilhotas, quebra-mares e rochas, que fazem com que navegar por ele seja quase que impraticável, de modo que o Capitão Nemo tomou todas as precauções necessárias para cruzá-lo. O Náutilus, flutuando entre ar e água, ia a uma velocidade moderada. Sua hélice, como a cauda de um cetáceo, batia nas águas lentamente.

Aproveitando-nos disso, eu e meus dois companheiros subimos até a plataforma deserta. À nossa frente estava a sala do timoneiro, e esperava que o Capitão Nemo estivesse lá, dirigindo o curso do Náutilus.

Tinha à minha frente os excelentes mapas do Estreito de Torres, e os consultei com atenção. Ao redor do Náutilus, o mar quebrava furiosamente. O curso das ondas, de sudeste a noroeste, a uma velocidade de quatro quilômetros, quebrava-se nos corais que apareciam aqui e acolá.

- É uma ideia ruim! – observou Ned Land.

- Detestável, mesmo, e uma que não combina com uma embarcação como o Náutilus.

- O Capitão deve estar muito certo de sua rota, pois vejo ali pedaços de coral que acabariam com sua quilha, se só encostassem levemente.

Realmente, a situação era perigosa, mas o Náutilus parecia deslizar como mágica por entre essas rochas. Não seguiu a rota do Astrolabe e do Zelee exatamente, pois haviam demonstrado ser fatais para Dumont D'Urville. Foi mais em direção norte, margeando as Ilhas de Murray, e voltou para a direção sudoeste, em direção à Passagem de Cumberland. Pensei que fosse passar reto, quando, voltando para a direção noroeste, foi por entre uma grande quantidade de ilhas e ilhotas pouco conhecidas, em direção à Ilha Sound e ao Canal Mauvais.

Perguntei-me se o Capitão Nemo, tolamente imprudente, levaria sua embarcação para aquela passagem em que as duas corvetas de Dumont D'Urville encostaram, quando, virando novamente e indo reto em direção ao oeste, rumou para a Ilha de Gilboa.

Eram, naquele momento, três horas da tarde. A maré começava a recuar, tendo estado bastante cheia. O Náutilus aproximava-se da ilha, que eu ainda conseguia enxergar, com sua notável borda de árvores de pândano. Ficou a cerca de três quilômetros de distância dela. Repentinamente, um choque me desequilibrou. O Náutilus acabara de encostar em uma rocha e ficara imóvel, pendendo ligeiramente para bombordo.

Quando me levantei, vi o Capitão Nemo e seu tenente na plataforma. Estava examinando a situação da embarcação e trocando palavras em seu dialeto incompreensível.

Ele estava situado conforme segue: três quilômetros a estibordo ficava Gilboa, estendida de norte a oeste como um imenso braço. Em direção ao sul e ao leste, apareciam alguns corais, deixados pela maré. Havíamos encalhado, e em um daqueles mares onde as marés são medianas – um problema e tanto para a flutuação do Náutilus. Contudo, ele não havia sofrido danos, pois sua quilha era solidamente montada. Mas, se não conseguia deslizar nem se mexer, corria o risco de ficar eternamente preso àquelas rochas, e então seria o fim do submarino do Capitão Nemo.

Refletia nisso, quando o Capitão, calmo e composto, sempre em domínio de si mesmo, aproximou-se de mim.

- Um acidente? – perguntei.

- Não; um incidente.

- Mas um incidente que o obrigará, talvez, a se tornar um habitante desta terra, da qual foge?

O Capitão Nemo olhou para mim curiosamente, e fez um gesto em negativo, como que para dizer que nada o forçaria a colocar os pés em terra firme novamente. Então disse:

- Além disso, Monsieur Aronnax, o Náutilus não está perdido; ainda o carregará para o meio das maravilhas do oceano. Nossa viagem apenas começou, e não quero ser privado tão cedo da honra de sua companhia.

- Contudo, Capitão Nemo, – respondi, sem reparar no tom irônico de sua fala, – o Náutilus encalhou no mar aberto. Agora as marés não estão fortes, no Pacífico, e se o senhor não conseguir tornar o Náutilus mais leve, não consigo ver como ele poderá flutuar novamente.

- As marés não estão fortes no Pacífico: nisso o senhor tem razão, Professor. Mas no Estreito de Torres, ainda se encontra uma diferença de um metro entre o nível do mar alto e do baixo. Hoje é dia 4 de janeiro e, em cinco dias, a lua ficará cheia. Agora, ficarei muito surpreso se tal satélite não fizer com que a massa d'água não suba o suficiente, e me preste um auxílio pelo qual ficarei muito grato.

Tendo dito isso, o Capitão Nemo, seguido por seu tenente, desceu novamente para o interior do Náutilus. Quanto a este último, não se mexia, nem conseguia, como se os corais já o tivessem prendido em seu cimento indestrutível.

- Bem, senhor? – disse Ned Land, que veio até mim após o Capitão partir.

- Bem, amigo Ned, esperaremos pacientemente pela maré, no dia 9, pois parece que a lua fará a gentileza de soltar a embarcação.

- Verdade?

- Verdade.

- E este Capitão não lançará a âncora de modo algum, visto que a maré será o suficiente? – perguntou Conseil, de forma direta.

O canadense olhou para Conseil e deu de ombros.

- Senhor, acredite quando digo que este pedaço de ferro não navegará sobre ou sob o mar novamente; só serve para ser vendido por peso. Penso, portanto, que chegou a hora de nos despedirmos do Capitão Nemo.

- Amigo Ned, não desisti do robusto Náutilus, como você; e, dentro de quatro dias, saberemos a que nos agarrar, nas marés do Pacífico. Ademais, fugir poderia ser possível, se estivéssemos a uma distância visível do litoral inglês ou provençal, mas nas costas de Papua, é outra coisa. E teremos tempo o suficiente para chegarmos a tal extremo, se o Náutilus não se recuperar, o que considero ser um evento sério.

- Mas eles sabem, pelo menos, que devem agir de forma circunspecta? Há uma ilha; naquela ilha, há árvores; sob aquelas árvores, há animais terrestres, que contêm costelinhas e rosbifes, os quais eu provaria de bom grado.

- Neste quesito, o amigo Ned está certo, – disse Conseil, – e concordo com ele. O senhor não poderia obter permissão de seu amigo Capitão Nemo para que nos colocasse na terra, só para não perdermos o hábito de pisar nas partes sólidas do nosso planeta?

- Posso pedir a ele, mas ele se recusará.

- O senhor poderia arriscar? – perguntou Conseil. – Assim, saberemos se podemos contar com a amabilidade do Capitão.

Para minha grande surpresa, o Capitão Nemo me deu a permissão que pedi, e de forma bastante agradável, sem nem mesmo arrancar de mim uma promessa de voltar para a embarcação; mas uma fuga pela Nova Guiné poderia ser bastante perigosa, e eu teria aconselhado Ned Land a não tentá-la. Melhor ser prisioneiro a bordo do Náutilus do que cair nas mãos dos nativos.

Às oito horas, equipados com armas e machadinhas, desembarcamos do Náutilus. O mar estava bem calmo, e uma leve brisa soprava na terra. Conseil e eu remávamos, e navegamos rapidamente, enquanto Ned dirigia o barco pela estreita passagem que as rochas abriam. O barco estava bem cuidado, e movia-se rapidamente.

Ned Land não conseguia controlar sua alegria. Era como um prisioneiro que escapara da cadeia, e não sabia que era necessário voltar para dentro dela.

- Carne! Vamos comer uma carne; e que carne! – dizia ele. – Carne de caça de verdade! Não, pão, na verdade. Não digo que peixe não seja bom; não devemos reclamar dele. Mas um pedaço de veado fresco, grelhado sobre carvão, vai ser uma boa variação na nossa dieta do dia a dia.

- Glutão! – disse Conseil. – Está me fazendo salivar.

- Ainda precisamos descobrir – disse eu, – se essas florestas estão cheias de animais para serem caçados, e se não são do tipo que caçarão os próprios caçadores.

- Muito bem colocado, Monsieur Aronnax, – respondeu o canadense, cujos dentes pareciam afiados como a lâmina da machadinha, – mas comerei tigre... lombo de tigre... se não houver outro quadrúpede nesta ilha.

- O amigo Ned está preocupado com isso – disse Conseil.

- O que quer que aconteça, – continuou Ned Land, – todo animal de quatro patas, sem penas, ou com duas patas e sem penas, será cumprimentado por meu primeiro tiro.

- Muito bem! As imprudências do Sr. Land estão começando.

- Não tema, Monsieur Aronnax, – respondeu o canadense, – não preciso de vinte e cinco minutos para oferecer-lhe um prato do meu jeito.

Às oito e meia, o barco do Náutilus aportou suavemente sobre as areias pesadas, após ter passado alegremente o recife de corais que circunda a Ilha de Gilboa.

Capítulo 20
Alguns dias em terra

Fiquei muito impressionado ao aterrarmos. Ned Land experimentou o solo com o pé, como se para tomar posse dele. Contudo, fazia só dois meses que nos tornáramos, de acordo com o Capitão Nemo, "passageiros do

Náutilus", mas, na verdade, prisioneiros de seu comandante.

Em alguns minutos, estávamos a uma distância da costa, curta o suficiente para atirar. Todo o horizonte estava escondido atrás de uma bela cortina de florestas. Enormes árvores, cujos troncos atingiam uma altura de sessenta metros, estavam amarradas umas às outras por guirlandas de trepadeira, verdadeiras redes naturais, balançadas por uma brisa. Havia mimosas, figos, hibiscos e palmeiras, misturadas em profusão; e, sob a proteção de sua abóbada verdejante, cresciam orquídeas, plantas leguminosas e samambaias.

Mas, sem reparar em nenhum desses lindos espécimes da flora de Papua, o canadense abandonou o agradável pelo útil. Descobriu um coqueiro, bateu nele até caírem algumas frutas, quebrou-as e bebemos o leite e comemos a carne com uma satisfação que protestava contra a comida comum no Náutilus.

- Excelente! – disse Ned Land.

- Delicioso! – respondeu Conseil.

- E não acho – disse o canadense – que ele faria objeção a trazermos uma carga de cocos a bordo.

- Acho que não faria, mas não provará das frutas.

- Pior para ele – disse Conseil.

- E melhor para nós – respondeu Ned Land. – Sobra mais para nós.

- Só digo uma coisa, Sr. Land – disse eu para o arpoador, que começava a atacar outro coqueiro. – Cocos são bons, mas antes de encher a canoa com eles, seria sábio fazer um reconhecimento e ver se a ilha não produz alguma substância tão útil quanto eles. Legumes frescos seriam bem-vindos a bordo do Náutilus.

- O mestre está certo, – respondeu Conseil, – e proponho reservarmos três lugares em nosso barco, um para frutas, outro para legumes e o terceiro para a carne de veado, do qual ainda não vi nem o menor espécime.

- Conseil, não podemos desanimar – disse o canadense.

- Continuemos, – retruquei, – e fiquemos de tocaia. Apesar de a ilha parecer desabitada, pode conter alguns indivíduos que seriam menos duros do que nós em relação aos animais de caça.

- Oba! – disse Ned Land, mexendo a mandíbula de forma expressiva.

- Puxa, Ned! – disse Conseil.

- Minha nossa! – respondeu o canadense. – Começo a compreender os encantos da antropofagia.

- Ned! O que está dizendo? Você, comedor de seres humanos? Não me sentiria seguro em sua companhia, especialmente visto que compartilhamos uma cabine. Posso acordar um dia, talvez, e perceber que fui devorado pela metade.

- Amigo Conseil, gosto muito de você, mas não o suficiente para comê-lo desnecessariamente.

- Não confiaria em você – respondeu Conseil. – Mas chega. Precisamos realmente caçar algum animal para satisfazer este canibal, ou em um belo dia, meu mestre encontrará só pedaços de seu criado para servi-lo.

Enquanto falávamos disso, penetrávamos nos sombrios arcos da floresta, e, por duas horas, a vasculhamos em todas as direções.

A sorte recompensou nossa busca por legumes comestíveis, e um dos produtos mais úteis das zonas tropicais nos deu alimento precioso, do qual sentíamos falta a bordo. Refiro-me à fruta-pão, muito abundante na Ilha de Gilboa; e reparei principalmente na variedade que não tem semente, chamada na Malásia de "rima".

Ned Land conhecia bem essa fruta. Já havia comido muitas vezes durante suas inúmeras viagens, e sabia como preparar a substância comestível. Ademais, a visão da mesma o animara, e ele não conseguiu se conter.

- Senhor, – disse ele, – morrerei se não provar um pouquinho desta fruta-pão.

- Prove-a, amigo Ned. Prove o quanto quiser. Estamos aqui para fazer experimentos, faça-os.

- Não vai demorar – respondeu o canadense.

E, equipado com um acendedor, fez uma fogueira com madeira seca, que crepitava alegremente. Durante aquele tempo, Conseil e eu escolhemos as melhores frutas-pão. Algumas não haviam ainda atingido um grau de maturidade suficiente, e sua pele grossa cobria uma polpa branca, mas um tanto quanto fibrosa. Outras, em maior número amarelas e gelatinosas, só estavam esperando para ser colhidas.

Aquelas frutas não tinham caroço. Conseil trouxe uma dúzia para

Ned Land, que as colocou sobre um fogo de carvão, após tê-las cortado em fatias grossas, repetindo, enquanto fazia isso:

- O senhor verá como este pão é bom. Ainda mais quanto se foi privado dele por tanto tempo. Não é nem pão, – acrescentou, – e sim uma massa delicada. Nunca a comeu, senhor?

- Não, Ned.

- Bom, prepare-se para uma coisa suculenta. Se não quiser repetir, não sou mais o rei dos arpoadores.

Após alguns minutos, a parte das frutas exposta ao fogo estava completamente assada. O interior parecia uma massa branca, um tipo de crosta, cujo sabor parecia o da alcachofra.

Devo confessar que aquele pão era excelente, e o comi com voracidade.

- Que horas são agora? – perguntou o canadense.

- No mínimo, duas horas – respondeu Conseil.

- Como o tempo voa em terra firme! – suspirou Ned Land.

- Vamos partir – respondeu Conseil.

Voltamos pela floresta e concluímos nossa colheita atacando os frutos das palmeiras, que tiramos dos topos das árvores, pequenas vagens que reconheci como as "abrou" dos malaios, e inhames de qualidade superior.

Estávamos carregados, quando chegamos no barco. Mas Ned Land não achava as provisões suficientes. O destino, contudo, nos favoreceu. Logo quando estávamos empurrando o barco para partir, ele reparou em diversas árvores, com altura de sete a nove metros, uma espécie de palmeira.

Finalmente, às cinco da tarde, carregados com nossas riquezas, saímos do litoral, e meia hora depois, fizemos sinal para o Náutilus. Ninguém apareceu, quando chegamos. O enorme cilindro de placas de ferro parecia deserto. Após embarcarmos as provisões, desci até meu quarto e, depois da ceia, dormi profundamente.

No dia seguinte, 6 de janeiro, nada de novo aconteceu a bordo. Não havia nenhum som, nenhum sinal de vida. A embarcação repousava sobre a beira, no mesmo lugar que a deixáramos. Decidimos voltar para a ilha. Ned Land esperava ter mais sorte do que o dia anterior, em relação à caça, e desejava visitar outra parte da floresta.

Ao raiar do dia, partimos. O barco, carregado pelas ondas que fluíam para a costa, chegou na ilha em alguns minutos.

Aterramos e, achando melhor ceder aos desejos do canadense, seguimos Ned Land, cujos longos membros ameaçavam nos deixar para trás. Circundou a costa em direção ao oeste; então, cruzando alguns riachos, chegou até a alta planície ladeada por admiráveis florestas. Alguns martins-pescadores nadavam pelos cursos d'água, mas não permitiam que nos aproximássemos. A circunspecção deles provou para mim que aqueles pássaros sabiam o que esperar de bípedes de nossa espécie, e concluí que, ainda que a ilha não fosse habitada, seres humanos, pelo menos, a frequentavam ocasionalmente.

Após cruzar uma pradaria um tanto quanto grande, chegamos aos arredores de um pequeno bosque, animado pelos cantos e voo de uma grande quantidade de pássaros.

- Só há pássaros – disse Conseil.

- Mas são comestíveis – respondeu o arpoador.

- Não concordo com você, amigo Ned, pois só vejo papagaios, aqui.

- Amigo Conseil – respondeu Ned, seriamente, – o papagaio é como o faisão, para aqueles que não têm outra coisa.

- E, – acrescentei, – este pássaro, adequadamente preparado, vale o garfo e a faca.

Na verdade, sob a grossa folhagem daquele bosque, um mundo de papagaios voava de galho a galho, precisando só de uma educação cuidadosa para falar a língua dos humanos. No momento, conversavam com outros papagaios de todas as cores, e cacatuas sérias, que pareciam meditar sobre algum problema filosófico, enquanto periquitos vermelhos e brilhantes passavam como bandeirolas carregadas pelos ventos, nativos com as cores azuis mais belas, e tudo em uma variedade de coisas aladas que era encantadora de se observar, mas poucas das quais eram comestíveis.

Contudo, uma ave específica daquelas partes, e que nunca passou dos limites das Ilhas Arrow e Papua, estava faltando naquela coleção. Mas logo a sorte a reservara para mim.

Após passarmos por um grupo de árvores moderadamente denso, encontramos uma planície obstruída por arbustos. Vi, então, aquelas magníficas aves, cuja disposição das penas as obriga a voar contra o vento.

Seu voo ondulado, graciosas curvas aéreas e os tons de suas cores atraíam e encantavam os olhares. Não tive a menor dificuldade em reconhecê-las.

- Aves do paraíso! – exclamei.

Os malaios, que conduzem um belo comércio daquelas aves com os chineses, têm diversos meios para capturá-las, que não poderíamos utilizar. Às vezes, colocam iscas nos topos das altas árvores que as aves do paraíso gostam de frequentar. Outras vezes, as capturam com uma substância viscosa, que paralisa seus movimentos. Chegam ao ponto de envenenar as fontes das quais as aves costumam beber. Mas fomos obrigados a atirar nelas durante o voo, o que nos deu poucas chances de abatê-las; e, na verdade, gastamos metade de nossa munição em vão.

Por volta das onze horas da manhã, a primeira cordilheira que forma o centro da ilha havia sido cruzada, e não tínhamos matado nada. A fome nos impelia. Os caçadores haviam contado com os frutos de sua caça, e nisso cometeram um erro. Felizmente, Conseil, para sua grande surpresa, acertou um tiro duplo e conseguiu nosso café da manhã. Abateu um pombo branco e um pombo da floresta, os quais, habilmente depenados e suspensos por um palito, foram assados sobre uma fogueira feita com madeira seca. Enquanto aquelas curiosas aves eram cozinhadas, Ned preparava a fruta-pão. Então, os pombos foram devorados até os ossos, e declarados excelentes. A noz-moscada, que têm o hábito de comer, dá gosto à sua carne e faz com que seja deliciosa de comer.

- Agora, Ned, o que ainda lhe falta?

- Caçar um quadrúpede, Monsieur Aronnax. Todos esses pássaros são acompanhamentos e insignificâncias; até que eu tenha matado um animal com costelinhas, não ficarei contente.

- Nem eu, Ned, se não conseguir capturar uma ave do paraíso.

- Vamos continuar caçando, – disse Conseil, – vamos em direção ao mar. Chegamos aos primeiros declives das montanhas e acho melhor voltarmos à região das florestas.

Era um conselho sensato, que foi seguido. Após caminharmos por uma hora, chegamos a uma floresta de sagus. Algumas serpentes inofensivas deslizaram para longe de nós. As aves do paraíso voavam quando nos aproximávamos, e eu havia mesmo desistido de chegar perto de uma, quando Conseil, que caminhava à minha frente, dobrou o corpo para frente de repente, deu um grito de triunfo e voltou até mim trazendo um espécime magnífico.

- Ah! Bravo, Conseil!

- O senhor é muito gentil.

- Não, meu garoto, você fez uma jogada excelente. Pegar uma dessas aves vivas, e carregá-la na mão.

- Se o senhor a examinar, verá que não mereço tamanho elogio.

- Por que, Conseil?

- Porque esta ave está bêbada como uma codorna.

- Bêbada!

- Sim, senhor; bêbada com as nozes-moscadas que devorou sob a árvore onde a encontrei. Veja, amigo Ned, veja os monstruosos efeitos da intemperança!

- Meu Deus do céu! – exclamou o canadense. – Só porque bebi gim por dois meses, você tem motivo para me repreender!

Entretanto, examinei a curiosa ave. Conseil estava certo. A ave, bêbada com o suco das nozes, estava completamente indefesa. Não conseguia voar; mal conseguia andar.

Aquela ave pertencia à mais bela das oito espécies encontradas em Papua e nas ilhas vizinhas. Era "a grande ave esmeralda, o tipo mais raro". Media um metro. Sua cabeça era comparativamente pequena, seus olhos localizados perto da abertura do bico, e também pequenos. Mas os tons de suas cores eram lindos, com um bico amarelo, patas e garras marrons, asas de cor de nozes, com pontas roxas, amarelo pálido na parte de trás da cabeça e do pescoço, cor de esmeralda na garganta e castanha no peito e na barriga. Duas redes pontudas e lanosas se projetavam embaixo da cauda, que prolongavam as longas e leves penas, de admirável delicadeza, e completavam aquele pássaro maravilhoso, que os nativos poeticamente chamam de "ave do sol".

Mas, apesar de meus desejos terem sido satisfeitos pela posse da ave do paraíso, os do canadense ainda não o haviam. Felizmente, lá pelas duas horas da tarde, Ned Land abateu um magnífico porco selvagem, do tipo que os nativos chamam de "bari-outang". O animal chegou a tempo para obtermos uma verdadeira carne de quadrúpede, e foi bem-recebido. Ned Land ficou bastante orgulhoso de seu tiro. O porco, atingido pelo projétil elétrico, caiu morto. O canadense o pelou e limpou adequadamente, após ter tirado meia dúzia de costelinhas, destinadas a nos fornecer uma refeição grelhada à noite. Então, retomamos a caçada, que foi ainda mais marcada pelas proezas de Ned e de Conseil.

Na verdade, os dois amigos, chacoalhando arbustos, acordaram um grupo da cangurus que fugiram pulando sobre suas patas elásticas. Mas aqueles animais não fugiram rápido o suficiente para impedir que a cápsula elétrica parasse seu progresso.

- Ah, Professor! – exclamou Ned Land, extasiado pelas delícias da perseguição. – Que carne excelente, e ensopada, ainda por cima! Que suprimento para o Náutilus! Dois! Três! Cinco abatidos! E pensar que comeremos essa carne, e que os idiotas a bordo não terão nem uma mordida!

Creio que, em seu enlevo, o canadense, se não tivesse falado tanto, teria matado todos os cangurus. Mas contentou-se com uma dúzia daqueles interessantes marsupiais. Os animais eram pequenos. Eram de uma espécie de "coelhos cangurus", que costumam viver nos troncos ocos das árvores, e cuja velocidade é enorme; mas são moderadamente gordos, e fornecem, pelo menos, um alimento considerável. Ficamos muito satisfeitos com os resultados da caçada. O feliz Ned propôs que voltássemos àquela encantadora ilha no dia seguinte, pois desejava esvaziá-la de todos os quadrúpedes comestíveis. Mas não havia contado com seu anfitrião.

Às seis horas da tarde, voltáramos ao litoral; nosso barco estava amarrado em seu lugar de costume. O Náutilus, como uma longa rocha, emergia das ondas a três quilômetros da praia. Ned Land, sem esperar, ocupou-se com o importante assunto do jantar. Sabia tudo sobre cozinhar bem. O "bari-outang" grelhado sobre o carvão logo perfumou o ar com seu delicioso odor.

Realmente, o jantar estava excelente. Dois pombos da floresta completavam aquele extraordinário menu. O prato de sagu, a fruta-pão, algumas mangas, uma dúzia de abacaxis e a bebida fermentada de coco nos alegravam. Penso, ainda, que as ideias de meus valorosos companheiros não eram tão despretensiosas quanto seria de se desejar.

- E se não voltássemos ao Náutilus, esta noite? – disse Conseil.

- E se não voltássemos nunca mais? – acrescentou Ned Land.

Naquele momento, uma pedra caiu aos nossos pés, e interrompeu sua proposta.

Capítulo 21
O raio do Capitão Nemo

Olhamos para a beira da floresta, sem nos levantarmos, minha mão imóvel no meio do caminho até a boca, a de Ned Land concluindo o gesto.

- Pedras não caem do céu, – observou Conseil, – ou mereceriam ser chamadas de aerólitos.

Uma segunda pedra, cuidadosamente mirada e que fez uma saborosa coxa de pombo cair da mão de Conseil, deu ainda mais razão à sua observação. Nós três nos levantamos, colocamos as armas sobre os ombros e estávamos prontos para responder a qualquer ataque.

- São símios? – exclamou Ned Land.

- Quase... são selvagens.

- Para o barco! – disse eu, correndo para o mar.

Era mesmo necessário bater em retirada, pois cerca de vinte nativos, armados com arcos e estilingues, apareceram na beirada de um grupo de árvores que mascarava o horizonte à direita, nem cem passos de distância de nós.

Nosso barco estava amarrado a cerca de vinte metros de nós. Os selvagens se aproximaram, não correndo, mas fazendo demonstrações hostis. Pedras e flechas caíam aos montes.

Ned Land não queria deixar suas provisões, e, apesar do perigo iminente, com seu porco de um lado e os cangurus do outro, ele andou razoavelmente rápido. Em dois minutos, estávamos na costa. Carregar o barco com as provisões e as armas, empurrá-lo para o mar e empunhar os remos foi o trabalho de um instante. Não havíamos nos afastado nem quatrocentos metros, quando cem selvagens, uivando e gesticulando, entraram na água até a cintura. Observei para ver se sua aparição atrairia algum homem do Náutilus até a plataforma, mas não. A enorme máquina, à distância, estava absolutamente deserta.

Vinte minutos depois, estávamos a bordo. Os painéis estavam abertos. Após puxarmos o barco rapidamente, entramos no Náutilus.

Desci até a sala de estar, de onde vinham algumas notas musicais. O Capitão Nemo estava lá, debruçado sobre seu órgão e mergulhado em um êxtase musical.

- Capitão!

Ele não me ouviu.

- Capitão! – disse, encostando em sua mão.

Ele estremeceu e, virando-se para mim, disse:

- Ah! É você, Professor? Bom, fizeram uma boa caçada, seus estudos botânicos foram bem-sucedidos?

- Sim, Capitão; mas infelizmente atraímos um grupo de bípedes, cuja proximidade me perturba.

- Que bípedes?

- Selvagens.

- Selvagens! – repetiu ele, ironicamente. – Então está surpreso, Professor, por ter colocado os pés em uma terra estranha e encontrado selvagens? Selvagens! Onde não há nenhum? Além disso, eles são piores do que outros, estes que você chama de selvagens?

- Mas Capitão...

- Quantos contou?

- Pelo menos cem.

- Monsieur Aronnax, – respondeu o Capitão Nemo, colocando os dedos nos tubos do órgão, – quando todos os nativos de Papua estiverem reunidos neste litoral, o Náutilus não terá o que temer de seus ataques.

O Capitão estava correndo os dedos sobre as teclas do instrumento, e percebi que ele tocava somente nas pretas, o que dava às suas melodias um toque essencialmente escocês. Logo ele esquecera minha presença e mergulhara em um devaneio que não perturbei. Subi para a plataforma novamente; a noite já caíra, pois, naquela latitude baixa, o sol se põe rapidamente, e sem crepúsculo. Só conseguia enxergar a ilha de forma indistinta; mas as muitas fogueiras acesas na praia mostravam que os nativos não tinham intenção de partir. Fiquei sozinho por muitas horas, às vezes pensando nos nativos – mas sem temê-los, pois a imperturbável confiança do Capitão Nemo era contagiosa, – às vezes esquecendo deles, para admirar os esplendores da noite nos trópicos. Minhas memórias voltaram-se para a França, no rastro daquelas estrelas zodiacais que brilhariam dentro de algumas horas. A lua brilhava no meio das constelações do zênite.

A noite apareceu sem nenhum incidente, os ilhéus tendo, sem dúvida, se assustado com a visão de um monstro encalhado na baía. Os painéis estavam abertos, e teriam dado acesso fácil ao interior do Náutilus.

Às seis horas da manhã do dia 8 de janeiro, subi até a plataforma. O dia raiava. A ilha logo se mostrou em meio às névoas que se dissipavam, primeiro a costa, depois os cumes.

Os nativos estavam lá, mais numerosos do que no dia anterior – quinhentos ou seiscentos, talvez, - alguns deles, aproveitando-se das águas baixas, tendo vindo até os corais, menos de quatrocentos metros de distância do Náutilus. Os distinguia facilmente; eram verdadeiros papuanos, de constituição atlética, homens de boa raça, testas grandes e altas, grandes, mas não largas e achatadas, e dentes brancos. Seu cabelo encaracolado, com um tom avermelhado, contrastava com seus corpos pretos brilhantes como os dos núbios. Dos lobos de suas orelhas, cortados e distendidos, pendiam pedaços de ossos. A maioria daqueles selvagens estava nua. Dentre eles, reparei em algumas mulheres, vestidas da cintura aos joelhos com verdadeiras crinolinas de ervas, sustentadas por uma cintura de vegetais. Alguns chefes haviam ornamentado seus pescoços com uma crescente e colares de contas de vidros, vermelhas e brancas; quase todos estavam armados com arcos, flechas e escudos, e carregavam sobre os ombros um tipo de rede, contendo aquelas pedras redondas que arremessam de seus estilingues com enorme habilidade. Um desses chefes, um tanto quanto próximo do Náutilus, o examinava com atenção. Era, talvez, um "mado" de alta patente, pois estava adornado com uma capa de folhas de bananeira, com entalhes nas beiradas e contrastada com cores brilhantes.

Eu poderia facilmente ter atingido aquele nativo, que estava a uma distância pequena. Mas pensei que seria melhor esperar verdadeiras demonstrações de hostilidade. Entre europeus e selvagens, é adequado que os europeus se defendam severamente, não que ataquem.

Durante a maré baixa, os nativos vagueavam perto do Náutilus, mas não causaram problemas; os ouvi repetir frequentemente a palavra "Assai" e, por seus gestos, compreendi que estavam me convidando a ir para terra firme, convite este que recusei.

Então, naquele dia, o barco não saiu, para grande desprazer do Sr. Land, que não conseguiu completar suas provisões.

O habilidoso canadense usou seu tempo preparando as carnes que trouxera da ilha. Quanto aos selvagens, voltaram para a costa às onze horas da manhã, assim que as partes superiores dos corais começaram a desaparecer sob a maré que subia; mas vi que seus números haviam aumentado consideravelmente no litoral. Provavelmente vinham das ilhas vizinhas, muito possível que de Papua. Contudo, eu não vira uma única canoa nativa. Não tendo nada melhor para fazer, cogitei vasculhar aquelas lindas águas límpidas, sob as quais via uma profusão de conchas, zoófitos e plantas marinhas. Ademais, era o último dia que o Náutilus passaria naquela região, se flutuasse em mar aberto no dia seguinte, como o Capitão Nemo prometera.

Portanto, chamei Conseil, que me trouxe uma pequena rede, parecida com aquelas de pescar ostras. Ao trabalho! Por duas horas, pescamos incessantemente, mas sem encontrar nenhuma raridade. A rede estava cheia de abalones, esponjas-lira, e particularmente os mais belos corais-âncora que já vi. Também capturamos algumas lesmas marinhas, ostras de pérolas e uma dúzia de tartaruguinhas que reservamos para a despensa.

Mas logo quando menos esperava, coloquei minha mão em uma maravilha, uma deformidade natural, por assim dizer, raramente encontrada. Conseil estava dragando, e sua rede voltara cheia de diversas conchas comuns, quando ele repentinamente me viu mergulhar o braço na rede e retirar uma concha, e me ouviu soltar uma exclamação.

- Qual é o problema, senhor? – perguntou, surpreso. – O senhor foi mordido?

- Não, meu garoto; mas daria um dedo voluntariamente pela minha descoberta.

- Que descoberta?

- Esta concha – disse, segurando o objeto de meu triunfo.

- É simplesmente uma Oliva porphyria, do gênero oliva, família dos olividae, classe dos gastrópodes, subclasse dos moluscos.

- Sim, Conseil, mas ao invés de rolar da direita para a esquerda, esta oliva gira da esquerda para a direita.

- Isso é possível?

- Sim, meu garoto; é uma concha canhota.

Todas as conchas são destras, com raras exceções; e, quando por sorte sua espiral é para a esquerda, os amadores ficam dispostos a pagar seu peso em ouro.

Conseil e eu ficamos absolutamente absortos na contemplação de nosso tesouro, e eu estava prometendo a mim mesmo enriquecer o museu com ele, quando uma pedra infeliz, jogada por um nativo, chocou-se contra ela e quebrou o precioso objeto nas mãos de Conseil. Emiti um grito de desespero! Conseil pegou a arma e mirou-a em um selvagem de estilingue em mãos, a alguns metros dele. Eu o teria impedido, mas seu tiro foi eficaz e quebrou o bracelete de amuletos que circundava o braço do selvagem.

- Conseil! – gritei. – Conseil!

- Bom, senhor! Não viu que o canibal que começou o ataque?

- Uma concha não vale a vida de um homem – disse eu.

- Ah! Cafajeste! – exclamou Conseil. – Preferiria que ele tivesse quebrado meu ombro!

Conseil estava sendo sincero, mas eu não compartilhava de sua opinião. Contudo, a situação mudara alguns minutos antes, e nós não havíamos percebido. Diversas canoas cercavam o Náutilus. Aquelas canoas, cavadas dos troncos de árvores, longas, estreitas e bem adaptadas para velocidade, eram equilibradas com longas varas de bambu, que flutuavam na água. Eram controladas por remadores habilidosos e seminus, e eu observava seu progresso com um pouco de preocupação. Era evidente que aqueles papuanos já haviam se relacionado com europeus e conheciam suas embarcações. Mas aquele longo cilindro ancorado na baía, sem mastros ou chaminés, o que pensariam dele? Nada de bom, pois primeiro mantiveram uma distância respeitosa. Contudo, vendo-o imóvel, gradualmente tomaram coragem e buscaram familiarizar-se com ele. Aquela familiaridade era precisamente o que precisava ser evitada. Nossas armas, que não faziam barulho, só teriam um efeito moderado sobre os selvagens, que têm pouco respeito por aquilo que não é estrondoso. O raio sem trovão assusta pouco um homem, apesar de o perigo ser o relâmpago, e não o barulho.

Naquele momento, as canoas se aproximaram do Náutilus, e uma chuva de flechas desceu sobre ele.

Desci até o salão, mas não encontrei ninguém lá. Ousei bater na porta que se abria para o quarto do Capitão. "Entre", foi a resposta.

Entrei e encontrei o Capitão Nemo absorto por cálculos algébricos de x e outras quantidades.

- O atrapalho – disse eu, por cortesia.

- Verdade, Monsieur Aronnax – respondeu o Capitão. – Mas acho que tem sérios motivos para querer me ver?

- Muito graves; os nativos nos estão cercando em suas canoas e, dentro de alguns minutos, certamente seremos atacados por centenas de selvagens.

- Ah! – disse o Capitão Nemo, em voz baixa. – Vieram em suas canoas?

- Sim, senhor.

- Bem, senhor, precisamos fechar as escotilhas.

- Exatamente, e vim dizer que...

- Nada poderia ser mais simples – disse o Capitão Nemo. E, apertando um botão elétrico, transmitiu uma ordem para a tripulação da embarcação.

- Já está tudo feito, senhor – disse ele, após alguns momentos. – O bote está pronto, e as escotilhas fechadas. Não teme, imagino, que estes cavalheiros consigam atravessar as paredes sobre as quais as balas de sua fragata não tiveram qualquer efeito?

- Não, Capitão; mas ainda existe um perigo.

- Qual seria, senhor?

- O de que amanhã, mais ou menos a este horário, precisamos abrir as escotilhas para renovar o ar do Náutilus. Agora, se, neste momento, os papuanos estiverem ocupando a plataforma, não vejo como você consiga impedi-los de entrar.

- Então, senhor, supõe que nos invadirão?

- Estou certo de que sim.

- Bem, então, deixe que venham. Não vejo motivo para atrapalhá-los. Afinal de contas, estes papuanos são pobres criaturas, e não estou disposto a permitir que minha primeira visita à ilha custe a vida de um único destes coitados.

Naquele ponto, eu estava prestes a me retirar, mas o Capitão Nemo me deteve e pediu que me sentasse ao seu lado. Perguntou com interesse sobre nossas excursões à terra e nossas caçadas, e não parecia compreender o desejo por carne que possuíra o canadense. Então, a conversa voltou-se para diversos assuntos e, sem ser mais comunicativo, o Capitão Nemo provou ser mais amigável.

Entre outras coisas, acabamos conversando sobre a situação do Náutilus, encalhado exatamente no mesmo lugar deste estreito onde Dumont D'Urville quase morrera. Em relação a isto:

- Este D'Urville foi um de seus grandes marinheiros – disse o Capitão, – um de seus navegadores mais inteligentes. É o Capitão Cook dos franceses. Infeliz homem da ciência, após ter desbravado os icebergs do Polo Sul, os recifes de coral da Oceania, os canibais do Pacífico, perecer miseravelmente em um trem de ferro! Se aquele homem enérgico pudesse ser refletido durante os últimos momentos de sua vida, o que seria seu primeiro pensamento, você supõe?

Falando deste modo, o Capitão Nemo parecia tocado, e sua emoção me fez ter uma opinião melhor sobre ele. Então, com o mapa em mãos, analisamos as viagens do navegador francês, suas empreitadas de circum-navegação, sua detenção dupla no Polo Sul, que levou à descoberta de Adelaide e Louis Phillippe, e o estabelecimento da localização hidrográfica das principais ilhas da Oceania.

- Isso que seu D'Urville fez na superfície dos mares – disse o Capitão Nemo – eu fiz sob ela, e mais fácil e completamente do que ele. O Astrolabe e o Zelee, incessantemente jogados de um lado para o outro pelos furacões, não chegam aos pés do Náutilus, silencioso repositório de trabalho que ele é, verdadeiramente imóvel em meio às águas.

- Amanhã, – acrescentou o Capitão, levantando-se, – amanhã, às vinte para as três da tarde, o Náutilus flutuará, e partirá do Estreito de Torres sem um arranhão.

Tendo pronunciado tais palavras secamente, o Capitão Nemo fez uma ligeira reverência. Era para me dispensar, então voltei para meu aposento.

Lá, encontrei Conseil, que queria saber dos resultados de minha conversa com o Capitão.

- Meu garoto, – disse eu, – quando fingi acreditar que seu Náutilus estava ameaçado pelos nativos de Papua, o Capitão me respondeu de forma muito sarcástica. Tenho só uma coisa para te dizer: tenha confiança nele, e vá dormir em paz.

- Não precisa de meu auxílio, senhor?

- Não, meu amigo. O que Ned Land está fazendo?

- Se me dispensa, senhor, – respondeu Conseil, – o amigo Ned está ocupado fazendo uma torta de canguru, que será uma maravilha.

Fiquei sozinho e fui para a cama, mas dormi mal. Ouvia os barulhos dos selvagens, que pisavam na plataforma, dando gritos ensurdecedores. A noite se passou assim, sem perturbar o descanso normal da tripulação. A presença daqueles canibais não os afetava mais do que soldados com um canhão se importam com as formigas sobre ele.

Às seis da manhã, levantei-me. As escotilhas não tinham sido abertas. O ar interno não havia sido renovado, mas os reservatórios, cheios e prontos para qualquer emergência, agora estavam sendo usados, e liberavam vários metros cúbicos de oxigênio na atmosfera exaurida do Náutilus.

Trabalhei em meu quarto até o meio-dia, sem ter visto o Capitão Nemo, nem mesmo por um instante. A bordo, nenhuma preparação para a partida era visível.

Esperei ainda mais um tempo, e então fui para o grande salão. O relógio marcava duas e meia. Dentro de dez minutos, seria maré alta e, se o Capitão Nemo não tivesse feito uma promessa que não podia cumprir, o Náutilus será imediatamente deslocado. Se não fosse, muitos meses se passariam antes que ele pudesse sair de seu leito de corais.

Contudo, algumas vibrações de aviso começaram a ser sentidas na embarcação. Ouvi a quilha rangendo de encontro com o áspero leito calcário do recife de corais.

Quando faltavam vinte e cinco minutos para as três, o Capitão Nemo apareceu no salão.

- Vamos partir – disse ele.

- Ah! – respondi.

- Dei a ordem para que abram as escotilhas.

- E os papuanos?

- Os papuanos? – respondeu o Capitão Nemo, dando de ombros.

- Não entrarão no Náutilus?

- Como?

- Só pulando sobre as escotilhas que você abriu.

- Monsieur Aronnax, – respondeu o Capitão Nemo, em voz baixa, - eles não entrarão pelas escotilhas do Náutilus de forma alguma, ainda que estejam abertas.

Olhei para o Capitão.

- Não compreende? – disse ele.

- Dificilmente.

- Bom, venha ver.

Dirigi meus passos para a escadaria central. Lá, Ned Land e Conseil estavam sorrateiramente observando alguns membros da tripulação, que abriam as escotilhas, enquanto gritos de fúria e vociferações assustadoras ressoavam lá fora.

As portas das escotilhas foram abertas. Vinte horríveis rostos apareceram. Mas o primeiro nativo que colocou a mão sobre o corrimão, atingido pelas costas por alguma força invisível, não sei qual, fugiu, dando os gritos mais assombrosos e contorcendo-se loucamente.

Dez de seus companheiros o seguiram. Tiveram o mesmo fim.

Conseil estava extasiado. Ned Land, deixando-se levar por seus instintos violentos, correu para a escadaria. Mas no momento em que segurou os corrimãos com as duas mãos, foi sua vez de ser jogado para trás.

- Fui atingido por um raio – exclamou ele, com um xingamento.

Isso explicava tudo. Não era um corrimão, e sim um cabo metálico eletrificado, do convés até a plataforma. Quem quer que o tocasse, sentiria um poderoso choque – e este choque seria mortal, se o Capitão Nemo descarregasse no condutor toda a força da corrente. Poderia ser dito, de verdade, que entre seus atacantes e ele, ele havia estendido uma rede de eletricidade que ninguém atravessaria incólume.

Enquanto isso, os exasperados papuanos haviam batido em retirada, aterrorizados. Quanto a nós, meio rindo, consolamos e massageamos o infeliz Ned Land, que praguejava como um possuído.

Mas, naquele momento, o Náutilus, levantado pelas últimas ondas da maré, saiu de seu leito de corais exatamente no quadragésimo minuto estabelecido pelo Capitão. Sua hélice afastava as águas lenta e majestosamente. Sua velocidade aumentava gradativamente e, navegando na superfície do oceano, partiu em segurança das passagens perigosas do Estreito de Torres.

Capítulo 22
"Aegri Somnia"

No dia seguinte, 10 de janeiro, o Náutilus continuou sua rota entre dois mares, mas com uma velocidade tão notável que eu não podia estimá-la como menos do que cinquenta e cinco quilômetros por hora. A rapidez de sua hélice era tamanha que eu não conseguia acompanhar, nem contar, suas revoluções. Quando refleti que aquele maravilhoso agente elétrico, após ter permitido que o Náutilus se movesse, tivesse calor e luz, ainda o protegia de ataques externos e o transformava em uma arca de segurança que nenhuma mão profana poderia tocar sem ser atingida por um raio, minha admiração não tinha limites, e da estrutura, passava para o engenheiro que a colocara em existência.

Nossa rota estava dirigida para o oeste, e, no dia 11 de janeiro, dobramos o Cabo Wessel, situado em 135° de longitude e 10° de latitude sul, que forma o ponto leste do Golfo de Carpentária. Os recifes ainda eram numerosos, mas mais equalizados, e marcados no mapa com extrema precisão. O Náutilus evitou facilmente as rochas de Money, a bombordo, e os recifes de Victoria, a estibordo, localizados em 130° de longitude e no 10° paralelo, que seguimos estritamente.

No dia 13 de janeiro, o Capitão Nemo chegou no Mar do Timor, e reconheceu a ilha de mesmo nome em 122° de longitude.

Daquele ponto, a direção do Náutilus se inclinava em direção sudoeste. Apontava para o Oceano Índico. Para onde o capricho do Capitão Nemo nos levaria a seguir? Ele voltaria para o litoral da Ásia, ou se aproximaria novamente das costas da Europa? Conjecturas improváveis, ambas, para um homem que fugia dos continentes habitados. Desceria, então, para o sul? Dobraria o Cabo da Boa Esperança, e depois o Cabo Horn, e finalmente chegar até a Antártida? Voltaria, então, para o Pacífico, onde seu Náutilus conseguia navegar livre e independentemente? O tempo diria.

Após ter passado ao largo das areias de Cartier, Hibernia, Seringapatam e Scott, últimos esforços do elemento sólido contra o líquido, no dia 14 de janeiro, perdemos a terra de vista. A velocidade do Náutilus diminuiu consideravelmente e, com uma rota irregular, ele às vezes nadava no seio das águas, e por vezes flutuava na superfície.

Durante aquele período da viagem, o Capitão Nemo fez alguns interessantes experimentos com a variação da temperatura do mar em diferentes leitos. Sob condições comuns, aquelas observações são feitas através de instrumentos um tanto quanto complicados, e com resultados ligeiramente duvidosos, por meio de pesos de sondagem termométricos, com os vidros frequentemente se quebrando sob a pressão da água, ou um aparelho baseado nas variações da resistência de metais às correntes elétricas. Os resultados deste modo obtidos não podiam ser corretamente calculados. Pelo contrário, o Capitão Nemo testou, ele mesmo, a temperatura nas profundezas do mar, e seu termômetro, colocado em comunicação com os diferentes níveis da água, lhe deu o grau exigido, imediata e precisamente.

Foi assim que, enchendo seus reservatórios ou descendo obliquamente, através de seus planos inclinados, o Náutilus sucessivamente atingiu a profundidade de três, quatro, cinco, sete, nove e dez mil metros, e o resultado definitivo deste experimento foi que o mar mantinha uma temperatura média de quatro graus e meio, a uma profundidade de cinco mil braças, em todas as latitudes.

No dia 16 de janeiro, o Náutilus parecia imóvel, só alguns metros abaixo da superfície das ondas. Seu aparelho elétrico estava inativo e sua hélice parada o fazia ficar à deriva, à mercê das correntes. Suponho que a tripulação estivesse ocupada com consertos internos, necessários devido à violência dos movimentos mecânicos da máquina.

Meus companheiros e eu testemunhamos, então, um interessante espetáculo. As escotilhas do salão estavam abertas e, enquanto a luz do Náutilus não estava ligada, a obscuridade reinava em meio às águas. Observei o estado do mar, sob tais condições, e o maior peixe parecia ser nada mais do que sombras mal definidas, quando o Náutilus viu-se repentinamente transportado para luz direta. Pensei, primeiro, que sua própria luz havia sido acesa e estava jogando seus raios elétricos sobre a massa líquida. Me enganei, e uma rápida olhada me demonstrou isso.

O Náutilus flutuava no meio de um leito fosforescente que, naquela obscuridade, se tornara ofuscante. Era produzido por uma miríade de minúsculos animais luminosos, cujo brilho aumentava conforme deslizavam sobre o casco metálico da embarcação. Fui surpreso pela luz no meio daquelas placas luminosas, como se fossem gotículas de chumbo derretidas em uma fornalha ardente, ou massas metálicas queimadas até ficarem incandescentes, de modo que, por força do contraste, certas partes da luz pareciam lançar uma sombra no meio da ignição geral, de onde todas as sombras pareciam ter sido banidas. Não, esta não era a irradiação calma de nossa luz costumeira. Havia vida e vigor incomuns; era luz verdadeiramente viva!

Na realidade, era uma enorme aglomeração de infusórios coloridos, verdadeiros glóbulos de geleia, equipados com tentáculos semelhantes a fios, e os quais mais de vinte e cinco mil podiam ser contados em menos de seis centímetros cúbicos de água.

Por muitas horas, o Náutilus flutuou naquelas ondas brilhantes, e nossa admiração aumentava conforme observávamos os monstros marinhos se comportando como salamandras. Vi ali, no meio daquele fogo que não queimava, a toninha rápida e elegante (o palhaço infatigável do oceano) e alguns peixes-espada com dez metros de comprimento, aqueles arautos proféticos dos furacões cujas formidáveis espadas ocasionalmente batiam nos vidros das janelas do salão. Então apareceram os peixes menores, os balistas, os bonitos saltitantes, os cirurgiões-patela e centenas de outros que marcavam a atmosfera luminosa enquanto nadavam. Aquele espetáculo deslumbrante era encantador! Talvez alguma condição atmosférica aumentara a intensidade daquele fenômeno. Talvez alguma tempestade agitara a superfície das ondas. Mas, naquela profundidade de alguns metros, o Náutilus não tinha sido afetado por sua fúria e repousava calmamente na água parada.

Então, progredimos, incessantemente encantados por alguma nova maravilha. Os dias se passaram rapidamente, sem que eu me desse conta. Ned, como de hábito, tentou variar a dieta a bordo. Como caramujos, estávamos grudados em nossas conchas, e declaro ser fácil levar a vida de um caramujo.

Deste modo, a vida parecia fácil e natural, e não pensávamos mais sobre as vidas que leváramos em terra; mas algo aconteceu, que nos fez lembrar da estranheza de nossa situação.

No dia 18 de janeiro, o Náutilus estava a 105° de longitude e 15° de latitude sul. O tempo estava ameaçador, o mar bravio e ondulante. Havia um forte vento leste. O barômetro, cujas medições diminuíam há alguns dias, indicava que uma tempestade estava por vir. Subi até a plataforma logo quando o segundo tenente tirava as medidas dos ângulos horários, e esperei, como de costume, até que a frase diária fosse dita. Mas, naquele dia, foi trocada por outra frase, não menos incompreensível. Quase que diretamente, vi o Capitão Nemo aparecer com uma luneta, olhando para o horizonte.

Por alguns minutos, ele ficou imóvel, sem tirar os olhos do ponto de observação. Então, abaixou a luneta e trocou algumas palavras com seu tenente. Este último parecia estar tomado por uma emoção que tentava, em vão, reprimir. O Capitão Nemo, tendo mais comando sobre si mesmo, estava composto. Também parecia fazer algumas objeções, às quais o tenente respondeu com asseverações em tom formal. Pelo menos, foi isso que concluí, com base na diferença dos tons e gestos dos dois. Quanto a mim, olhava cuidadosamente na direção indicada, sem ver nada. O céu e a água estavam perdidos na linha clara do horizonte.

Entretanto, o Capitão Nemo andou de uma extremidade da plataforma à outra, sem olhar para mim, talvez sem me ver. Seu passo era firme, mas menos regular do que de costume. Parava às vezes, cruzava os braços e observava o mar. O que poderia estar procurando, naquela imensa extensão?

O Náutilus estava, naquele momento, a algumas centenas de quilômetros de distância do litoral mais próximo.

O tenente havia pego a luneta e examinado o horizonte firmemente, indo e vindo, batendo o pé e demonstrando mais agitação nervosa do que seu oficial superior. Além disso, aquele mistério seria necessariamente resolvido, e sem muita demora, pois mediante uma ordem do Capitão Nemo, os motores, aumentando seu poder de propulsão, fizeram com que a hélice girasse mais rapidamente.

Logo naquele momento, o tenente chamou a atenção do Capitão novamente. Este último parou de andar e dirigiu o olhar em direção ao local indicado. Olhou por muito tempo. Me senti perplexo, e desci até a sala de estar, pegando um excelente telescópio que costumava usar. Então, debruçando-me sobre a caixa da lanterna que se sobressaía da frente da plataforma, dediquei-me a vasculhar a linha do céu e do mar.

Mas assim que meu olho chegou ao telescópio, este último foi rapidamente tirado de minhas mãos.

Virei-me. O Capitão Nemo estava à minha frente, mas não o reconhecia. Seu rosto estava transfigurado. Seus olhos lampejavam com um brilho carrancudo; sua mandíbula estava travada. Seu corpo enrijecido, punhos fechados e ombros tensos aos lados da cabeça demonstravam uma agitação violenta, que permeava toda a sua constituição. Não se mexia. Meu telescópio, caído de suas mãos, rolava aos seus pés.

Teria eu provocado sem querer aquele acesso de raiva? Será que aquela pessoa incompreensível imaginava que eu havia descoberto algum segredo proibido? Não; eu não era o objeto daquele ódio, pois ele não olhava para mim. Seu olhar estava fixo no ponto impenetrável do horizonte. Finalmente, o Capitão Nemo se recuperou. Sua agitação diminuiu. Disse algumas palavras em idioma estrangeiro a seu tenente, e depois virou-se para mim.

- Monsieur Aronnax, – disse ele, em um tom um tanto quanto imperioso, – peço que cumpra uma das condições que combinou comigo.

- O que é, Capitão?

- Deve ficar confinado, com seus companheiros, até que eu considere apropriado soltá-los.

- O senhor é quem manda – respondi, olhando firmemente para ele. – Mas posso fazer uma pergunta?

- Nenhuma, senhor.

Era impossível objetar àquele comando imperioso, teria sido inútil. Desci até a cabine ocupada por Ned Land e Conseil, e contei a eles sobre a ordem do Capitão. Podem imaginar como aquela informação foi recebida pelo canadense.

Mas não havia tempo para altercação. Quatro membros da tripulação esperavam à porta, e nos conduziram àquela cela onde passáramos a primeira noite a bordo do Náutilus.

Ned Land teria protestado, mas a porta foi fechada em sua cara.

- O senhor pode nos contar o que significa isso? – perguntou Conseil.

Contei a meus companheiros o que se passara. Ficaram tão atônitos quanto eu, e igualmente sem saber como explicar.

Enquanto isso, fiquei absorto em minhas próprias reflexões, e não conseguia pensar em nada, a não ser no estranho medo no semblante do Capitão. Fiquei absolutamente sem ter ideia de como explicá-lo, quando minhas cogitações foram perturbadas pelas seguintes palavras de Ned Land:

- Vejam só! O café da manhã está pronto.

E realmente, a mesa estava posta. Evidentemente, o Capitão Nemo dera esta ordem ao mesmo tempo em que aumentara a velocidade do Náutilus.

- O senhor permite-me fazer uma recomendação? – perguntou Conseil.

- Sim, meu garoto.

- Bom, a recomendação é que o senhor tome café. É prudente, pois não sabemos o que pode acontecer.

- Você está certo, Conseil.

- Infelizmente, – disse Ned Land, – eles só nos deram a comida da embarcação.

- Amigo Ned, – perguntou Conseil, – o que você teria dito se o café tivesse sido inteiramente esquecido?

Aquele argumento interrompeu as recriminações do arpoador.

Nos sentamos à mesa. A refeição foi comida em silêncio.

Então, o globo de luz que iluminava a cela se apagou, nos deixando na escuridão total. Ned Land logo adormeceu, e o que me surpreendeu foi o fato de Conseil ter caído em um sono pesado. Pensava no que poderia ter causado aquela irresistível sonolência, quando senti minha mente ficar entorpecida. Apesar de meus esforços para manter os olhos abertos, eles se fechavam. Uma dolorosa suspeita tomou conta de mim. Evidentemente, substâncias soporíficas haviam sido misturadas com os alimentos que acabáramos de comer. Prender-nos não era o suficiente para esconder os projetos do Capitão Nemo de nós, sono era mais necessário. Naquele momento, ouvi os painéis se fechando. As ondulações do mar, que causavam um ligeiro movimento sinuoso, cessaram. Teria o Náutilus saído da superfície do oceano? Teria ele voltado para o leito imóvel do mar? Tentei resistir ao sono. Era impossível. Minha respiração ficou fraca. Senti um frio mortal congelar meus membros endurecidos e meio paralisados. Minhas pálpebras, como tampas de chumbo, caíram sobre meus olhos. Não conseguia levantá-las; um sono mórbido, cheio de alucinações, me privava de mim mesmo. Então, as visões desapareceram e me deixaram completamente insensível.

Capítulo 23
O Reino dos Corais

No dia seguinte, acordei com minha mente singularmente límpida. Para minha grande surpresa, estava em meu próprio quarto. Meus companheiros, sem dúvida, haviam sido devolvidos à sua cabine, tendo percebido tanto quanto eu. Estavam tão ignorantes quanto eu do que se passara durante a noite, e para resolver aquele mistério, só contava com as chances do futuro.

Pensei, então, em sair de meu quarto. Era livre novamente, ou um prisioneiro? Era bem livre. Abri a porta, fui até o convés intermediário e subi a escadaria central. Os painéis, fechados na noite anterior, estavam abertos. Subi até a plataforma.

Ned Land e Conseil me esperavam lá. Os questionei; não sabiam de nada. Perdidos em um sono pesado, no qual estiveram totalmente inconscientes, haviam ficado atônitos ao se verem novamente em sua cabine.

Quanto ao Náutilus, parecia tão quieto e misterioso quanto sempre. Flutuava na superfície das ondas, em um ritmo moderado. Nada parecia ter mudado a bordo.

O segundo tenente subiu, então, à plataforma, e deu a ordem costumeira para a tripulação abaixo.

Quanto ao Capitão Nemo, não apareceu.

Das pessoas a bordo, só vi o camareiro impassível, que me serviu com sua costumeira regularidade muda.

Lá pelas duas horas, eu estava na sala de estar, ocupado com a organização de minhas anotações, quando o Capitão abriu a porta e reapareceu. Fiz uma reverência. Ele se inclinou ligeiramente em resposta, sem falar. Retomei meu trabalho, esperando que ele pudesse, talvez, me dar alguma explicação sobre os eventos da noite anterior. Não deu nenhuma. Olhei para ele. Parecia fatigado; seus olhos pesados não haviam sido renovados pelo sono; seu rosto parecia bastante triste. Andava de um lado para o outro, sentava e se levantava novamente, pegava um livro a esmo, colocava-o de volta, consultava seus instrumentos sem fazer as anotações de costume, e parecia agitado e desconfortável. Finalmente, veio até mim e disse:

- O senhor é médico, Monsieur Aronnax?

Esperava tão pouco tal pergunta, que fiquei um tempo encarando-o sem responder.

- O senhor é médico? – repetiu ele. – Muitos de seus colegas estudaram medicina.

- Bem, – disse eu, – sou médico e cirurgião residente do hospital. Exerci por muitos anos, antes de entrar no museu.

- Muito bem, senhor.

Minha resposta evidentemente satisfizera o Capitão. Mas, sem saber o que ele diria em seguida, esperei outras perguntas, reservando minhas respostas de acordo com as circunstâncias.

- Monsieur Aronnax, o senhor consentiria em examinar um de meus homens? – perguntou.

- Ele está doente?

- Sim.

- Estou pronto para seguir o senhor.

- Então, venha.

Admito que meu coração batia acelerado, não sei por quê. Vi uma certa conexão entre a doença de um membro da tripulação e os eventos do dia anterior; e aquele mistério me interessava tanto quanto o homem doente.

O Capitão Nemo conduziu-me até a popa do Náutilus, e levou-me até uma cabine localizada perto dos aposentos dos marinheiros.

Lá, sobre uma cama, estava deitado um homem de cerca de quarenta anos, com uma expressão decidida, um verdadeiro tipo anglo-saxão.

Debrucei-me sobre ele. Não só estava doente, como estava ferido. Sua cabeça, enrolada em bandagens cobertas de sangue, jazia sobre um travesseiro. Desenrolei as bandagens e o ferido olhou para mim, com seus olhos grandes, e não deu sinal de dor. Era um ferimento horrível. O crânio, estraçalhado por alguma arma mortífera, deixava exposto o cérebro, que estava bastante machucado. Coágulos de sangue haviam se formado na massa ferida e quebrada, com uma cor de restos de vinho.

Havia contusão e derrame no cérebro. Sua respiração estava lenta, e movimentos espasmódicos dos músculos agitavam seu rosto. Senti sua pulsação. Estava intermitente. As extremidades do corpo já estavam ficando geladas, e vi que a morte inevitavelmente aconteceria. Após fazer um curativo nos ferimentos do infeliz homem, ajustei as bandagens de sua cabeça e virei-me para o Capitão Nemo.

- O que causou este ferimento? – perguntei.

- Que diferença faz? – respondeu ele, evasivamente. – Uma colisão quebrou uma das alavancas do motor, que bateu em mim. Mas qual é sua opinião quanto ao estado dele?

Hesitei antes de emiti-la.

- Pode falar – disse o Capitão. – Este homem não fala francês.

Dei uma última olhada para o homem ferido.

- Estará morto em duas horas.

- Nada pode salvá-lo?

- Nada.

A mão do Capitão Nemo se contraiu, e algumas lágrimas marejaram seus olhos, que eu pensara serem incapazes de tal coisa.

Por alguns momentos, observei o moribundo, cuja vida se esvaía devagar. Sua palidez aumentava sob a luz elétrica que se derramava sobre seu leito de morte. Olhei para sua testa inteligente, marcada por rugas prematuras, provavelmente causadas por infortúnio e tristeza. Tentei ouvir o segredo de sua vida com base nas últimas palavras que saíram de seus lábios.

- Pode ir agora, Monsieur Aronnax – disse o Capitão.

Deixei-o na cabine do moribundo e voltei para meu quarto, bastante afetado pela cena. Durante o dia todo, fui atormentado por suspeitas desconfortáveis, e à noite, dormi mal. Entre meus sonhos interrompidos, imaginava ouvir suspiros distantes, como as notas de um salmo de funeral. Eram as preces dos mortos, murmuradas naquele idioma que eu não compreendia?

Na manhã seguinte, fui até a ponte de comando. O Capitão Nemo chegara lá antes de mim. Assim que me notou, veio até mim.

- Professor, lhe seria conveniente fazer uma excursão submarina hoje?

- Com meus companheiros? – indaguei.

- Se eles quiserem.

- Obedecemos suas ordens, Capitão.

- Faria a gentileza, então, de colocar seus coletes salva-vidas?

Não era uma questão de mortos ou morte. Reuni-me com Ned Land e Conseil e contei a eles sobre a proposta do Capitão Nemo. Conseil aceitou rapidamente, e daquela vez, o canadense parecia bem-disposto a seguir nosso exemplo.

Eram oito horas da manhã. Às oito e meia, estávamos equipados para a nova excursão, tendo recebido dois aparelhos, para luz e ar. As portas duplas estavam abertas; e, acompanhados pelo Capitão Nemo, que era seguido por uma dúzia de membros de sua tripulação, partimos à pé, a uma profundidade de cerca de dez metros, sobre o leito sólido no qual o Náutilus repousava.

Um ligeiro declive terminava em um fundo irregular, a quinze braças de profundidade. Aquele fundo era inteiramente diferente do que eu visitara em minha primeira excursão sob as águas do Oceano Pacífico. Aqui, não tinha nenhuma areia fina, nenhuma pradaria submarina, nenhuma floresta marinha. Imediatamente reconheci aquela maravilhosa região que, naquele dia, o Capitão nos fez a honra de mostrar. Era o reino dos corais.

A luz produzia mil encantadoras variedades, brincando em meio aos galhos tão vividamente coloridos. Eu parecia ver os tubos membranosos e cilíndricos tremer sob a ondulação do mar. Fiquei tentado a colher suas pétalas frescas, ornamentadas com tentáculos delicados, algumas das quais tinham acabado de se soltar, outras mal haviam brotado, enquanto peixes pequenos, nadando rapidamente, encostavam ligeiramente neles, como pássaros voando. Mas, quando minha mão se aproximava daquelas flores vivas, daquelas plantas animadas e sensíveis, a colônia inteira se alarmava. As pétalas brancas entravam novamente em seus invólucros vermelhos, as flores desaparecendo em frente aos meus olhos, e o arbusto se transformava em um bloco de protuberâncias rochosas.

A sorte me havia levado até os mais preciosos espécimes de zoófitos. Aquele coral era mais valioso do que o encontrado no Mediterrâneo, nas costas da França, da Itália e da Berbéria[12]. Seus tons justificavam os nomes poéticos de "Flor de Sangue" e "Espuma de Sangue", que haviam sido dados às suas produções mais belas. O coral é vendido a 20 libras por onça[13] e, naquele lugar, os leitos aquosos fariam a fortuna de uma companhia de mergulhadores caçadores de corais. Aquela matéria preciosa, costumeiramente confundida com outros pólipos, formava os enredos inextricáveis chamados de "macciota", e nos quais notei diversos espécimes lindos de coral rosa.

Mas logo os arbustos se contraem, e as arborizações aumentam. Verdadeiras moitas petrificadas, longas juntas de arquitetura fantástica, se desvelavam à nossa frente. O Capitão Nemo posicionou-se sob uma escura galeria, onde, através de um ligeiro declive, chegamos a uma profundidade de noventa metros. A luz de nossas lâmpadas produzia, às vezes,

[12]N. da T.: Termo do séc. XIX que se referia à região costeira do Marrocos, da Tunísia, Argélia e Líbia.
[13]N. da T.: Unidade de medida de massa, equivalente a cerca de 28 gramas.

efeitos mágicos, seguindo as silhuetas dos arcos e pendentes naturais, posicionados como lustres, com pontas como fogo.

Finalmente, após caminharmos por duas horas, chegáramos a uma profundidade de cerca de duzentos e oitenta metros, quer dizer, o limite extremo onde o coral começa a se formar. Mas não havia nenhum arbusto isolado, nem algum modesto bosque, aos pés de altas árvores. Era uma imensa floresta de grandes vegetações minerais, enormes árvores petrificadas, unidas por guirlandas de elegantes algas, todas adornadas com nuvens e reflexões. Passamos livremente sob seus altos galhos, perdidos nas sombras das ondas.

O Capitão Nemo parara. Eu e meus companheiros nos detivemos e, virando-nos, vimos que os homens dele formavam um semicírculo ao redor de seu chefe. Observando com atenção, reparei que quatro deles carregavam, em seus ombros, um objeto de formato oblongo.

Ocupávamos, naquele lugar, o centro de uma grande clareira, cercada pelas altas folhagens da floresta submarina. Nossas lâmpadas derramavam sobre o local um tipo de crepúsculo claro, que singularmente alongava as sombras no chão. Ao final da clareira, a escuridão aumentava, e só era aliviada por pequenas faíscas refletidas pelos pontos de coral.

Ned Land e Conseil estavam perto de mim. Assistíamos, e pensei que fôssemos testemunhar uma cena estranha. Ao observar o chão, vi que estava levantado em certos lugares por ligeiras excrescências encrustadas com depósitos limosos, dispostos com regularidade que indicava a mão do homem.

No meio da clareira, sobre um pedestal de rochas empilhadas de forma grosseira, estava uma cruz de corais que estendia seus longos braços, de modo que se poderia pensar que era feita de sangue petrificado. Mediante um sinal do Capitão Nemo, um dos homens avançou, e, a alguns metros da cruz, começou a cavar um buraco com uma picareta que tirou do cinto. Então, compreendi! A clareira era um cemitério, o buraco um túmulo e o objeto oblongo o corpo do homem que morrera durante a noite! O Capitão e seus homens haviam vindo enterrar seu companheiro naquele local de descanso geral, no fundo daquele oceano inacessível!

A cova estava sendo cavada lentamente; os peixes fugiam por todos os lados, enquanto seus esconderijos eram, daquela forma, perturbados. Ouvi as batidas da picareta, que soltava faíscas quando acertava alguma pederneira perdida no fundo das águas. O buraco logo ficou grande e profundo o suficiente para receber o corpo. Então, os carregadores se aproximaram; o corpo, enrolado em um pano branco, foi baixado até a cova molhada. O Capitão Nemo, com seus braços cruzados sobre o peito, e todos os amigos daquele que os amara, ajoelharam-se em oração.

O túmulo foi enchido com a terra tirada do chão, formando um pequeno monte. Ao terminar, o Capitão Nemo e seus homens se levantaram e, aproximando-se do túmulo, ajoelharam-se novamente, e todos estenderam as mãos em um último adeus. Então, a procissão voltou para o Náutilus, passando sob os arcos da floresta, no meio dos arbustos, ao lado dos corais, ainda em subida. Finalmente, a luz da embarcação apareceu, e seu rastro luminoso nos guiou de volta para o Náutilus. À uma da tarde, estávamos de volta.

Assim que troquei de roupa, subi até a plataforma e, tomado por emoções conflitantes, sentei perto da caixa da bússola. O Capitão Nemo juntou-se a mim. Levantei-me e disse a ele:

- Então, como eu disse que aconteceria, o homem morreu durante a noite?

- Sim, Monsieur Aronnax.

- E descansa agora, perto de seus companheiros, no cemitério de coral?

- Sim, esquecido por todos, menos nós. Cavamos o túmulo, e os corais se encarregam de selar nossos mortos por toda a eternidade. – Então, enterrando o rosto rapidamente nas mãos, tentou em vão suprimir o choro. Depois acrescentou: - Nosso tranquilo cemitério fica lá, algumas centenas de metros sob a superfície das ondas.

- Pelo menos seus mortos dormem tranquilamente, Capitão, fora do alcance dos tubarões.

- Sim, senhor, dos tubarões e dos homens – respondeu o Capitão, de forma grave.

Parte dois

Capítulo 1
O Oceano Índico

Agora chegamos à segunda parte de nossa jornada sob o mar. A primeira encerrou-se com a cena comovente no cemitério de corais, que deixou tamanha impressão sobre mim. Deste modo, no meio daquele grande mar, a vida do Capitão Nemo passava, até chegar ao túmulo, que ele havia preparado em um dos abismos mais profundos. Ali, nenhum monstro do oceano poderia perturbar o sono eterno da tripulação do Náutilus, daqueles amigos unidos na morte, assim como na vida. "Qualquer homem, tampouco", acrescentara o Capitão. Continuava com o mesmo desafio feroz e implacável à sociedade humana!

Não podia mais me contentar com a teoria que satisfizera Conseil.

O meu bom camarada persistia em considerar o Comandante do Náutilus um daqueles desconhecidos criados que retribuem o desprezo da humanidade com indiferença. Para ele, o Capitão era um gênio incompreendido que, cansado das enganações da terra, havia se refugiado neste ambiente inacessível, onde poderia seguir seus instintos livremente. Na minha opinião, isso explica só um lado da personalidade do Capitão Nemo. Na verdade, o mistério daquela última noite, durante a qual ficáramos presos, o sono e a precaução tão violentamente adotada pelo Capitão, de tirar de meus olhos a luneta que eu havia pegado para vasculhar o horizonte, o ferimento mortal do homem, devido a uma inexplicável colisão do Náutilus, tudo isso me colocou em um novo rumo. Não, o Capitão Nemo não estava satisfeito em repudiar a humanidade. Seus formidáveis aparelhos não só combinavam com seu instinto de liberdade, como também talvez fossem o desígnio de alguma terrível retaliação.

Naquele momento, nada estava claro para mim; captei só um vislumbre de luz em meio a toda a escuridão, e preciso me limitar a escrever conforme os eventos ditaram.

Naquele dia, 24 de janeiro de 1868, ao meio-dia, o segundo oficial veio medir a altitude do sol. Subi na plataforma, acendi um charuto e observei a operação. Me parecia que o homem não entendia francês, pois várias vezes fiz observações em voz alta, que deviam ter arrancado dele algum sinal involuntário de atenção, se ele as houvesse compreendido, mas ele permaneceu imperturbável e mudo.

Enquanto ele tirava medidas com o sextante, um dos marinheiros do Náutilus (o homem forte, que nos acompanhara em nossa primeira excursão submarina na Ilha de Crespo) veio limpar os vidros das lamparinas. Examinei os acessórios do aparelho, cuja força fora aumentada cem vezes por anéis lenticulares, colocados de forma semelhante àqueles de um farol, e que projetavam seu brilho em um plano horizontal. A lâmpada elétrica estava combinada de tal forma a emitir a luz mais forte que pudesse. Na verdade, era produzida em vácuo, o que assegurava sua firmeza e sua intensidade. Aquele vácuo economizava as pontas de grafite entre as quais o arco luminoso se desenvolvia – um ponto importante de economia para o Capitão Nemo, que não poderia tê-las substituído facilmente, e, sob essas condições, o gasto das mesmas era imperceptível. Quando o Náutilus estava pronto para continuar sua jornada submarina, desci para o salão. O painel estava fechado, e a rota marcava uma reta em direção ao oeste.

Estávamos penetrando nas águas do Oceano Índico, um vasto plano líquido, com superfície de 1.200.000.000 acres, e cujas águas são tão límpidas e transparentes que qualquer um que se debruce sobre elas ficaria zonzo. O Náutilus costumava flutuar entre cinquenta e cem braças de profundidade. Seguimos em frente deste modo por alguns dias. Para todos, menos eu, que nutria um grande amor pelo mar, as horas teriam parecido longas e monótonas; mas as caminhadas diárias na plataforma, quando ficava imerso nos ares revigorantes do oceano, a visão das ricas águas pelas janelas do salão, os livros na biblioteca e a compilação de minhas memórias tomavam todo o meu tempo, e não me deixavam com um momento de aborrecimento ou cansaço.

Por alguns dias, vimos uma grande quantidade de aves aquáticas, atis ou gaivotas. Algumas foram habilmente abatidas e, preparadas de uma forma específica, renderam pratos de caça marinha bastante aceitáveis. Dentre os pássaros de grandes asas, carregados por longas distâncias, de todas as terras, e que descansavam sobre as ondas após seus voos, vi alguns magníficos albatrozes, emitindo gritos discordantes como o zurro de um burro, e aves pertencentes à família dos pássaros de asas longas.

Quanto aos peixes, sempre provocavam nossa admiração, quando surpreendíamos os segredos de suas vidas aquáticas, através dos painéis abertos.

Vi muitos tipos que nunca tivera a chance de observar.

Mencionarei principalmente o ostracion, nativo do Mar Vermelho, do Oceano Índico e daquela parte que banha a costa da América tropical. Aquele peixe, como a tartaruga, o tatu, o ouriço-do-mar e os crustáceos, é protegido por uma carapaça que não é nem calcária, nem pétrea, mas verdadeiro osso. Em alguns deles, toma a forma de um triângulo sólido, em outras de um quadrângulo. Entre os triangulares, vi alguns com comprimento de dois centímetros, com uma carne saudável e sabor delicioso; são marrons nas caudas e amarelos nas nadadeiras, e recomendo sua introdução às águas doces, à qual uma certa quantidade de peixes marinhos se acostumam facilmente. Também menciono ostracions quadrangulares, com quatro grandes tubérculos nas costas, alguns pintalgados com pontos brancos na parte inferior do corpo, e que podem ser domesticados como pássaros; trígonos equipados com chifres formados pelo alongamento de sua casca óssea e que, por causa de seus estranhos grunhidos, são chamados de "porcos-do-mar". Também dromedários com grandes corcundas em formato de cone, cuja carne é bem dura e com textura de couro.

Agora, pego emprestadas as anotações diárias do Sr. Conseil: "Certos peixes do gênero petrodon, particulares destes mares, com costas vermelhas e peitos brancos, distinguíveis por três colunas de filamentos longitudinais; e alguns elétricos, com dezoito centímetros de comprimento, decorados com as mais vivas cores. Então, espécimes de outros tipos, alguns ovoides, parecidos com ovos de cor marrom escura, marcados com listras brancas, e sem caudas; peixes-balão, verdadeiros porcos-espinho do mar, equipados com espigões e capazes de inchar de tal modo que se parecem com almofadas cheias de dardos; cavalos-marinhos, comuns a todos os oceanos; alguns cavalos-alados com focinhos alongados, cujas nadadeiras peitorais, bastante alongadas e no formato de asas, os permitem, se não voar, pelo menos lançar-se no ar; marrecos, com caudas cobertas por vários elos de conchas; enguias com longas mandíbulas, um excelente peixe, com vinte e três centímetros e nas cores mais agradáveis; peixes placiocéfalos de cores pálidas, com cabeças escarpadas; e muitos peixes-borboletas, com focinhos longos e tubulares, que matam insetos atirando neles, como com uma arma de ar, com uma única gota d'água. Estes, podemos chamar de caçadores de moscas do mar.

No octogésimo nono gênero de peixes, classificados por Lecepede, pertencente à segunda classe mais baixa de ósseos, caracterizados por opérculos e membranas bronquiais, reparei no peixe-escorpião, cuja cabeça é cheia de espigões e que tem só uma nadadeira dorsal; essas criaturas são cobertas, ou não, por pequenas conchas, de acordo com a subclasse à qual pertençam. A segunda subclasse nos dá espécimes de didáctilos com trinta e cinco ou quarenta centímetros de comprimento, com raios amarelos e cabeças da mais fantástica aparência. Quanto à primeira subclasse, nos dá inúmeros espécimes daquele peixe de aparência singular, adequadamente chamado de "peixe-sapo", com cabeças grandes, às vezes furadas, às vezes inchadas com protuberâncias, repletos de espigões e cobertos com tubérculos; tem chifres irregulares e horrorosos; seu corpo e cauda são cobertos com calosidades; sua ferroada causa feridas perigosas; é repugnante e horrível ao mesmo tempo".

De 21 a 23 de janeiro, o Náutilus navegou duzentas e cinquenta léguas em vinte e quatro horas, o que dá oitocentos e setenta quilômetros, ou trinta e cinco quilômetros por hora. Se reconhecemos tantas variedades de peixes diferentes, foi porque, atraídos pela luz elétrica, tentaram nos seguir; a maioria, contudo, logo ficou para trás por causa de nossa velocidade, apesar de alguns terem nos acompanhados nas águas por um tempo.

Na manhã do dia 24, a 12° 5' de latitude sul e 94° 33' de longitude, observamos a Ilha de Keeling, uma formação de corais, plantada com magníficos coqueiros, e que fora visitada pelo Sr. Darwin e pelo Capitão Fitzroy. O Náutilus passou ao redor do litoral daquela ilha deserta, a alguma distância. Suas redes trouxeram numerosos espécimes de pólipos e curiosas conchas de moluscos. Algumas produções preciosas das espécies de Angaria delphinus enriqueceram os tesouros do Capitão Nemo, aos quais acrescentei uma Astraea punctifera, um tipo de pólipo parasita frequentemente encontrado grudado em uma concha. Logo, a Ilha de Keeling desapareceu do horizonte, e nossa rota dirigiu-se para o noroeste, na direção da Península Índica.

Da Península Índica, nossa rota foi mais lenta e variável, frequentemente nos levando para grandes profundezas. Muitas vezes, utilizaram os planos inclinados, que certas alavancas internas colocavam obliquamente em relação à linha da água. Daquela maneira, percorremos cerca de quatro quilômetros, mas sem nunca alcançarmos as maiores profundezas do Oceano Índico, que sondagens de sete mil braças nunca atingiram. Quanto à temperatura dos níveis mais baixos, o termômetro invariavelmente indicava 4° acima de zero. Só observe que, nas regiões superiores, a água era sempre mais fria nos altos níveis do que na superfície do mar.

No dia 25 de janeiro, o oceano estava inteiramente deserto. O Náutilus passou o dia na superfície, batendo contra as ondas com sua poderosa hélice e fazendo-as ricochetear a grandes alturas. Quem, sob tais circunstâncias, não teria pensado que ele era um grande cetáceo? Passei três partes daquele dia na plataforma. Observei o oceano. Nada no horizonte, até que, lá pelas quatro horas, uma embarcação a vapor foi avistada passando ao oeste. Seus mastros ficaram visíveis por um instante, mas ela não conseguiu ver o Náutilus, que estava baixo demais nas águas. Adivinhei que aquele barco a vapor pertencia à Companhia P.O., que viaja do Ceilão a Sydney, aportando no Cabo do Rei George e em Melbourne.

Às cinco horas daquela tarde, antes do fugaz crepúsculo que conecta o dia à noite nas zonas tropicais, Conseil e eu ficamos atônitos com um curioso espetáculo.

Era um cardume de argonautas, que viajava pela superfície do oceano. Contamos várias centenas. Pertenciam ao tipo tubérculo, específico dos mares índicos.

Os graciosos moluscos se moviam de costas, através de seu tubo locomotor, pelo qual expelem a água já atraída para dentro. De seus oito tentáculos, seis eram alongados, e se estendiam para a frente, flutuando sobre as águas, enquanto os outros dois, enrolados horizontalmente, ficavam espalhados para os lados como velas. Vi suas conchas em formato de espiral e caneladas, que Cuvier compara, de forma justa, a um elegante barco a remo. Verdadeiros barcos! Carrega a criatura que o secreta, sem aderir a ela.

Por quase uma hora, o Náutilus flutuou em meio àquele grupo de moluscos. Então, não sei que susto levaram, mas como se ouvissem um sinal, todas as velas foram retraídas, os braços dobrados, os corpos enrolados para dentro das conchas, estas últimas viradas, o que mudou seu centro de gravidade, e toda a frota desapareceu sob as ondas.

Nunca os navios de um esquadrão manobraram com tamanha unidade.

Naquele momento, a noite chegou repentinamente, e os juncos, mal levantados pela brisa, jaziam pacificamente sob as laterais do Náutilus.

No dia seguinte, 26 de janeiro, cruzamos o Equador no octogésimo segundo meridiano, e entramos no hemisfério norte. Durante o dia, uma formidável tropa de tubarões nos acompanhou, criaturas terríveis que se multiplicam naqueles mares e os tornam bem perigosos. Eram tubarões Cestracio philippi, com costas amarronzadas e barrigas brancas, armados com onze fileiras de dentes – tubarões com olhos – e gargantas marcadas por uma grande pinta preta cercada de branco, como um olho. Havia também alguns tubarões Isabella, com focinhos arredondados, marcados por pintas escuras. Aquelas criaturas poderosas frequentemente se jogavam contra as janelas do salão, com tamanha violência que nos fazia sentir inseguros. Naqueles momentos, Ned Land não podia se conter. Queria ir para a superfície e acertar os monstros com seu arpão, especialmente alguns tubarões Mustelus, cujas bocas são cheias de dentes, como um mosaico; e grandes tubarões-tigre, de quase seis metros de comprimento, este último parecendo entusiasmá-lo mais especificamente. Mas o Náutilus, acelerando, deixou facilmente até mesmo o mais rápido deles para trás.

No dia 27 de janeiro, na entrada da vasta Baía de Bengala, nos encontramos repetidas vezes com um espetáculo assustador, cadáveres flutuando na água. Eram os mortos dos vilarejos indianos, carregados pelo Ganges até o nível do mar, e que os urubus, os únicos agentes funerários do país, não tinham conseguido devorar. Mas os tubarões não deixaram de ajudá-los com seus trabalhos funerários.

Lá pelas sete horas da noite, o Náutilus, meio imerso, viajava em um mar de leite. À primeira vista, o oceano parecia ter ficado lácteo. Seria o efeito dos raios lunares? Não, pois a lua, nem com dois dias de crescente, continuava escondida sob o horizonte, nos raios do sol. O céu inteiro, apesar de iluminado pelos raios siderais, parecia preto em contraste com a brancura das águas.

Conseil não acreditava no que via, e me perguntou qual seria a causa do estranho fenômeno. Felizmente, pude respondê-lo.

- É chamado de mar de leite – expliquei. – Uma grande extensão de ondinhas brancas costuma ser vista nos litorais da Ilha de Ambon, e nestas partes do mar.

- Mas senhor, – disse Conseil, – consegue me dizer o que causa tal efeito? Pois suponho que a água não tenha se tornado leite de verdade.

- Não, meu garoto. E a brancura que tanto te surpreende só é causada pela presença de uma miríade de infusórios, um tipo de verme luminoso, gelatinoso e incolor, com a grossura de um cabelo, e cujo comprimento não passa de sete milésimos de centímetro. Estes insetos aderem uns aos outros por, às vezes, diversas léguas.

- Diversas léguas! – exclamou Conseil.

- Sim, meu garoto, e você não precisa tentar calcular a quantidade desses infusórios. Não conseguirá, pois, se não estou enganado, barcos já flutuaram nesses mares de leite por mais de cinquenta quilômetros.

Perto da meia-noite, o mar repentinamente retomou sua cor de costume, mas, atrás de nós, até os limites do horizonte, o céu refletia as ondas esbranquiçadas, e, por um longo tempo, parecia impregnado com o vago brilho de uma aurora boreal.

Capítulo 2
Uma nova proposta do Capitão Nemo

No dia 28 de fevereiro, quando, ao meio-dia, o Náutilus veio até a superfície do mar, a 9° 4' de latitude norte, havia terra à vista, a cerca de seis quilômetros ao oeste. A primeira coisa que reparei foi uma cordilheira de cerca de seiscentos metros de altura, cujo formato era dos mais peculiares. Ao tomar as medidas, soube que estávamos chegando perto da ilha do Ceilão, a pérola que pende do lobo da Península Índica.

O Capitão Nemo e seu tenente apareceram naquele momento. O Capitão olhou para o mapa. Então, virando-se para mim, disse:

- A Ilha do Ceilão, famosa por seus locais de pesca de pérolas. Gostaria de visitar um deles, Monsieur Aronnax?

- Certamente, Capitão.

- Bom, é fácil. Apesar de que, ainda que vejamos os locais de pesca, não veremos os pescadores. A exportação anual ainda não começou. Não faz mal, darei ordens para irmos para o Golfo de Mannar, onde chegaremos durante a noite.

O Capitão disse algo para seu tenente, que saiu imediatamente. Logo, o Náutilus retornara a seu elemento natural, e o manômetro mostrava que estava a cerca de nove metros de profundidade.

- Bom, senhor, – disse o Capitão Nemo, – você e seus companheiros visitarão a Ilha de Mannar e, se por sorte houver algum pescador, o veremos trabalhar.

- Concordo, Capitão!

- A propósito, Monsieur Aronnax, não tem medo de tubarões?

- Tubarões! – exclamei.

A pergunta me parecia bastante difícil.

- Bem? – continuou o Capitão Nemo.

- Admito, Capitão, que não estou muito familiarizado com esse tipo e peixe.

- Estamos acostumados com eles – respondeu o Capitão Nemo. – E logo você também estará. Contudo, estaremos armados e, no caminho, podemos caçar alguns da tribo. É interessante. Então, até amanhã, senhor, logo cedo.

Tendo dito isso em tom descuidado, o Capitão Nemo saiu do salão. Agora, se você fosse convidado a caçar ursos nas montanhas da Suíça, o que responderia? "Muito bem, amanhã sairemos e caçaremos o urso!" Se fosse convidado a caçar leões nas planícies de Atlas, ou tigres nas selvas indianas, o que diria? "Ha! Parece que vamos caçar tigre ou leão!" Mas quando é convidado para caçar o tubarão em seu elemento natural, talvez refletisse antes de aceitar o convite. Quanto a mim, passei a mão sobre a testa, onde havia grandes gotas de suor frio.

- Vamos refletir, – disse eu, – no nosso ritmo. Caçar lontras nas florestas submarinas, como fizemos na Ilha de Crespo, é aceitável; mas subir e descer até o fundo do mar, onde é quase certo que se encontrará tubarões, é outra coisa, totalmente diferente! Sei bem que, em certos países, principalmente nas Ilhas Andaman, os nativos não hesitam em atacá-los com uma adaga em uma mão, e uma corda na outra; mas também sei que muito poucos que afrontam essas criaturas voltam vivos. Contudo, não sou um nativo, e, se fosse, acho que um pouco de hesitação neste caso seria muito bem-vinda.

Naquele momento, Conseil e o canadense entraram, bastante compostos, até alegres. Não sabiam o que lhes aguardava.

- Juro, senhor, – disse Ned Land, – seu Capitão Nemo – que o Diabo o carregue! – acabou de nos fazer uma oferta bastante agradável.

- Ah! – disse eu. – Vocês já sabem?

- Se for de seu agrado, senhor, – interrompeu Conseil, – o comandante do Náutilus nos convidou para visitar os magníficos locais de pesca de pérolas do Ceilão amanhã, em companhia dele; e o fez de forma gentil, comportando-se como um verdadeiro cavalheiro.

- Não disse mais nada?

- Mais nada, senhor, exceto que já havia falado com o senhor sobre este pequeno passeio.

- Senhor – disse Conseil, – pode nos dar detalhes sobre a pesca de pérolas?

- Relativamente à pesca em si, – perguntei, – ou aos incidentes?

- Sobre a pesca – respondeu o canadense, – antes de entrar no terreno, é bom saber algo sobre ele.

- Muito bem; sentem-se, meus amigos, e os ensinarei.

Ned e Conseil se sentaram em um divã, e a primeira coisa que o canadense perguntou foi:

- Senhor, o que é uma pérola?

- Meu bravo Ned, – respondi, – para o poeta, uma pérola é uma lágrima do mar; para os orientais, é uma gota de orvalho solidificada; para as damas, é uma joia de formato oblongo, com um brilho de substância de madrepérola, que usam nos dedos, pescoços ou orelhas; para o químico, é uma mistura de fosfato e carbonato de cal, com um pouco de gelatina; e, por último, para os naturalistas, é simplesmente uma secreção mórbida do órgão que produz a madrepérola, entre certos bivalves.

- Um ramo dos moluscos – disse Conseil.

- Exatamente, meu erudito Conseil; e, entre essas conchas, o abalone, o tridacna, as ostras, em resumo, todos aqueles que secretam a madrepérola, isto é, a substância azul, azulada, violeta ou branca que forra o interior de suas conchas, são capazes de produzir pérolas.

- Mexilhões também? – perguntou o canadense.

- Sim, mexilhões de certas águas na Escócia, no País de Gales, na Irlanda, na Saxônia, na Boémia e na França.

- Que bom! Prestarei atenção, no futuro – respondeu ele.

- Mas, – continuei, – o molusco específico que secreta a pérola é a ostra da pérola, a Meleagrina margaritifera, aquela preciosa perlífera. A pérola não é nada além de uma formação iridescente, depositada em forma globular, que adere à casca da ostra ou se enterra nas pregas da criatura. Na concha, é grudada; na carne, é solta. Mas sempre tem como centro uma pequena substância dura, que pode ser um ovo infértil, um grão de areia, ao redor do qual a matéria da pérola se deposita, ano após ano, sucessivamente, e em camadas finas e concêntricas.

- Muitas pérolas são encontradas na mesma ostra? – perguntou Conseil.

- Sim, meu garoto. Algumas são um perfeito caixão. Uma ostra foi mencionada, apesar de que me permito duvidar, como tendo contido nada menos do que cento e cinquenta tubarões.

- Cento e cinquenta tubarões! – exclamou Ned Land.

- Eu falei tubarões? – disse eu, apressadamente. – Quis dizer cento e cinquenta pérolas. Tubarões não faria sentido.

- Certamente que não, – disse Conseil, – mas pode nos contar de que modo as pessoas extraem essas pérolas?

- Procedem de várias formas. Quando estão grudadas na concha, os pescadores costumam arrancá-las com pinças; mas o modo mais comum é colocar as ostras sobre tapetes de alga marinha, que cobrem os bancos de areia. Assim, morrem ao ar livre, e, ao final de dez dias, estão em um estado avançado de decomposição. São, então mergulhadas em grandes reservatórios de água marinha, abertas e lavadas.

- O preço dessas pérolas varia de acordo com seu tamanho? – indagou Conseil.

- Não só de acordo com seu tamanho, – respondi, – como também de acordo com seu formato, sua água (quer dizer, sua cor) e seu brilho. Isso é, aquele fulgor que as torna tão charmosas aos olhos. As mais belas são chamadas de pérolas virgens, ou paradigmas. São formadas sozinhas, no tecido do molusco, brancas, frequentemente opacas, e às vezes têm a transparência de uma opala; costumam ser redondas ou ovais. As redondas são transformadas em pulseiras, as ovais em pingentes, e, sendo mais preciosas, são vendidas sozinhas. As que aderem à concha da ostra têm formato mais irregular, e vendidas por peso. Por último, em ordem mais baixa são classificadas as pequenas pérolas conhecidas pelo nome de pérolas semente; são vendidas por medida e usadas especialmente para serem costuradas em ornamentos de igreja.

- Mas – disse Conseil – essa pesca de ostras é perigosa?

- Não, – respondi rapidamente, – especialmente se certas precauções forem tomadas.

- O que se arrisca, seguindo esta profissão? – disse Ned Land. – Engolir uns goles de água do mar?

- É como diz, Ned. Por falar nisso, – disse eu, tentando adotar o tom descuidado do Capitão Nemo, – tem medo de tubarão, corajoso Ned?

- Eu! – respondeu o canadense. – Arpoador por profissão? É mau trabalho fazer troça deles.

- Mas – disse eu – não é uma questão de pescá-los com uma barra de ferro, puxá-los para o barco, cortar suas caudas com um cutelo, destripá-los e jogar seus corações no mar!

- Então, é uma questão de...

- Precisamente.

- Dentro d'água?

- Dentro d'água.

- Meu Deus, com um bom arpão! Sabe, senhor, esses tubarões são feras antiquadas. Viram de barriga para cima para pegar a pessoa, e, naquele momento...

- Ned Land disse "pegar" de um jeito que fez meu sangue gelar.

- Bom, e você, Conseil, o que acha de tubarões?

- Eu! – disse Conseil. – Serei franco, senhor.

- Melhor assim – pensei.

- Se o senhor pretender enfrentar tubarões, não vejo por que seu fiel criado não os enfrentaria junto.

Capítulo 3
Uma pérola de três milhões

Na manhã seguinte, às quatro horas, fui acordado pelo camareiro que o Capitão Nemo colocara a meu serviço. Levantei-me rapidamente, me vesti e fui para o salão.

O Capitão Nemo me aguardava.

- Monsieur Aronnax, – disse ele, – está pronto para partir?

- Estou.

- Então siga-me, por favor.

- E meus companheiros, Capitão?

- Foram avisados e estão esperando.

- Não colocaremos nossos trajes de mergulhador? – perguntei.

- Ainda não. Não permiti que o Náutilus chegasse perto demais desta costa, e estamos a alguma distância do Banco de Mannar; mas o barco está pronto, e nos levará até o ponto exato de desembarque, que nos economizará uma longa distância. Ele carrega nossos aparelhos de mergulho, que colocaremos quando começarmos nossa jornada submarina.

O Capitão Nemo me conduziu até a escadaria central, que levava até a plataforma. Ned e Conseil já estavam lá, deleitados com a ideia do "passeio de lazer" que estava sendo preparado. Cinco marinheiros do Náutilus, com seus remos, esperavam no barco, que havia sido amarrado contra a corrente.

Ainda estava escuro. Camadas de nuvens cobriam o céu, permitindo que só algumas estrelas fossem vistas. Olhei para o lado onde estava a terra, e não vi nada além de uma linha escura cobrindo três partes do horizonte, do sudoeste para o noroeste. O Náutilus, tendo voltado durante a noite para a parte superior do litoral do Ceilão, agora estava a oeste da baía, na verdade, do golfo, formado pelo continente e a Ilha de Mannar. Ali, sob as águas escuras, o banco de ostras perlíferas se estendia, um campo inesgotável de pérolas, com mais de trinta quilômetros de comprimento.

O Capitão Nemo, Ned Land, Conseil e eu tomamos nossos lugares na proa do barco. O mestre foi para o leme; seus quatro companheiros começaram a remar, a corda foi retirada e partimos.

O barco foi em direção ao sul; os remadores não se apressaram. Reparei que suas remadas, fortes dentro d'água, só aconteciam a cada dez segundos, de acordo com o método geralmente adotado na marinha. Enquanto a embarcação se movia com a própria velocidade, as gotas batiam nas profundezas escuras das ondas, de forma límpida, como pingos de chumbo derretido. Um pouco de brisa, espalhando-se largamente, fazia com que o barco sacolejasse ligeiramente, e alguns funchos-marítimos oscilavam à frente.

Estávamos em silêncio. No que pensava o Capitão Nemo? Talvez na terra da qual estava se aproximando, e que achava estar perto demais dele, ao contrário da opinião do canadense, que a considerava longe demais. Quanto a Conseil, estava lá só por curiosidade.

Lá pelas cinco e meia, as primeiras tonalidades do horizonte mostraram a linha superior do litoral mais distintamente. Bastante chata ao leste, se elevava um pouco ao sul. Ainda havia sete quilômetros entre nós, e estava indistinta, devido à névoa no ar. Às seis horas, a luz do dia apareceu repentinamente, com aquela rapidez peculiar das regiões tropicais, que não conhecem nem a aurora, nem o crepúsculo. Os raios solares transpassaram a cortina de nuvens, se empilharam no horizonte ao leste, e a orbe radiante subiu rapidamente. Vi a terra distintamente, com algumas árvores espalhadas aqui e acolá. O barco se aproximava da Ilha de Mannar, que se arredondava ao sul. O Capitão Nemo levantou-se e observou o mar.

A um sinal dele, a âncora foi jogada, mas a corrente mal se estendeu, pois a profundidade era de pouco mais de um metro, e aquele ponto era um dos mais altos do banco de ostras perlíferas.

- Aqui estamos, Monsieur Aronnax – disse o Capitão Nemo. – Está vendo aquela baía fechada? Aqui, dentro de um mês, se reunirão os numerosos barcos de pesca dos exportadores, e estas são as águas que seus mergulhadores saquearão com tamanha ousadia. Felizmente, está baía está bem localizada para este tipo de pesca. Está protegida dos ventos mais fortes; o mar nunca é muito bravio aqui, o que a torna favorável para o trabalho dos mergulhadores. Agora colocaremos nossos trajes e começaremos nossa caminhada.

Não respondi, e, enquanto observava as ondas suspeitas, comecei, com a ajuda dos marinheiros, a colocar meu pesado traje marítimo. O Capitão Nemo e meus companheiros também se vestiam. Nenhum dos homens do Náutilus nos acompanharia naquela nova excursão.

Logo estávamos envelopados até a garganta pelas roupas de borracha, com o aparelho de ar acoplado às nossas costas. Quanto ao aparelho de Ruhmkorff, não havia necessidade dele. Antes de colocar a cabeça no capacete de cobre, perguntei sobre isso ao Capitão.

- Seria inútil – respondeu. – Não estamos indo a uma profundidade muito grande, e os raios do sol serão suficientes para iluminar nossa caminhada. Além disso, não seria prudente carregar a luz elétrica nestas águas; seu brilho pode atrair alguns dos habitantes mais perigosos da costa, nos momentos mais inoportunos.

Enquanto o Capitão Nemo pronunciava essas palavras, virei-me para Conseil e Ned Land. Mas meus dois amigos já haviam coberto as cabeças com o capacete de metal, e não conseguiam ouvir, nem responder.

Ainda precisava fazer uma última pergunta ao Capitão Nemo.

- E nossas armas? – perguntei. – Nossas pistolas?

- Armas! Para que? Os montanhistas não atacam os ursos de adaga em mãos, e o aço não é melhor do que o chumbo? Aqui tem uma lâmina forte; coloque-a em seu cinto, e partiremos.

Olhei para meus companheiros; estavam armados como nós, e, mais do que isso, Ned Land brandia um enorme arpão, que colocara no barco antes de sairmos do Náutilus.

Então, seguindo o exemplo do Capitão, permiti que colocassem em mim o pesado capacete de cobre, e nossos reservatórios de ar começaram a trabalhar imediatamente. Um instante depois, tínhamos aterrissado, um após o outro, em cerca de dois metros de água, sobre uma areia nivelada. O Capitão Nemo fez um sinal com a mão, e o seguimos por um ligeiro declive, até que desaparecemos sob as ondas.

Sobre nossos pés, como um grupo de narcejas em um pântano, estavam cardumes de enguias asiáticas, cuja única nadadeira é a cauda. Reconheci a javanesa, uma verdadeira serpente, de setenta centímetros de comprimento, com uma cor vívida na parte de baixo e que pode ser facilmente confundida com um congro, não fosse pelas listras em suas laterais. No gênero Stromateus, cujos corpos são bem achatados e ovais, vi algumas das cores mais brilhantes, carregando sua nadadeira dorsal como uma foice; um peixe excelente para comer, que, após ser secado e conservado, é conhecido como Karawade. Então, alguns tranquebars, pertencentes ao gênero Apsiphoroides, cujo corpo é coberto por uma casca de oito placas longitudinais.

O sol em ascensão iluminava a massa de água cada vez mais. O solo mudava gradativamente. A areia fina era substituída por uma perfeita ponte de rochas, coberta por um carpete de moluscos e zoófitos. Dentre os espécimes daqueles ramos, reparei em alguns Placenae, com conchas finas e desiguais, um tipo de peixe ostraciídeo específico do Mar Vermelho e do Oceano Índico; algumas lesmas marinhas alaranjadas, com conchas redondas; bodiões com um metro de comprimento, que se esticavam sob as ondas como mãos prontas para agarrar. Havia também algumas medusas, ligeiramente luminosas; e, por último, alguns corais oculina, como magníficos leques, formando uma das vegetações mais ricas daqueles mares.

Em meio àquelas plantas vivas, e sob as pérgolas de hidrófitos, havia camadas de articulados desengonçados, particularmente algumas rãs, cuja carapaça formava um triângulo um tanto quanto arredondado; e alguns caranguejos-aranha de aparência horrorosa.

Lá pelas sete horas, nos encontrávamos finalmente estudando os bancos de pérolas onde as ostras perlíferas se reproduzem aos milhões.

O Capitão Nemo apontou para o enorme monte de ostras, e compreendi que aquela mina era inesgotável, pois o poder criativo da Natureza se estende para muito além do instinto de destruição do homem. Ned Land, fiel a seu instinto, apressou-se a encher uma rede, que carregava em seu lado, com alguns dos melhores espécimes. Mas não podíamos parar. Precisávamos seguir o Capitão, que parecia guiar a si mesmo por caminhos que só ele conhecia. O chão estava se inclinando perceptivelmente, e, às vezes, ao levantar meu braço, este ficava acima da superfície da água. Então, o nível do banco afundava caprichosamente. Frequentemente demos a volta em altas rochas, esculpidas em forma de pirâmides. Em suas fraturas escuras, enormes crustáceos, empoleirados sobre suas longas garras, como algum tipo de máquina de guerra, nos observavam com olhar fixo, e, sob nossos pés, rastejavam diversos tipos de anelídeos.

Naquele momento, abriu-se diante de nós uma grande gruta, cavada em um pitoresco monte de rochas, e coberta com todo o grosso depósito da flora submarina. Primeiro, me pareceu ser bastante escura. Os raios do sol pareciam extintos por sucessivas gradações, até que sua transparência vaga se tornou nada além do que luz abafada. O Capitão Nemo entrou; nós seguimos. Meus olhos logo se acostumaram com aquele estado de escuridão relativa. Podia discernir os arcos que se sobressaíam repentinamente dos pilares naturais, largos sobre sua base de granito, como as colunas pesadas da arquitetura toscana. Por que nosso incompreensível guia nos levara àquela cripta submarina? Eu logo descobriria. Após descer um decline um tanto quanto agudo, nossos pés pisaram no fundo de um tipo de poço circular. Lá, o Capitão Nemo parou e, com sua mão, indicou um objeto no qual eu ainda não havia reparado. Era uma ostra de dimensões extraordinárias, uma tridacna gigante, um cálice que poderia ter contido um lago inteiro de água benta, uma bacia cuja largura era de mais de dois metros e meio e, consequentemente, maior do que aquela que ornamentava o salão do Náutilus. Aproximei-me daquele extraordinário molusco. Estava grudado, por seus filamentos, a uma mesa de granito, e lá, isolado, desenvolvera-se nas águas calmas da gruta. Estimei que o peso daquela tridacna era de duzentos e setenta quilos. Uma ostra daquelas conteria treze quilos de carne, e uma pessoa precisaria ter o estômago de Gargântua para engolir dezenas dela.

O Capitão Nemo evidentemente sabia da existência daquele bivalve, e parecia ter um motivo específico para verificar o estado efetivo do mesmo. As conchas estavam um pouco abertas; o Capitão chegou perto e colocou sua adaga entre elas, para impedir que se fechassem; então, com sua mão, levantou a membrana, com suas bordas ornamentadas, que formavam um manto para a criatura. Lá, entre as dobras, vi uma pérola solta, cujo tamanho igualava-se ao de um coco. Seu formato globular, perfeita clareza e brilho admirável a tornavam uma joia de valor inestimável. Me deixando levar por minha curiosidade, estiquei a mão para pegá-la, pesá-la e tocar nela, mas o Capitão me impediu, fez um sinal de recusa e rapidamente retirou sua adaga, de modo que a concha se fechou repentinamente. Entendi, então, a intenção do Capitão Nemo. Ao deixar aquela pérola escondida no manto da tridacna, permitia que ela crescesse vagarosamente. A cada ano, as secreções do molusco acrescentariam novos círculos concêntricos. Estimei que seu valor fosse de, pelo menos, 500.000 libras.

Após dez minutos, o Capitão Nemo parou de repente. Pensei que ele havia feito uma pausa antes do retorno, mas não: com um gesto, fez com que nos agachássemos ao lado dele, perto de uma profunda fratura na rocha, apontando para uma parte da água, que observei com atenção.

Cerca de cinco metros de distância de mim, apareceu uma sombra, que se afundou no solo. A ideia inquietante de tubarões passou pela minha cabeça, mas eu estava enganado; e, novamente, não era um monstro do oceano com que estávamos lidando.

Era um homem, um homem vivo, um indiano, pescador, pobre coitado que, suponho, tinha vindo fazer a cata antes da colheita. Pude ver o fundo de sua canoa, ancorada alguns metros acima de sua cabeça. Ele mergulhou e subiu sucessivamente. Uma pedra segurada entre seus pés, cortada na forma de um pão de açúcar, enquanto uma corda o amarrava a seu barco, o ajudavam a descer mais rapidamente. Estes eram todos os seus equipamentos. Ao chegar no fundo, a cerca de cinco metros de profundidade, se ajoelhava e enchia sua bolsa com ostras pegas a esmo. Então, subia, esvaziava a bolsa, puxava sua pedra e recomeçava a operação, que durava trinta segundos.

O mergulhador não nos viu. A sombra da rocha nos escondia de vista. E como aquele pobre indiano poderia sonhar que homens, criaturas como ele próprio, estariam lá, sob as águas, observando seus movimentos e não perdendo nenhum detalhe de sua pesca? Várias vezes, ele subiu daquela forma, e mergulhou de novo. Não carregava mais de dez ostras a cada imersão, pois era obrigado a tirá-las do banco ao qual estavam grudadas puxando-as por seus fortes bissos. E quantas daquelas ostras, pelas quais ele arriscava sua vida, não continham nenhuma pérola! Observei-o cuidadosamente; suas manobras eram regulares e, durante meia hora, nenhum perigo apareceu para ameaçá-lo.

Eu estava começando a me acostumar com a visão daquela pesca interessante, quando, repentinamente, enquanto o indiano estava no fundo, o vi fazer um gesto de terror, se levantar e se impulsionar para voltar à superfície do mar.

Compreendi seu terror. Uma sombra gigantesca aparecera, logo acima do desafortunado pescador. Era um tubarão enorme, avançando diagonalmente, com os olhos flamejantes e mandíbulas abertas. Fiquei mudo de horror, e incapaz de me mexer.

A criatura voraz avançou para cima do indiano, que se jogou de lado para evitar as nadadeiras do tubarão; mas não escapou de sua cauda, que bateu em seu peito e o jogou ao chão.

A cena durou apenas alguns segundos; o tubarão voltou e, virando-se de costas, preparou-se para cortar o indiano em dois, quando vi o Capitão Nemo levantar-se repentinamente e, com a adaga em mãos, andar direto até o monstro, pronto para encará-lo cara a cara. No exato momento em que o tubarão ia partir o infeliz pescador em dois, percebeu seu novo adversário e, virando-se, nadou em linha reta até ele.

Ainda posso ver a posição do Capitão Nemo. Controlando-se muito bem, esperou o tubarão com uma frieza admirável; e, quando o animal avançou sobre ele, jogou-se para um lado com maravilhosa rapidez, evitando a colisão e enterrando sua adaga profundamente na lateral do tubarão. Mas não estava terminado. Um terrível combate se seguiu.

O tubarão parecera rugir, se é que posso dizer isso. O sangue jorrou em torrentes de seu ferimento. O mar ficou tingido de vermelho e, através do líquido opaco, não consegui distinguir mais nada. Mais nada até o momento em que, como um relâmpago, vi o destemido Capitão pendurado em uma das nadadeiras da criatura, brigando, por assim dizer, mão a mão com o monstro, e desferindo sucessivos golpes sobre seu inimigo, mas ainda incapaz de dar um decisivo.

O tubarão se debatia de tal modo que agitava a água com fúria, ameaçando me desequilibrar.

Queria ir em auxílio do Capitão, mas, grudado no lugar pelo horror, não consegui me mexer.

Vi o olhar abatido; vi as diferentes fases da luta. O Capitão caiu ao chão, desequilibrado pela enorme massa que se inclinava sobre ele. As mandíbulas do tubarão se abriram completamente, como um par de tesouras industriais, e teria sido o fim do Capitão; mas, rápido como um raio, arpão em mãos, Ned Land correu em direção ao tubarão e atingiu o com sua ponta afiada.

As ondas ficaram impregnadas com uma massa de sangue. Moviam-se sob os movimentos do tubarão, que as sacudia com uma fúria indescritível. Ned Land não errara a mira; fora o último suspiro do monstro. Atingido no coração, debateu-se em horríveis convulsões, cujo tremor desequilibrou Conseil.

Mas Ned Land resgatara o Capitão, que, levantando-se sem nenhum ferimento, foi direto para o indiano, cortou rapidamente a corda que o prendia a sua pedra, pegou-o nos braços e, com um forte impulso do calcanhar, subiu até a superfície.

Nós três os seguimos dentro de alguns segundos, salvos por um milagre, e fomos até o barco do pescador.

O primeiro cuidado do Capitão Nemo foi reavivar o infeliz homem. Não pensei que ele fosse conseguir. Esperava que sim, pois a imersão da pobre criatura não tinha sido longa; mas a batida da cauda do tubarão poderia ter sido fatal.

Felizmente, com a forte fricção do Capitão e de Conseil, vi sua consciência retornar gradualmente. Ele abriu os olhos. Qual não foi sua surpresa, até mesmo seu terror, ao ver quatro grandes cabeças de cobre sobre ele! E, acima de tudo, o que ele deve ter pensado quando o Capitão Nemo, tirando do bolso do traje uma bolsa de pérolas, a colocou em sua mão! Aquela generosa caridade, do homem das águas para o pobre nativo, foi aceita com mãos trêmulas. Seu olhar de surpresa mostrava que ele não sabia a que seres sobrenaturais devia sua fortuna e sua vida.

A um sinal do Capitão, voltamos para o banco de areia e, seguindo a rota já percorrida, chegamos dentro de meia hora à âncora que segurava o barco do Náutilus à terra.

Quando já estávamos a bordo, cada um de nós, com ajuda dos marinheiros, se livrou do pesado capacete de cobre.

As primeiras palavras do Capitão Nemo foram para o canadense.

- Obrigado, Sr. Land – disse ele.

- Foi vingança, Capitão – respondeu Ned Land. – Te devia isso.

Um sorriso sinistro passou pelos lábios do Capitão, e foi tudo.

- Para o Náutilus – disse ele.

O barco voou sobre as ondas. Alguns minutos depois, encontramos o corpo do tubarão flutuando. Pelas marcas pretas nas extremidades de suas nadadeiras, reconheci o terrível tubarão-de-pontas-negras-do-recife dos Mares Índicos, daquela espécie de tubarão tão adequadamente batizada. Tinha mais de sete metros de comprimento, sua enorme boca ocupando um terço de seu corpo. Era um adulto, como podíamos ver por suas seis fileiras de dentes posicionadas em um triângulo isósceles na mandíbula superior.

Enquanto eu contemplava aquela massa inerte, uma dúzia daquelas criaturas vorazes apareceram ao redor do barco; e, sem reparar em nós, se jogaram sobre o cadáver e brigaram entre elas pelos pedaços.

Às oito e trinta, estávamos novamente a bordo do Náutilus. Lá, refleti sobre os incidentes que ocorreram em nossa excursão para a Ilha de Mannar.

Duas conclusões foram inevitáveis – uma relativa à coragem do Capitão Nemo, a outra sobre sua devoção a um ser humano, um representante daquela raça da qual fugira para dentro do mar. O que quer que ele dissesse, aquele homem estranho ainda não tinha conseguido suprimir inteiramente seu coração.

Quando fiz esta observação a ele, ele respondeu em um tom ligeiramente emocionado:

- Aquele indiano, senhor, é um habitante de um país oprimido; e eu ainda sou, e serei até meu último suspiro, um deles!

Capítulo 4
O Mar Vermelho

Durante o dia 29 de janeiro, a ilha do Ceilão desapareceu no horizonte, e o Náutilus, a uma velocidade de trinta quilômetros por hora, deslizou para dentro do labirinto de canais que separam as Maldivas das Laquedivas. Margeou até mesmo a Ilha de Kiltan, uma terra originalmente coralina, descoberta por Vasco da Gama em 1499, e uma das dezenove principais ilhas do Arquipélago das Laquedivas, situado entre 10° e 14° 30' de latitude norte, e 69° 50' 72" de longitude oeste.

Havíamos percorrido 26.103 quilômetros, ou 7.500 léguas (francesas), desde nosso ponto inicial nos Mares do Japão.

No dia seguinte (30 de janeiro), quando o Náutilus foi até a superfície do oceano, não havia terra à vista. Sua rota era norte-norte-leste, na direção do Mar de Omã, entre a Arábia e a Península Índica, que serve como canal de saída para o Golfo Pérsico. Era evidentemente um bloco sem qualquer saída possível. Aonde o Capitão Nemo estava nos levando? Não sabia dizer. Isso, contudo, não satisfazia o canadense, que, naquele dia, veio até mim perguntar aonde íamos.

- Estamos indo aonde a vontade de nosso Capitão nos levar, caro Ned.

- A vontade dele não vai conseguir nos levar muito longe, então – disse o canadense. – O Golfo Pérsico não tem saída, e se entrarmos, não demorará muito para sairmos, novamente.

- Muito bem, então, sairemos eventualmente, Sr. Land, e se, após o Golfo Pérsico, o Náutilus gostaria de visitar o Mar Vermelho, o Estreito de Bab-el-Mandeb está lá para nos dar passagem.

- Não preciso te dizer, senhor, – disse Ned Land, – que o Mar Vermelho é tão fechado quanto o Golfo, visto que o Istmo de Suez ainda não foi cortado; e, se tivesse sido, uma embarcação tão misteriosa quanto a nossa não se arriscaria em um canal cortado por eclusas. E, além disso, o Mar Vermelho não é a estrada que nos levará de volta à Europa.

- Mas eu nunca disse que estamos voltando para a Europa.

- O que supõe, então?

- Suponho que, após visitarmos as curiosas costas da Arábia e do Egito, o Náutilus vai descer para o Oceano Índico de novo, talvez cruzar o Canal de Moçambique, talvez perto de Mascarenhas, para chegar até o Cabo da Boa Esperança.

- E quando estivermos no Cabo da Boa Esperança? – perguntou ele, com ênfase peculiar.

- Bem, penetraremos naquele Atlântico que ainda não conhecemos. Ah, caro Ned, você está ficando enjoado desta jornada sob o mar; está cheio do espetáculo incessantemente variável de maravilhas submarinas. De minha parte, ficarei sentido de ver o fim de uma viagem que poucos homens tiveram a oportunidade de fazer.

Por quatro dias, até o dia 3 de fevereiro, o Náutilus varreu o Mar de Omã, a diversas velocidades e várias profundidades. Parecia estar andando a esmo, como se hesitasse quanto a que estrada deveria tomar, mas nunca passamos do Trópico de Câncer.

Ao sair daquele mar, avistamos Mascate por um instante, uma das cidades mais importantes do país Omã. Admirei seu aspecto estranho, cercado por rochas negras sobre as quais suas casas e fortes brancos se destacavam em relevo. Vi os domos arredondados de suas mesquitas, as pontas elegantes de seus minaretes, seus terraços frescos e verdejantes. Mas era só uma visão! O Náutilus logo afundou sob as ondas daquela parte do mar.

Passamos pela costa da Arábia, por Mahrah e Hadramaut, ao longo de dez quilômetros, com sua linha ondulante de montanhas sendo ocasionalmente interrompida por alguma ruína antiga. No dia 5 de fevereiro, entramos, finalmente, no Golfo de Áden, um perfeito funil introduzido no Estreito de Bab-el-Mandeb, através do qual as águas índicas entravam no Mar Vermelho.

No dia 6 de fevereiro, o Náutilus flutuava à vista de Áden, que fica empoleirada sobre um promontório no qual um istmo estreito se junta ao continente, um tipo de Gibraltar inacessível, cujas fortificações foram reconstruídas pelos ingleses após tomarem posse, em 1839. Vislumbrei os minaretes octogonais daquela cidade, que já fora o centro comercial mais rico da costa.

Certamente pensei que o Capitão Nemo, tendo chegado naquele ponto, voltaria para trás, mas estava enganado, pois ele não fez tal coisa, muito para minha surpresa.

No dia seguinte, 7 de fevereiro, entramos no Estreito de Bab-el-Mandeb, cujo nome, em árabe, significa Portão das Lágrimas.

Para trinta e dois quilômetros de largura, tem só cinquenta e um de comprimento. E, para o Náutilus, a toda velocidade, cruzá-lo mal levou uma hora. Mas não vi nada, nem mesmo a Ilha de Perim, com a qual o governo britânico fortificara a posição de Áden. Havia barcos a vapor ingleses ou franceses demais, na linha de Suez a Bombaim, de Calcutá a Melbourne, e de Bourbon a Maurício, enfurnando-se naquela passagem estreita, para que o Náutilus ousasse se mostrar. Então, ficou prudentemente debaixo d'água. Finalmente, lá pelo meio-dia, estávamos nas águas do Mar Vermelho.

Nem tentei compreender o capricho que levara o Capitão Nemo a entrar no golfo. Mas aprovei inteiramente que o Náutilus o fizesse. Sua velocidade foi diminuída; às vezes, ficava na superfície, e em outras ocasiões mergulhava para evitar um barco, de modo que pude observar as partes superiores e inferiores daquele curioso mar.

No dia 8 de fevereiro, nas primeiras horas do dia, pudemos avistar Moca, atualmente uma cidade arruinada, cujas paredes desabariam com um tiro, mas que abriga, aqui e acolá, algumas tamareiras verdejantes. Outrora fora uma cidade importante, contendo seis mercados públicos e vinte e seis mesquitas, e cujas muralhas, defendidas por quatorze fortes, formavam um cinturão de três quilômetros de circunferência.

O Náutilus se aproximou, então, do litoral africano, onde a profundidade do mar era maior. Lá, entre duas águas límpidas como cristais, através dos painéis abertos, pudemos contemplar os lindos arbustos de corais brilhantes e os grandes blocos de rocha, cobertos com uma esplêndida pelagem de variedades verdes de locais e paisagens, ao longo daqueles bancos de areia, e algas e fucus. Que espetáculo indescritível, e que variedade de locais e paisagens ao longo daqueles bancos de areia e ilhas vulcânicas que circundam a costa da Líbia! Entretanto, onde aqueles arbustos apareciam com toda sua beleza era na costa leste, para onde o Náutilus logo se dirigiu. Era na costa de Tihamah, pois lá não só aqueles zoófitos floresciam abaixo do nível do mar, como também formavam entrelaçamentos pitorescos, que se desdobravam cerca de noventa e cinco metros acima da superfície, mais caprichosos, mas menos coloridos do que aqueles cujo frescor era mantido pela força vital das águas.

Que horas encantadoras passei daquela forma, nas janelas do salão! Que novos espécimes de flora e fauna subaquática admirei, sob o brilho de nossa lanterna elétrica!

No dia 9 de fevereiro, o Náutilus flutuava na parte mais larga do Mar Vermelho, entre Souakin, na costa oeste, e Monfidah, na costa leste, com um diâmetro de cento e quarenta e cinco quilômetros.

Aquele dia, ao meio-dia, após medir a posição, o Capitão Nemo subiu até a plataforma, onde eu me encontrava, e me decidi a não deixar que ele descesse novamente sem, pelo menos, insistir para que ele me contasse o que planejava. Assim que me viu, se aproximou e graciosamente me ofereceu um charuto.

- Bem, senhor, este Mar Vermelho lhe agrada? Observou o suficiente as maravilhas que ele encobre, seus peixes, zoófitos, suas hortas de esponjas, suas florestas de corais? Conseguiu dar uma olhada nas cidades em suas bordas?

- Sim, Capitão Nemo, – respondi, – e o Náutilus está lindamente equipado para tal estudo. Ah, é uma embarcação inteligente!

- Sim, senhor, inteligente e invulnerável. Não teme as terríveis tempestades do Mar Vermelho, tampouco suas correntes ou bancos de areia.

- Certamente, – disse eu, – este mar é considerado um dos piores, e, nos tempos dos antigos, se não estou enganado, sua reputação era detestável.

- Detestável, Monsieur Aronnax. Os historiadores gregos e latinos não falam favoravelmente dele, e Estrabão diz que é muito perigoso durante os ventos etesianos e a temporada de chuvas. O árabe Idrissi o retrata sob o nome de Golfo de Colzoum, e relata que embarcações pereceram aqui, em grandes números, nos bancos de areia, e que ninguém arriscaria navegar de noite. É, de acordo com ele, um mar sujeito a temíveis furacões, cheio de ilhas hostis, e que não oferece nada de bom, na superfície ou em suas profundezas.

- Pode-se ver – respondi, – que esses historiadores nunca navegaram a bordo do Náutilus.

- Exatamente – respondeu o Capitão, sorrindo, - e neste quesito, os modernos não estão muito mais avançados do que os antigos. Foram necessárias muitas eras para descobrir o poder mecânico do vapor. Quem sabe se, dentro de outros cem anos, não podemos ver um segundo Náutilus? O progresso é lento, Monsieur Aronnax.

- Verdade, – respondi, – sua embarcação está, pelo menos, um século à frente de seu tempo, talvez uma era. Que falta de sorte, o segredo de sua invenção ter que morrer com seu inventor!

O Capitão Nemo não respondeu. Após alguns minutos de silêncio, ele continuou:

- Falava das opiniões dos historiadores antigos sobre a navegação perigosa no Mar Vermelho.

- É verdade – disse eu. – Mas seus temores não eram exagerados?

- Sim e não, Monsieur Aronnax – respondeu o Capitão Nemo, que parecia conhecer o Mar Vermelho de cor. – Aquilo que não é mais perigoso para um barco moderno, com bom encordoamento, construção forte e mestre de sua própria rota, graças ao obediente vapor, oferecia todo tipo de perigo para os navios dos antigos. Imagine os primeiros navegantes, se aventurando em barcos feitos de tábuas amarradas com cordas de palmeira, saturadas com a gordura de focas, e cobertas com resina em pó! Nem mesmo tinham instrumentos com os quais localizar sua posição, e prosseguiam com base em adivinhações, entre correntes sobre as quais não sabiam quase nada. Sob essas condições, naufrágios eram, como seria de se esperar, numerosos. Mas, em nossa época, os barcos a vapor viajando entre Suez e os Mares do Sul não têm nada a temer da fúria deste golfo, apesar de ventos contrários. O capitão e os passageiros não se preparam para partir oferecendo sacrifícios; e, quando retornam, não são mais ornados com grinaldas e acessórios de ouro, para agradecer aos deuses no templo mais próximo.

- Concordo com o senhor – disse eu. – E o vapor parece ter matado toda a gratidão nos corações dos marinheiros. Mas Capitão, já que parece ter estudado este mar especificamente, pode me contar a origem de seu nome?

- Existem várias explicações para este assunto, Monsieur Aronnax. Gostaria de saber a opinião de um cronista do séc. XIV?

- De bom grado.

- Este escritor imaginativo alega que seu nome lhe foi dado após a passagem dos israelitas, quando o faraó pereceu nas ondas que se fecharam a comando de Moisés.

- Uma explicação de um poeta, Capitão Nemo – respondi. – Mas não posso me contentar com ela. Peço-lhe sua opinião pessoal.

- Aqui está ela, Monsieur Aronnax. De acordo com minha ideia, precisamos ver este nome do Mar Vermelho como uma tradução da palavra hebraica "Edom"; e, se os antigos lhe deram este nome, foi devido à cor particular de suas águas.

- Mas até agora não vi nada além de ondas transparentes e sem qualquer cor particular.

- Muito provável, mas conforme avançamos para o fundo do golfo, verá esta aparência singular. Lembro-me de ver a Baía de Tor inteiramente vermelha, como um mar de sangue.

- E atribui esta cor à presença de algas microscópicas?

- Sim.

- Então, Capitão Nemo, não é a primeira vez que percorre o Mar Vermelho a bordo do Náutilus?

- Não, senhor.

- Já que falou agora há pouco sobre a passagem dos israelitas, e a catástrofe para os egípcios, perguntarei se já encontrou traços sob a água, deste grande fato histórico?

- Não, senhor, e por um bom motivo.

- Qual?

- O fato de que o local onde Moisés e seu povo passaram está atualmente tão bloqueado pela areia, que os camelos mal podem banhar suas pernas lá. Pode muito bem compreender que não haveria água o suficiente para o meu Náutilus.

- E o local?

- O local está situado um pouco acima do Istmo de Suez, no braço que costumava formar um profundo estuário, quando o Mar Vermelho se estendia até os Lagos de Sal. Agora, tendo essa passagem sido milagrosa ou não, os israelitas a cruzaram para chegar à Terra Prometida, e o exército do faraó pereceu precisamente lá. E penso que escavações feitas no meio da areia traziam à luz uma grande quantidade de armas e instrumentos de origem egípcia.

- Isto é evidente, – respondi, – e pelo bem dos arqueólogos, esperemos que essas escavações sejam feitas eventualmente, quando novas cidades forem estabelecidas no istmo, após a construção do Canal de Suez; um canal, contudo, que será inútil para uma embarcação como o Náutilus.

- Muito provavelmente, mas útil para o mundo todo – disse o Capitão Nemo. – Os antigos compreendiam bem a utilidade de uma comunicação entre o Mar Vermelho e o Mediterrâneo, para seus assuntos comerciais; mas não pensaram em cavar um canal direto, e tomaram o Nilo como intermediário. Muito provavelmente, o canal que unia o Nilo ao Mar Vermelho foi começado pelo faraó Sesostris, se é que podemos acreditar na tradição. Uma coisa é certa, no ano 615 antes de Jesus Cristo, o faraó Necos conduziu as obras de um canal alimentar até as águas do Nilo, cruzando a planície do Egito, em direção à Arábia. Levava quatro dias para chegar até aquele canal, e ele era tão largo que dois trirremes[14] conseguiam ir lado a lado. As obras foram continuadas pelo rei Dário, filho de Histaspes, e provavelmente terminadas por Ptolomeu II. Estrabão viu o canal ser navegado, mas seu declive, a partir do ponto de início, perto de Bubastis, até o Mar Vermelho, era tão ligeiro que só era navegável por alguns meses do ano. Aquele canal atendia todos os fins comerciais até a era de Antônio, quando foi abandonado e bloqueado com areia. Restaurado às ordens do califa Omar, foi definitivamente destruído em 761 ou 762 pelo califa Al-Mansor, que desejava impedir a chegada de provisões a Mohammed-bem-Abdallah, que se revoltara contra ele. Durante a expedição até o Egito, seu General Bo-

[14]N. da. T: baco de guerra da Grécia antiga, que levava esse nome por ter três fileiras de remadores de cada lado.

naparte descobriu traços das obras no Deserto de Suez; e, surpreso pela maré, quase pereceu antes de voltar a Hadjaroth, no exato lugar onde Moisés acampara, três mil anos antes dele.

- Bem, Capitão, o que os antigos não ousaram realizar, esta junção entre os dois mares, que encurtará a rota de Cádiz até a Índia, o Monsieur Lesseps conseguiu fazer; e ele logo terá transformado a África em uma imensa ilha.

- Sim, Monsieur Aronnax, tem o direito de se orgulhar de seu compatriota. Este tipo de homem traz mais honra a uma nação do que grandes capitães. Ele enfrentou, como tantos outros, aversão e rejeição; mas triunfou, pois tem o gênio da vontade. E é triste pensar que um trabalho como aquele, que deveria ter sido um trabalho internacional, e que seria suficiente para tornar um reino ilustre, tenha sido bem-sucedido devido à energia de um único homem. Todas as honrarias ao Monsieur Lesseps!

- Sim! Honra ao grande cidadão – respondi, surpreso pelo modo como o Capitão Nemo falara.

- Infelizmente, – continuou, – não consigo levá-lo pelo Canal de Suez; mas conseguirá ver o longo píer do Porto Said depois de amanhã, quando estaremos no Mediterrâneo.

- O Mediterrâneo! – exclamei.

- Sim, senhor, isso o surpreende?

- O que me surpreende é pensar que estaremos lá depois de amanhã.

- Verdade?

- Sim, Capitão, apesar de que, a esta altura, eu já deveria ter me acostumado a não me surpreender com nada, desde que estive a bordo de sua embarcação.

- Mas qual é a causa desta surpresa?

- Bem! É a imensa velocidade que terá que exigir do Náutilus, se ele precisa chegar ao Mediterrâneo depois de amanhã, tendo circundado a África e dobrado o Cabo da Boa Esperança!

- Quem te disse que ele vai circundar a África e dobrar o Cabo da Boa Esperança, senhor?

- Bom, a não ser que o Náutilus navegue em terra firme, e passe por cima no istmo...

- Ou por baixo dele, Monsieur Aronnax.

- Por baixo?

- Certamente – respondeu o Capitão Nemo, em voz baixa. – Há muito tempo, a Natureza fez embaixo desta língua de terra o que o homem hoje fez sobre sua superfície.

- O que! Existe tal passagem?

- Sim, uma passagem subterrânea, que batizei de Túnel Árabe. Nos leva por baixo de Suez e se abre para o Golfo de Pelusa.

- Mas este istmo é composto somente por areia movediça?

- Até uma certa profundidade. Mas a partir de apenas cinquenta e cinco metros, há uma sólida camada de rocha.

- Descobriu esta passagem por sorte? – perguntei, cada vez mais surpreso.

- Sorte e raciocínio, senhor; e por raciocínio mais do que por sorte. Não só esta passagem existe, como já me aproveitei dela diversas vezes. Sem ela, não teria entrado hoje no intransponível Mar Vermelho. Reparei que, no Mar Vermelho e no Mediterrâneo, existia uma certa quantidade de peixes, de tipos perfeitamente idênticos. Certo deste fato, me perguntei se seria possível haver uma comunicação entre os dois mares. Se fosse, a corrente subterrânea deveria necessariamente ir do Mar Vermelho para o Mediterrâneo, devido exclusivamente à diferença de nível. Pesquei uma grande quantidade de peixes nos arredores de Suez. Coloquei um anel de cobre em suas caudas e os joguei de volta no mar. Alguns meses depois, no litoral da Síria, peguei alguns dos meus peixes, ornamentados com os anéis. Assim, a comunicação entre os dois estava provada. Então, a procurei com meu Náutilus; a descobri, ousei entrar nela, e logo, senhor, você também terá passado por meu Túnel Árabe!

Capítulo 5
O Túnel Árabe

Naquela mesma noite, a 21° 30' de latitude norte, o Náutilus flutuava sobre a superfície do mar, se aproximando da costa árabe. Vi Djeddah, a casa de contabilidade mais importante do Egito, da Síria, Turquia e Índia. Distingui claramente suas edificações, os barcos ancorados nos cais, e aqueles cujo calado os obrigava a ancorar nas ruas. O sol, um tanto quanto baixo no horizonte, batia direto nas casas da cidade, realçando sua brancura. Do lado de fora, algumas cabines de madeira, e algumas feitas de juncos, indicavam o bairro habitado pelos beduínos. Djeddah foi logo obscurecida de vista pelas sombras da noite, e o Náutilus se encontrou sob águas ligeiramente fosforescentes.

No dia seguinte, 10 de fevereiro, avistamos diversos navios se locomovendo em direção a barlavento. O Náutilus voltou à sua navegação submarina, mas, ao meio-dia, quando mediram sua localização e o mar estava deserto, subiu novamente à linha d'água.

Acompanhado por Ned e Conseil, sentei-me na plataforma. O litoral ao lado leste parecia uma massa marcada de leve em uma névoa úmida.

Estávamos debruçados sobre as laterais do barco, falando sobre isso e aquilo, quando Ned Land, estendendo a mão em direção a um ponto do mar, disse:

- Vê algo ali, senhor?

- Não, Ned, – respondi, – mas não tenho seus olhos, sabe.

- Olhe bem, – disse Ned, – ali, na viga a estibordo, mais ou menos na altura da lanterna! Não vê uma massa que parece se mexer?

- Certamente, – disse, após prestar atenção, – vejo algo como um longo corpo escuro, acima d'água.

E, realmente, antes que muito tempo se passasse, o objeto preto não estava a mais de um quilômetro de distância de nós. Parecia um grande banco de areia, depositado no mar aberto. Era um dugongo[15] gigantesco!

Ned Land observava avidamente. Seus olhos brilhavam com cobiça, ao olhar para o animal. Sua mão parecia pronta para acertá-lo com o arpão. Seria de se imaginar que ele aguardava o momento de se jogar no mar e atacá-lo em seu elemento.

Naquele instante, o Capitão Nemo apareceu na plataforma. Viu o dugongo, compreendeu a atitude do canadense e, dirigindo-se a ele, disse:

- Se estivesse segurando um arpão agora mesmo, Sr. Land, não estaria queimando sua mão?

---

[15]N. da T.: Ordem de mamíferos marinhos, que inclui o peixe-boi.

- Exatamente, senhor.

- E gostaria, só por um dia, de voltar ao seu ofício de pescador e acrescentar este cetáceo à lista daqueles que já matou?

- Gostaria, senhor.

- Bom, pode tentar.

- Obrigado, senhor – disse Ned Land, com os olhos flamejando.

- Só que – continuou o Capitão – aconselho-o, para seu próprio bem, que não erre a criatura.

- O dugongo é perigoso de atacar? – perguntei, apesar de o canadense ter dado de ombros.

- Sim, – respondeu o Capitão, – às vezes o animal se volta contra seus atacantes e vira o barco deles. Mas o Sr. Land não precisa temer que isso aconteça. Seu olhar é certeiro, seu braço é forte.

Naquele momento, sete membros da tripulação, mudos e imóveis como sempre, subiram à plataforma. Um carregava um arpão e uma linha, semelhantes aos que são usados para caçar baleias. O barco foi levantado, retirado do encaixe e baixado até o mar. Seis remadores tomaram seus lugares, e o timoneiro foi para o leme. Ned, Conseil e eu fomos para a parte de trás do barco.

- O senhor não vem, Capitão? – perguntei.

- Não, senhor; mas desejo-lhes uma boa caçada.

O barco partiu e, impulsionado pelos seis remadores, seguiu rapidamente até o dugongo, que flutuava a cerca de três quilômetros do Náutilus.

Ao chegarmos a uma distância de cerca de seis cabos do cetáceo, a velocidade diminuiu, e os remos mergulharam silenciosamente nas águas calmas. Ned Land, de arpão em mãos, ficou de pé na parte dianteira do barco. O arpão usado para acertar a baleia costuma estar preso a uma corda bastante longa, que se estica rapidamente conforme a criatura ferida a puxa atrás de si. Mas aqui, a corda não tinha um comprimento de mais de dez braças, e a extremidade estava presa a um pequeno barril, que, ao flutuar, mostrava o rumo que o dugongo tomava debaixo d'água.

Fiquei parado, observando o adversário do canadense. Aquele dugongo, que também leva o nome de vaca do mar, é muito parecido com o manatim, com seu corpo oblongo terminando em uma cauda comprida, e suas nadadeiras laterais em dedos perfeitos. Sua diferença do manatim consiste na mandíbula superior, armada com dois dentes longos e pontiagudos, formando, de cada lado, presas curvas.

Este dugongo, que Ned Land se preparava para atacar, tinha dimensões colossais, medindo mais de sete metros. Não se mexia, e parecia estar adormecido entre as ondas, circunstância esta que o tornava mais fácil de capturar.

O barco chegou a seis metros do animal. Os remos foram colocados nos suportes. Me levantei até ficar quase de pé. Ned Land, com o corpo inclinado um pouco para trás, brandia o arpão em sua mão experiente.

Repentinamente, um sibilo foi ouvido, e o dugongo desapareceu. O arpão, apesar de ter sido arremessado com grande força, parecia ter atingido só a água.

- Maldição! – exclamou o canadense, furiosamente. – Errei!

- Não, – disse eu, – o animal está ferido. Olhe só o sangue; mas sua arma não ficou presa no corpo dele.

- Meu arpão! Meu arpão! – gritou Ned Land.

Os marinheiros remaram em frente, e o timoneiro foi até o barril flutuante. Tendo recuperado o arpão, seguimos em perseguição ao animal.

Este último aparecia de vez em quando na superfície, para respirar. Sua ferida não o havia enfraquecido, pois impulsionava-se para a frente com grande rapidez.

O barco, remado por braços fortes, voava atrás dele. Muitas vezes, nos aproximamos a uma distância de alguns metros, e o canadense estava pronto para atacar, mas o dugongo partia com um mergulho repentino, e era impossível alcançá-lo.

Imagine o ânimo que acometia o impaciente Ned Land! Lançava à criatura os mais enérgicos xingamentos da língua inglesa. De minha parte, só fiquei aborrecido de ver o dugongo escapar de todos os nossos ataques.

O perseguimos sem trégua por uma hora, e eu começava a pensar que seria difícil de capturá-lo, quando o animal, tomado pela perversa ideia de vingança, da qual tinha motivos para se arrepender, voltou-se contra o barco e foi sua vez de nos atacar.

Tal manobra não escapou aos olhos do canadense.

- Cuidado! – exclamou.

O timoneiro disse algumas palavras em seu idioma estranho, sem dúvida avisando seus homens a ficarem atentos.

O dugongo chegou a seis metros do barco, parou, cheirou o ar bruscamente com suas narinas grandes (sem furos na extremidade, e sim na parte de cima de seu focinho), e então, dando impulso, se jogou contra nós.

O barco não pôde evitar a colisão e, meio desestabilizado, pelo menos duas toneladas de água acabaram entrando e tiveram que ser retiradas. Porém, graças ao timoneiro, levamos o impacto de lado, e não frontalmente, de modo que não emborcamos. Enquanto Ned Land, agarrado nas laterais, atacava o gigantesco animal com golpes de seu arpão, os dentes da criatura estavam enterrados na amurada, com o que ela levantou o barco todo da água, como um leão faz com um cabrito. Caímos um em cima do outro, e não sei como a aventura teria terminado, se o canadense, ainda enfurecido com a besta, não a houvesse atingido no coração.

Ouvi seus dentes rangendo na placa de ferro, e então o dugongo desapareceu, carregando o arpão com ele. Mas o barril logo voltou à superfície, e, depois dele, o corpo do animal, virado de costas. O barco emparelhou com ele, o amarrou na parte de trás e rumou direto para o Náutilus.

Foi necessária uma enorme força para içar o dugongo até a plataforma. Pesava 4.500 kg.

No dia seguinte, 11 de fevereiro, a despensa do Náutilus foi enriquecida por uma carne um pouco mais delicada. Uma revoada de andorinhas descansou no Náutilus. Era uma espécie de Sterna nilotica, nativa do Egito; seu bico é preto, a cabeça é cinza e pontiaguda, seus olhos cercados por pontos brancos, as costas, asas e cauda de tom acinzentado, a barriga e a garganta brancas e as garras vermelhas. Também abateram algumas dúzias de patos do Nilo, uma ave selvagem de sabor forte, com a garganta e a parte superior da cabeça brancas, com pontos pretos.

Lá pelas cinco horas da tarde, avistamos o norte do Cabo de Ras-Mohammed. Este cabo forma a extremidade da Arábia Pétrea, entre o Golfo de Suez e o Golfo de Aqaba.

O Náutilus penetrou no Estreito de Jubal, que leva ao Golfo de Suez.

Vi distintamente uma alta montanha, elevando-se entre os dois golfos de Ras-Mohammed. Era o Monte Horebe, o Sinai, no topo do qual Moisés ficou cara a cara com Deus.

Às seis horas, o Náutilus, ora flutuando, ora imerso, passou a alguma distância de Tor, situada no final da baía, cujas águas pareciam tingidas de vermelho, observação que já fora feita pelo Capitão Nemo. Então, caiu a noite, em meio a um pesado silêncio, ocasionalmente interrompido pelas exclamações dos pelicanos e outros pássaros noturnos, e pelo barulho das ondas se chocando contra a costa, quebrando contra as rochas, ou pelo resfolegar de alguma embarcação a vapor lá ao longe, batendo nas águas do golfo com suas pás barulhentas.

Das oito às nove, o Náutilus permaneceu algumas braças debaixo d'água. De acordo com meu cálculo, devíamos estar bem próximos de Suez. Através do painel do salão, vi as bases das rochas brilhantemente iluminadas por nossa luz elétrica.

Parecíamos estar deixando o Estreito para trás, cada vez mais.

Às nove e quinze, a embarcação tendo voltado para a superfície, subi na plataforma. Bastante impaciente para passar pelo túnel do Capitão Nemo, não conseguia ficar em um lugar só, então fui respirar o ar fresco noturno.

Logo, nas sombras, vi uma luz pálida, meio descolorida pela névoa, brilhando a cerca de dois quilômetros de nós.

- Um farol flutuante! – disse alguém perto de mim.

Virei-me e vi o Capitão.

- É a luz flutuante de Suez – continuou. – Não demorará muito até que cheguemos à entrada do túnel.

- Imagino que não seja fácil entrar.

- Não, senhor; por este motivo, estou acostumado a entrar na sala do timoneiro e controlar a rota eu mesmo. E agora, se puder descer, Monsieur Aronnax, o Náutilus mergulhará nas ondas, e não voltará para a superfície até que tenhamos passado pelo Túnel Árabe.

O Capitão Nemo me conduziu até a escadaria central; a meio caminho na descida, abriu uma porta, atravessou o convés superior e entrou na sala do piloto, que se elevava na extremidade da plataforma. Era uma cabine que media dois metros quadrados, muito parecida com aquelas ocupadas pelos pilotos dos barcos a vapor dos rios Mississippi ou Hudson. No meio dela, havia um leme, posicionado na vertical, preso à corda de direção, que corria até a parte traseira do Náutilus. Quatro escotilhas com vidros lenticulares em um encaixe na partição da cabine, permitiam que a pessoa no leme enxergasse em todas as direções.

A cabine estava escura, mas logo meus olhos se acostumaram à obscuridade, e vi o piloto, um homem forte, com as mãos repousando sobre as manoplas de comando do leme. Lá fora, o mar parecia vividamente iluminado pela lanterna, que jogava seus raios da parte de trás da cabine para a outra extremidade da plataforma.

- Agora, – disse o Capitão Nemo, – vamos tentar fazer nossa passagem.

Fios elétricos conectavam a cabine do piloto com a sala das máquinas, e, de lá, o Capitão conseguia se comunicar simultaneamente, para o Náutilus, a direção e a velocidade. Apertou um botão de metal, e imediatamente a velocidade da hélice diminuiu.

Olhei em silêncio para a alta parede reta pela qual passávamos naquele momento, a base imóvel de uma enorme costa arenosa. A seguimos daquela forma, por uma hora, a somente alguns metros de distância.

O Capitão Nemo não tirava os olhos do botão, suspenso por seus dois círculos concêntricos na cabine. Com um simples gesto, o piloto modificava o rumo do Náutilus, a cada instante.

Eu havia me posicionado perto do alçapão da proa, e vi umas subestruturas de coral, zoófitos, algas marinhas e fucus, agitando suas enormes garras, que se estendiam para fora das fissuras na rocha.

Às dez e quinze, o próprio Capitão assumiu o leme. Uma grande galeria, escura e profunda, se abria à nossa frente. O Náutilus entrou audaciosamente nela. Um estranho rugido podia ser ouvido dos lados. Eram as águas do Mar Vermelho precipitadas violentamente devido à inclinação do túnel. O Náutilus foi com a torrente, rápido como uma flecha, apesar dos esforços do maquinário, que, para oferecer uma resistência mais efetiva, batia contra as ondas com a hélice revertida.

Nas paredes da passagem estreita, eu não conseguia enxergar nada, a não ser raios brilhantes, linhas retas, sulcos de fogo, traçados pela grande velocidade, sob a brilhante luz elétrica. Meu coração batia rapidamente.

Às dez e trinta e cinco, o Capitão Nemo largou o leme e, virando-se para mim, disse:

- O Mediterrâneo!

Em menos de vinte minutos, o Náutilus, carregado pela torrente, havia passado pelo Istmo de Suez.

Capítulo 6
O Arquipélago Grego

No dia seguinte, 12 de fevereiro, ao raiar do sol, o Náutilus subiu para a superfície. Apressei-me a ir até a plataforma. Cinco quilômetros ao sul, via-se a silhueta difusa de Pelúsio. A torrente nos carregara de um mar para o outro. Lá pelas sete horas, Ned e Conseil se juntaram a mim.

- Bem, Senhor Naturalista, – disse o canadense, em um tom ligeiramente jovial, – e o Mediterrâneo?

- Estamos flutuando sobre sua superfície, caro Ned.

- O que! – disse Conseil. – Nesta mesma noite?

- Sim, nesta mesma noite; levamos alguns minutos para passar pelo intransponível istmo.

- Não acredito nisso – respondeu o canadense.

- Então está enganado, Sr. Land – continuei. – Esta costa baixa que faz a volta em direção ao sul é o litoral do Egito. E você, que tem olhos tão bons, Ned, consegue ver o píer do Porto Said se estendendo para dentro do mar.

O canadense olhou com atenção.

- Está mesmo certo, senhor, e seu Capitão é um camarada de primeira classe. Estamos no Mediterrâneo. Bom! Agora, por favor, vamos falar sobre nosso próprio assunto particular, mas de forma que ninguém nos ouça.

Percebi o que o canadense queria, e, de todo modo, achei melhor deixar que ele falasse como quisesse; então, nós três nos sentamos perto da lanterna, onde estaríamos menos expostos aos respingos das pás da hélice.

- Bem, Ned, estamos ouvindo, o que tem para nos dizer?

- O que quero dizer a vocês é bastante simples. Estamos na Europa, e, antes que os caprichos do Capitão Nemo nos arrastem de volta para o fundo do Mar Polar, ou nos levem até a Oceania, peço que deixemos o Náutilus.

Não queria, de modo algum, cercear a liberdade de meus companheiros, mas eu certamente não tinha o menor desejo de deixar o Capitão Nemo.

Graças a ele, e graças a seus aparelhos, eu estava cada dia mais perto de concluir meus estudos submarinos; e reescrevia meu livro sobre as profundezas submarinas em seu próprio elemento. Teria novamente uma oportunidade dessas, de observar as maravilhas do oceano? Não, certamente que não! E não conseguia aceitar a ideia de abandonar o Náutilus antes de concluir meu ciclo de investigação.

- Caro Ned, responda-me com franqueza, está cansado da vida a bordo? Está aborrecido com o fato de o destino nos ter jogado nos braços do Capitão Nemo?

O canadense ficou alguns momentos sem responder. Então, cruzando os braços, disse:

- Sinceramente, não me arrependo desta jornada sob os mares. Ficarei feliz de tê-la feito, mas, agora que já a fiz, vamos pôr um fim nela. Esta é minha ideia.

- Ela vai chegar ao fim, Ned.

- Onde e quando?

- Onde, não sei; quando, não consigo dizer; ou, na verdade, suponho que terminará quando estes mares não tiverem mais nada para nos ensinar.

- Então o que é que o senhor espera? – indagou o canadense.

- Que circunstâncias possam ocorrer, daqui seis meses, que poderemos e deveremos aproveitar.

- Oh! – disse Ned Land. – E onde estaremos daqui seis meses, faça a gentileza de me dizer, Senhor Naturalista?

- Talvez na China; sabe que o Náutilus viaja rápido. Passa pelas águas como as andorinhas pelo ar, ou como um trem sobre a terra. Não teme os mares frequentados, como vamos saber se não passará pelos litorais da França, da Inglaterra ou dos Estados Unidos, onde poderemos tentar fugir, de forma tão vantajosa quanto aqui?

- Monsieur Aronnax, – respondeu o canadense, – os fundamentos de seus argumentos são podres. Fala sobre o futuro. "Estaremos aqui! Estaremos acolá!". Eu falo do presente, "estamos aqui, e precisamos aproveitar a oportunidade".

A lógica de Ned Land teve efeito sobre mim, e me senti derrotado. Não sabia que argumento poderia usar a meu favor.

- Senhor, – continuou Ned, – vamos supor uma impossibilidade: se o Capitão Nemo oferecer-lhe a liberdade hoje, o senhor aceitaria?

- Não sei – respondi.

- E se – acrescentou – a oferta que ele lhe fizesse hoje nunca fosse renovada, você aceitaria?

- Caro Ned, esta é minha resposta. Seu raciocínio está contra mim. Não podemos contar com a boa vontade do Capitão Nemo. A cautela básica o impede de nos libertar. Por outro lado, a cautela nos diz para aproveitar a primeira oportunidade que tivermos de sair do Náutilus.

- Bem, Monsieur Aronnax, falou com sabedoria.

- Só quero fazer uma observação: uma só. A ocasião precisa ser séria, e nossa primeira tentativa precisa ser bem-sucedida; se falhar, nunca encontraremos outra, e o Capitão Nemo nunca nos perdoará.

- Tudo isso é verdade – respondeu o canadense. – Mas sua observação se aplica igualmente a todas as tentativas de fuga, seja daqui dois anos ou dois dias. Mas a questão continua sendo esta: se uma oportunidade favorável aparecer, deve ser agarrada.

- De acordo! E agora, Ned, pode me falar o que quis dizer com "oportunidade favorável"?

- Será aquela que, em uma noite escura, trará o Náutilus a uma distância curta de alguma costa europeia.

- E tentará se salvar nadando?

- Sim, se estivermos perto o suficiente da areia, e se a embarcação estiver flutuando naquele momento. Não se a areia estiver longe, e a embarcação debaixo d'água.

- E neste caso?

- Neste caso, tentarei me apoderar do barco. Sei como controlá-lo. Precisamos entrar nele e, quando o soltarmos, subiremos até a superfície da água, sem que nem mesmo o piloto, que estará na proa, perceba nossa fuga.

- Bom, Ned, fique de olho na oportunidade, mas não se esqueça de que um contratempo será nossa ruína.

- Não esquecerei, senhor.

- E agora, Ned, gostaria de saber o que eu penso de seu projeto?

- Certamente, Monsieur Aronnax.

- Bom, eu penso... não, digo que espero... que esta oportunidade favorável nunca aparecerá.

- Por que não?

- Porque o Capitão Nemo não pode ignorar o fato de não termos perdido todas as esperanças de recuperarmos a liberdade, e ficará de guarda, acima de tudo, nos mares e a uma distância que dê para avistar o litoral europeu.

- Veremos – respondeu Ned Land, sacudindo a cabeça em determinação.

- E agora, Ned Land, – acrescentei, – vamos parar por aqui. Nem mais uma palavra sobre o assunto. No dia em que você estiver pronto, venha e nos avise, e te seguiremos. Conto inteiramente com você.

Assim terminou uma conversa que, dentro de pouco tempo, teve resultados tão sérios. Devo dizer, neste ponto, que os fatos pareceram confirmar minha previsão, para desespero do canadense. O Capitão Nemo desconfiava de nós, naqueles mares frequentados? Ou só queria se esconder das inúmeras embarcações, de todas as nações, que navegavam pelo Mediterrâneo? Não sabia dizer; mas ficamos mais tempo debaixo d'água e longe da costa. Ou, se o Náutilus emergia, não havia nada para se ver, exceto a cabine do piloto, e às vezes ele ia a enormes profundidades, pois, entre o Arquipélago Grego e a Ásia Menor, não conseguíamos encostar no fundo a menos de mil braças.

Deste modo, só soube que estávamos nos aproximando da Ilha de Cárpatos, uma das Espórades, pelo Capitão Nemo ter recitado os seguintes versos de Virgílio:

"Est Carpathio Neptuni gurgite vates,
Caeruleus Proteus",

enquanto apontava para um ponto do planisfério.

Era, realmente, o antigo lar de Proteu, o velho pastor dos rebanhos de Netuno, atualmente chamada de Ilha de Scarpanto, localizada entre Rhodes e Creta. Não vi nada além da base de granito, através dos painéis de vidro do salão.

No dia seguinte, 14 de fevereiro, decidi gastar algumas horas estudando os peixes do arquipélago, mas, por algum motivo ou outro, os painéis continuaram hermeticamente selados. Ao calcular a rota do Náutilus, descobri que estávamos indo em direção a Candia, a antiga Ilha de Creta. No momento em que eu embarcara no Abraham Lincoln, toda aquela ilha havia se insurgido contra o despotismo dos turcos. Mas não sabia absolutamente nada do que havia acontecido com os insurgentes, desde aquela época, e não seria o Capitão Nemo, privado de toda comunicação com a terra, que iria me dizer.

Não fiz alusão àquele evento quando, naquela noite, percebi que estava sozinho com ele no salão. Ademais, ele parecia estar taciturno e preocupado. Então, contrário a seu hábito, ordenou que ambos os painéis fossem abertos e, indo de um para o outro, observou a massa de águas com atenção. Com qual propósito, não conseguia adivinhar; então, de minha parte, usei meu tempo para estudar os peixes que passavam à minha frente.

No meio das águas, apareceu um homem, um mergulhador, carregando uma bolsa de couro no cinto. Não era um corpo abandonado nas águas, e sim um homem vivo, nadando com braços fortes, desaparecendo ocasionalmente para ir respirar na superfície.

Virei em direção ao Capitão Nemo e, em uma voz agitada, exclamei:

- Um náufrago! Devemos salvá-lo a qualquer custo!

O Capitão não me respondeu, mas veio e se recostou no painel.

O homem se aproximara e, com o rosto espremido contra o vidro, nos olhava.

Para minha grande surpresa, o Capitão Nemo acenou para ele. O mergulhador imediatamente respondeu com um gesto, subiu imediatamente para a superfície e não apareceu novamente.

- Não fique desconfortável – disse o Capitão Nemo. – Ele é Nicolas do Cabo Matapão, de sobrenome Pesca. É bem conhecido em todas as Cíclades. Um mergulhador ousado! A água é o seu elemento, e ele passa mais tempo nela do que sobre a terra, constantemente de uma ilha para a outra, até mesmo para Creta.

- O conhece, Capitão?

- Por que não, Monsieur Aronnax?

Dizendo isto, o Capitão Nemo foi em direção a um móvel próximo do painel esquerdo do salão. Perto do referido móvel, vi um baú com fecho de ferro, em cuja tampa havia uma placa de cobre, que exibia o brasão do Náutilus com seu dispositivo.

Naquele momento, o Capitão, sem reparar em minha presença, abriu o móvel, um tipo de caixa-forte, que guardava inúmeros lingotes.

Eram lingotes de ouro. De onde teria vindo aquele metal precioso, que representava uma soma enorme? Onde o Capitão coletara aquele ouro? O que ia fazer com ele?

Não disse uma palavra. Observei. O Capitão Nemo pegou os lingotes um por um, e os arranjou metodicamente no baú, que encheu até a boca. Estimei que o conteúdo deveria pesar mais de 1.800 quilos, ouro puro, o que deveria valer quase 200.000 libras.

O baú foi trancado seguramente, e o Capitão escreveu um endereço na tampa, em caracteres que deviam pertencer ao grego moderno.

Tendo feito isso, o Capitão Nemo apertou um botão, cujo fio se comunicava com os aposentos da tripulação. Quatro homens apareceram e, com alguma dificuldade, empurraram o baú para fora do salão. Então, os ouvi içá-lo escadaria acima com roldanas.

Naquele momento, o Capitão Nemo virou-se para mim.

- O que estava dizendo, senhor? – perguntou ele.

- Não estava dizendo nada, Capitão.

- Então, senhor, se me permite, lhe desejarei uma boa noite.

Virou-se, então, e saiu do salão.

Voltei para meu aposento bastante perturbado. Tentei, em vão, dormir – pensava sobre a conexão entre a aparição do mergulhador e o baú cheio de ouro.

Logo senti, por certos balanços e sacolejos, que o Náutilus estava saindo das profundezas e voltando para a superfície.

Então, ouvi passos sobre a plataforma, e sabia que estavam desamarrando o barco e lançando-o sobre as ondas. Por um instante, ele bateu na lateral do Náutilus, e depois todo o barulho cessou.

Duas horas depois, o mesmo barulho e as mesmas idas e vindas recomeçaram; o barco foi içado a bordo, recolocado em seu suporte e o Náutilus mergulhou novamente sob as ondas.

Então aqueles milhões haviam sido transportados para seu destino. Para qual ponto do continente? Quem seria o correspondente do Capitão Nemo?

No dia seguinte, contei para Conseil e o canadense sobre os eventos da noite, que haviam aguçado minha curiosidade ao máximo. Meus companheiros não ficaram menos surpresos.

- Mas para onde ele leva seus milhões? – perguntou Ned Land.

A isto, não havia resposta possível. Voltei para o salão após tomar café e me pus a trabalhar. Até as cinco horas da tarde, ocupei-me com a arrumação de meus escritos. Naquele momento (devo atribuir isso a alguma idiossincrasia peculiar), senti tamanho calor que fui obrigado a tirar o casaco. Era estranho, pois estávamos em latitudes baixas, e ainda assim, o Náutilus, submerso como estava, não devia passar por nenhuma mudança de temperatura. Olhei para o manômetro, mostrava uma profundidade de dezoito metros, à qual o calor atmosférico nunca deveria chegar.

Continuei trabalhando, mas a temperatura subiu a tal ponto que se tornou intolerável.

- Será que há algum incêndio a bordo? – perguntei a mim mesmo.

Estava saindo do salão, quando o Capitão Nemo entrou, se aproximou do termômetro, consultou-o e, virando-se para mim, disse:

- Quarenta e dois graus.

- Reparei, Capitão – respondi. – E, se ficar muito mais quente, não suportaremos.

- Oh, senhor, não melhorará se não o desejarmos.

- Consegue reduzir a temperatura como quiser, então?

- Não, mas posso ir mais para longe da fornalha que a produz.

- Vem de fora, então!

- Certamente, estamos flutuando em uma corrente de água fervente.

- Será possível! – exclamei.

- Olhe.

Os painéis se abriram, e vi o mar inteiramente branco, de todos os lados. Uma fumaça sulfurosa se retorcia entre as ondas, que ferviam como água em uma panela. Coloquei a mão em um dos vidros, mas o calor era tão grande que rapidamente a tirei.

- Onde estamos? – perguntei.

- Perto da Ilha de Santorini, senhor – respondeu o Capitão. – Queria dar a você a oportunidade de ver o curioso espetáculo de uma erupção submarina.

- Pensei – disse eu – que a formação dessas novas ilhas havia acabado.

- Nada acaba, nas partes vulcânicas do mar – respondeu o Capitão Nemo. – E o globo está sempre sendo modificado por fogos subterrâneos. Logo no décimo-nono ano de nossa era, de acordo com Cassiodoro e Plínio, uma nova ilha, Theia (a divina) apareceu no mesmo local onde estas ilhotas foram recentemente formadas. Então, afundou sob as ondas, para ressurgir no ano 69, quando sumiram novamente. Daquela época, até os nossos dias, o trabalho plutônico foi suspenso. Mas, no dia 3 de fevereiro de 1866, uma nova ilha, que batizaram de Ilha George, emergiu dentre o vapor sulfuroso perto de Nea Kameni, e assentou-se novamente no dia 6 do mesmo mês. Sete dias depois, 13 de fevereiro, a Ilha de Aphroessa apareceu, deixando, entre Nea Kameni e ela própria, um canal com largura de dez metros. Eu estava naqueles mares, quando o fenômeno ocorreu, e pude, portanto, observar todas as diferentes fases. A Ilha de Aphroessa, arredondada, media novecentos metros de diâmetro e nove de altura. Era composta por lava preta e vítrea, misturada com fragmentos de feldspato. E, finalmente, no dia 10 de março, uma ilha menor, chamada de Reka, mostrou-se perto de Nea Kameni, e desde aquele dia, essas três se juntaram, formando uma única ilha.

- E o canal onde estamos neste momento? – perguntei.

- Aqui está – respondeu o Capitão Nemo, mostrando-me um mapa do arquipélago. – Veja, marquei a posição das novas ilhas.

Voltei para o vidro. O Náutilus não estava mais se movendo, e o calor ficava insuportável. O mar, que até então fora branco, estava vermelho, devido à presença de sais de ferro. Apesar de a embarcação ser hermeticamente fechada, um cheiro insuportável de enxofre enchia o salão, e o brilho da eletricidade fora inteiramente extinto por vívidas chamas escarlate. Eu estava em um banho-maria, estava engasgando, estava sendo grelhado.

- Não podemos mais ficar nestas águas ferventes – disse eu para o Capitão.

- Não seria prudente – respondeu o impassível Capitão Nemo.

Uma ordem foi dada; o Náutilus se virou e saiu da fornalha que não conseguiria enfrentar sem consequências. Quinze minutos depois, estávamos respirando ar fresco na superfície. Então, me ocorreu que, se Ned Land houvesse escolhido esta parte do mar para nossa fuga, nunca teríamos saído vivos daquele mar de fogo.

No dia seguinte, 16 de fevereiro, saímos da bacia que, entre Rhodes e Alexandria, estima-se ter 1.500 braças de profundidade, e o Náutilus, passando a alguma distância de Citera, saiu do arquipélago grego, após dobrar o Cabo Matapão.

Capítulo 7
O Mediterrâneo em quarenta e oito horas

O Mediterrâneo, mar azul por excelência, o "grande mar" dos hebreus, "o mar" dos gregos, o "mare nostrum" dos romanos, ladeado por laranjeiras, aloe vera, cactos e pinheiros-bravos; permeado pelo perfume da murta, cercado por brutas montanhas, saturado de ar puro e transparente, mas incessantemente modificado por fogos subterrâneos; um perfeito campo de guerra, onde Netuno e Plutão continuam disputando pelo domínio do mundo!

É sobre aquelas terras, e dentro daquelas águas, diz Michelet, que o homem se renova, em um dos climas mais poderosos do planeta. Porém, por mais belo que fosse, eu só pude dar uma rápida olhada na bacia cuja área de superfície é de dois milhões de metros quadrados. Perdi até mesmo os conhecimentos do Capitão Nemo, pois aquele intrigante homem não apareceu uma única vez durante nossa passagem a altas velocidades. Estimei a rota do Náutilus sob as ondas do mar como sendo cerca de seiscentas léguas, e foi concluída em quarenta e oito horas. Começando na manhã do dia 16 de fevereiro, nos litorais da Grécia, havíamos cruzado o Estreito de Gibraltar ao raiar do dia 18.

Ficara claro para mim que aquele Mediterrâneo, cercado por aqueles países que ele queria evitar, era desagradável para o Capitão Nemo. Aquelas ondas e brisas traziam memórias demais, talvez até mesmo arrependimentos demais. Ali, ele não tinha mais aquela independência e liberdade de movimento que tinha nos mares abertos, e seu Náutilus sentia-se espremido entre os litorais próximos da África e da Europa.

Nossa velocidade era, naquele momento, quarenta quilômetros por hora. Pode-se entender que Ned Land, para seu grande desgosto, fora obrigado a renunciar sua fuga pretendida. Não conseguiria lançar o barco, indo a doze ou treze metros por segundo. Sair do Náutilus sob tais condições seria tão ruim quanto pular de um trem que se movia a toda velocidade – algo imprudente, para dizer o mínimo. Ademais, nossa embarcação só subia para a superfície à noite, para renovar seu estoque de ar; era guiada inteiramente pela bússola e pelos registros.

Vi tanto do interior do Mediterrâneo quanto um passageiro de trem expresso consegue distinguir das paisagens que passam voando pelos seus olhos; quer dizer, o horizonte distante, e não os objetos mais próximos, que passam como relâmpago.

Estávamos, naquele momento, passando entre a Sicília e o litoral da Tunísia. No espaço estreito entre o Cabo Bon e o Estreito de Messina, o fundo do mar elevava-se quase que repentinamente. Havia um banco de areia perfeito, sobre o qual não tinha mais do que nove braças de água, enquanto que, em cada lado, a profundidade era de noventa braças.

O Náutilus teve que manobrar com muito cuidado, para não bater contra aquela barreira submarina.

Mostrei a Conseil, no mapa do Mediterrâneo, a localização daquele arrecife.

- Se é que podemos dizer isso, senhor, – observou Conseil – é como um verdadeiro istmo, ligando a Europa à África.

- Sim, meu garoto, forma uma perfeita barra com o Estreito da Líbia, e as sondagens de Smith provaram que, antigamente, os continentes entre o Cabo Boco e o Cabo Furina eram grudados.

- Posso acreditar – disse Conseil.

- Acrescento ainda – continuei – que uma barreira semelhante existe entre Gibraltar e Ceuta, que, durante as eras geológicas, formou todo o Mediterrâneo.

- E se uma explosão vulcânica um dia levantar essas duas barreiras sobre as águas?

- Não é provável, Conseil.

- Bom, mas permita-me terminar, por favor, senhor; se este fenômeno ocorrer, será ruim para o Monsieur Lesseps, que teve tanto trabalho para perfurar o istmo.

- Concordo com você, mas repito, Conseil, que este fenômeno jamais ocorrerá. A violência das forças subterrâneas está em constante diminuição, vulcões, tão abundantes nos primeiros dias do mundo, estão sendo gradativamente extintos, o calor interno está enfraquecido, a temperatura dos níveis mais baixos do planeta está diminuindo em quantidade perceptível a todo século, em detrimento de nosso globo, pois seu calor é sua vida.

- Mas e o sol?

- O sol não é suficiente, Conseil. Ele consegue passar calor para um cadáver?

- Não que eu saiba.

- Então, meu amigo, esta Terra um dia será aquele cadáver frio, se tornará inabitável e inabitada, como a lua, que perdeu seu calor vital há muito tempo.

- Dentro de quantos séculos?

- Dentro de algumas centenas de milhares de anos, meu caro.

- Então, – disse Conseil, – teremos tempo de terminar nossa jornada. Quero dizer, se Ned Land não interferir com ela.

E Conseil, tranquilizado, voltou a estudar o banco, que o Náutilus margeava a uma velocidade moderada.

Durante as noites de 16 e 17 de fevereiro, havíamos entrado na segunda bacia mediterrânea, cuja maior profundidade era de 1.450 braças. O Náutilus, com a força de sua hélice, deslizou pelos planos inclinados e se enterrou nas maiores profundidades do oceano.

No dia 18 de fevereiro, cerca de cinco horas da manhã, estávamos na entrada do Estreito de Gibraltar. Lá, existiram duas correntes: uma superior, há muito reconhecida, que transporta as águas do oceano para a bacia mediterrânea; e uma contracorrente mais baixa, que o raciocínio lógico provara existir. Na verdade, o volume de água no Mediterrâneo, incessantemente aumentado pelas ondas do Atlântico e pelos rios que caem nele, aumentaria o nível deste mar a cada ano, pois sua evaporação não é suficiente para restaurar o equilíbrio. Visto que não é assim, precisamos admitir a existência de uma corrente inferior, que despeja, na bacia do Atlântico, através do Estreito de Gibraltar, o excedente das águas do Mediterrâneo. É um fato concreto, e foi essa contracorrente que o Náutilus aproveitou. Avançava rapidamente pela estreita passagem. Por um instante, vislumbrei as belas ruínas do tempo de Hércules, enterradas no solo, de acordo com Plínio, e a pequena ilha que as suporta; e, alguns minutos depois, estávamos flutuando no Atlântico.

Capítulo 8
Baía de Vigo

O Atlântico! Vasta lâmina d'água cuja superfície cobre quarenta milhões de quilômetros quadrados e cujo comprimento é de quatorze mil quilômetros, com uma largura média de quatro mil e trezentos quilômetros – um oceano cujas costas paralelas abraçam uma circunferência imensa, alimentada pelos maiores rios do mundo, o St. Lawrence, o Mississippi, o Amazonas, o Plata, o Orinoco, o Níger, o Senegal, o Elba, o Loire e o Reno, que carregam águas vindas dos países mais civilizados, como também dos mais selvagens! Magnífico campo d'água, incessantemente penetrado por embarcações de todas as nações, protegido pelas bandeiras de todos os países, e que termina naqueles dois terríveis pontos, tão temidos pelos marinheiros, o Cabo Horn e o Cabo das Tormentas.

O Náutilus dividia as águas com sua ponta afiada, após ter percorrido quase dez mil léguas em três meses e meio, uma distância maior do que a circunferência da Terra. Aonde íamos agora, e o que o futuro nos reservava? O Náutilus, ao sair do Estreito de Gibraltar, fora bem longe. Voltara para a superfície das ondas, e nossos passeios diários sobre a plataforma foram retomados.

Subi imediatamente, acompanhado por Ned Land e Conseil. A uma distância de cerca de dezenove quilômetros, o Cabo de São Vicente estava ligeiramente visível, formando o ponto sudoeste da península Ibérica. Uma ventania forte soprava do sul. O mar estava inchado e revolto; fazia o Náutilus balançar violentamente. Era quase impossível manter os pés na plataforma, que eram castigadas pelas pesadas ondas, a todo instante. Então, descemos após algumas inalações de ar fresco.

Voltei para meu quarto, Conseil para sua cabine, mas o canadense, com ar preocupado, me seguiu. Nossa rápida passagem pelo Mediterrâneo não permitira que ele executasse seu projeto, e ele demonstrava sua decepção.

Quando a porta de meu quarto fora fechada, ele se sentou e olhou para mim em silêncio.

- Caro Ned, – eu disse, – te entendo; mas não pode se repreender. Ter tentado sair do Náutilus sob aquelas circunstâncias teria sido loucura.

Ned Land não respondeu; seus lábios comprimidos e cenho franzido mostravam a obsessão que se formara em sua mente.

- Vamos ver, – continuei, – ainda não precisamos perder as esperanças. Vamos subir o litoral de Portugal novamente; a França e a Inglaterra não estão longe, e poderemos facilmente encontrar refúgio. Agora, se o Náutilus, ao sair do Estreito de Gibraltar, houvesse ido para o sul, se houvesse nos carregado em direção a regiões onde não há continentes, eu compartilharia de sua preocupação. Mas sabemos que o Capitão Nemo não foge de áreas civilizadas e, dentro de alguns dias, acho que você poderá entrar em ação de forma segura.

Ned Land continuava a me olhar fixamente; finalmente, seus lábios cerrados se abriram, e ele disse:

- Será hoje à noite.

Levantei-me de repente. Estava, admito, pouco preparado para aquela notícia. Quis responder, mas as palavras não vinham.

- Concordamos em esperar uma oportunidade, – continuou Ned Land, – e a oportunidade chegou. Esta noite, estaremos a apenas alguns quilômetros da costa da Espanha. Está nublado. O vento sopra livremente. Tenho sua palavra, Monsieur Aronnax, e estou contando com você.

Enquanto permanecia em silêncio, o canadense se aproximou de mim.

- Hoje à noite, às nove horas – disse ele. – Já avisei Conseil. Naquele momento, o Capitão Nemo estará trancado no quarto, provavelmente na cama. Nem os engenheiros, nem a tripulação conseguirá nos ver. Conseil e eu subiremos a escadaria central, e o senhor, Monsieur Aronnax, ficará na biblioteca, a dois passos de nós, aguardando meu sinal. Os remos, o mastro e as velas estão dentro do barco. Consegui até mesmo obter algumas provisões. Peguei uma chave inglesa, para retirar os parafusos que prendem o barco ao casco do Náutilus, de modo que está tudo pronto para hoje à noite.

- O mar está bravio.

- Concordo – respondeu o canadense. – Mas precisamos arriscar. A liberdade vale o preço; além disso, o barco é forte, e alguns quilômetros, com vento bom para nos carregar, não algo é muito difícil. Quem sabe amanhã não estamos a cem léguas de distância? É só as circunstâncias nos favorecerem, e, às dez ou onze horas, teremos aportado em alguma parte da terra firme, vivos ou mortos. Mas agora adeus, até a noite.

Com estas palavras, o canadense se retirou, deixando-me quase que entorpecido. Eu havia imaginado que, a chance tendo passado, eu teria tempo para refletir e discutir a questão. Meu obstinado companheiro não me dera nenhum tempo; e, afinal de contas, o que eu teria dito a ele? Ned Land estava absolutamente certo. Havia, por pouco, uma oportunidade para aproveitarmos. Poderia eu retirar minha palavra, e assumir a responsabilidade por comprometer o futuro de meus companheiros? Amanhã, o Capitão Nemo poderia nos levar para longe de todas as terras.

Naquele momento, um sibilo alto me disse que os reservatórios estavam se enchendo, e que o Náutilus afundava sob as ondas do Atlântico.

Passei um dia triste, dividido entre o desejo de recuperar minha liberdade de agir e abandonar o maravilhoso Náutilus, e deixar meus estudos submarinos incompletos.

Que horas terríveis passei daquela forma! Às vezes imaginando a mim mesmo e meus companheiros aportados com segurança, e outras, apesar da lógica, desejando que alguma circunstância imprevisível impedisse a realização do projeto de Ned Land.

Fui ao salão duas vezes. Desejava consultar a bússola. Queria ver se a direção que o Náutilus estava tomando nos trazia mais perto ou nos levava para mais longe da costa. Mas não, o Náutilus permaneceu em águas portuguesas.

Devia, portanto, fazer meu papel e preparar-me para a fuga. Minha bagagem não era pesada; meus escritos não eram nada.

Quanto ao Capitão Nemo, perguntei-me o que ele acharia de nossa fuga, que problemas, que males poderia causar a ele, e o que ele poderia fazer, em caso de descoberta ou fracasso. Eu certamente não tinha motivos para reclamar dele, pelo contrário, nenhuma hospitalidade poderia ter sido maior do que a dele. Ao deixá-lo, eu não poderia ser acusado de ingratidão. Nenhuma promessa nos vinculava a ele. Ele contava com a força das circunstâncias, e não com nossa palavra, para nos prender para sempre.

Eu não vira o Capitão desde nossa visita à Ilha de Santorini. A sorte me traria à sua presença, antes de nossa partida? Desejei e temi ao mesmo tempo. Tentei ouvi-lo andando no quarto contíguo ao meu. Nenhum som chegou a meus ouvidos. Senti uma preocupação insuportável. Aquele dia de espera parecia eterno. As horas se passavam lentamente demais, para acompanhar minha impaciência.

Meu jantar foi servido em meu quarto, como de costume. Comi pouco, estava preocupado demais. Deixei a mesa às sete horas. Cento e vinte minutos (os contei) ainda nos separavam do momento em que eu deveria me juntar a Ned Land. Minha agitação redobrou. Meu coração batia violentamente. Não conseguia ficar quieto. Andava de um lado para o outro, tentando acalmar minha mente perturbada com o movimento constante. A ideia do fracasso de nossa tentativa ousada era a menos dolorosa de minhas ansiedades; pensar que nosso projeto podia ser descoberto antes de sairmos do Náutilus, que podíamos ser trazidos até o Capitão Nemo, irritado ou (o que seria pior) entristecido com minha deserção fazia meu coração bater mais rápido.

Queria ver o salão pela última vez. Desci as escadas e cheguei no museu, onde passara tantas horas úteis e agradáveis. Olhei para todas as suas riquezas, todos os seus tesouros, como um homem às vésperas do exílio eterno, que partia para nunca mais voltar.

Aquelas maravilhas da Natureza, obras-primas da arte, entre as quais minha vida se concentrara por tantos dias, as abandonaria para sempre! Gostaria de ter dado uma última olhada pelas janelas do salão, nas águas do Atlântico; mas os painéis estavam hermeticamente fechados, e uma camada de aço me separava do oceano que eu ainda não explorara.

Ao passar pelo salão, cheguei perto da porta em posição angular, que dava para o quarto do Capitão. Para minha grande surpresa, a porta estava entreaberta. Dei um passo para trás, involuntariamente. Se o Capitão Nemo estivesse em seu quarto, conseguiria me ver. Mas, não ouvindo nada, me aproximei. O quarto estava deserto. Abri a porta e dei uns passos à frente. O cômodo tinha o mesmo aspecto austero do quarto de um monge.

De repente, o relógio bateu às oito. A primeira batida do martelinho sobre o sino me fez sair de meu devaneio. Estremeci, como se um olho invisível houvesse mergulhado em meus pensamentos mais secretos, e apressei-me a sair do quarto.

Lá, meu olhar repousou sobre a bússola. Nossa rota continuava em direção ao norte. O registro indicava uma velocidade moderada, e o manômetro uma profundidade de cerca de dezoito metros.

Voltei para meu quarto e me vesti com roupas quentes – botas adequadas para o mar, um chapéu de pele de lontra, um grande casaco de bisso, forrado com pele de foca; estava pronto e aguardando. Somente a vibração da hélice quebrava o profundo silêncio que reinava a bordo. Eu escutava atentamente. Desejava que nenhuma voz alta repentinamente me informasse que Ned Land havia sido pego em meio à sua tentativa de fuga. Um medo mortal se abatia sobre mim e tentei, em vão, recobrar minha costumeira compostura.

Faltando alguns minutos para as nove, coloquei o ouvido contra a porta do Capitão. Nenhum barulho. Saí de meu quarto e voltei para o salão, que estava à meia-luz, porém deserto.

Abri a porta que se comunicava com a biblioteca. A mesma luz insuficiente, a mesma solidão. Posicionei-me perto da porta que levava à escadaria central, e lá esperei o sinal de Ned Land.

Naquele momento, o movimento da hélice diminuiu perceptivelmente, e então parou por completo. O silêncio só era perturbado pelos batimentos de meu próprio coração. De repente, senti uma ligeira pancada, e sabia que o Náutilus havia pousado no fundo do oceano. Minha ansiedade crescia. O sinal do canadense não vinha. Me senti inclinado a me juntar a Ned Land e implorar a ele que abandonasse a tentativa. Senti que não estávamos navegando sob nossas condições costumeiras.

Naquele momento, a porta do grande salão se abriu, e o Capitão Nemo apareceu. Me viu e, sem preâmbulos, falou, em um tom de voz amigável:

- Ah, senhor! Estava procurando você. Conhece a história da Espanha?

Uma pessoa pode até saber a história de seu próprio país de cor, mas, sob as condições que eu me encontrava naquele momento, não conseguiria ter dito uma palavra sobre isso.

- Bem, – continuou o Capitão Nemo, – ouviu minha pergunta! Conhece a história da Espanha?

- Bem ligeiramente – respondi.

- Bom, até mesmo os eruditos têm algo a aprender – disse o Capitão. – Venha, sente-se, e contarei um episódio curioso desta história. Senhor, ouça bem – disse ele. – Esta história te interessará, pois responderá uma pergunta que, sem dúvida, o senhor não foi capaz de elucidar.

- Estou ouvindo, Capitão – disse eu, sem saber o que meu interlocutor pretendia e me perguntando se aquele incidente tinha algo a ver com nossa tentativa de fuga.

- Senhor, se não faz objeção, voltaremos ao ano de 1702. Não pode deixar de saber que seu rei, Luís XIV, pensando que o gesto de um potentado era suficiente para trazer os Pireneus sob seu jugo, havia forçado o Duque de Anjou, seu neto, sobre os espanhóis. Aquele príncipe reinou de forma mais ou menos ruim sob o nome de Felipe V, e tinha um forte grupo contra si no exterior. Na verdade, no ano anterior, as casas reais da Holanda, Áustria e Inglaterra haviam concluído um tratado de aliança em Haia, com a intenção de retirar a coroa da Espanha da cabeça de Felipe V, e colocá-la sobre a de um arquiduque a quem deram, prematuramente, o título de Carlos III. A Espanha precisava resistir àquela coalizão; mas estava quase que inteiramente desprovida de soldados ou marinheiros. Contudo, não lhe faltaria dinheiro, contanto que seus galeões, carregados de ouro e prata da América, chegassem a seus portos. E, ao final de 1702, esperavam um rico comboio, com escolta francesa, composto por uma frota de vinte e três embarcações, comandadas pelo Almirante Chateau-Renaud, pois os navios da coalizão já estavam navegando pelo Atlântico. Aquele comboio deveria ir para Cádiz, mas o Almirante, tendo ouvido que uma frota inglesa navegava naquelas águas, decidiu dirigir-se para um porto francês. Os comandantes espanhóis do comboio se opuseram a tal decisão. Queriam ser levados para um porto espanhol e, se não pudesse ser Cádiz, teria que ser a Baía de Vigo, situada na costa noroeste da Espanha, e que não estava bloqueado. O Almirante Chateau-Renaud teve a imprudência de obedecer à exigência, e os galeões entraram na Baía de Vigo. Infelizmente, ela formava uma estrada aberta, que não podia ser defendida de nenhuma forma. Precisavam, então, se apressar para descarregar os galeões antes da chegada da frota combinada, e o tempo não os teria falhado, se uma infeliz questão de rivalidade não houvesse surgido de repente. Está acompanhando a cadeia de eventos? – perguntou o Capitão Nemo.

- Perfeitamente – disse eu, sem saber o final proposto por tal lição de história.

- Continuarei. Foi isso o que aconteceu. Os mercadores de Cádiz tinham um privilégio, pelo qual tinham o direito de receber todas as mercadorias vindas das Índias Ocidentais. Agora, desembarcar aqueles lingotes no Porto de Vigo significava privá-los desse direito. Reclamaram em Madri, e obtiveram o consentimento do fraco Felipe para que o comboio, sem descarregar sua carga, ficasse preso nas estradas de Vigo até que o inimigo tivesse desaparecido. Porém, enquanto aquela decisão era tomada, no dia 22 de outubro de 1702 as embarcações inglesas chegaram na Baía de Vigo, quando o Almirante Chateau-Renaud, apesar de suas forças estarem em menor número, lutou bravamente. Entretanto, vendo que o tesouro necessariamente cairia nas mãos inimigas, queimou e afundou todos os galeões, que foram para o fundo do mar, com suas imensas riquezas.

O Capitão Nemo parou. Admito que ainda não entendia por que aquela história deveria me interessar.

- E então? – perguntei.

- Bem, Monsieur Aronnax, – respondeu o Capitão Nemo, – estamos nesta Baía de Vigo, e cabe a você decidir se quer explorar seus mistérios.

O Capitão se levantou, me dizendo para segui-lo. Eu tivera tempo de me recuperar, então obedeci. O salão estava escuro, mas, através dos vidros, as ondas brilhavam. Olhei para fora.

Por oitocentos metros ao redor do Náutilus, as águas pareciam banhadas em luz elétrica. O fundo arenoso estava limpo e brilhante. Alguns membros da tripulação do Náutilus, em seus trajes de mergulho, estavam afastando barris meio apodrecidos e caixotes vazios do meio dos detritos enegrecidos. Daqueles caixotes e barris, escapavam lingotes de ouro e prata, cascatas de moedas e joias. A areia estava amontoada com eles. Carregados com seu precioso saque, os homens voltaram para o Náutilus, depositaram sua carga e voltaram para aquela fonte inesgotável de ouro e prata.

Agora eu compreendia. Aquela era a cena da batalha do dia 22 de outubro de 1702. Aqui, naquele mesmo local, os galeões carregados para o Governo Espanhol haviam afundado. O Capitão Nemo ia para lá, de acordo com suas necessidades, pegar os milhões com os quais carregava o Náutilus. Havia sido para ele, e somente ele, que a América abrira mão de seus preciosos metais. Ele era o herdeiro direto, sem compartilhar com ninguém, daqueles tesouros roubados dos Incas e dos conquistados por Fernando Cortez.

- Sabia, senhor, – perguntou, sorrindo, – que o mar continha tais riquezas?

- Sabia – respondi – que avaliaram o dinheiro suspenso nessas águas em dois milhões.

- Sem dúvida; mas para extrair esse dinheiro, as despesas seriam maiores do que os lucros. Aqui, ao contrário, eu só tenho que pegar o que o homem perdeu – e não só na Baía de Vigo, como em milhares de outros portos onde ocorreram naufrágios, e que estão marcados em meu mapa submarino. Consegue entender, agora, a fonte dos milhões que tenho?

- Entendo, Capitão. Mas permita-me dizer que, ao explorar a Baía de Vigo, você só se antecipou a uma sociedade rival.

- Que é qual?

- Uma sociedade que recebeu do governo espanhol o privilégio de procurar estes galeões enterrados. Os acionistas são atraídos pela enorme recompensa, pois avaliam esses ricos naufrágios em quinhentos milhões.

- Já foram quinhentos milhões, – respondeu o Capitão Nemo, – mas não são mais.

- Exatamente, – disse eu, – e um aviso para esses acionistas seria um ato de caridade. Mas quem sabe se seria bem recebido? O que os apostadores detestam mais do que tudo, é menos a perda de seu dinheiro, e mais a perda de suas tolas esperanças. No final das contas, tenho menos pena deles do que dos milhares de infelizes por quem essas riquezas, bem distribuídas, seriam bem utilizadas, só que, para eles, serão inférteis.

Assim que expressara tal pesar, senti que devia ter magoado o Capitão Nemo.

- Inférteis! – exclamou ele, com animação. – Pensa, então, que as riquezas foram perdidas porque eu as coletei? É só para mim mesmo, de acordo com sua ideia, que me dou ao trabalho de coletar estes tesouros? Quem te disse que não faço bom uso deles? Pensa que não sei que há criaturas sofredoras e raças oprimidas nesta Terra, criaturas miseráveis para consolar, vítimas para vingar? Não compreende?

O Capitão Nemo parou após estas últimas palavras, talvez se arrependendo de ter falado tanto. Mas eu adivinhara que, qualquer que fosse o motivo que o forçara a buscar independência abaixo do mar, ele continuava sendo um ser humano, seu coração ainda batia pelos sofrimentos da humanidade, e sua imensa caridade era para as raças oprimidas, assim como para indivíduos. Então, compreendi para quem aqueles milhões eram destinados, que o Capitão Nemo enviara quando o Náutilus cruzava as águas de Creta.

Capítulo 9
Um continente desaparecido

Na manhã seguinte, 19 de fevereiro, vi o canadense entrar em meu quarto. Esperava aquela visita. Ele parecia bem decepcionado.

- Bem, senhor? – disse ele.

- Bem, Ned, a sorte estava contra nós, ontem.

- Sim, aquele Capitão parou logo no momento em que pretendíamos sair de sua embarcação.

- Sim, Ned, ele tinha negócios a tratar com seu banqueiro.

- Seu banqueiro!

- Na verdade, com seu banco, e com isso quero dizer o oceano, onde suas riquezas estão mais seguras do que nos baús do governo.

Contei, então, para o canadense os incidentes da noite anterior, esperando convencê-lo a não abandonar o Capitão; mas o único resultado de minha narrativa foi um pesar, expressado de forma enérgica por Ned, de não ter podido dar um passeio no campo de batalha da Baía de Vigo por si próprio.

- Contudo, – disse ele, – nem tudo está terminado. Foi só um baque do arpão perdido. Da próxima vez, conseguiremos, e, hoje à noite, se necessário...

- Em que direção o Náutilus está indo? – interrompi.

- Não sei – respondeu Ned.

- Bom, ao meio-dia, veremos.

O canadense voltou para junto de Conseil. Logo que me vesti, fui para o salão. A bússola não era reconfortante. O curso do Náutilus era sul-sul-oeste. Estávamos virando as costas para a Europa.

Esperei, com alguma impaciência, até que a localização da embarcação fosse marcada com um pino no mapa. Lá pelas onze e meia, os reservatórios foram esvaziados, e nossa embarcação subiu até a superfície do oceano. Apressei-me em direção à plataforma. Ned Land chegara antes de mim. Não havia mais nenhuma terra à vista. Nada, além de um imenso mar. Algumas velas no horizonte, sem dúvida indo a San Roque, em busca de ventos favoráveis para cruzar o Cabo da Boa Esperança. O tempo estava nublado. Uma ventania estava se preparando. Ned praguejava e tentava enxergar para além do horizonte anuviado. Ainda esperava que, atrás de toda aquela névoa, estava a terra pela qual ele tanto ansiava.

Ao meio-dia, o sol apareceu por um instante. O segundo oficial aproveitou o brilho para medir sua altura. Então, com o mar ficando mais bravio, descemos e o painel foi fechado.

Uma hora depois, ao consultar o mapa, vi que a posição do Náutilus estava marcada como 16° 17' de longitude e 33° 22' de latitude, a 150 léguas da costa mais próxima. Não havia meio de fugir, e deixo para o leitor imaginar a raiva do canadense, quando o informei sobre nossa situação.

Quanto a mim, não estava particularmente decepcionado. Senti-me aliviado do peso que me oprimira, e consegui voltar, com um certo grau de calma, a meu trabalho costumeiro.

Naquela noite, cerca de onze horas, recebi uma visita das mais inesperadas do Capitão Nemo. Ele me perguntou, com bastante cortesia, se eu me sentia cansado devido à minha vigília na noite anterior. Respondi que não.

- Então, Monsieur Aronnax, proponho uma excursão curiosa.

- Propõe, Capitão?

- Até agora, o senhor só visitou as profundezas submarinas à luz do dia, sob o brilho do sol. Gostaria de vê-las na escuridão da noite?

- Com o maior prazer.

- Aviso que o caminho será cansativo. Teremos que andar uma longa distância, e escalar uma montanha. As trilhas não são bem mantidas.

- O que o senhor diz, Capitão, só aguça minha curiosidade; estou pronto para segui-lo.

- Venha, então, meu senhor, colocaremos nossos trajes de mergulho.

Ao chegar ao quarto de vestir, vi que nenhum de meus companheiros, nem algum membro da tripulação, se juntariam a nós naquela excursão. O Capitão Nemo nem mesmo propusera que eu trouxesse Ned ou Conseil.

Dentro de alguns instantes, havíamos vestido os trajes de mergulho; colocaram em nossas costas os reservatórios, abundantemente preenchidos com ar, mas nenhuma lâmpada elétrica fora preparada. Chamei a atenção do Capitão para este fato.

- Elas seriam inúteis – respondeu ele.

Pensei que não tinha ouvido direito, mas não pude repetir minha observação, pois a cabeça do Capitão já havia desaparecido em seu capacete de metal. Terminei de me equipar. Senti os ajudantes colocando um bastão com ponta de ferro em minha mão, e, alguns minutos depois, após passarmos pelos procedimentos de costume, pisamos no fundo do Atlântico, a uma profundidade de 150 braças. Era quase meia-noite. As águas estavam profundamente escuras, mas o Capitão Nemo apontou, à distância, um ponto avermelhado, um tipo de luz grande brilhando com força, cerca de três quilômetros de distância do Náutilus. O que aquele fogo poderia ser, o que o alimentava, e como havia parado no meio da água, eu não sabia dizer. De toda forma, iluminou nosso caminho, vagamente, verdade, mas logo me acostumei com a escuridão peculiar e compreendi, sob aquelas circunstâncias, a inutilidade do aparelho Ruhmkorff.

Conforme avançávamos, ouvi um pinga-pinga sobre minha cabeça. Quando o barulho redobrou, às vezes produzindo uma corrente contínua, entendi a causa. Era chuva, caindo violentamente, e estalando sobre as ondas. Instintivamente, passou-me pela cabeça que eu ficaria ensopado! Pela água! No meio da água! Não pude deixar de rir com tal ideia estranha. Mas, na verdade, dentro do traje grosso de mergulho, não se sente mais o elemento líquido, e parece que se está em uma atmosfera um pouco mais densa do que a terrestre. Nada além disso.

Após uma caminhada de meia hora, o solo se tornou pedregoso. Medusas, crustáceos microscópicos e corais Pennatularia iluminavam o caminho ligeiramente, com seu brilho fosforescente. Vislumbrei pedaços de pedra cobertos por milhões de zoófitos, e massas de algas marinhas. Meus pés escorregavam com frequência naquele tapete grudento de algas marinhas e, sem meu bastão com ponta de ferro, eu teria caído mais de uma vez. Ao me virar, ainda podia enxergar a lanterna esbranquiçada do Náutilus, começando a ficar pálida à distância.

Mas a luz rosada que nos guiava aumentava e iluminava o horizonte. A presença daquele fogo sob as águas me deixava altamente perplexo. Estaria indo em direção a um fenômeno natural, ainda desconhecido pelos eruditos da terra? Ou até mesmo (pois tal pensamento passou por minha cabeça) a mão do homem teria alguma coisa a ver com aquela conflagração? Teria algum ser humano abanado aquela chama? Iria eu me encontrar, naquelas profundezas, com alguns companheiros e amigos do Capitão Nemo, que ele estava indo visitar e que, como ele, levavam aquela estranha existência?

Será que iria me encontrar com uma colônia inteira de exilados, que, cansados das misérias desta terra, haviam buscado e encontrado independência no oceano? Todas estas ideias tolas e absurdas me perseguiam. E, naquele estado de espírito, demasiadamente estimulado pela sucessão de maravilhas que passavam continuamente perante os meus olhos, não ficaria surpreso se houvesse encontrado, no fundo do mar, uma daquelas cidades submarinas com as quais o Capitão Nemo sonhava.

Nosso caminho ficava cada vez mais iluminado. O brilho branco chegava em forma de raios, do cume de uma montanha de cerca de 250 metros de altura. Mas o que vi foi simplesmente um reflexo, desenvolvido pela limpidez das águas. A fonte daquela luz inexplicável era um fogo do lado oposto da montanha.

No meio daquele labirinto pétreo no fundo do Atlântico, o Capitão Nemo avançava sem hesitar. Conhecia aquela estrada lúgubre. Sem dúvida, já viajara muito por ela, e não se perdia. O segui com a confiança inabalada. Ele me parecia um gênio do mar, e, enquanto ele andava à minha frente, não pude deixar de admirar sua estatura, delineada em preto no horizonte luminoso.

Era uma da manhã quando chegamos nas primeiras inclinações da montanha, mas, para acessá-las, precisávamos passar pelos difíceis caminhos de um vasto bosque.

Sim, um bosque de árvores mortas, sem folhas, sem seiva, árvores petrificadas pela ação da água e, aqui e acolá, cercadas por gigantescos pinheiros, mais altos que elas. Era como uma mina de carvão ainda de pé, segurando-se no solo remexido pelas raízes, e cujos galhos, como finos recortes de papel preto, apareciam distintamente no teto aquoso. Imagine uma floresta em Hartz[16], grudada

[16]N. da T.: Cordilheira no sul da Alemanha.

nas laterais da montanha, mas uma floresta engolida. Os caminhos eram atrapalhados por algas marinhas e fucus, entre os quais um mundo inteiro de crustáceos rastejava. Fui em frente, subindo nas rochas, pisando sobre troncos estendidos, quebrando as redes de algas marinhas penduradas de uma árvore para a outra, e assustando os peixes, que voavam de galho em galho. Continuando a andar, não sentia nenhum cansaço. Seguia meu guia, que nunca se cansava. Que espetáculo! Como posso expressar? Como posso descrever o aspecto daquelas árvores e rochas, naquele ambiente – suas partes inferiores escuras e selvagens, as superiores coloridas de vermelho, por aquela luz que era redobrada pelos poderes refletores das águas? Escalávamos as rochas, que caíam logo depois, com pulos gigantescos e o ronco baixo de uma avalanche. Dos dois lados estendiam-se galerias longas e escuras, onde não se enxergava nada. Vastas clareiras se abriam, sobre as quais a mão do homem parecia ter trabalhado, e, às vezes, me perguntava se algum habitante daquelas regiões submarinas não apareceria repentinamente para mim.

Mas o Capitão Nemo continuava subindo. Eu não podia ficar para trás. Segui ousadamente. Meu bastão me ajudava muito. Um passo em falso teria sido perigoso, nas passagens estreitas que desciam pelos lados dos golfos, mas eu andava com o passo firme, sem sentir qualquer tontura. Pulei sobre uma fenda, cuja profundidade me teria feito hesitar, se estivesse nas geleiras da terra; depois, arrisquei-me no instável tronco de uma árvore, jogado de um abismo para o outro, sem olhar sob meus pés, só tendo olhos para admirar as visões selvagens daquela região.

Lá, rochas monumentais, inclinadas sobre suas bases regulares, pareciam desafiar todas as leis do equilíbrio. Dentre suas dobras pedregosas brotavam árvores, como um jato sob grande pressão, e serviam de apoio a outras, que serviam de apoio a elas. Torres naturais, grandes escarpas, cortadas na perpendicular, como uma "cortina", inclinadas a um ângulo que as leis da gravidade nunca poderiam ter tolerado em regiões terrestres.

Duas horas após termos saído do Náutilus, havíamos cruzado a linha das árvores, e, trinta metros acima de nossas cabeças, erguia-se o topo da montanha, que criava uma sombra sobre a irradiação brilhante da face oposta. Alguns arbustos petrificados brotavam fantasticamente, aqui e acolá. Peixes subiam do chão como pássaros na grama alta. As enormes rochas estavam fendidas por fraturas impenetráveis, grutas profundas e buracos intermináveis, no fundo dos quais podíamos ouvir criaturas formidáveis se mexendo. Meu sangue gelava quando via uma enorme antena bloqueando meu caminho, ou alguma tenebrosa garra se fechando com um barulho na sombra de alguma cavidade. Milhões de pontos luminosos brilhavam em meio à escuridão. Eram os olhos de crustáceos gigantes, encolhidos em seus buracos; lagostas gigantes em pose de sentinela, mexendo as garras com o clique de pinças; caranguejos colossais, eretos como armas em seus cascos; e cefalópodes de aparência assustadora, entrelaçando os tentáculos como um ninho vivo de serpentes.

Havíamos chegado à primeira plataforma, onde outras surpresas me aguardavam. À nossa frente estavam umas ruínas pitorescas, que demonstravam a mão do homem, e não do Criador. Havia vastos montes de pedras, entre os quais podiam ser vistas as formas vagas e indistintas de castelos e templos, vestidas com um mundo de zoófitos verdejantes, e sobre as quais, ao invés de trepadeiras, algas marinhas e fucus jogavam um grosso manto vegetal. Mas qual seria aquela parte do globo que fora engolida por cataclismos? Quem havia colocado aquelas rochas e pedras como tumbas megalíticas de épocas pré-históricas? Onde eu estava? Aonde a vontade do Capitão Nemo me trouxera?

Gostaria de ter perguntado a ele, mas, estando impedido, o parei – segurei-o pelo braço. Porém, sacudindo a cabeça e apontando para o ponto mais alto da montanha, parecia dizer: "Venha, me acompanhe, venha mais para cima!"

O segui e, dentro de alguns minutos, havia subido até o topo, que, em um círculo de dez metros, dominava toda a massa das rochas.

Olhei para baixo, do lado que havíamos acabado de subir. A montanha não se erguia a mais do que duzentos ou duzentos e cinquenta metros acima do nível da planície; mas, do lado oposto, estava a uma altura duas vezes maior do que isso, em relação à profundidade daquela parte do Atlântico. Meu olhar passou por um grande espaço, iluminado por um fulgor violento. Na verdade, a montanha era um vulcão.

A quinze metros acima do pico, no meio de uma rocha de pedras e detritos, uma cratera maior vomitava torrentes de lava, que caíam em forma de cascata de fogo, no seio da massa líquida. Deste modo situado, o vulcão iluminava a planície abaixo, como uma tocha imensa, chegando até mesmo aos limites extremos do horizonte. Eu disse que a cratera submarina vomitava lava, mas não havia chamas. Chamas precisam de oxigênio para se alimentar, e não se desenvolvem debaixo d'água, mas córregos de lava, que contêm em si mesmos os princípios da incandescência, conseguem alcançar um calor intenso, lutar vigorosamente contra a água e transformá-la em vapor pelo contato.

Rápidas correntes, carregando todos aqueles gases em difusão, e torrentes de lava escorregavam até o pé da montanha, como uma erupção do Vesúvio em outra Terra del Greco[17].

Bem ali, na frente dos meus olhos, arruinada, destruída, jazia uma cidade – seus telhados abertos para o céu, seus templos caídos, seus arcos deslocados, suas colunas deitadas no chão, pelas quais ainda era possível discernir as características distintas da arquitetura toscana. Mais para a frente, alguns restos de um gigantesco aqueduto; ali, a base alta de uma Acrópoles, com a silhueta flutuante de um Parthenon; acolá, traços de um píer, como se um porto antigo houvesse feito divisa com o oceano e desaparecido, com seus navios mercantes e naus de guerra. Ainda mais para a frente, longas linhas de paredes afundadas e ruas largas e desertas – uma perfeita Pompeia, escondida nas águas. Era esta a visão que o Capitão Nemo colocara em frente aos meus olhos!

Onde estaria eu? Onde? Precisava saber, a qualquer custo. Tentei falar, mas o Capitão Nemo me parou com um gesto, e, pegando um pedaço de rocha de giz, andou até uma rocha de basalto negro, e traçou uma única palavra:

ATLÂNTIDA

Que raio passou por minha mente! Atlântida! A Atlântida de Pla-

[17]N. da T.: Nápoles.

tão, o continente negado por Orígenes e Humboldt, que incluíam seu desaparecimento entre os contos lendários. Eu a tinha perante meus olhos, sendo indubitavelmente testemunha de sua catástrofe. Aquela região engolfada estava para além da Europa, da Ásia e da Líbia, para além das colunas de Hércules, onde aquele povo poderoso, os atlantes, viveram, contra os quais as primeiras guerras dos gregos antigos foram travadas.

Assim, levado pelo mais estranho destino, eu pisava sobre as montanhas daquele continente, tocava, com minhas próprias mãos, aquelas ruínas de milhares de anos de idade, contemporâneas das eras geológicas. Eu andava sobre o mesmo lugar em que os contemporâneos dos primeiros homens caminharam.

Enquanto tentava gravar na mente todos os detalhes daquela magnífica paisagem, o Capitão Nemo estava imóvel, como se petrificado por um êxtase mudo, encostado sobre uma pedra lodosa. Estaria ele sonhando com aquelas gerações há muito desaparecidas? Estaria ele perguntando a elas o segredo do destino humano? Seria ali que aquele estranho homem vinha para imergir-se em lembranças históricas, e reviver aquela vida antiga – ele, que não queria uma moderna? O que eu não teria dado para saber seus pensamentos, compartilhar deles, compreendê-los! Ficamos uma hora naquele lugar, contemplando as vastas planícies sob o brilho da lava, que era, às vezes, maravilhosamente intenso. Tremores rápidos perpassavam a montanha, causados por borbulhas internas, um barulho profundo, distintamente transmitido através do líquido, ecoando com majestosa grandeza. Naquele momento, a lua apareceu através da massa das águas, e jogou seus pálidos raios sobre o continente enterrado. Era apenas um cintilar, mas que efeito indescritível! O Capitão levantou-se, deu uma última olhada à imensa planície, e com um gesto, pediu que eu o seguisse.

Descemos a montanha rapidamente e, após termos passado pela floresta mineral, eu vi a lanterna do Náutilus brilhando como uma estrela. O Capitão andou direto para ela e subimos a bordo logo que os primeiros raios de luz embranqueceram a superfície do oceano.

Capítulo 10
As minas de corais submarinas

No dia seguinte, 20 de fevereiro, acordei bem tarde. O cansaço da noite anterior prolongara meu sono até as onze horas da manhã. Me vesti rapidamente, e apressei-me para descobrir que rota o Náutilus estava tomando. Os instrumentos mostravam que continuava em direção ao sul, com uma velocidade de trinta e dois quilômetros por hora e uma profundidade de cinquenta braças.

As espécies de peixe daquele local não diferiam muito das que já notara. Havia arraias gigantes, com cinco metros de comprimento e grande força muscular, o que as permitia saltar para cima das ondas; tubarões de todos os tipos, entre outros, um de quatro metros e meio de comprimento, com dentes triangulares, e cuja transparência fazia com que ficasse quase invisível dentro d'água.

Entre os peixes ósseos, Conseil reparou em um de cerca de três metros de comprimento, armado, na mandíbula superior, com uma espada afiada; outras criaturas de cores vibrantes, conhecidas na época de Aristóteles como dragões-do-mar, que são perigosas de capturar por causa dos espigões em suas costas.

Lá pelas quatro horas, o solo, geralmente composto por uma lama grossa misturada com madeira petrificada, mudou gradativamente, e se tornou mais rochoso, aparentemente cheio de resíduos e pedaços de basalto, com um toque de lava. Pensei que uma região montanhosa estava se seguindo às longas planícies; e, realmente, após algumas evoluções do Náutilus, vi o horizonte ao sul bloqueado por um alto paredão que parecia fechar todas as saídas. Seu cume evidentemente passava o nível do mar. Devia ser um continente, ou, pelo menos, uma ilha – uma das Canárias, ou uma das Ilhas do Cabo Verde. Já que as medidas da localização não haviam sido tiradas ainda, talvez de propósito, eu ignorava nossa posição exata. De qualquer forma, tal paredão me parecia marcar os limites de Atlântida, sobre a qual havíamos, na verdade, passado por uma parte minúscula.

Eu teria passado muito mais tempo na janela, admirando as belezas do mar e do céu, mas os painéis se fecharam. Naquele momento, o Náutilus chegara do lado daquele paredão alto e perpendicular. O que ele faria, eu não conseguia adivinhar. Voltei para meu aposento; não estávamos mais nos movendo. Me deitei com a inteira intenção de acordar após algumas horas de sono, mas eram oito horas do dia seguinte quando entrei no salão. Olhei para o manômetro. Me dizia que o Náutilus flutuava sobre a superfície do oceano. Além disso, ouvi passos na plataforma. Fui até o painel. Estava aberto, mas, ao invés da plena luz do dia, como eu esperava, estava cercado por uma escuridão profunda. Onde estávamos? Estava eu enganado? Ainda seria de noite? Não, nenhuma estrela brilhava, e a noite não tem aquela escuridão total.

Não sabia o que pensar, quando uma voz perto de mim disse:

- É você, Professor?

- Ah! Capitão – respondi. – Onde estamos?

- Debaixo do solo, senhor.

- Debaixo do solo! – exclamei. – E o Náutilus ainda flutua?

- Ele sempre flutua.

- Mas não compreendo.

- Espere alguns minutos, nossa lanterna será acesa e, se o senhor gostar de lugares iluminados, ficará satisfeito.

Fiquei de pé sobre a plataforma e aguardei. A escuridão era tão completa, que não conseguia nem ver o Capitão Nemo, mas, olhando para o zênite, exatamente acima da minha cabeça, pareci ter vislumbrado um tremor de luz indefinido, um tipo de crepúsculo preenchendo um buraco circular. Naquele momento, a lanterna foi acesa, e sua vivacidade afogou a luz fraca. O Náutilus estava parado, flutuando perto de uma montanha que formava um tipo de cais. O lago que o apoiava, circundado por paredes, media três quilômetros de diâmetro e dez de circunferência. Seu nível (o manômetro mostrava) só podia ser o mesmo que o nível externo, pois devia necessariamente haver uma comunicação entre o lago e o mar. As altas partições, inclinadas a partir de suas bases, terminavam em um teto abobadado, com a forma de um imenso funil virado de cabeça para baixo, com quinhentos ou seiscentos metros de altura. No topo, havia um orifício circular, através do qual eu percebera o ligeiro brilho da luz, evidentemente a luz do sol.

- Onde estamos? – perguntei.

- No coração de um vulcão extinto, cujo interior foi invadido pelo mar, após algum grande tremor de terra. Enquanto dormia, Professor, o Náutilus penetrou nesta lagoa por um canal natural, que se abre a cerca de dez metros abaixo da superfície do oceano. Este é seu porto de refúgio, um porto certeiro, cômodo e misterioso, protegido de todas as ventanias. Mostre-me, se puder, nas costas de qualquer um de seus continentes ou ilhas, uma estrada que te dê um refúgio tão perfeito contra todas as intempéries.

- Certamente – respondi – que está em segurança aqui, Capitão Nemo. Quem conseguiria te alcançar no coração de um vulcão? Mas não vi uma abertura em seu cume?

- Sim, sua cratera, antigamente cheia de lava, vapor e chamas, e que agora serve de entrada para o ar que nos mantém vivos.

- Mas o que é esta montanha vulcânica?

- Pertence a uma das numerosas ilhas que enchem este mar – para as embarcações, é um simples banco de areia – para nós, uma imensa caverna. A sorte me levou a descobri-la, e me fez um enorme bem.

- Mas qual é a utilidade deste refúgio, Capitão? O Náutilus não precisa de porto.

- Não, senhor, mas precisa de eletricidade para fazer com que se mova, e os meios para produzir a eletricidade: sódio para alimentar os elementos, carvão de onde tirar o sódio e uma mina de carvão para fornecer o carvão. E exatamente neste ponto, o mar cobre florestas inteiras soterradas durante as eras geológicas, agora mineralizadas e transformadas em carvão; para mim, são uma mina inesgotável.

- Seus homens trabalham como mineiros, aqui, então, Capitão?

- Exatamente. Estas minas se estendem sob as ondas como as minas de Newcastle[18]. Aqui, em seus trajes de mergulho, picareta e pá nas mãos, meus homens extraem o carvão; nem isso peço das minas da terra. Quando queimo este combustível, para fabricar o sódio, a fumaça, escapando da cratera da montanha, faz com que ela pareça ser um vulcão ainda ativo.

- E veremos seus companheiros em ação?

---

[18]N. da T.: Cidade no nordeste da Inglaterra, região famosa por suas minas de carvão.

- Não; pelo menos, não desta vez, pois estou com pressa de continuar nosso tour submarino do planeta. Então, me contentarei em tirar da reserva o sódio que já possuo. O tempo de carregamento é só um dia, e continuaremos nossa viagem. Então, se o senhor quiser ir para a caverna e fazer um passeio pela lagoa, precisa aproveitar e fazer isso hoje, Monsieur Aronnax.

Agradeci o Capitão e fui procurar meus companheiros, que ainda não haviam saído de suas cabines. Os convidei para que me seguissem, sem dizer onde estávamos. Subiram à plataforma. Conseil, que não se aturdia com nada, parecia encarar com muita naturalidade o fato de ter acordado sob uma montanha, após ter pego no sono debaixo das ondas. Mas Ned Land só pensava em descobrir se a caverna tinha alguma saída. Após o café da manhã, lá pelas dez horas, descemos para a montanha.

- Aqui estamos, em terra novamente – disse Conseil.

- Não chamo isso de terra – disse o canadense. – Além disso, não estamos sobre ela, e sim debaixo dela.

Entre as paredes das montanhas e as águas do lago, jazia um litoral arenoso que, em sua maior largura, media cento e cinquenta metros. Naquele solo, poderíamos facilmente dar um passeio pelo lago. Mas a base das altas partições era um chão pedregoso, com fendas vulcânicas e enormes pedras-pomes caídas em montes pitorescos. Todas aquelas massas destacadas, cobertas com uma camada de esmalte, polidas pela ação dos fogos subterrâneos, brilhavam resplandecentes à luz de nossa lanterna elétrica. A poeira vulcânica do litoral, subindo com nossos passos, voava como uma nuvem de faíscas. O fundo agora se erguia perceptivelmente, e logo chegamos a longas inclinações curvilíneas, ou planos inclinados, que nos faziam subir gradativamente; mas fomos obrigados a andar cuidadosamente em meio àqueles montes, que não estavam presos com cimento, e nossos pés escorregavam sobre os cristais vítreos, feldspatos e quartzos.

A natureza vulcânica daquele enorme buraco era confirmada por todos os lados, e chamei a atenção de meus companheiros.

- Imaginem – disse eu – como esta cratera devia ser, quando estava cheia de lava fervendo, e quando o nível do líquido incandescente subia até o orifício da montanha, como se derretido sobre um prato quente.

- Consigo imaginar perfeitamente – disse Conseil. – Mas senhor, pode me dizer por que o Grande Arquiteto suspendeu as operações, e como foi que a fornalha foi substituída pelas silenciosas águas do lago?

- O mais provável, Conseil, é que tenha sido porque alguma convulsão embaixo do oceano produziu aquela abertura que serve de passagem para o Náutilus. Deve ter havido alguma terrível briga entre os dois elementos, que terminou com a vitória de Netuno. Mas se passaram muitas eras desde então, e o vulcão submerso agora é uma gruta pacífica.

- Muito bem, – respondeu Ned Land, – aceito a explicação, senhor, mas, em nosso próprio interesse, fico muito decepcionado pela abertura da qual fala não ter sido feita acima do nível do mar.

- Mas caro Ned, – disse Conseil, – se a passagem não fosse debaixo do mar, o Náutilus não teria conseguido navegar pelo meio dela.

Continuamos a subir. Os desníveis ficavam cada vez mais perpendiculares e estreitos. Escavações profundas, que éramos obrigados a cruzar, cortavam o chão aqui e acolá; massas inclinadas tinham que ser contornadas. Deslizamos de joelhos e engatinhamos em frente. Mas a destreza de Conseil e a força do canadense superavam todos os obstáculos. A uma altura de cerca de nove metros, a natureza do chão mudou, sem se tornar mais praticável. O basalto negro foi substituído por rocha conglomerada e traquito, a primeira espalhada em camadas cheias de bolhas, o último formando prismas regulares, posicionados como colunas apoiando a abóbada do imenso teto, uma amostra admirável de arquitetura natural. Entre os blocos de basalto serpeavam longas correntes de lava, há muito esfriadas, encrostadas com raios betuminosos, e, em alguns lugares, estavam espalhados grandes tapetes de enxofre. Uma luz mais poderosa brilhava através da cratera, jogando um vago fulgor sobre as depressões vulcânicas, eternamente enterradas no seio da montanha extinta. Mas nossa subida logo foi interrompida, a uma altura de cerca de setenta e cinco metros, por obstáculos intransponíveis. Havia um arco abobadado em cima de nós, e nossa subida se transformou em uma caminhada circular. Na última mudança, a vida vegetal começava a lutar com a mineral. Alguns arbustos, e até mesmo umas poucas árvores, cresciam das fraturas nas paredes. Reconheci algumas eufórbias, com a substância cáustica saindo delas; heliotrópios, incapazes de justificar o nome, com seus ramos de flores pendendo tristemente, cor e perfume quase desaparecidos. Aqui e acolá, alguns crisântemos cresciam timidamente, aos pés de uma babosa com folhas longas e de aparência doentia. Mas, entre as correntes de lava, vi algumas violetas pequenas, ainda ligeiramente perfumadas, e admito que as cheirei com gosto. O perfume é a alma da flor, e as flores marinhas não têm alma.

Havíamos chegado ao pé de uns robustos dragoeiros, que tinham empurrado as rochas com suas raízes fortes, quando Ned Land exclamou:

- Ah! Senhor, uma colmeia! Uma colmeia!

- Uma colmeia! – respondi, com um gesto de incredulidade.

- Sim, uma colmeia, – repetiu o canadense, – e abelhas zumbindo ao seu redor.

Aproximei-me, e tive que acreditar em meus próprios olhos. Ali, dentro de um buraco em um dos dragoeiros, havia milhares daqueles insetos engenhosos, tão comuns em todas as Ilhas Canárias, e cujo produto é tão estimado. Naturalmente, o canadense queria pegar o mel, e eu não podia me opor a seu desejo. Ele acendeu um punhado de folhas secas, misturadas com enxofre, com uma faísca de sua pederneira, e começou a forçar as abelhas para fora com a fumaça. O zumbido foi parando gradualmente, e a colmeia acabou dando vários quilos do mais doce mel, com o qual Ned Land encheu seu embornal.

- Quando misturar este mel com a pasta da fruta-pão, - disse ele, - poderei oferecer a vocês um delicioso bolo.

- Puxa vida, – disse Conseil, – será um pão de especiarias.

- Deixem o pão de especiarias para lá, – disse eu, – e vamos continuar nossa caminhada interessante.

A cada curva da trilha que seguíamos, o lago aparecia com todo seu comprimento e toda sua largura. A lanterna iluminava toda a sua pacata superfície, que não continha nem um agito, nem uma onda. O Náutilus continuava perfeitamente imóvel. Sobre a plataforma e na montanha, a tripulação da embarcação trabalhava como sombras pretas claramente delineada em frente à atmosfera luminosa. Estávamos circundando a crista mais alta das primeiras camadas de rocha que seguravam o teto. Então, vi que as abelhas não eram os únicos representantes do reino animal, no interior daquele vulcão. Aves de rapina planavam aqui e acolá, nas sombras, ou saíam voando de seus ninhos nos topos das rochas. Havia gaviões, com suas pernas longas, e várias abetardas belas e gordas. Deixo para que qualquer um imagine a cobiça do canadense ao ver aquelas deliciosas presas, e se ele não lamentou não estar de posse de uma arma. Mas fez o que pode para substituir o chumbo por pedras, e, após muitas tentativas infrutíferas, conseguiu ferir uma magnífica ave. Dizer que ele arriscou a vida vinte vezes antes de conseguir alcançá-la é a verdade, mas foi tão bem-sucedido, que a criatura juntou-se aos favos de mel em sua bolsa. Agora, seríamos obrigados a descer até a costa, pois a crista se tornara impraticável. Acima de nós, a cratera parecia a boca aberta de um poço. Daquele local, podíamos ver o céu claramente, e as nuvens, dissipadas pelo vento oeste, deixavam para trás, até mesmo no cume da montanha, seus restos nebulosos – prova certa de que eram só moderadamente altas, pois o vulcão não estava mais do que duzentos e quarenta metros acima do nível do mar. Meia hora depois da última proeza do canadense, chegamos à margem interna. Ali, a flora era representada por grandes tapetes de cristal marinho, uma planta umbelífera muito boa para fazer conserva, que também leva o nome de fura-pedra e funcho-do-mar. Conseil colheu alguns ramos dela. Quanto à fauna, pode ser contada pelos milhares de crustáceos de todos os tipos, lagostas, caranguejos, caranguejos-aranha, camarões-miméticos, e uma grande quantidade de conchas, peixes cantarilhos e lapas. Quarenta e cinco minutos depois, havíamos terminado a caminhada em círculo, e estávamos a bordo. A tripulação acabara de terminar de carregar o sódio, e o Náutilus poderia ter partido naquele instante. Mas o Capitão Nemo não deu nenhuma ordem. Queria esperar até a noite, e sair da passagem submarina em segredo? Talvez. O que quer que fosse, no dia seguinte, o Náutilus, tendo saído de seu porto, passou longe de qualquer terra, alguns metros debaixo das ondas do Atlântico.

Capítulo 11
O Mar dos Sargaços

Naquele dia, o Náutilus cruzou uma parte singular do Oceano Atlântico. Ninguém pode desconhecer a existência de uma corrente de água quente, conhecida pelo nome de Corrente do Golfo. Após sairmos do Golfo da Flórida, fomos em direção a Spitzbergen. Mas, antes de entrar no Golfo do México, a cerca de 45° de latitude norte, aquela corrente se divide em dois braços, com o principal indo em direção ao litoral da Irlanda e a Noruega, enquanto que a segunda se dobra em direção ao sul, na altura dos Açores; então, encostando no litoral africano e tomando a forma de um oval alongado, volta para as Antilhas. O segundo braço – é mais um colar, do que um braço – cerca com seus círculos de água quente aquela parte do oceano frio, silencioso e imóvel, chamada de Mar dos Sargaços, um verdadeiro lago no Atlântico aberto: não leva menos do que três anos para a grande corrente passar ao redor dele. Assim era a região que o Náutilus estava visitando, um perfeito prado, um tapete apertado de algas marinhas, fucus e frutinhas tropicais, tão grosso e compacto que a proa de uma embarcação mal conseguia abrir caminho por ele. E o Capitão Nemo, não querendo enroscar sua hélice naquela massa de ervas, manteve-se a alguns metros abaixo das ondas. O nome "sargaço" refere-se a um tipo de alga. Esta alga, ou algas-gigantes, são as principais responsáveis pela formação daquele imenso banco. E é este o motivo pelo qual essas plantas se juntam na pacífica bacia do Atlântico. A única explicação que pode ser dada, diz ele, me parece ser o resultado da experiência do mundo todo. Coloque em um vaso alguns fragmentos de rolha, ou outro objeto flutuante, e faça um movimento circular na água do vaso; os fragmentos espalhados se unirão em um grupo no centro da superfície do líquido, quer dizer, na parte menos agitada. No fenômeno que estamos considerando, o Atlântico é o vaso, a Corrente do Golfo a corrente circular, e o Mar dos Sargaços o ponto central em que os corpos flutuantes se juntam.

Compartilho da opinião de Maury, e pude estudar o fenômeno bem em seu meio, onde as embarcações raramente entram. Acima de nós, flutuavam produtos de todos os tipos, amontoados em meio àquelas plantas amarronzadas; troncos de árvores arrancados dos Andes ou das Montanhas Rochosas dos Estados Unidos, trazidos pelos rios Amazonas ou Mississippi; inúmeros naufrágios, restos de quilhas ou cascos de navios, com tábuas laterais misturadas, e tornados tão pesados por conchas e cracas, que não conseguiam subir à superfície novamente. E o tempo um dia justificará a outra opinião de Maury, de que essas substâncias, deste modo acumuladas ao longo das eras, serão petrificadas pela ação da água e formarão minas de carvão inesgotáveis – uma preciosa reserva, preparada pela sábia Natureza, para o momento em que os humanos houverem exaurido as minas dos continentes.

No meio daquela massa inextricável de plantas e algas, reparei em uns charmosos martins-pescadores cor-de-rosa, e anêmonas arrastando seus longos tentáculos atrás de si, assim como medusas, verdes, vermelhas e azuis.

No dia 22 de fevereiro, passamos pelo Mar dos Sargaços, onde os peixes que gostam de plantas marinhas encontram uma abundância de alimentos. No dia seguinte, o oceano tinha voltado a seu aspecto costumeiro. Daquele momento em diante, por dezenove dias, de 23 de fevereiro a 12 de março, o Náutilus ficou no meio do Atlântico, nos carregando a uma velocidade constante de cem léguas, por vinte e quatro horas. O Capitão Nemo evidentemente pretendia cumprir seu cronograma submarino, e imaginei que pretendia, após dobrar o Cabo Horn, voltar para os mares australianos do Pacífico. Ned Land tinha motivos para temer. Naqueles grandes mares, livres de ilhas, não poderíamos tentar fugir da embarcação, tampouco tínhamos qualquer meio de nos opormos à vontade do Capitão Nemo. A única coisa a fazermos era obedecer; mas o que não podíamos obter por força ou astúcia, eu gostava de pensar que podíamos obter por persuasão. Quando a viagem terminasse, será que ele não consentiria em devolver nossa liberdade, com uma promessa de que nunca revelaríamos sua existência? Uma promessa de honra, que cumpriríamos religiosamente. Mas devíamos considerar aquela questão delicada com o Capitão. Poderia eu pedir tal liberdade? Ele mesmo não havia dito, desde o começo, da maneira mais firme, que o segredo de sua vida o forçava a nos prender para sempre a bordo do Náutilus? E meus quatro meses de silêncio não pareceriam para ele uma aceitação tácita de nossa situação? E voltar a abordar o assunto não levantaria suspeitas que atrapalhariam nossos projetos, se, em algum momento futuro, aparecesse uma oportunidade de voltarmos a eles?

Durante os dezenove dias mencionados acima, não aconteceu nenhum incidente que marcasse nossa viagem. Vi pouco o Capitão; ele estava trabalhando. Na biblioteca, encontrava com frequência seus livros deixados abertos, especialmente aqueles sobre história natural. Meu trabalho sobre as profundezas submarinas, lido por ele, estava coberto com observações nas margens, frequentemente contradizendo minhas teorias e sistemas, mas o Capitão se contentava com corrigir meu trabalho daquela forma, raramente discutindo-o comigo. Às vezes, ouvia as notas melancólicas de seu órgão, mas só à noite, no meio da mais profunda escuridão, quando o Náutilus dormia no oceano deserto. Durante aquela parte de nossa viagem, navegamos por dias na superfície das ondas. O mar parecia abandonado. Algumas embarcações, a caminho da Índia, dirigiam-se ao Cabo da Boa Esperança. Um dia, fomos seguidos pelos barcos de um baleeiro, que, sem dúvida, nos confundiu com uma enorme baleia, de grande valor, mas o Capitão Nemo não queria que os valentes camaradas desperdiçassem seu tempo, então encerrou a perseguição mergulhando sob as águas. Nossa navegação continuou até 13 de março; naquele dia, o Náutilus estava ocupado fazendo sondagens, o que me interessou muito. Havíamos percorrido, até aquele momento, cerca de 13.000 léguas, desde nossa partida dos altos mares do Oceano Pacífico. As medidas indicaram que nossa localização era 45° 37' de latitude sul e 37° 53' de longitude oeste. Eram as mesmas águas em que o Capitão Denham, do navio Herald, sondou 7.000 braças, sem encontrar o fundo. Ali também o Tenente Parker, da fragata americana Congress, não conseguira chegar ao fundo, com 15.140 braças. O Capitão Nemo pretendia procurar o fundo do oceano com uma diagonal suficientemente alongada por planos laterais, posicionados a um ângulo de 45°, com a linha d'água do Náutilus. Então, a hélice começou a trabalhar em velocidade máxima, suas quatro pás batendo nas ondas com força indescritível. Sob aquela pressão poderosa, o casco do Náutilus tremia como uma corda sonora, e mergulhava regularmente sob as águas.

A 7.000 braças, vi uns topos pretos emergindo das águas, mas poderiam pertencer a montanhas altas como os Himalaias ou o Mont Blanc, até mesmo mais altos, e a profundidade do abismo continuava incalculável. O Náutilus desceu ainda mais, apesar da grande pressão. Senti as placas de aço tremer, onde os parafusos as uniam; suas barras se dobravam, suas partições gemiam; as janelas do salão pareciam se curvar sob a pressão da água. E a estrutura firme teria, sem dúvida, cedido, se, como o Capitão havia dito, não fosse capaz de resistir como um bloco sólido. Havíamos atingido uma profundidade de 15.000 metros (quatro léguas), e as laterais do Náutilus estavam suportando uma pressão de 1.600 atmosferas, quer dizer, 1.450 quilos, para cada centímetro quadrado de sua superfície.

- Que situação para se estar! – exclamei. – Percorrer estas regiões, onde o homem nunca pisou! Olhe, Capitão, olhe para estas rochas magníficas, estas grutas inabitadas, estes receptáculos mais baixos do globo, onde a vida não pode mais existir! Que visões desconhecidas existem aqui! Por que não deveríamos preservar alguma lembrança delas?

- Gostaria de levar mais do que uma lembrança? – perguntou o Capitão Nemo.

- O que quer dizer com isto?

- Quero dizer que nada é mais fácil do que obter uma vista fotográfica desta região submarina.

Não tive tempo de expressar minha surpresa com esta proposta, quando, ao chamado do Capitão Nemo, uma lente objetiva foi trazida ao salão. Através do painel, bem aberto, a massa de água estava brilhante com eletricidade, distribuída tão uniformemente que nenhuma sombra, nenhuma gradação, podia ser vista em nossa luz fabricada. O Náutilus ficou imóvel, a força de sua hélice diminuída pela inclinação de seus planos; o instrumento foi colocado em pé no fundo do local oceânico e, dentro de alguns segundos, tínhamos obtido um negativo perfeito.

Porém, quando a operação havia acabado, o Capitão Nemo disse:

- Vamos subir; não podemos abusar de nossa posição, nem expor o Náutilus a tamanha pressão por muito tempo.

- Subir de volta!

- Segure-se firme.

Não tive tempo para entender por que o Capitão me dera aquele alerta, quando fui jugado de frente sobre o tapete. A um sinal do Capitão, a hélice voltou a se mover, com suas pás levantando-se na vertical; o Náutilus disparou como um balão, subindo com uma rapidez surpreendente e cortando as águas com uma agitação sonora. Nada era visível, e, dentro de quatro minutos, havia subido as quatro léguas que o separavam da superfície, e, após emergir como um peixe-voador, caiu, fazendo as ondas ricochetearem a uma altura enorme.

Capítulo 12
Cachalotes e baleias

Durante as noites de 13 e 14 de março, o Náutilus voltou para sua rota em direção ao sul. Imaginei que, quando estava na altura do Cabo Horn, viraria em direção ao oeste, para navegar pelos mares do Pacífico, completando, assim, sua viagem ao redor do mundo. Não fez nada disso, e sim continuou em direção às regiões do sul. Para onde iria? Para o polo? Era loucura! Comecei a pensar que a temeridade do Capitão justificava os medos de Ned Land. Já fazia algum tempo que o canadense não falava comigo sobre seus projetos de fuga; estava menos comunicativo, quase que calado. Eu percebia que aquela longa prisão estava pesando sobre ele, e sentia que sua raiva o consumia por dentro. Quando se encontrava com o Capitão, seus olhos se acendiam com ódio reprimido, e eu temia que sua violência natural o levasse a cometer algum ato extremo. Naquele dia, 14 de março, Conseil e ele vieram até minha cabine. Perguntei o motivo da visita.

- Temos uma simples pergunta a fazer, senhor – respondeu o canadense.

- Diga, Ned.

- Quantos homens, você acha, há a bordo do Náutilus?

- Não sei dizer, amigo.

- Eu diria que sua administração não exige uma tripulação grande.

- Certamente que, sob as atuais circunstâncias, dez homens, no máximo, devem ser suficientes.

- Bem, por que haveria mais?

- Por que? – respondi, olhando fixamente para Ned Land, cuja intenção era fácil de adivinhar. – Porque – acrescentei – se minhas inferências estão corretas, e se compreendi bem a existência do Capitão, o Náutilus não é só uma embarcação, é também um refúgio para aqueles que, como seu comandante, cortaram todos os laços com a terra.

- Talvez, – disse Conseil, – mas, em todo caso, o Náutilus só consegue comportar uma certa quantidade de homens. Não consegue, senhor, estimar o máximo?

- Como, Conseil?

- Calculando, dado o tamanho da embarcação, que o senhor sabe qual é, e consequentemente a quantidade de ar que contém, sabendo também quanto cada homem gasta com uma respiração, e comparando esses resultados com o fato de que o Náutilus é obrigado a subir à superfície a cada vinte e quatro horas.

Conseil nem havia terminado a frase, antes de eu perceber o que ele queria dizer.

- Compreendo, – disse eu, – mas este cálculo, apesar de simples, só pode nos dar um resultado bastante incerto.

- Não tem problema – disse Ned Land, urgentemente.

- Aqui vai, então – disse eu. – Em uma hora, cada homem consome o oxigênio contido em vinte galões de ar, e, em vinte e quatro, o contido em 480 galões. Devemos, portanto, descobrir quantas vezes 480 galões de ar o Náutilus contém.

- Exatamente – disse Conseil.

- Ou, – continuei, – já que o Náutilus tem 1.500 toneladas, e uma tonelada comporta 200 galões, ele contém 300.000 galões de ar, os quais, divididos por 480, dão um quociente de 625. Isso significa que, estritamente falando, o ar contido no Náutilus é suficiente para 625 homens, por vinte e quatro horas.

- Seiscentos e vinte e cinco! – repetiu Ned.

- Mas lembrem-se que todos nós, incluindo os passageiros, marinheiros e oficiais, não chegamos a um décimo disso.

- Ainda é gente demais para três homens – murmurou Conseil.

O canadense sacudiu a cabeça, passou a mão pela testa e saiu do quarto sem responder.

- Permite-me fazer uma observação, senhor? – disse Conseil. – O pobre Ned está ansiando por tudo o que não pode ter. Sua vida pregressa está sempre presente em sua mente; sente falta de tudo o que nos é proibido. Sua cabeça está cheia de velhas lembranças. E precisamos compreendê-lo. O que ele tem para fazer aqui? Nada! Não é um erudito como o senhor, não tem o mesmo gosto pelas belezas do mar que nós temos. Ele arriscaria tudo para poder entrar mais uma vez em uma taberna, em seu próprio país.

Certamente, a monotonia a bordo deveria parecer intolerável para o canadense, acostumado que estava com uma vida de liberdade e atividade. Eram raros os eventos que o animavam a ponto de demonstrar qualquer vivacidade, mas, naquele dia, um evento ocorreu, que lembrou os dias de glória do arpoador. Cerca de onze horas da manhã, na superfície do oceano, o Náutilus emparelhou com um grupo de baleias – encontro este que não me surpreendeu, sabendo que aquelas criaturas, caçadas até a morte, haviam se refugiado nas altas latitudes.

Estávamos sentados na plataforma, com o mar calmo. O mês de outubro, naquelas latitudes, nos dava uns lindos dias outonais. Foi o canadense – que não podia estar enganado – que sinalizou uma baleia no horizonte a oeste. Olhando atentamente, podíamos ver suas costas escuras subindo e descendo com as ondas, a cerca de 8 quilômetros do Náutilus.

- Ah! – exclamou Ned. – Se eu estivesse a bordo de um baleeiro, este encontro me daria muito prazer. É uma grande. Vejam com que força seus orifícios de respiração jogam colunas de ar e vapor para cima! Diabos, por que estou preso nestas placas de aço?

- Como assim, Ned, – disse eu, – esqueceu-se de suas ideias de pescar?

- Um caçador de baleias consegue esquecer sua antiga profissão, senhor? Consegue se cansar das emoções causadas por tal perseguição?

- Nunca pescou nestes mares, Ned?

- Nunca, senhor, só no do norte, e tanto no Estreito de Bering quanto no de Davis.

- Então a baleia do sul ainda lhe é desconhecida. É a baleia da Groenlândia que caçou até hoje, e ela não arrisca passar pelas águas mornas do equador. As baleias ficam localizadas, de acordo com seus tipos, em certos mares, dos quais nunca saem. E, se uma dessas criaturas fosse do Estreito de Bering para o de Davis, seria somente porque há uma passagem de um mar para o outro, do lado americano ou asiático.

- Neste caso, já que nunca cacei nestes mares, não sei que tipo de baleia os frequenta!

- Já te contei, Ned.

- Mais um motivo para se apresentar a elas – disse Conseil.

- Olhem! Olhem! – exclamou o canadense. – Estão se aproximando, elas me provocam. Sabem que não consigo pegá-las!

Ned bateu os pés. Suas mãos tremiam enquanto agarrava um arpão imaginário.

- Estes cetáceos são tão grandes quanto os dos mares do norte? – perguntou.

- Quase, Ned.

- Porque já vi baleias maiores, senhor, baleias que mediam trinta metros. Já me disseram também que as de Hullamoch e Umgallick, das Ilhas Aleutas, podem chegar a quarenta e cinco metros de comprimento.

- Isso me parece um exagero. Estas criaturas são só balaenopteras, com barbatanas dorsais, e, como os cachalotes, costumam ser muito menores do que a baleia da Groenlândia.

- Ah! – exclamou o canadense, que não tirara os olhos do oceano. – Estão vindo mais perto, estão nas mesmas águas que o Náutilus.

E então, voltando para a conversa, ele disse:

- O senhor falou do cachalote como uma criatura pequena. Ouvi falar sobre umas gigantes. São cetáceos inteligentes. Diz-se de algumas delas que se cobrem com algas marinhas e fucus, e são confundidas com ilhas. As pessoas acampam sobre elas, e lá se estabelecem, acendem fogueiras...

- E constroem casas – disse Conseil.

- Sim, seu piadista – disse Ned Land. – E, num belo dia, a criatura mergulha, carregando com ela todos os habitantes para o fundo do mar.

- Algo como as viagens de Simbad, o marujo – respondi, rindo.

- Ah! – exclamou Ned Land, repentinamente. – Não é uma baleia só. São dez – são vinte – é uma tropa inteira! E eu, sem poder fazer nada! Mãos e pés atados!

- Mas, caro Ned, – disse Conseil, – por que não pede a permissão do Capitão Nemo para caçá-las?

Conseil nem havia terminado de falar, quando Ned Land desceu pelo painel para ir atrás do Capitão. Alguns minutos depois, os dois apareceram juntos na plataforma.

O Capitão Nemo observava o grupo de cetáceos brincando nas águas, a cerca de dois quilômetros do Náutilus.

- São baleias do sul – disse ele. – Ali está a fortuna de uma frota inteira de baleeiros.

- Bom, senhor, – perguntou o canadense, – não posso caçá-las, nem que seja só para me lembrar de minha antiga profissão de arpoador?

- Com que propósito? – respondeu o Capitão Nemo. – Só para destruir! Não usamos o óleo de baleia para nada, a bordo.

- Mas senhor – continuou o canadense, - no Mar Vermelho permitiu que seguíssemos o dugongo.

- Naquela ocasião, foi para conseguir carne fresca para minha tripulação. Aqui, seria matar por matar. Sei que isso é um privilégio reservado para os seres humanos, mas não aprovo este passatempo assassino. Ao destruir a baleia do sul (assim como a baleia da Groenlândia, criatura inofensiva), seus comerciantes cometem atos repreensíveis, Sr. Land. Já acabaram com a população da Baía de Baffin inteira, e estão aniquilando uma classe de animais úteis. Deixe os cetáceos infelizes em paz. Eles têm inúmeros inimigos naturais: cachalotes, peixes-espada e peixes-serra, sem que você os incomode.

O Capitão estava certo. A ganância bárbara e insensível daqueles caçadores um dia causará o desaparecimento da última baleia do oceano. Ned

Land assobiou "Yankee-doodle[19]" por entre os dentes, enfiou as mãos nos bolsos e virou-se de costas para nós. Mas o Capitão Nemo observava o grupo de cetáceos, e, dirigindo-se a mim, disse:

- Eu estava certo em dizer que as baleias têm inimigos naturais o suficiente, sem contar o homem. Estas aqui logo estarão ocupadas. Vê, Monsieur Aronnax, cerca de dez quilômetros a sotavento, aqueles pontos escuros que se movem?

- Sim, Capitão.

- São cachalotes: animais terríveis, que já encontrei em grupos de duzentos ou trezentos. Quanto a eles, são criaturas cruéis e perniciosas, as pessoas fariam bem em extermina-las.

O canadense virou-se rapidamente, ao ouvir estas últimas palavras.

- Bem, Capitão, – disse ele, – ainda dá tempo, pelo bem das baleias.

- É inútil se expor, Professor. O Náutilus as dispersará. Está armado com um esporão de aço, tão bom quanto o arpão do Sr. Land, imagino.

O canadense não fez nem o esforço de dar de ombros. Atacar cetáceos com golpes de esporão! Onde já se vira?

- Esperem, Monsieur Aronnax – disse o Capitão Nemo. – Lhe mostraremos algo que nunca viu. Não temos pena dessas criaturas ferozes. Não são nada além de bocas e dentes.

Bocas e dentes! Não havia descrição melhor do macrocéfalo cachalote, que, às vezes, mede mais de vinte metros. Sua cabeça enorme ocupa um terço de seu corpo todo. Melhor armada do que a baleia, cuja mandíbula superior só tem osso, a cachalote é equipada com vinte e cinco grandes presas, de cerca de vinte centímetros de comprimento, cilíndricos e cônicos na parte de cima, cada um pesando um quilo. É na parte superior de sua enorme cabeça, em grandes cavidades, divididas por cartilagens, que se encontram de duzentos e setenta a trezentos e sessenta quilos daquele precioso óleo chamado espermacete. A cachalote é uma criatura desagradável, mais girino do que peixe, de acordo com a descrição de Fredol. É malformada, com seu lado esquerdo inteiro sendo (por assim dizer) uma "falha", e só consegue enxergar com o olho direito. Mas o formidável grupo se aproximava de nós. Haviam visto as baleias e se preparavam para ata-

[19] N. da T.: Canção tradicional americana.

cá-las. Podia-se imaginar, com antecedência, que os cachalotes sairiam vitoriosas, não só porque tinham a constituição mais adequada para o ataque do que suas adversárias inofensivas, como também porque conseguiam ficar mais tempo debaixo d'água sem ter que subir para respirar. Havia o tempo exato para sair em auxílio das baleias. O Náutilus submergiu. Conseil, Ned Land e eu nos posicionamos na frente da janela do salão, e o Capitão Nemo se juntou ao piloto em sua cabine, para mexer nos aparelhos, como um instrumento de destruição. Logo comecei a sentir a hélice girar mais rápido, e nossa velocidade aumentou. A batalha entre os cachalotes e as baleias já começara, quando o Náutilus chegou. Primeiro, não demonstraram medo ao ver aquele novo monstro se juntar ao conflito, mas logo tiveram que se proteger de seus golpes. Que batalha! O Náutilus não era nada além de um formidável arpão, brandido pelas mãos de seu Capitão. Se jogava contra a massa carnuda, passando de um lado para o outro, deixando para trás duas metades trêmulas do animal. Não conseguia sentir os formidáveis golpes das caudas dos animais sobre suas laterais, nem o choque que ele mesmo produzia. Tendo matado uma cachalote, corria para a próxima, parando no lugar para não perder a presa, indo para a frente e para trás, respondendo ao leme, mergulhando quando o cetáceo descia para águas mais profundas, subindo com ele quando voltava para a superfície, chocando-se contra ele de frente ou de lado, cortando ou dilacerando em todas as direções e todas as velocidades, furando-o com seu terrível esporão. Que carnificina! Que barulho na superfície das ondas! Que sibilos cortantes, e que ronco peculiar daqueles animais enfurecidos! No meio daquelas águas, geralmente tão pacíficas, suas caudas causavam verdadeiras ondulações. Durante uma hora, aquele massacre a granel continuou, do qual os cachalotes não puderam escapar. Várias vezes, dez ou doze unidas tentaram esmagar o Náutilus com seu peso. Da janela, podíamos ver suas enormes bocas, cheias de presas, e seus formidáveis olhos. Ned Land não conseguia se conter; as ameaçava e xingava. Podíamos senti-las se agarrando à nossa embarcação como cachorros mordendo um javali selvagem em uma clareira. Mas o Náutilus, usando sua hélice, as carregava de um canto para o outro, ou para os níveis superiores do oceano, sem se importar com seu enorme peso, nem com a pressão sobre a embarcação. Finalmente, a massa de cachalotes se dispersou, as ondas se aquietaram e senti que estávamos subindo à superfície. O painel se abriu e corremos para a plataforma. O mar estava coberto com corpos mutilados. Uma explosão formidável não poderia ter dividido e rasgado aquela massa carnuda com mais violência. Estávamos flutuando em meio a corpos gigantescos, azulados nas costas e brancos na barriga, cobertos por enormes protuberâncias. Alguns cachalotes aterrorizados fugiam em direção ao horizonte. As ondas estavam tingidas de vermelho por quilômetros, e o Náutilus flutuava em um mar de sangue. O Capitão Nemo se juntou a nós.

- E então, Sr. Land? – disse ele.

- Bom, senhor, - respondeu o canadense, cujo entusiasmo se abatera um pouco, - é um espetáculo terrível, certamente. Mas não sou um carniceiro. Sou um caçador, e chamo isso de carnificina.

- É um massacre de criaturas perniciosas, – respondeu o Capitão, - e o Náutilus não é uma faca de açougueiro.

- Prefiro meu arpão – disse o canadense.

- Cada um com sua opinião – respondeu o Capitão, olhando fixamente para Ned Land.

Temi que ele fosse cometer algum ato de violência, que teria consequências infelizes. Mas sua raiva foi redirecionada ao avistar uma baleia, com a qual o Náutilus acabara de emparelhar. A criatura não tinha escapado totalmente dos dentes de um cachalote. reconheci a baleia do sul por sua cabeça achatada, que é inteiramente branca. Anatomicamente, distingue-se da baleia branca e da baleia do Cabo Norte pelas sete vértebras cervicais, e tem duas costelas a mais do que suas congêneres. O cetáceo desafortunado estava deitado de lado, cheio de buracos de mordida, e completamente morto. De sua barbatana mutilada, ainda pendia uma baleia jovem, que não conseguira salvar do massacre. Sua boca aberta deixava a água fluir para dentro e para fora, murmurando como as ondas se quebrando contra a costa. O Capitão Nemo dirigiu a embarcação para perto do corpo da criatura. Dois de seus homens subiram em seu lado, e eu vi, com muita surpresa, que estavam tirando de seus seios todo o leite que continham, quer dizer, cerca de duas ou três toneladas. O Capitão me ofereceu um copo do leite, que ainda estava morno. Não consegui esconder minha repugnância pela bebida, mas ele me assegurou que era excelente, e nada diferente do leite de vaca. Provei, e concordei com ele. Era uma reserva útil para nós, pois, transformado em manteiga ou queijo, seria uma variedade agradável de nossos alimentos costumeiros. Daquele dia em diante, reparei com ansiedade que a má vontade de Ned Land em relação ao Capitão Nemo aumentara, e resolvi ficar de olho nos gestos do canadense.

Capítulo 13
O iceberg

O Náutilus continuava firme em sua rota para o sul, seguindo o quinquagésimo meridiano com uma velocidade considerável. Queria chegar ao polo? Eu achava que não, pois toda tentativa de chegar a tal ponto havia, até então, falhado. Novamente, a estação estava bem adiantada, pois nas regiões antárticas, o dia 13 de março corresponde ao dia 13 de setembro nas regiões nortenhas, início da estação equinocial. No dia 14 de março, vi gelo flutuando na latitude 55°, meros pedaços pálidos de detritos, com seis ou sete metros de comprimento, formando bancos sobre os quais o mar ondulava. O Náutilus ficou na superfície do oceano. Ned Land, que já pescara no Mar Ártico, estava familiarizado com seus icebergs, mas Conseil e eu os admiramos pela primeira vez. Na atmosfera, em direção ao horizonte, estendia-se uma faixa branca brilhante. Os baleeiros ingleses a batizaram de "ice blink[20]". Por mais grossas que as nuvens sejam, ela está sempre visível, e anuncia a presença de um aglomerado ou banco de gelo. Deste modo, blocos maiores logo apareceram, cujo brilho mudava com os caprichos da névoa. Algumas daquelas massas exibiam veios verdes, como se longas linhas ondulantes houvessem sido traçadas com sulfato de cobre; outros pareciam enormes

[20]N. da T.: Reflexo brilhante da luz do sol, especialmente em regiões polares, causado por gelo em águas distantes.

ametistas, com a luz brilhando através deles. Alguns refletiam a luz do dia sobre milhares de facetas de cristal. Outros, com tons vívidos de reflexos calcários, lembravam uma perfeita cidade de mármore. Quanto mais nos aproximávamos do sul, mais aquelas ilhas flutuantes aumentavam, em número e importância.

A 60° de latitude, toda passagem desaparecera. Mas, procurando cuidadosamente, o Capitão Nemo logo encontrou uma abertura estreita, para dentro da qual deslizou ousadamente, sabendo, contudo, que iria se fechar atrás dele. Assim, guiado por suas mãos espertas, o Náutilus passou por todo o gelo, com uma precisão que encantou Conseil; icebergs ou montanhas, campos de gelo ou planícies calmas, parecendo não ter limites, pedaços ou blocos de gelo flutuantes, planícies quebradas, chamadas de palch quando são circulares, e correntes quando são feitas de longas faixas. A temperatura era bem baixa; o termômetro exposto ao ar marcava 18° ou 19° abaixo de zero, mas estávamos aquecidos com roupas de pelo, às custas de ursos e focas do mar. O interior do Náutilus, aquecido regularmente por seus aparelhos elétricos, desafiava o mais intenso frio. Além disso, só teria sido necessário descer a alguns metros abaixo das ondas para encontrar uma temperatura mais tolerável. Dois meses antes, teríamos tido luz do dia permanente naquelas latitudes, mas já tínhamos três ou quatro horas de noite, e logo haveria seis meses de escuridão naquelas regiões circumpolares. No dia 15 de março, estávamos na altitude de New Shetland e South Orkney. O Capitão me disse que, antigamente, diversos grupos de focas as habitavam, mas que baleeiros ingleses e americanos, em sua ânsia por destruição, massacraram velhas e jovens; deste modo, onde antes havia vida e animação, haviam deixado silêncio e morte.

Cerca de oito horas da manhã do dia 16 de março, o Náutilus, seguindo pelo quinquagésimo quinto meridiano, cortou o Círculo Polar Antártico. Gelo nos cercava por todos os lados, e fechava o horizonte. Mas o Capitão Nemo ia de uma abertura para a outra, subindo ainda mais. Não consigo expressar minha surpresa com as belezas daquelas novas regiões. O gelo tomava as formas mais surpreendentes. Aqui, o agrupamento formava uma cidade oriental, com inúmeras mesquitas e minaretes; acolá, uma cidade caída, derrubada, por assim dizer, por alguma convulsão da natureza. Todo o aspecto mudava constantemente, pelos raios oblíquos do sol, ou por se perderem em meio a furacões de neve. Detonações e quedas eram ouvidas por todos os lados, grandes derrubadas de icebergs, que alteravam todo o cenário, como um diorama. Frequentemente, sem ver uma saída, pensei que éramos, definitivamente, prisioneiros, mas, com seu instinto o guiando com base na menor indicação, o Capitão Nemo descobria uma nova passagem. Nunca se enganou, quando viu os pequenos trechos de água azulada correndo em meio aos campos de gelo; e não tive dúvidas de que ele já havia se aventurado no meio daqueles mares antárticos. Entretanto, no dia 16 de março, os campos de gelo absolutamente bloquearam nosso caminho. Não era o iceberg em si, por enquanto, mas vastos campos cimentados pelo frio. Mas aquele obstáculo não conseguia parar o Capitão Nemo; ele se jogou de encontro a ele, com uma violência assustadora. O Náutilus entrou na massa quebradiça como uma cunha, e a quebrou ao meio com um barulho ensurdecedor. Era o aríete dos antigos, impulsionado por uma força infinita. O gelo, arremessado no ar, caía como granizo ao nosso redor. Por seu próprio poder de impulso, nosso aparelho fez um canal para si mesmo, às vezes, carregado por seu próprio ímpeto, ficava preso no campo de gelo, esmagando-o com seu peso, e às vezes se enterrava sob ele, dividindo-o com um simples movimento de arremesso, produzindo grandes rachaduras nele. Ventanias violentas nos assolavam, naquele momento, acompanhadas por névoas cerradas, através das quais, de uma extremidade da plataforma para a outra, não conseguíamos ver nada. O vento soprava forte, de todos os lados da bússola, e a neve caía em montes tão pesados, que tivemos que quebrá-los com golpes de picareta. A temperatura estava sempre a 20° abaixo de zero; todas as partes externas do Náutilus estavam cobertas de gelo. Uma embarcação de velas teria ficado enroscada nos desfiladeiros bloqueados. Só uma embarcação sem velas, com eletricidade como força motriz, e sem precisar de carvão, conseguiria desbravar aquelas altitudes altas. Finalmente, no dia 18 de março, após muitos ataques inúteis, o Náutilus ficou positivamente bloqueado. Não havia mais correntes, blocos ou campos de gelo, mas uma barreira interminável e imóvel, formada por montanhas grudadas.

- Um iceberg! – disse o canadense para mim.

Eu sabia que, para Ned Land, assim como para todos os outros navegadores que nos tinham precedido, este era um obstáculo inevitável. O sol tendo aparecido por um instante ao meio-dia, o Capitão Nemo tomou as medidas mais precisas possíveis, que nos informaram que nossa localização era 51° 30' de longitude e 67° 39' de latitude sul. Havíamos avançado mais um grau, naquela região antártica. Da superfície líquida do mar, não havia mais nem um vislumbre. Sob o esporão do Náutilus estendia-se uma vasta planície, entrelaçada com blocos confusos. Aqui e acolá, havia pontas afiadas e agulhas finas, elevando-se a uma altura de sessenta metros; mais para a frente, uma costa inclinada, como que escavada com um machado e cheia de tons acinzentados; enormes espelhos, refletindo alguns raios de sul, meio afogados pela névoa. E, sobre aquela face desolada da natureza, um silêncio austero reinava, raramente interrompido pelo bater de asas de araus-de-crista e almas-de-mestre. Tudo estava congelado – até mesmo o som. O Náutilus foi, então, obrigado a parar seu caminho aventureiro em meio àqueles campos de gelo. Apesar de nossos esforços, apesar dos poderosos meios usados para quebrar o gelo, o Náutilus continuava imóvel. Geralmente, quando não conseguimos mais ir em frente, ainda temos a possibilidade de voltar, mas aqui, voltar era tão impossível quanto avançar, pois todas as passagens haviam se fechado atrás de nós; e, pelos poucos momentos em que ficamos parados, havia a probabilidade de ficarmos inteiramente bloqueados, o que realmente aconteceu, lá pelas duas da tarde, com gelo novo se formando ao nosso redor, com surpreendente rapidez. Fui obrigado a admitir que o Capitão Nemo fora mais do que imprudente. Eu estava na plataforma naquele momento. O Capitão observara a nossa situação há algum tempo, quando me disse:

- Bem, senhor, o que acha disso?

- Acho que estamos presos, Capitão.

- Então, Monsieur Aronnax, pensa mesmo que o Náutilus não consegue se desvencilhar?

- Com dificuldade, Capitão, pois a estação já está adiantada demais, para que você conte com a quebra do gelo.

- Ah, senhor! – disse o Capitão Nemo, em tom irônico. – Você não muda. Não vê nada além de dificuldades e obstáculos. Afirmo que não só o Náutilus consegue se desvencilhar, como também seguir em frente.

- Em direção ao sul? – perguntei, olhando para o Capitão.

- Sim, senhor, ele irá até o polo.

- Até o polo! – exclamei, incapaz de reprimir um gesto de incredulidade.

- Sim, – respondeu o Capitão, friamente, – até o polo antártico, aquele ponto desconhecido de onde saem todos os meridianos do globo. Sabe que faço o que quiser com o Náutilus!

Sim, eu sabia disso. Sabia que aquele homem era ousado, a ponto de ser imprudente. Mas superar aqueles obstáculos que circundavam o Polo Sul, fazendo com que ele fosse ainda mais inacessível do que o Polo Norte, que ainda não tinha sido alcançado pelos mais ousados navegadores – não seria um empreendimento louco, que só um maníaco poderia ter concebido? Me ocorreu, então, perguntar ao Capitão Nemo se ele já havia descoberto aquele polo, sobre o qual nenhum ser humano havia pisado.

- Não, senhor, – respondeu, – mas o descobriremos juntos. Onde outros falharam, eu não falharei. Nunca levei meu Náutilus tão para dentro dos mares do sul, mas, repito, ele ainda irá mais longe.

- Posso acreditar, Capitão – disse eu, em um tom ligeiramente irônico. – Acredito em você! Vamos em frente! Não há obstáculos para nós! Vamos quebrar este iceberg! Vamos explodi-lo, e, se ele resistir, vamos dar ao Náutilus asas para voar sobre ele!

- Sobre ele, senhor! – disse o Capitão Nemo, em voz baixa. – Não, sobre ele, não, por baixo dele!

- Por baixo dele! – exclamei, uma ideia repentina sobre os projetos do Capitão passando por minha cabeça. Compreendi, as maravilhosas qualidades do Náutilus nos seriam úteis naquele empreendimento sobre-humano.

- Vejo que estamos começando a nos entender, senhor – disse o Capitão, com um ligeiro sorriso. – Você começa a ver a possibilidade – ou, devo dizer, o sucesso – desta tentativa. O que é impossível para uma embarcação comum, é fácil para o Náutilus. Se houver um continente na frente do polo, ele precisa parar ao chegar no continente, mas se, pelo contrário, o polo estiver cercado pelo mar aberto, ele chega até mesmo no polo.

- Certamente – disse eu, arrebatado pelo raciocínio do Capitão. – Se a superfície do mar estiver solidificada pelo gelo, as profundidades maiores estão livres, pela lei providencial que colocou a densidade máxima das águas do oceano um grau mais alto do que o ponto de congelamento, e, se não estou enganado, a parte deste iceberg acima d'água é quatro vezes menor do que a que está abaixo.

- Quase isso, senhor, para cada metro de iceberg acima do mar, há três abaixo dele. Se essas montanhas de gelo não estão a mais de noventa metros acima da superfície, não estão a mais de duzentos e setenta abaixo. E o que são duzentos e setenta metros para o Náutilus?

- Nada, senhor.

- Ele pode até mesmo buscar, em profundidades maiores, aquela temperatura uniforme da água, e lá desbravar incólume os -1 ou 4 graus de frio.

- Verdade, senhor, verdade – respondi, me animando.

- A única dificuldade – continuou o Capitão Nemo – é ficar diversos dias sem renovar nossa provisão de ar.

- Só isso? O Náutilus tem reservatórios vastos, podemos enchê-los, e eles nos fornecerão todo o oxigênio que quisermos.

- Bem pensado, Monsieur Aronnax – respondeu o Capitão, sorrindo. – Mas, sem querer que o senhor me acuse de imprudência, primeiro lhe direi todas as minhas objeções.

- Tem mais alguma a fazer?

- Só uma. É possível, se existe mar no Polo Sul, que esteja coberto, e, consequentemente, não conseguiremos voltar à superfície.

- Bom, senhor! Mas esqueceu que o Náutilus está armado com um poderoso esporão? Podíamos enterrá-lo diagonalmente nesses campos de gelo, que se abririam com a colisão.

- Ah, o senhor está cheio de ideias, hoje.

- Além disso, Capitão, – acrescentei, entusiasmado, – por que não encontraríamos o mar aberto no Polo Sul, como é no Norte? Os polos congelados da Terra não coincidem, nas regiões do norte ou do sul, e, até que se prove o contrário, podemos supor que há um continente ou oceano livre de gelo nesses dois pontos do globo.

- Também acho que sim, Monsieur Aronnax – respondeu o Capitão Nemo. – Só quero que observe que, após ter feito tantas objeções ao meu projeto, agora está me derrotando com argumentos a seu favor!

As preparações para a audaciosa tentativa começaram. As poderosas bombas do Náutilus estavam mandando ar para dentro dos reservatórios, e armazenando-o a uma alta pressão. Lá pelas quatro horas, o Capitão Nemo anunciou que fecharia os painéis da plataforma. Dei uma última olhada para o enorme iceberg que estávamos prestes a cruzar. O tempo estava límpido, a atmosfera pura o suficiente, e o frio enorme, 24 graus abaixo de zero. Mas, a ventania tendo abatido, a temperatura não estava tão insuportável. Cerca de dez homens subiram pelas laterais do Náutilus, armados com picaretas para quebrar o gelo grudado nele, o que foi logo feito. A operação foi realizada rapidamente, pois o gelo fresco ainda estava bem fino. Todos nós descemos. Os reservatórios de costume estavam cheios com a água recém-liberada, e o Náutilus logo desceu. Eu havia tomado meu lugar ao lado de Conseil, no salão, através da janela aberta, podíamos ver os leitos mais baixos do oceano sul. A temperatura no termômetro subiu, e a agulha da bússola se desviou no mostrador. A cerca de duzentos e setenta metros, como o Capitão Nemo havia previsto, flutuávamos debaixo do fundo ondulante do iceberg. Mas o Náutilus foi ainda mais baixo – desceu a uma profundidade de quatrocentas braças. A temperatura da água na superfície era de 12 graus negativos, agora, só estava a 11 graus negativos. Havíamos ganhado um. Nem preciso dizer que a temperatura do Náutilus era aumentada, por seu aparelho de aquecimento, a um grau muito mais alto; toda manobra era feita com maravilhosa precisão.

- Vamos passar, se acredita, senhor – disse Conseil.

- Creio que iremos – disse eu, em um tom de convicção firme.

Naquele mar aberto, o Náutilus dirigira-se diretamente para o polo, sem sair do quinquagésimo quinto meridiano. De 67° 30' a 90°, ainda tínhamos vinte dois graus e meio de latitude a viajar, isto é, aproximadamente quinhentas léguas. O Náutilus manteve uma velocidade média de quarenta e dois quilômetros por hora – a velocidade de um trem expresso. Se continuasse assim, chegaríamos ao polo dentro de quarenta e oito horas.

Por uma parte da noite, a novidade da situação nos manteve na janela. O mar estava iluminado pela lanterna elétrica, porém deserto. Os peixes não se aventuram naquelas águas presas, só encontram lá uma passagem para levá-los do Oceano Antártico ao mar polar aberto. Nosso ritmo era rápido, podíamos senti-lo pela vibração do longo corpo de aço. Cerca de duas horas da manhã, repousei por algumas horas, e Conseil fez o mesmo. Ao cruzarmos a embarcação, não encontrei o Capitão Nemo; supus que estivesse na cabine do piloto. Na manhã seguinte, dia 19 de março, retomei meu posto no salão. O registro elétrico me dizia que o Náutilus diminuíra a velocidade. Estava, naquele momento, indo em direção à superfície, mas prudentemente esvaziando seus reservatórios bem lentamente. Meu coração batia mais rápido. Emergiríamos e voltaríamos à atmosfera polar aberta? Não! Um choque me disse que o Náutilus batera no fundo do iceberg, ainda bem grosso, a julgar pelo baque surdo. Tínhamos mesmo "colidido", para usar uma expressão marítima, mas em sentido inverso, e a trezentos metros de profundidade. Isso indicava que havia noventa metros de gelo acima de nós, trezentos sendo acima da marca d'água. O iceberg era, então, mais alto do que em suas beiradas – um fato que não era muito reconfortante. Diversas vezes naquele dia, o Náutilus tentou de novo, e todas as vezes bateu no paredão que era como um teto, acima dele. Às vezes, colidia contra oitocentos metros, só cento e oitenta dos quais estavam sobre a superfície. Estava com duas vezes a altura que tinha quando o Náutilus desceu sob as ondas. Anotei cuidadosamente as diferentes profundidades e, deste modo, obtive um perfil submarino da cadeira de gelo, conforme se desenvolvia sob a água. Naquela noite, não houvera nenhuma mudança em nossa situação. Ainda era gelo, entre trezentos e sessenta e quatrocentos e cinquenta metros de profundidade! Estava diminuindo, evidentemente, mas ainda assim, que grossura entre nós e a superfície do oceano! Eram oito horas. De acordo com o costume diário a bordo do Náutilus, seu ar deveria ter sido renovado há quatro horas, mas não sofri muito, apesar de o Capitão Nemo ainda não ter usado nenhuma parte de sua reserva de oxigênio. Meu sono foi doloroso, naquela noite, esperança e medo me atormentavam, um depois do outro; levantei-me diversas vezes. As tentativas do Náutilus continuavam. Cerca de três horas da manhã, reparei que a face mais baixa do iceberg só tinha cerca de quinze metros de profundidade. Quarenta e cinco metros nos separavam, então da superfície das águas. O iceberg estava gradualmente se tornando um campo de gelo, a montanha se transformando em uma planície. Meus olhos nunca deixaram o manômetro. Continuávamos subindo diagonalmente até a superfície, que brilhava sob os raios elétricos. O iceberg se estendia acima e abaixo, em inclinações longas; quilômetro após quilômetro, estava se tornando mais fino. Finalmente, às seis da manhã daquele memorável dia, 19 de março, a porta do salão se abriu, e o Capitão Nemo apareceu.

- O mar se abriu! – foi tudo o que ele disse.

Capítulo 14
O Polo Sul

Corri até a plataforma. Sim! O mar aberto, apenas com alguns pedaços espalhados de gelo e icebergs se movendo, um longo trecho de mar, inúmeros pássaros no ar e uma miríade de peixes sob aquelas águas, que variavam de um azul intenso para um verde oliva, de acordo com o fundo. O termômetro marcava 16 graus abaixo de zero. Era, comparativamente, primavera, presos que estivemos atrás daquele iceberg, cuja massa comprida podia ser vagamente vista em nosso horizonte norte.

- Estamos no polo? – perguntei ao Capitão, com o coração acelerado.

- Não sei – respondeu. – Ao meio-dia, tomarei as medidas de nossa localização.

- Mas o sol aparecerá, através de toda esta névoa? – disse eu, olhando para o céu pesado.

- Por menos que apareça, será o suficiente – respondeu o Capitão.

Cerca de quinze quilômetros ao sul, uma ilha solitária erguia-se a uma altura de noventa e cinco metros. Nos dirigimos a ela, mas com cuidado, pois o mar podia estar cheio de bancos. Uma hora depois, havíamos chegado até ela, e duas horas depois disso, a contornado. Media seis ou oito quilômetros de circunferência. Um canal estreito a separava de um trecho considerável de terra, talvez um continente, pois não conseguíamos ver seus limites. A existência desta terra parecia dar um pouco de robustez à teoria de Maury. O engenhoso americano observou que, entre o Polo Sul e o sexagésimo paralelo, o mar está coberto de gelo flutuante de tamanho enorme, que nunca é encontrado no Atlântico Norte. Com base neste fato, ele concluiu que o Círculo Antártico abriga continentes consideráveis, já que icebergs não se formam em mar aberto, somente nas costas. De acordo com esses cálculos, a massa de gelo cercando o Polo Sul forma uma calota vasta, cuja circunferência deve ser de, pelo menos, quatro mil quilômetros.

Mas o Náutilus, por medo de encalhar, parara a cerca de seiscentos metros de uma praia, sobre a qual pendia um maravilhoso monte de rochas. O barco foi lançado, o Capitão, dois de seus homens, carregando instrumentos, Conseil e eu mesmo estávamos nele. Eram dez da manhã. Eu não havia visto Ned Land. Sem dúvida, o canadense não queria admitir a presença do Polo Sul. Algumas remadas nos levaram até a areia, onde aportamos. Conseil ia pular na terra, quando o segurei.

- Senhor – disse eu para o Capitão Nemo, – a honra de colocar os pés primeiro sobre esta terra pertence a você.

- Sim, senhor, – disse o Capitão, – e se não hesito em pisar sobre este Polo Sul, é porque, até agora, nenhum ser humano deixou um traço aqui.

Ao dizer isto, ele pulou levemente sobre a areia. Seu coração batia com emoção. Subiu em uma rocha, que se inclinava formando um pequeno promontório, e ali, com os braços cruzados, mudo e imóvel, e com um olhar ávido, ele parecia tomar posse daquelas regiões do sul. Após dez minutos naquele êxtase, ele virou-se para nós.

- Quando quiser, senhor.

Aterrissei, seguido por Conseil, deixando os dois homens no barco. Por uma grande extensão, o solo era composto por pedras arenosas avermelhadas, parecidas com tijolo triturado, piroclastos, correntes de lava e pedras-pomes. Sua origem vulcânica era inconfundível. Em algumas partes, ligeiras nuvens de fumaça emitiam um cheiro de enxofre, provando que os fogos internos não perderam nem um pouco de seus poderes expansivos, apesar de, tendo subido um alto aclive, eu não conseguir ver nenhum vulcão, em um raio de vários quilômetros. Sabemos que naqueles países antárticos, James Ross encontrou duas crateras, a Erebus e a Terror, em plena atividade, no 167° meridiano, latitude 77° 32'. A vegetação daquele continente desolado me parecia bastante restrita. Algum líquen jazia sobre as rochas negras, algumas plantas microscópicas, diatomáceas rudimentares, um tipo de célula entre duas conchas de quartzo, longas algas roxas e escarlate, apoiada por pequeninas bexigas nadadoras, que o quebrar das ondas trazia para a costa. Estas constituíam a magra fauna daquela região. A costa estava pontilhada por moluscos, pequenos mexilhões e lapas. Também vi inúmeros moluscos clio, com três centímetros de comprimento, que uma baleia consegue engolir aos montes com uma só bocada, e umas perfeitas borboletas-marinhas, animando as águas ao redor da costa.

Apareciam, nas partes mais altas do fundo do mar, alguns arbustos de corais, do tipo que, de acordo com James Ross, vivem nos mares antárticos a profundidades de mais de novecentos metros. Além deles, havia pequenos martins-pescadores e estrelas-do-mar pontilhando o solo. Mas onde a vida era mais abundante era no ar. Havia milhares de pássaros voando e planando, de todos os tipos, nos ensurdecendo com seus gritos; outros se amontoavam sobre as rochas, nos olhando enquanto passávamos, sem medo, chegando perto de nossos pés. Havia pinguins, tão ágeis na água, pesados e desengonçados em terra; emitiam gritos agudos, em um grande grupo, austeros nos gestos, mas extravagantes nos clamores. Albatrozes passavam pelo ar, a envergadura de suas asas de pelo menos quatro metros, chamados, de forma justa, de urubus do mar; algumas pardelas gigantes e umas poucas pombas-do-cabo, um tipo de pato pequeno, cuja parte inferior do corpo é preta e branca; havia também todo um grupo de pardelas, algumas esbranquiçadas, com as bordas das asas marrons, outras azuis, nativas dos mares antárticos, e tão oleosas, como contei a Conseil, que os habitantes das Ilhas Ferroe não precisavam fazer nada antes de acendê-las, a não ser colocar um pavio nelas.

- Mais um pouquinho – disse Conseil – e elas dariam lâmpadas perfeitas! Depois disso, não podíamos esperar que a Natureza as tivesse equipado com pavios!

Cerca de dois quilômetros à frente, o solo estava cheio de ninhos de aves chamadas combatentes, como se fosse uma região de postura de ovos, com diversas aves saindo dos ninhos. O Capitão Nemo fez com que centenas delas fossem caçadas. Emitiam um som parecido com o zurrar de um burro, eram do tamanho de um ganso, com o corpo cor de ardósia, branco por baixo, com uma linha amarela ao redor de suas gargantas; deixavam-se abater por pedras, sem nem tentar escapar. Mas a névoa não se dissipou, e, lá pelas onze horas, o sol ainda não havia dado as caras. Sua ausência me preocupava. Sem ele, não era possível fazer qualquer observação. Como, então, poderíamos descobrir se havíamos chegado ao polo? Quando me juntei novamente ao Capitão Nemo, o encontrei encostado em uma rocha, observando o céu em silêncio. Parecia impaciente e aborrecido. Mas o que poderíamos fazer? Aquele homem impulsivo e poderoso não conseguia comandar o sol, como fazia com o mar. O meio-dia chegou, sem que a orbe do dia aparecesse, nem por um instante. Não conseguíamos nem mesmo discernir sua posição atrás da cortina de névoa, e a névoa logo se transformou em neve.

- Até amanhã – disse o Capitão, em voz baixa, e voltamos para o Náutilus em meio àquelas perturbações atmosféricas.

A tempestade de neve continuou até o dia seguinte. Era impossível ficar na plataforma. Do salão, onde eu tomava notas sobre os incidentes que aconteceram durante aquela excursão ao continente polar, eu podia ouvir os gritos das pardelas e dos albatrozes, brincando no meio daquela tempestade violenta. O Náutilus não ficou imóvel, e sim rodeou a costa, avançando quinze quilômetros mais para o sul, na meia-luz deixada pelo sol, conforme contornava a borda do horizonte. No dia seguinte, 20 de março, a neve cessou. Estava um pouco mais frio, com o termômetro indicando 18 graus abaixo de zero. A névoa aumentava, e eu esperava que, naquele dia, pudéssemos fazer as observações. O Capitão Nemo ainda não tendo aparecido, o barco levou Conseil e a mim para a terra. O solo ainda era da mesma natureza vulcânica, por toda parte havia traços de lava, escória vulcânica e basalto, mas não conseguia ver a cratera que os havia expelido. Naquela parte, assim como mais para baixo, aquele continente estava vivo com uma miríade de pássaros. Mas seu domínio era compartilhado com grandes grupos de mamíferos marinhos, que nos observavam com olhares suaves. Havia diversos tipos de focas, algumas esticadas no chão, outras sobre pedaços de gelo, muitas outras entrando e saindo do mar. Não fugiam conforme nos aproximávamos, pois nunca haviam tido nenhuma interação dos seres humanos, e imaginei que havia provisões ali para centenas de embarcações.

- Senhor, – disse Conseil, – pode me dizer os nomes dessas criaturas?

- São focas e morsas.

Eram oito horas da manhã. Ainda tínhamos quatro horas antes que o sol pudesse ser observado adequadamente. Dirigi nossos passos para uma vasta baía, cortada na costa íngreme de granito. Ali, posso afirmar que a terra e o gelo sumiram debaixo da quantidade de mamíferos marinhos que os cobriam, e involuntariamente procurei o velho Proteu, o pastor mitológico que guardava aqueles imensos rebanhos de Netuno. Havia mais focas do que qualquer outra coisa, formando grupos distintos, machos e fêmeas, o pai cuidando da família, a mãe amamentando os pequenos, alguns já fortes o suficiente para andar alguns passos. Quando queriam mudar de lugar, davam uns pulinhos, contraindo os corpos, com a ajuda desengonçada de suas barbatanas imperfeitas, que, assim como com os peixes-boi, seus primos, formam um perfeito antebraço. Devo dizer que, na água, que é seu elemento, as colunas desses animais são flexíveis, com suas peles macias e rentes e patas com membranas, nadam admiravelmente bem. Ao descansar sobre a terra, têm as atitudes mais graciosas. Por isso, os antigos, observando seus olhares suaves e expressivos, que não podem ser igualados pelo olhar de nenhuma mulher, seus olhos claros e voluptuosos, suas posições encantadoras e a poesia de seus modos, os transformaram, o macho em um tritão e a fêmea em uma sereia. Fiz com que Conseil reparasse no desenvolvimento considerável dos lobos dos cérebros daqueles interessantes animais. Nenhum mamífero, exceto o homem, tem tanta quantidade de massa cerebral; também são capazes de receber um pouco de educação, são facilmente domesticados, e penso, assim como outros naturalistas, que, se forem ensinados adequadamente, seriam muito úteis como cachorros de pesca. A maioria deles dormia sobre as rochas ou a areia. Entre essas focas, para dar o nome correto, que não têm orelhas (no que diferem da lontra, cujas orelhas são proeminentes), reparei diversas variedades de focas medindo cerca de três metros, com pelagem branca, cabeça de buldogue, armadas com dentes em ambas as mandíbulas, quatro incisivos na parte de cima e quatro na de baixo, e dois grandes caninos na forma de flor-de-lis. Entre elas deslizavam elefantes marinhos, um tipo de foca com trombas curtas e flexíveis. Os gigantes dessa espécie mediam seis metros de circunferência e dez de comprimento, mas não se mexeram quando nos aproximamos.

- Essas criaturas não são perigosas? – perguntou Conseil.

- Não, a não ser que você as ataque. Quando têm que defender seus filhotes, sua raiva é terrível, e não é incomum vê-las quebrar barcos de pesca em pedacinhos.

- Estão certas – disse Conseil.

- Não disse que não estão.

Três quilômetros mais à frente, fomos parados pelo promontório que abriga a baía dos ventos do sul. Para além dele, ouvimos gritos altos, do tipo que uma manada de ruminantes produziria.

- Que bom! – disse Conseil. – Um concerto de touros!

- Não, um conserto de morsas.

- Estão brigando!

- Ou brigando, ou brincando.

Começamos a escalar as rochas pretas, em meio a tropeços imprevisíveis, e sobre pedras que o gelo tornara escorregadias. Mais de uma vez, rolei às custas de meus quadris. Conseil, mais prudente ou firme, não tropeçou e me ajudou a levantar-me, dizendo:

- Se o senhor fizesse a gentileza de dar passos mais largos, preservaria seu equilíbrio melhor.

Chegando no cume do promontório, vi uma vasta planície branca, coberta por morsas. Estavam brincando entre elas, e o que ouvíamos eram gritos de prazer, e não raiva.

Quando passei por aqueles curiosos animais, pude examiná-los à vontade, pois eles não se mexeram. Suas peles eram grossas e ásperas, com um tom amarelado, aproximando-se do vermelho, seus pelos eram curtos e escassos. Alguns deles mediam quatro metros. Mais quietos e menos tímidos do que seus primos do norte, não colocavam, como eles, sentinelas ao redor de seus acampamentos. Após examinar aquela cidade de morsas, comecei a pensar em voltar. Eram onze horas e, se o Capitão Nemo encontrasse condições favoráveis para observação, eu queria estar presente na operação. Seguimos uma trilha estreita, que corria ao lado do cume da costa íngreme. Às onze e meia, havíamos chegado ao lugar onde atracáramos. O barco viera à terra, trazendo o Capitão. O vi de pé sobre um bloco de basalto, com seus instrumentos por perto, o olhar fixo no horizonte ao norte, perto de onde o sol estava, naquele momento, fazendo uma comprida curva. Tomei meu lugar ao lado dele e aguardei em silêncio. O meio-dia chegou e, como antes, o sol não apareceu. Era uma fatalidade. Ainda faltavam as observações. Se não fossem feitas no dia seguinte, precisaríamos abandonar a ideia de fazê-las. Era exatamente dia 20 de março. No dia seguinte, o 21°, seria o equinócio; o sol desapareceria atrás do horizonte por seis meses, e, com seu desaparecimento, a longa noite polar se iniciaria. Desde o equinócio de setembro, ele emergira do horizonte norte, erguendo-se, através de longas espirais, até o dia 21 de dezembro.

Naquele período, o solstício de verão nas regiões do norte, ele começara a descer; e, amanhã, jogaria seus últimos raios sobre elas. Comuniquei meus medos e observações ao Capitão Nemo.

- Tem razão, Monsieur Aronnax – disse ele. – Se amanhã eu não conseguir medir a altitude do sol, não conseguirei fazê-lo por seis meses. Mas justamente devido ao fato de que a sorte me trouxe a estes mares no dia 21 de março, minhas medições serão fáceis de tomar, se, às doze horas, conseguirmos ver o sol.

- Por que, Capitão?

- Porque, naquele momento, a orbe do dia faz uma curva tão comprida que é difícil medir exatamente sua altura sobre o horizonte, e erros graves podem ser cometidos com os instrumentos.

- O que fará, então?

- Usarei meu cronômetro – respondeu o Capitão Nemo. – Se amanhã, dia 21 de março, o disco do sol, fazendo concessões para a refração, for cortado exatamente pelo horizonte norte, mostrará que estou no Polo Sul.

- Exatamente – disse eu. – Mas tal declaração não é matematicamente correta, porque o equinócio não começa necessariamente ao meio-dia.

- Muito provavelmente, senhor; mas o erro não será nem de cem metros, e não precisamos de mais do que isso. Até amanhã, então!

O Capitão Nemo voltou a bordo. Conseil e eu ficamos, para sondar a costa, observando e estudando até as cinco horas. Então, fui para a cama, não, contudo, sem invocar, como os indianos, as bênçãos do orbe radiante. No dia seguinte, 21 de março, às cinco da manhã, subi até a plataforma. Encontrei o Capitão Nemo lá.

- O tempo está desanuviando um pouco – disse ele. – Tenho alguma esperança. Depois do café da manhã, iremos à costa e escolheremos um posto de observação.

Tendo decidido esta questão, procurei Ned Land. Queria levá-lo comigo. Mas o obstinado canadense recusou-se, e vi que sua taciturnidade e seu mau humor cresciam dia após dia. No fim das contas, sua obstinação não me decepcionou, dadas as circunstâncias. Na verdade, havia focas demais na costa, e não devíamos colocar aquela tentação no caminho do caçador impulsivo. Após terminarmos de tomar café, fomos para a costa. O Náutilus subira alguns quilômetros durante a noite. Estava a uma légua inteira de distância da costa, acima da qual erguia-se um pico íngreme, de cerca de quatrocentos e cinquenta metros de altura. O barco levou comigo o Capitão Nemo, dois homens da tripulação e os instrumentos, que consistiam em um cronômetro, um telescópio e um barômetro. Enquanto cruzávamos, vi diversas baleias, pertencentes aos três tipos nativos dos mares do sul; a baleia, ou a baleia-franca, que não tem nadadeira dorsal; a baleia-jubarte, com peito cheio de riscas e nadadeiras grandes e esbranquiçadas, que, apesar de seu nome[21], não formam asas; e a baleia-comum, de cor marrom amarelada, o mais animado de todos os cetáceos. Esta criatura poderosa é ouvida a uma distância enorme, quando faz jorrar grandes colunas de ar e vapor, que parecem redemoinhos de fumaça. Todos esses mamíferos diferentes estavam se locomovendo em tropas, nas águas silenciosas, e eu podia ver que aquela bacia do polo antártico servia de refúgio para os cetáceos, perseguidos muito de perto pelos caçadores. Também reparei em grandes medusas flutuando entre as algas.

Às nove horas, atracamos; o céu estava ficando mais iluminado, as nuvens voando para o sul e a névoa parecia abandonar a superfície fria das águas. O Capitão Nemo andou em direção ao pico, que, sem dúvida, pretendia usar de observatório. Foi uma subida dolorosa, sobre a lava e as pedras-pomes, em uma atmosfera frequentemente impregnada com um cheiro de enxofre vindo das rachaduras fumegantes. Para alguém que não estava acostumado a andar em terra, o Capitão escalou os declives íngremes com uma agilidade que eu nunca vira, e que um caçador teria invejado. Levamos duas horas para chegar ao cume daquele pico, que era composto metade por pórfiro e metade por basalto. De lá, enxergávamos um vasto mar, que, em direção ao norte, traçava distintamente sua divisa com o céu. Aos nossos pés, jaziam campos de uma brancura estonteante. Sobre nossas cabeças, um azul pálido, livre de névoa. Ao norte, o disco do sol parecia uma bola de fogo, já encimado pelo corte do

[21]N. da T.: O nome científico da jubarte é Megaptera, que em grego antigo significa "grandes asas".

horizonte. Do seio da água erguiam-se centenas de jatos líquidos. À distância estava o Náutilus, como um cetáceo dormindo na água. Atrás de nós, ao sul e ao leste, uma terra imensa e um monte caótico de rochas e gelo, cujos limites não estavam visíveis. Ao chegar ao cume, o Capitão Nemo mediu cuidadosamente a altura média do barômetro, pois teria que levá-la em consideração ao fazer suas observações. Às quinze para o meio-dia, o sol, até então visto somente pela refração, parecia um disco dourado derramando seus últimos raios sobre aquele continente deserto e mares que o homem ainda não desbravara. O Capitão Nemo, equipado com uma luneta lenticular que, através de um espelho, corrigia a refração, observava a orbe afundando atrás do horizonte gradativamente, seguindo uma longa diagonal. Eu segurava o cronômetro. Meu coração batia rapidamente. Se o desaparecimento do meio-disco do sol coincidisse com o meio-dia no cronômetro, significava que estávamos exatamente no polo.

- Doze horas! – exclamei.

- O Polo Sul! – respondeu o Capitão Nemo, em voz grave, me passando a luneta, que mostrava a orbe dividida em partes exatamente iguais pelo horizonte.

Olhei os últimos raios que coroavam o pico, e as sombras subindo por seus declives gradativamente. Naquele momento, o Capitão Nemo, colocando a mão em meu ombro, disse:

- Eu, Capitão Nemo, neste dia 21 de março de 1868, cheguei ao Polo Sul, no nonagésimo grau, e tomo posse desta parte do globo, igual a um-sexto dos continentes conhecidos.

- Em nome de quem, Capitão?

- Em meu próprio nome, senhor!

Dizendo isso, o Capitão Nemo desdobrou uma bandeira preta, brasonada com um “N” dourado. Então, virando-se em direção ao sol, cujos últimos raios batiam no horizonte do mar, exclamou:

- Adieu, sol! Desapareça, ó orbe radiante! Descanse sob este mar aberto, e deixe que uma noite de seis meses espalhe suas sombras sobre meus novos domínios!

Capítulo 15
Acidente ou incidente?

No dia seguinte, 22 de março, às seis da manhã, os preparativos para nossa partida começaram. Os últimos brilhos do crepúsculo se transformavam em noite. O frio estava intenso, as constelações brilhando com maravilhoso ardor. No zênite brilhava aquele maravilhoso Cruzeiro do Sul – o urso polar das regiões antárticas. O termômetro indicava 24 graus abaixo de zero, e, quando o vento batia, o frio era cortante. Flocos de gelo aumentavam nas águas abertas. O mar parecia o mesmo, em todos os cantos. Numerosos trechos escuros se espalhavam sobre a superfície, indicando a formação de gelo novo. Evidentemente, a bacia sul, congelada durante os seis meses do inverno, era absolutamente inacessível. O que acontecia com as baleias, durante aquela época? Sem dúvida, iam para baixo dos icebergs, buscando mares mais praticáveis. Quanto às focas e morsas, acostumadas a viver em um clima difícil, permaneciam naquelas costas gélidas. Aquelas criaturas têm o instinto de fazer buracos nos campos de gelo e mantê-los abertos. Elas passam por esses buracos para respirar; quando os pássaros, expulsos pelo frio, migram para o norte, esses mamíferos marinhos são os únicos donos do continente polar. Mas os reservatórios estavam se enchendo de água, e o Náutilus descia lentamente. A uma profundidade de trezentos metros, parou; sua hélice batia nas ondas, e ele avançava direto para o norte, a uma velocidade de vinte e cinco quilômetros por hora. Perto do cair da noite, já flutuava sob o corpo imenso do iceberg. Às três da manhã, fui acordado por um choque violento. Sentei-me na cama e tentei ouvir algo na escuridão, quando fui arremessado para o meio do quarto. O Náutilus, após ter batido, havia ricocheteado violentamente. Fui tateando pela parede e pela escadaria, em direção ao salão, que estava aceso pelo teto luminoso. Os móveis estavam desarranjados. Felizmente, as janelas estavam firmemente fechadas, e se mantiveram no lugar. Os quadros a estibordo, por não estarem mais na vertical, estavam pendurados no papel de parede, enquanto que aqueles a bombordo pendiam a pelo menos trinta centímetros de distância da parede. O Náutilus estava virado a estibordo, perfeitamente imóvel. Ouvi passos e uma confusão de vozes; mas o Capitão Nemo não apareceu. Enquanto eu saía do salão, Ned Land e Conseil entraram.

- O que aconteceu? – perguntei, imediatamente.

- Vim perguntar ao senhor – respondeu Conseil.

- Diabos! – exclamou o canadense. – Sei muito bem! O Náutilus bateu, e julgando pelo modo como está de lado, não acho que vai se recuperar da forma como fez no Estreito de Torres.

- Mas – perguntei – pelo menos ele chegou até a superfície do mar?

- Não sabemos – disse Conseil.

- É fácil de descobrir – respondi. Consultei o manômetro. Para minha grande surpresa, indicava uma profundidade de mais de 180 braças.

– O que isso significa? – exclamei.

- Precisamos perguntar ao Capitão Nemo – disse Conseil.

- Mas onde o encontraremos? – indagou Ned Land.

- Sigam-me – disse, para meus companheiros.

Saímos do salão. Não havia ninguém na biblioteca. Na escadaria central, perto dos leitos da tripulação, não havia ninguém. Pensei que o Capitão Nemo devia estar na cabine do piloto. Seria melhor esperar. Todos nós voltamos para o salão. Por vinte minutos, permanecemos lá, tentando ouvir o menor ruído que pudesse ser feito a bordo do Náutilus, quando o Capitão Nemo entrou. Parecia não nos enxergar; seu rosto, geralmente tão impassível, exibia sinais de preocupação. Observou a bússola em silêncio, depois o manômetro, e indo até o planisfério, colocou o dedo em um ponto que representava os mares do sul. Não quis interrompê-lo, mas, alguns minutos depois, quando se virou em minha direção, eu disse, usando uma das expressões que ele mesmo usara no Estreito de Torres:

- Um incidente, Capitão?

- Não, senhor, um acidente, desta vez.

- Algo sério?

- Talvez.

- O perigo é imediato?

- Não.

- O Náutilus encalhou?

- Sim.

- E isso aconteceu... como?

- Devido a um capricho da natureza, não à ignorância do homem. Nenhum erro foi cometido nas operações. Mas não podemos impedir que o equilíbrio produza seus efeitos. Podemos enfrentar as leis humanas, mas não conseguimos resistir às naturais.

O Capitão Nemo escolhera um momento estranho para fazer tal reflexão filosófica. No todo, sua resposta me ajudou muito pouco.

- Posso perguntar, senhor, a causa deste acidente?

- Um enorme bloco de gelo, uma montanha inteira, desabou – respondeu. – Quando os icebergs são minados em suas bases, por águas mais quentes ou repetidas colisões, seu centro de gravidade sobe, e a coisa toda cai. Foi isso que aconteceu; um desses blocos, enquanto caía, bateu no Náutilus, e depois, deslizando por baixo de seu casco, o levantou com uma força irresistível, trazendo-o para leitos que não são tão grossos, onde ele está caído de lado.

- Mas não podemos soltar o Náutilus esvaziando seus reservatórios, para que ele recupere seu equilíbrio?

- Isto, senhor, está sendo feito neste exato momento. Pode ouvir a bomba trabalhando. Olhe para a agulha do manômetro; mostra que o Náutilus está subindo, mas o bloco de gelo está flutuando com ele, e até que algum obstáculo pare seu movimento ascendente, nossa posição não pode ser alterada.

Realmente, o Náutilus se mantinha na mesma posição a estibordo; sem dúvida, se reergueria quando o bloco parasse. Mas, naquele momento, quem poderia dizer que não seríamos horrivelmente esmagados entre as duas superfícies vítreas? Refleti sobre todas as consequências de nossa posição. O Capitão Nemo não tirava os olhos do manômetro. Desde a queda do iceberg, o Náutilus subira cerca de quarenta e cinco metros, mas continuava no mesmo ângulo perpendicular. De repente, sentimos um ligeiro movimento. Evidentemente que estava se endireitando um pouco. As coisas que estavam penduradas no salão estavam voltando perceptivelmente para suas posições normais. As paredes estavam quase retas. Ninguém falava. Com os corações batendo mais rápido, observamos e sentimos o endireitar. As tábuas ficaram horizontais sob nossos pés. Dez minutos se passaram.

- Finalmente, nos endireitamos! – exclamei.

- Sim – disse o Capitão Nemo, indo até a porta do salão.

- Mas estamos flutuando? – perguntei.

- Certamente, – respondeu, – já que os reservatórios não estão vazios, e quando estiverem vazios, o Náutilus subirá à superfície do mar.

Estávamos em mar aberto, mas a uma distância de mais ou menos dez metros, de cada lado do Náutilus, erguia-se uma estonteante parede de gelo. Acima e abaixo, estava a mesma parede. Acima, porque a superfície inferior do iceberg se estendia sobre nós como um imenso teto. Abaixo, porque o bloco que caíra, tendo deslizado gradualmente, encontrara um local de repouso nas paredes laterais, que o mantinham naquela posição. O Náutilus estava mesmo preso, em um perfeito túnel de gelo, com mais de vinte metros de largura, cheio de água parada. Era fácil sair dele, indo para a frente ou para trás, e então passar livremente por baixo do iceberg, algumas centenas de metros mais profundo. O teto luminoso fora apagado, mas o salão ainda estava resplandecente com uma luz intensa. Era o poderoso reflexo da partição de gelo, enviado de volta brilhantemente para as lanternas. Não consigo descrever o efeito dos raios voltaicos sobre os grandes blocos, cortados tão caprichosamente, sobre todo ângulo, toda crista, toda faceta, uma luz diferente era lançada, de acordo com a natureza dos veios que perpassavam o gelo; uma deslumbrante mina de gemas, particularmente safiras, com seus raios azuis cruzando o verde das esmeraldas. Aqui e acolá, havia tons de opala de maravilhosa suavidade, passando por pontos brilhantes, como diamantes de fogo, cujo brilho os olhos não conseguiam aguentar. O poder da lanterna parecia multiplicado por cem, como uma lâmpada através das placas lenticulares de um farol de primeira categoria.

- Que belo! Que belo! – exclamava Conseil.

- Sim – disse eu. – Uma visão maravilhosa. Não é, Ned?

- Sim, que diabos! Sim, – respondeu Ned Land, – é arrebatador! Estou irritado por ser obrigado a admitir. Ninguém nunca viu nada igual, mas esta visão pode nos custar caro. E, já que estou dizendo tudo, acho que estamos vendo coisas aqui que Deus nunca pretendeu que o homem visse.

Ned estava certo, era belo demais. De repente, um grito de Conseil me fez virar.

- O que foi? – perguntei.

- Feche os olhos, senhor! Não olhe, senhor! – Dizendo isso, Conseil colocou as mãos nos olhos.

- Mas qual é o problema, meu garoto?

- Estou ofuscado, cegado.

Meus olhos se voltaram involuntariamente para o vidro, mas não aguentei o fogo que parecia devorá-los. Entendi o que acontecera. O Náutilus estava a toda velocidade. Todo o brilho quieto das paredes de gelo se transformara repentinamente em raios de luz. O fogo daquela miríade de diamantes era ofuscante. Levou algum tempo para acalmar nossas vistas perturbadas. Finalmente, destapamos os olhos.

- Por Deus, eu nunca teria acreditado – disse Conseil.

Eram cinco da manhã. Naquele momento, sentimos uma colisão na parte frontal do Náutilus. Eu sabia que seu esporão devia ter batido em um bloco de gelo. Deve ter sido uma manobra em falso, pois aquele túnel submarino, obstruído por blocos, não era fácil de navegar. Pensei que o Capitão Nemo, mudando de curso, contornaria aqueles obstáculos ou seguiria as curvas do túnel. De qualquer forma, o caminho à nossa frente não poderia estar totalmente bloqueado. Mas, ao contrário de minhas expectativas, o Náutilus começou a se mover decididamente para trás.

- Estamos viajando de costas? – disse Conseil.

- Sim – respondi. – Esta extremidade do túnel não deve ter saída.

- E depois?

- Depois – disse eu – a operação é fácil. Precisamos voltar e sair pela abertura ao sul. É só isso.

Ao falar assim, queria parecer mais confiante do que realmente estava. Mas o movimento retrógrado do Náutilus aumentava, e virando a hélice para o outro lado, nos carregava a uma grande velocidade.

- Será um empecilho – disse Ned.

- Que diferença faz, algumas horas a mais ou a menos, desde que finalmente saiamos?

- Sim, – repetiu Ned, – desde que saiamos, mesmo!

Por um curto período, andei do salão para a biblioteca. Meus companheiros estavam em silêncio. Logo me joguei sobre um divã e peguei um livro, sobre o qual passei os olhos mecanicamente. Quinze minutos depois, Conseil disse, se aproximando:

- O que o senhor está lendo é interessante?

- Muito! – respondi.

- Eu diria que é, mesmo, senhor. É seu próprio livro que está lendo.

- Meu livro?

E, realmente, eu tinha em mãos a obra sobre as Grandes Profundezas Submarinas. Não podia ter imaginado. Fechei o livro e voltei a caminhar. Ned e Conseil se levantaram para partir.

- Fiquem aqui, meus amigos – disse, detendo-os. – Vamos ficar juntos até que tenhamos saído deste bloco.

- Como quiser, senhor – Conseil respondeu.

Algumas horas se passaram. Olhei com frequência para os instrumentos pendurados na parede. O manômetro mostrava que o Náutilus mantinha uma profundidade constante de mais de trezentos metros; a bússola continuava apontando para o sul; os registros indicavam uma velocidade de trinta quilômetros por hora, que, em um espaço tão apertado, era bastante alta. Mas o Capitão Nemo sabia que não podia se apressar demais, e que minutos valiam eras, para nós. Às oito e vinte e cinco, uma segunda colisão ocorreu, desta vez por trás. Fiquei pálido. Meus companheiros estavam bem perto de mim. Agarrei a mão de Conseil. Nossos semblantes expressavam o que sentíamos melhor do que palavras. Naquele momento, o Capitão entrou no salão. Fui até ele.

- Nosso caminho está barrado ao sul? – perguntei.

- Sim, senhor. O iceberg se moveu e fechou todas as saídas.

- Estamos bloqueados, então?

- Sim.

Capítulo 16
Falta de ar

Assim, ao redor do Náutilus, acima e abaixo, havia uma parede de gelo impenetrável. Éramos prisioneiros do iceberg. Observei o Capitão. Seu semblante retomara sua imperturbabilidade habitual.

- Cavalheiros, – disse, calmamente, – há dois jeitos de morrer, nas circunstâncias em que nos encontramos. – Aquela pessoa enigmática tinha o ar de um professor de matemática dando aula para seus alunos. – A primeira é sermos esmagados; a segunda, morrermos sufocados. Não falo da possibilidade de morrermos de fome, pois as provisões do Náutilus certamente durarão mais do que nós. Vamos, então, calcular nossas chances.

- Quanto ao sufocamento, Capitão, – respondi, – não precisamos temer, porque nossos reservatórios estão cheios.

- Exatamente, mas só dão suprimentos de ar para dois dias. Agora, estamos escondidos debaixo d'água há trinta e seis horas, e a atmosfera carregada do Náutilus já precisa ser renovada. Dentro de quarenta e oito horas, nossa reserva estará esgotada.

- Bem, Capitão, conseguimos nos soltar antes de quarenta e oito horas?

- Tentaremos, pelo menos, perfurando a parede que nos cerca.

- De qual lado?

- O som nos dirá. Vou encostar o Náutilus no banco inferior, e meus homens atacarão o iceberg do lado que for menos grosso.

O Capitão Nemo saiu. Logo descobri, por um sibilo, que água estava entrando nos reservatórios. O Náutilus afundou lentamente, e repousou sobre o gelo, a uma profundidade de 300 metros, altura à qual o banco inferior de gelo estava imerso.

- Meus amigos, – eu disse, – nossa situação é séria, mas conto com sua coragem e energia.

- Senhor, – respondeu o canadense, – estou pronto para fazer tudo pela segurança geral.

- Que bom, Ned! – disse eu, estendendo a mão para o canadense.

- Acrescento – continuou ele – que, tendo tanta habilidade com a picareta quanto com o arpão, se eu puder ser útil para o Capitão, ele pode se utilizar de meu trabalho.

- Ele não recusará sua ajuda. Venha, Ned!

O levei até a sala onde a tripulação do Náutilus colocava seus coletes salva-vidas. Contei a proposta de Ned para o Capitão, que aceitou. O canadense colocou seu traje de mar, e se aprontou tão rapidamente quanto seus companheiros. Quando Ned estava vestido, voltei para a sala de estar, onde as janelas estavam abertas, e, ao lado de Conseil, examinei os leitos naturais sobre os quais o Náutilus estava apoiado. Alguns instantes depois, vimos uma dúzia de membros da tripulação pisar no banco de gelo, Ned Land entre eles, facilmente reconhecido por sua estatura. O Capitão Nemo estava entre eles. Antes de começar a cavar as paredes, ele fez sondagens, para certificar-se de que estavam trabalhando na direção certa. Longas linhas medidoras foram enfiadas nas paredes laterais, mas, depois de dez metros, foram impedidas pela grossa parede. Seria inútil atacar o teto de gelo, visto que o iceberg media mais de 400 metros de altura. O Capitão Nemo mediu, então, a superfície inferior. Ali, dez metros de parede de gelo nos separavam da água, de tão grande que era a grossura do campo de gelo. Seria necessário, portanto, cortar dele um pedaço igual, em extensão, à linha de flutuação do Náutilus. Havia cerca de 5.500 metros cúbicos para retirar, para poder fazer um buraco pelo qual desceríamos para o campo de gelo. O trabalho começara imediatamente, e prosseguiu com energia infatigável. Ao invés de cavar ao redor do Náutilus, o que teria envolvido mais dificuldade, o Capitão Nemo fez com que cavassem uma imensa trincheira, sete metros do lado estibordo. Então, os homens começaram a trabalhar simultaneamente com suas roscas, em diversos pontos de sua circunferência. Depois, as picaretas atacaram a matéria compacta vigorosamente, e grandes blocos se destacaram da massa. Devido a um efeito curioso da gravidade específica, aqueles blocos, mais leves do que a água, fugiram, por assim dizer, para dentro do túnel, que aumentou de grossura no topo, proporcionalmente, conforme diminuía na base. Mas isso pouco importava, contanto que a parte inferior ficasse mais fina. Após duas horas de trabalho duro,

Ned Land chegou, exausto. Ele e seus camaradas foram substituídos por novos trabalhadores, aos quais eu e Conseil nos juntamos. O segundo tenente do Náutilus nos supervisionava. A água parecia estar singularmente fria, mas logo me aqueci, trabalhando com a picareta. Meus movimentos tinham liberdade o suficiente, apesar de serem feitos sob uma pressão de trinta atmosferas. Quando voltei para dentro, após trabalhar por duas horas, para comer e descansar um pouco, encontrei uma diferença perceptível entre o puro fluido que o aparelho Rouquayrol me fornecia e a atmosfera do Náutilus, já carregada de gás carbônico. O ar não era renovado há quarenta e oito horas, e suas qualidades vivificantes estavam consideravelmente enfraquecidas. Contudo, após duas horas se passarem, só tínhamos retirado um bloco de gelo com uma grossura de pouco menos de um metro, da superfície marcada, que tinha cerca de 550 metros cúbicos! Já que levamos doze horas para fazer este tanto, levaríamos cinco noites e quatro dias para chegar a uma conclusão satisfatória para este empreendimento. Cinco noites e quatro dias! E só tínhamos ar o suficiente para dois dias, nos reservatórios!

- Sem levarmos em conta – disse Ned – que, ainda que consigamos sair desta prisão infernal, também estaremos presos debaixo do iceberg, isolados de toda comunicação possível da atmosfera.

Era verdade! Quem poderia, então, prever o mínimo de tempo necessário para nos libertarmos? Podíamos sufocar antes que o Náutilus retornasse à superfície das ondas? Estaria eu destinado a perecer naquela tumba de gelo, com todos os que ela prendia? A situação era terrível. Mas todos encarávamos o perigo de frente, e cada um de nós estava determinado a cumprir seu dever até o último suspiro.

Como esperava, durante a noite, um novo bloco, de um metro quadrado, foi removido, e o imenso buraco ficou ainda maior. Mas, pela manhã, quando, vestido com meu colete de flutuação, atravessei a massa meio derretida, a uma temperatura de vinte ou vinte e um graus abaixo de zero, reparei que as paredes laterais estavam gradativamente se fechando sobre nós. Os leitos d'água mais distantes da trincheira, que não haviam sido aquecidos pelo trabalho dos homens, demonstravam uma tendência à solidificação. Na presença daquele novo e iminente perigo, o que seria das nossas chances de segurança, e como poderíamos parar a solidificação daquele meio líquido, que arrebentaria as partições do Náutilus como vidro?

Não contei a meus companheiros sobre este novo perigo. Que bem faria exaurir a energia que exibiam, naquele árduo trabalho de fuga? Mas, quando voltei a bordo, falei ao Capitão Nemo sobre esta grave complicação.

- Eu sei – disse ele, naquele tom calmo, capaz de neutralizar até mesmo as mais terríveis apreensões. – É mais um perigo, mas não vejo como escapar dele. Nossa única chance de segurança é sermos mais rápidos do que a solidificação. Precisamos nos antecipar a ela, só isso.

Naquele dia, usei minha picareta vigorosamente, por várias horas. O trabalho me manteve acordado. Além disso, trabalhar significava sair do Náutilus, e respirar diretamente o ar puro retirado dos reservatórios e fornecido por nossos aparelhos, e abandonar a atmosfera empobrecida e viciada. Ao cair da noite, a trincheira estava um metro mais profunda. Quando voltei a bordo, quase fui sufocado pelo gás carbônico que enchia o ar – ah! Se ao menos tivéssemos um meio mecânico de expulsar aquele gás nocivo. Tínhamos bastante oxigênio; toda aquela água continha uma quantidade considerável, e dissolvendo-a com nossas estacas poderosas, restauraríamos o fluido vivificante. Eu havia pensado bastante no assunto, mas que bem isso faria, se o gás carbônico produzido por nossa respiração tinha invadido todos os cantos da embarcação? Para absorvê-lo, seria necessário encher alguns jarros com hidróxido de potássio, e sacudi-los incessantemente. Aquela substância estava em falta a bordo, e nada conseguiria substituí-la. Naquela noite, o Capitão Nemo deveria abrir as torneiras de seus reservatórios, e deixar um pouco de ar puro entrar no Náutilus; sem essa precaução, não conseguiríamos nos livrar da sensação de sufocamento. No dia seguinte, 26 de março, retomei meu trabalho de minerador, no começo do quinto metro. As paredes laterais e a superfície inferior do iceberg ficavam visivelmente mais grossas. Era evidente que se encontrariam antes que o Náutilus conseguisse se soltar. Fui tomado pelo desespero, por um instante; minha picareta quase caiu de minhas mãos. Que bem faria escavar, se eu seria sufocado, esmagado pela água que se transformava em pedra? Punição que nem a ferocidade dos selvagens poderia ter inventado! Logo naquele momento, o Capitão Nemo passou ao meu lado. Toquei em sua mão e mostrei-lhe as paredes de nossa prisão. A parede do lado bombordo tinha avançado pelo menos quatro metros do casco do Náutilus. O Capitão me entendeu, e sinalizou para que eu o seguisse. Fomos a bordo. Tirei meu colete de flutuação e o acompanhei até a sala de estar.

- Monsieur Aronnax, precisamos tentar algo drástico, ou ficaremos selados nesta água solidificada como se fosse cimento.

- Sim, mas o que pode ser feito?

- Ah! Se meu Náutilus fosse forte o suficiente para aguentar esta pressão sem ser esmagado!

- Bom? – perguntei, não entendendo a ideia do Capitão.

- Não compreende – respondeu – que este congelamento da água nos ajudará? Não vê que, pela solidificação, estouraria uma brecha através deste campo de gelo que nos aprisiona, como, quando congela, estoura as mais duras pedras? Não percebe que seria um agente de segurança, ao invés de destruição?

- Sim, Capitão, talvez. Mas qualquer que seja a resistência ao esmagamento que o Náutilus possui, ele não aguentaria esta terrível pressão, e seria achatado como uma placa de ferro.

- Eu sei, senhor. Portanto, não devemos contar com a ajuda da natureza, e sim com nossos esforços. Precisamos parar esta solidificação. Não só as paredes laterais serão pressionadas uma contra a outra, como também não há nem três metros de água atrás do Náutilus. O congelamento se aproxima de nós por todos os lados.

- Quanto tempo o ar dos reservatórios durará, para que respiremos a bordo?

O Capitão olhou-me nos olhos.

- Depois de amanhã, estarão vazios!

Fui tomado por um suor frio. Contudo, eu deveria ter ficado surpreso com a resposta? No dia 22 de março, o Náutilus estava nos mares polares abertos. Estávamos a 26° de localização. Por cinco dias, vivêramos da reserva a bordo. E o que sobrava de ar respirável precisava ser guardado para os trabalhadores. Até mesmo agora, enquanto escrevo, minhas lembranças são tão vívidas, que um terror involuntário me toma, e meus pulmões parecem estar sem ar. Enquanto isso, o Capitão Nemo refletia em silêncio, e, evidentemente, uma ideia lhe havia ocorrido, mas ele parecia rejeitá-la. Finalmente, estas palavras saíram de seus lábios:

- Água fervente! – murmurou.

- Água fervente? – exclamei.

- Sim, senhor. Estamos presos em um espaço relativamente confinado. Jatos de água fervente, constantemente injetados pelas bombas, não aumentariam a temperatura desta parte, e interromperiam o congelamento?

- Vamos tentar – disse eu, resolutamente.

- Vamos tentar, Professor.

O termômetro marcava -7° lá fora. O Capitão Nemo me levou até a cozinha, onde ficavam as grandes máquinas de destilação, que forneciam a água potável por evaporação. Eles as enchiam com água, e todo o calor elétrico das pilhas era jogado pelas bobinas banhadas no líquido. Dentro de alguns minutos, aquela água chegava a 100°. Era direcionada para as bombas, enquanto que água fresca a substituía. O calor desenvolvido pelas gamelas era tamanho que a água fria, retirada do mar, só tendo passado pelas máquinas, chegava até o corpo da bomba fervendo. A injeção começou e, três horas depois, o termômetro marcava -6° do lado de fora. Ganháramos um grau. Duas horas depois, o termômetro marcava só -4°.

- Vamos conseguir – disse eu para o Capitão, após ter observado ansiosamente o resultado da operação.

- Acho – ele respondeu – que não seremos esmagados. Não precisamos mais temer o sufocamento.

Durante a noite, a temperatura da água subiu para -1°. As injeções não conseguiam aumentá-la mais. Mas, como o congelamento da água do mar produz pelo menos -2°, estávamos garantidos contra os perigos da solidificação.

No dia seguinte, 27 de março, seis metros de gelo haviam sido retirados, faltando só três metros e meio. Ainda eram quarenta e oito horas de trabalho. O ar não podia ser renovado dentro do Náutilus. E aquele dia pioraria as coisas. Um peso intolerável me oprimia. Quase às três da tarde, aquela sensação aumentou até chegar a um grau violento. Bocejos deslocavam minhas mandíbulas. Meus pulmões arfavam, enquanto inalavam aquele fluido que queimava e ficava cada vez mais rarefeito. Um torpor moral tomou conta de mim. Estava impotente, quase inconsciente. Meu corajoso Conseil, apesar de exibir os mesmos sintomas e sofrer da mesma maneira, nunca saiu do meu lado. Pegou minha mão e me encorajou, e o ouvi murmurar:

- Oh! Se eu pudesse não respirar, para deixar mais ar para meu mestre.

Meus olhos se encheram de lágrimas, ao ouvi-lo falar assim. Se nossa situação no interior era intolerável, com que pressa e alegria colocávamos nossos coletes de flutuação, para assumir nosso turno! As picaretas ressoavam nos leitos congelados. Nossos braços doíam, a pele de nossas mãos era arrancada. Mas o que era esse cansaço, o que importavam nossos ferimentos? Ar vital entrava em nossos pulmões! Respirávamos! Respirávamos!

Durante todo aquele tempo, ninguém prolongou sua tarefa involuntária para além do tempo estabelecido. Ao terminar sua tarefa, cada um passava para seu companheiro ofegante o aparelho que lhe dava vida. O Capitão Nemo dava o exemplo, e se submetia primeiro a esta severa disciplina. Quando chegava a hora, ele cedia seu aparelho para outro, e voltava para o ar viciado a bordo, calmo, sem hesitar, sem murmurar.

Naquele dia, o trabalho comum foi realizado com um vigor incomum. Só faltavam dois metros a serem retirados da superfície. Só dois metros nos separavam do mar aberto. Mas os reservatórios estavam quase vazios. O pouco que sobrava precisava ser guardado para os trabalhadores; nenhuma partícula para o Náutilus. Quando voltei a bordo, estava quase sufocado. Que noite! Não sei como descrever. No dia seguinte, minha respiração estava oprimida. Tontura acompanhava a dor em minha cabeça, e me fazia parecer um bêbado. Meus companheiros exibiam os mesmos sintomas. Alguns tripulantes tinham um ruído na garganta.

Naquele dia, o sexto de nossa prisão, o Capitão Nemo, achando o trabalho com as picaretas lento demais, resolveu esmagar o leito de gelo que ainda nos separava da água. A frieza e a energia daquele homem nunca o abandonaram. Superava as dores físicas com força moral.

Às suas ordens, a embarcação foi deixada mais leve, quer dizer, levantada do leito de gelo por uma mudança na gravidade específica. Quando flutuou, a arrastaram para posicioná-la acima da imensa trincheira feita no nível da linha de flutuação. Então, enchendo seus reservatórios com água, ele desceu e se trancou no buraco.

Naquele momento, toda a tripulação veio a bordo, e as portas duplas de comunicação foram fechadas. O Náutilus repousava, então, sobre o leito de gelo, que não tinha nem um metro de grossura, e que as sondagens haviam perfurado em milhares de lugares. As torneiras dos reservatórios foram, então, abertas e noventa metros cúbicos de água entraram, aumentando o peso do Náutilus para 1.800 toneladas. Esperamos, ouvimos, esquecendo nossos sofrimentos em meio à esperança. Nossa segurança dependia daquela última chance. Não obstante o zumbido em minha cabeça, logo ouvi o murmúrio sob o casco do Náutilus. O gelo se quebrou com um barulho singular, como o de papel rasgando, e o Náutilus afundou.

- Partimos! – murmurou Conseil em meu ouvido.

Não consegui responder. Agarrei sua mão, e a apertei repetidamente. De uma vez só, carregado por sua enorme sobrecarga, o Náutilus afundou como uma bala sob as águas, quer dizer, caiu como se estivesse em um vácuo. Então, toda a força elétrica foi colocada sobre as bombas, que logo começaram a soltar a água dos reservatórios. Após alguns minutos, nossa queda foi interrompida. Logo, também, o manômetro indicava um movimento ascendente. A hélice, trabalhando a toda velocidade, fazia o casco de ferro tremer até os parafusos, e nos levava para o norte. Mas se aquela flutuação sob o iceberg durasse mais um dia, antes que chegássemos ao mar aberto, eu morreria antes.

Meio esticado sobre um divã na biblioteca, eu estava sufocando. Meu rosto estava roxo, meus lábios azuis, minhas faculdades suspensas. Não enxergava nem ouvia nada. Toda noção de tempo saíra de minha mente. Meus músculos não conseguiam se contrair. Não sei quantas horas passei daquela forma, mas estava consciente da agonia que tomava conta de mim. Sentia como se fosse morrer. De repente, acordei. Algumas lufadas de ar entraram em meus pulmões. Tínhamos subido à superfície das ondas? Estávamos livres do iceberg? Não! Ned e Conseil, meus dois corajosos amigos, estavam se sacrificando para me salvar. Ainda sobravam algumas partículas de ar no fundo de um aparelho. Ao invés de usá-las, as haviam guardado para mim, e, enquanto sufocavam, me davam vida, gota por gota. Eu queria empurrar aquela coisa, mas eles seguraram minhas mãos, e, por alguns momentos, respirei livremente. Olhei para o relógio: eram onze horas da manhã. Devia ser dia 28 de março. O Náutilus navegava a uma velocidade assustadora, sessenta e cinco quilômetros por hora. Literalmente rasgava as águas. Onde estava o Capitão Nemo? Teria sucumbido? Seus companheiros estavam mortos com ele? Naquele momento, o manômetro indicava que não estávamos a mais de seis metros da superfície. Uma mera placa de gelo nos separava da atmosfera. Não conseguíamos quebrá-la? Talvez. De qualquer forma, o Náutilus ia tentar. Senti que ele estava em uma posição oblíqua, abaixando a popa e levantando a proa. A introdução da água havia sido o jeito de perturbar seu equilíbrio. Então, impelido por sua poderosa hélice, atacou o campo de gelo por baixo, como um formidável aríete. Quebrou-o se afastando e se arremessando contra o campo, que gradualmente cedeu; e, finalmente, batendo de repente contra ele, ultrapassou o campo de gelo, que fora esmagado por seu peso. O painel foi aberto – pode-se dizer que foi arrancado – e o ar puro entrou em abundância, em todas as partes do Náutilus.

Capítulo 17
Do Cabo Horn até a Amazônia

Como cheguei até a plataforma, não faço ideia, talvez o canadense tenha me carregado até lá. Mas eu respirava, inalava o vivificante ar do mar. Meus dois companheiros estavam se embebedando com as partículas frescas. Os outros infelizes haviam ficado tanto tempo sem comida, que não podiam se refestelar nos simples alimentos que lhes eram dados sem sofrer as consequências. Nós, pelo contrário, não precisávamos nos controlar, podíamos levar aquele ar livremente até nossos pulmões, e foi a brisa, e somente a brisa, que nos enchia daquela maravilhosa satisfação.

- Ah! disse Conseil. – Como o oxigênio é delicioso! O senhor não precisa ter medo de respirá-lo. Há o suficiente para todo mundo.

Ned Land não falou, mas abriu as mandíbulas o suficiente para assustar um tubarão. Nossas forças logo voltaram, e, quando olhei ao meu redor, vi que estávamos sozinhos na plataforma. Os marinheiros estrangeiros do Náutilus estavam contentes com o ar que circulava no interior; nenhum deles tinha subido para beber o ar aberto.

As primeiras palavras que falei foram de gratidão e agradecimento para meus dois companheiros. Ned e Conseil haviam prolongado minha vida durante as últimas horas daquela longa agonia. Toda minha gratidão não poderia retribuir tal devoção.

- Meus amigos, – disse, – estamos unidos para sempre, e estarei infinitamente em dívida com vocês.

- Do que tirarei proveito – exclamou o canadense.

- O que quer dizer? – perguntou Conseil.

- Quero dizer que levarei vocês comigo, quando sair deste Náutilus infernal.

- Bem, – disse Conseil, – depois de tudo isso, nós vamos, certo?

- Sim, – respondi, – pois estamos indo em direção ao sol, e aqui, o sol fica no norte.

- Sem dúvida – disse Ned Land, – mas ainda precisamos ver se ele trará a embarcação para o Pacífico ou o Atlântico, isso é, mares frequentados ou desertos.

Eu não sabia responder esta pergunta, e temia que o Capitão Nemo preferisse nos levar para o oceano vasto que encosta na Ásia e na América ao mesmo tempo. Concluiria, assim, a volta ao mundo submarino, e voltaria para aquelas águas onde o Náutilus podia navegar livremente. Devíamos resolver esta questão logo. O Náutilus navegava rapidamente. O círculo polar foi logo deixado para trás, e a rota estabelecida até o Cabo Horn. Estávamos a uma certa distância do ponto americano no dia 31 de março, às sete horas da noite. Então, todos os nossos sofrimentos anteriores foram esquecidos. A memória da prisão de gelo foi apagada de nossas mentes. Só pensávamos no futuro. O Capitão Nemo não apareceu novamente, na sala de jantar ou na plataforma. O ponto mostrado a cada dia no planisfério, marcado pelo tenente, me mostrava a direção exata do Náutilus. Aquela noite, ficou evidente, para minha felicidade, que estávamos voltando para o norte, pelo Atlântico. No dia seguinte, 1° de abril, quando o Náutilus subiu à superfície alguns minutos antes do meio-dia, avistamos terra ao oeste. Era a Tierra del Fuego, que os primeiros navegadores batizaram por terem visto a quantidade de fumaça que saía das cabanas dos nativos. A costa parecia baixa, mas, à distância, erguiam-se altas montanhas. Até mesmo pensei ter avistado o Monte Sarmiento, que se eleva a 1.900 metros acima do nível do solo, com um cume bem pontiagudo, que, se estiver cercado por névoa ou não, indica se o tempo estará límpido ou chuvoso. Naquele momento, o cume estava claramente definido em frente ao céu. O Náutilus, mergulhando novamente debaixo d'água, aproximou-se da costa, que estava a apenas alguns quilômetros de distância. Pelas janelas da sala de estar, vi longas algas marinhas e gigantescos fucus e macroalgas, dos quais o mar polar aberto contém inúmeras espécies, com seus filamentos lisos e afilados; mediam cerca de duzentos e setenta e cinco metros de comprimento, verdadeiros cabos, mais grossos do que um polegar. Devido a sua tenacidade, costumam ser usados como cordas para barcos. Outra alga, conhecida como kelp, com folhas de 1,2 metros de comprimento, enterrada nas concreções de corais, estava dependurada na parte inferior. Servia de ninho e alimento para inúmeros crustáceos e moluscos, caranguejos e chocos. Lá, focas e lontras tinham refeições esplêndidas, comendo a carne dos peixes com vegetais marinhos, à moda inglesa. Sobre aquele terreno fértil e luxuriante, o Náutilus passou com grande rapidez. Ao cair da noite, se aproximava das ilhas Falklands, cujos cumes irregulares reconheci no dia seguinte. A profundidade do mar era moderada. Nos litorais, nossas redes pegaram belos espécimes de algas, particularmente um certo fucus, cuja raiz estava cheia dos melhores mexilhões do mundo. Gansos e patos caíam às dúzias sobre a plataforma, e logo ocuparam seus lugares na despensa.

Quando os últimos picos das ilhas Falklands desapareceram no horizonte, o Náutilus afundou para dezoito a vinte e três metros, e seguiu a costa americana. O Capitão Nemo não deu as caras. Até o dia 3 de abril, não saímos da costa da Patagônia, às vezes sob o oceano, às vezes na superfície. O Náutilus passou entre o grande estuário formado pelo Uruguai. Sua direção era norte, e seguia as longas curvas do litoral da América do Sul. Havíamos, então, percorrido 2.500 quilômetros desde nosso embarque nos mares do Japão. Lá pelas onze horas, o Trópico de Capricórnio foi cruzado, no trigésimo sétimo meridiano, e passamos o Cabo Frio, no meio do oceano. O Capitão Nemo, para grande infelicidade de Ned Land, não gostou das redondezas dos litorais habitados do Brasil, pois passamos a uma velocidade vertiginosa. Nenhum peixe, nem um único pássaro dos mais rápidos, conseguiria nos seguir, e as curiosidades naturais daqueles mares escaparam de qualquer observação.

Aquela velocidade foi mantida por vários dias, e, na noite do dia 9 de abril, avistamos o ponto mais ocidental da América do Sul, que forma o Cabo São Roque. Mas, então, o Náutilus mudou de rumo novamente, e buscou a profundeza mais baixa de um vale submarino, que fica entre aquele Cabo e Serra Leoa, na costa da África. Aquele vale se bifurca paralelo às Antilhas, e termina na boca de uma enorme depressão de mais de 8.000 metros. Naquele lugar, a bacia geológica do oceano forma, chegando até as Pequenas Antilhas, um precipício de cinco quilômetros e meio, perpendicular, e, paralelamente às Ilhas do Cabo Verde, um outro paredão, não menos considerável, que circunda, desta forma, todo o continente afundado do Atlântico. O fundo deste imenso vale é pontilhado por algumas montanhas, que dão a esses locais submarinos um aspecto pitoresco. Falo, ademais, das cartas náuticas manuscritas, que estavam na biblioteca do Náutilus – cartas náuticas evidentemente feitas pela mão do Capitão Nemo, com base em suas observações pessoais. Por dois dias, as águas desertas e profundas foram visitadas através de planos inclinados. O Náutilus estava equipado com longos broadsides diagonais, que o carregavam a todas as elevações. Mas, no dia 11 de abril, ele subiu repentinamente, e terra apareceu na foz do Rio

Amazonas, um vasto estuário, cuja embocadura é tão considerável que dá frescor à água do mar por uma distância de várias léguas.

O equador foi cruzado. Trinta quilômetros ao oeste, estavam as Guianas, território francês, onde podíamos ter facilmente encontrado refúgio, mas uma forte brisa soprava, e as ondas furiosas não teriam permitido que um único barco as encarasse. Ned Land compreendeu isso, sem dúvida, pois não disse uma palavra sobre o assunto. De minha parte, não fiz menção a seus planos de fuga, pois não o instaria a fazer uma tentativa que inevitavelmente falharia. Passei o tempo com estudos interessantes. Nos dias 11 e 12 de abril, o Náutilus não saiu da superfície do mar, e a rede trouxe uma carga maravilhosa de zoófitos, peixes e répteis. Alguns zoófitos tinham sido pescados pela corrente das redes; eram, em sua maioria, lindas fictalinas, pertencentes à família das actinidiáceas, e, entre outras espécies, o Phyctalis protexta, nativo daquela parte do oceano, com um pequeno tronco cilíndrico, ornamentado com linhas verticais, pontilhado de vermelho, coroando lindos tentáculos. Quanto aos moluscos, consistiam em alguns que eu já observara – turritellas, abalones, com linhas regulares entrecruzadas e pontos vermelhos se sobressaindo da carne; estranhos búzios, parecendo escorpiões petrificados; mariposas translúcidas, argonautas, cochos (excelentes alimentos) e certas espécies de lulas que os naturalistas da antiguidade classificaram entre os peixes-voadores, e que servem principalmente de isca para pescar bacalhau. Eu tinha, então, uma oportunidade de estudar diversas espécies de peixes naquelas costas. Entre os cartilaginosos, lampreias, um tipo de enguia, com quarenta centímetros de comprimento, com uma cabeça esverdeada, nadadeiras violetas, costas azuis-acinzentadas, barriga marrom, prateada e cheia de pontos brilhantes, as pupilas de seus olhos cercadas de amarelo – um animal curioso, que a corrente do Amazonas levara até o mar, pois habita águas doces – faixas tuberculadas, com focinhos pontudos e uma cauda longa e solta, armada com um ferrão longo e chanfrado; pequenos tubarões, com menos de um metro de comprimento, pele acinzentada e esbranquiçada, diversas fileiras de dentes, costas dobradas, geralmente conhecidos pelo nome de Pantouffles; peixe-morcego, um tipo de triângulo isósceles avermelhado, com menos de meio metro, cujos peitorais são grudados por prolongamentos carnudos que os fazem parecer com morcegos, mas a quem seu apêndice chifrudo, localizado perto das narinas, deu o nome de unicórnio-do-mar; por último, alguns espécimes da família Balistidae, o Curassaviam, cujos pontos eram de um dourado brilhante, e o peixe-porco, violeta claro, com variados tons, como a garganta de um pombo.

Termino aqui este catálogo, talvez um tanto seco, mas muito exato, com uma série de peixes ósseos que observei de passagem, pertencentes aos peixes-elétricos, cujos focinhos são brancos como a neve, os corpos de um lindo preto, marcados por uma faixa carnuda solta e longa; peixes dentados, armados com esporões; sardinhas de vinte e três centímetros de comprimento, brilhando com uma luz prateada; uma espécie de cavalinha, equipada com duas barbatanas anais; peixes com ferrões, de tom enegrecido, pescados com tochas, peixes longos, de quase dois metros de comprimento, com bastante carne, branca e firme, que, quando são comidos frescos, têm gosto de enguia, e, quando são comidos secos, têm gosto de salmão defumado; bodiões, meio vermelhos, cobertos por escamas só no final das nadadeiras dorsais e anais; pirambus, nos quais o ouro e a prata misturam seu brilho com o do rubi e do topázio; moreias de cauda dourada, cuja carne é extremamente delicada; moreias cor de laranja, com longas línguas; corvinas, com nadadeiras caudais douradas, caudas escuras, peixes-quatro-olhos do Suriname, etc.

Não obstante este "etecetera", não posso deixar de mencionar peixes dos quais Conseil se lembrará sempre, e por um bom motivo. Uma de nossas redes havia pescado um tipo de arraia bem achatada, com a cauda cortada, formando um disco perfeito e pesando meio quilo. Era branca na parte de baixo, vermelha por cima, com grandes círculos de cor azul escura, com preto ao redor, pele bem brilhante, terminando em uma barbatana bifurcada. Deitada sobre a plataforma, começou a se debater, tentou se virar com movimentos convulsivos, e fez tanto esforço que uma última virada quase a mandou para o mar. Mas Conseil, não querendo deixar o peixe ir embora, correu atrás dele e, antes que eu pudesse impedi-lo, o agarrara com as duas mãos. Em um instante, havia caído para fora, com as pernas no ar e metade de seu corpo paralisado, gritando:

- Oh, senhor, senhor! Me ajude!

Era a primeira vez que o pobre garoto falava comigo de forma tão íntima. Eu e o canadense o puxamos para cima, e massageamos seus braços contraídos até voltar a sensação. O infeliz Conseil atacara um peixe da família Torpedinidae, do mais perigoso tipo, a tremelga-marmoreada. Este estranho animal, em um meio condutor como a água, atinge os peixes a vários metros de distância, tamanho o poder de seu órgão elétrico, cujas duas principais superfícies não medem menos do que oito metros quadrados. No dia seguinte, 12 de abril, o Náutilus aproximou-se da costa holandesa, perto da foz do Maroni. Lá havia diversos rebanhos de vacas-marinhas juntos; eram manatins, que, como o dugongo e o lamantim, pertencem à ordem Sirenia. Aqueles belos animais, pacíficos e inofensivos, medindo de cinco a seis metros de comprimento, pesavam pelo menos oitocentos quilos. Contei a Ned e a Conseil que a natureza providente atribuíra um papel importante a estes mamíferos. Na verdade, eles, como as focas, são projetados para pastar nas pradarias submarinas, e, deste modo, destruir o acúmulo de ervas daninhas que obstruem os rios tropicais.

- E sabem – acrescentei – qual foi o resultado, deste que os homens quase que aniquilaram inteiramente? As ervas daninhas putrefatas envenenaram o ar, e o ar envenenado causa a febre amarela, que desola estes lindos países. Enormes vegetações se multiplicam sob os rios tórridos, e o mal é irresistivelmente desenvolvido, desde a foz do Rio da Prata até a Flórida. Se acreditarmos em Toussenel, esta praga não chega aos pés do que aconteceria se os mares ficassem absolutamente sem baleias e focas. Então, infestados com polvos, medusas e cochos, se tornariam imensos centros de infecção, já que suas ondas não possuem "os vastos estômagos que Deus encarregou de infestar a superfície dos mares".

Capítulo 18
Os polvos

Por diversos dias, o Náutilus ficou a uma distância da costa americana. Evidentemente, não queria arriscar as marés do Golfo do México ou do mar das Antilhas. No dia 16 de abril, avistamos Martinica e Guadalupe de uma distância de cerca de cinquenta quilômetros. Vi seus altos picos por um instante. O canadense, que estava contando que poderia colocar seu plano em ação no Golfo, atracando ou pegando carona em um dos numerosos barcos que vão de uma ilha à outra, ficou bastante desanimado. Seria inteiramente possível fugir, se Ned Land houvesse ao menos conseguido tomar posse do barco, sem o conhecimento do Capitão. Mas em mar aberto, não podia ser cogitado. O canadense, Conseil e eu tivemos uma longa conversa sobre o assunto. Já fazia seis meses que éramos prisioneiros a bordo do Náutilus. Viajáramos 17.000 léguas, e, como Ned Land dissera, não havia motivo para que isso chegasse ao fim. Não podíamos esperar nada do Capitão do Náutilus, somente de nós mesmos. Além disso, há algum tempo ele se tornara mais sério, mais isolado, menos sociável. Parecia me rejeitar. Eu raramente o encontrava. Antigamente, ele tinha prazer em me explicar as maravilhas submarinas, agora, me deixava sozinho com meus estudos, e não vinha mais para o salão. Que mudança o acometera? Por que motivo? De minha parte, não queria levar comigo meus estudos curiosos e novos para o túmulo. Agora tinha o poder de escrever o verdadeiro livro do mar, e este livro, mais cedo ou mais tarde, eu queria que visse a luz do dia. A terra mais próxima de nós era o arquipélago de Bahamas. Lá, elevavam-se altos desfiladeiros submarinos, cobertos por grandes ervas. Eram cerca de onze horas, quando Ned Land chamou minha atenção para uma picada, como uma mordida de formiga, produzida por grandes algas.

- Bom, – eu disse, – estas são cavernas adequadas para polvos, e não ficaria surpreso de ver alguns desses monstros.

- O que! – disse Conseil. – Chocos, verdadeiros chocos, da classe dos cefalópodes?

- Não, – respondi, – polvos de dimensões enormes.

- Nunca acreditarei que esses animais existem – disse Ned.

- Bom, – disse Conseil, com o ar mais sério do mundo, – lembro-me perfeitamente de ter visto um grande barco arrastado para debaixo das ondas pelo tentáculo de um polvo.

- Você viu isso? – indagou o canadense.

- Sim, Ned.

- Com seus próprios olhos?

- Com meus próprios olhos.

- Onde, me diga, isso ocorreu?

- Em St. Malo – respondeu Conseil.

- No porto? – perguntou Ned, ironicamente.

- Não, em uma igreja – respondeu Conseil.

- Em uma igreja! – exclamou o canadense.

- Sim, caro Ned. Em um quadro representando o polvo em questão.

- Que bom! – disse Ned Land, caindo na gargalhada.

- Ele está correto – eu disse. – Já ouvi falar deste quadro, mas o assunto representado é uma lenda, e vocês sabem o que pensar de lendas quando se trata de história natural. Além disso, quando é uma questão de monstros, a imaginação costuma correr solta. Não só se supõe que esses polvos conseguem arrastar barcos para o fundo, como também um certo Olaus Magnus escreveu sobre um polvo de quase dois quilômetros de comprimento, que é mais uma ilha do que um animal. Também é dito que o Bispo de Nidros estava construindo um altar sobre uma imensa rocha. Quando a missa terminou, a rocha começou a andar, e voltou para o mar. A rocha era um polvo. Outro Bispo, chamado Pontoppidan, também menciona um polvo, sobre o qual um regimento de cavalaria conseguia manobrar. Por último os antigos naturalistas falam de monstros cujas bocas eram como golfos, e que eram grandes demais para passar pelo Estreito de Gibraltar.

- Mas que parte dessas histórias é verdadeira? – perguntou Conseil.

- Nenhuma, meus amigos, pelo menos a parte que passa do limite da verdade, chegando até a fábula ou lenda. Ainda assim, deve existir algum ponto firme para servir de apoio à imaginação dos contadores de histórias. Não se pode negar que os polvos e chocos existem em espécies maiores, ainda que menores do que os cetáceos. Aristóteles disse que as dimensões de um choco eram cinco cúbitos, ou dois metros e oitenta centímetros. Nossos pescadores frequentemente avistam alguns que têm mais do que um metro e vinte. Alguns esqueletos de polvos estão preservados nos museus de Trieste e Montpellier, que medem um metro e oitenta. Além disso, de acordo com os cálculos de alguns naturalistas, um desses animais, que medisse só um metro e oitenta, teria tentáculos de oito metros. Isso seria o suficiente para que fosse um monstro formidável.

- São pescados hoje em dia? – perguntou Ned.

- Se é que não são pescados, os marinheiros os veem, pelo menos. Um de meus amigos, o Capitão Paul Bos, de Havre, costuma afirmar que encontrou um desses monstros de dimensões colossais, nos mares do Índico. Mas o fato mais surpreendente, e que não permite que neguemos a existência desses animais gigantescos, aconteceu há alguns anos, em 1861.

- Que fato é esse? – perguntou Ned Land.

- É este. Em 1861, ao nordeste de Tenerife, quase na mesma latitude em que nos encontramos agora, a tripulação do barco de correio militar Alector percebeu um monstruoso choco nadando nas águas. O Capitão Bouguer chegou perto do animal, e o atacou com um arpão e armas, sem muito sucesso, pois as balas e o arpão deslizavam sobre a carne macia. Após diversas tentativas infrutíferas, a tripulação tentou passar um nó corredio pelo corpo do molusco. O nó escorregou até a cauda e lá parou. Então, tentaram arrastá-lo a bordo, mas seu peso era tão considerável que o aperto da corda separou a cauda do corpo e, privado deste ornamento, o animal desapareceu nas águas.

- É mesmo! Isso é verdade?

- Verdade indisputável, meu bom Ned. Propuseram chamar este polvo de "choco de Bouguer".

- Qual era seu comprimento? – perguntou o canadense.

- Não media cerca de um metro e oitenta? – disse Conseil, que, parado na frente da janela, examinava novamente as curvas irregulares dos desfiladeiros.

- Precisamente – respondi.

- Sua cabeça – continuou Conseil – não era coroada por oito tentáculos, que batiam na água como um ninho de serpentes?

- Precisamente.

- Seus olhos, localizados na parte de trás da cabeça, não eram consideravelmente desenvolvidos?

- Sim, Conseil.

- E sua boca não era parecida como um bico de papagaio?

- Exatamente, Conseil.

- Muito bem! Sem querer ofender o senhor, – respondeu ele, em voz baixa, – se este não é o choco de Bouguer, é, pelo menos, um de seus irmãos.

Encarei Conseil. Ned Land correu até a janela.

- Que criatura horrorosa! – ele exclamou.

Foi minha vez de olhar, e não consegui reprimir um gesto de nojo. Na frente de meus olhos, estava um monstro horrível, digno de figurar nas lendas fantásticas. Era um choco imenso, medindo sete metros. Nadava de lado, em direção ao Náutilus, com grande velocidade, nos olhando fixamente com seus enormes olhos verdes. Seus oito braços, ou tentáculos, presos em sua cabeça, que deram o nome de cefalópode a esses animais, eram duas vezes mais longos do que seu corpo, e enrolados como os cabelos de uma górgona. Podíamos enxergar os 250 buracos de ar do lado de dentro dos tentáculos. A boca do monstro, um bico curvado como o de um papagaio, abria e fechava verticalmente. Sua língua, uma substância cornuda, equipada com diversas fileiras de dentes pontiagudos, saía tremendo daquele verdadeiro par de tesouras. Que aberração da natureza, um bico de pássaro em um molusco! Seu corpo afunilado formava uma massa carnuda, que podia pesar de 1.800 a 2.200 quilos; sua cor mudava com grande rapidez, de acordo com a irritação do animal, passando sucessivamente de cinza desbotado para marrom avermelhado. O que irritara aquele molusco? Sem dúvida, a presença do Náutilus, mais formidável do que ele, e o qual as ventosas de suas mandíbulas não conseguiam agarrar. Ainda assim, que monstros esses polvos são! Que vitalidade o Criador os deu! Que vigor em seus movimentos! E possuíam três corações! O destino os trouxera à presença daquele choco, e não queria perder a oportunidade de estudar cuidadosamente aquele espécime dos cefalópodes. Controlei o horror que ele inspirara em mim, e, pegando um lápis, comecei a desenhá-lo.

- Talvez este seja o mesmo que o Alector viu – disse Conseil.

- Não, – respondeu o canadense, – pois este está inteiro, e o outro perdeu a cauda.

- Isto não é motivo – eu respondi. – Os tentáculos e as caudas destes animais se renovam, e, em sete anos, a cauda do choco de Bouguer teve, sem dúvida, tempo de crescer.

Àquele ponto, outros polvos tinham aparecido na luz de bombordo. Contei sete. Formavam uma procissão atrás do Náutilus, e ouvi seus bicos mordendo o casco de ferro. Continuei a trabalhar. Aqueles monstros ficavam dentro d'água com tanta precisão, que pareciam imóveis. Repentinamente, o Náutilus parou. Uma colisão fez com que todas as suas placas tremessem.

- Batemos em algo? – perguntei.

- De toda forma, – respondeu o canadense, – estaremos livres, pois estamos flutuando.

O Náutilus estava flutuando, sem dúvida, mas não se mexia. Um minuto se passou. O Capitão Nemo, seguido por seu tenente, entrou na sala de estar. Fazia algum tempo que eu não o via. Ele parecia entediado. Sem reparar em nós, ou falar conosco, foi até o painel, olhou para os polvos e disse algo para seu tenente. Este último saiu. Os painéis foram logo fechados. O teto foi acendido. Andei em direção ao Capitão.

- Uma curiosa coleção de polvos? – disse.

- É, sim, Sr. Naturalista, – respondeu ele, – e vamos lutar com eles, de homem para animal.

O encarei. Pensei não tê-lo ouvido direito.

- De homem para animal? – repeti.

- Sim, senhor. A hélice foi parada. Acho que a mandíbula armada de um dos chocos está enroscada nas pás. É isso que nos impede de andar.

- O que vão fazer?

- Subir até a superfície e matar este verme.

- Uma tarefa difícil.

- Realmente. As balas elétricas são impotentes contra a carne macia, onde não encontram resistência o suficiente para serem ativadas. Mas o atacaremos com a machadinha.

- E o arpão, senhor, – disse o canadense, – se não recusar minha ajuda.

- A aceitarei, Sr. Land.

- Seguiremos vocês – disse eu, e, seguindo o Capitão Nemo, fomos em direção à escadaria central.

Lá, cerca de dez homens com machadinhas estavam prontos para o ataque. Conseil e eu pegamos duas machadinhas; Ned Land agarrou um arpão. O Náutilus havia subido à superfície. Um dos marinheiros, posicionado no primeiro degrau da escada, desatarraxou os parafusos dos painéis. Porém, os parafusos mal haviam sido soltos, quando o painel subiu com grande violência, evidentemente sugado pelas ventosas de um tentáculo de polvo. Imediatamente, um daqueles braços deslizou como uma serpente para dentro da abertura, e havia mais vinte acima dele. Com um golpe do machado, o Capitão Nemo cortou o formidável tentáculo, que escorregou escada abaixo. Enquanto nos empurrávamos para chegar até a plataforma, dois outros tentáculos, chicoteando o ar, desceram sobre o marujo posicionado à frente do Capitão Nemo, e o levantaram com uma força irresistível. O Capitão Nemo deu um grito e correu para fora. Nos apressamos atrás dele.

Que cena! O infeliz, agarrado por um tentáculo e preso às ventosas, estava equilibrado no ar, ao bel-prazer daquela enorme tromba. Ele grunhia, estava sufocado, exclamava: "Socorro! Socorro!" Estas palavras, ditas em francês, me pegaram de surpresa! Eu tinha um compatriota a bordo, talvez vários! Aquele grito de cortar o coração! O ouvirei para o resto da vida. O infeliz estava perdido. Quem poderia resgatá-lo daquela poderosa pressão? Contudo, o Capitão Nemo correra até o polvo e, com um golpe do machado, cortou um dos tentáculos. Seu tenente lutou furiosamente contra outros monstros, que subiam sub-repticiamente pelos flancos do Náutilus. A tripulação lutava com seus machados. O canadense, Conseil e eu enterrávamos nossas armas na massa de carne; um forte cheiro almiscarado penetrava na atmosfera. Era horrível!

Por um instante, pensei que o infeliz enroscado com o polvo seria libertado da poderosa sucção. Sete dos oito tentáculos haviam sido cortados. Só um se contorcia no ar, brandindo a vítima como uma pena. Mas logo que o Capitão Nemo e seu tenente se jogaram sobre ele, o animal ejetou um jato de líquido preto. Fomos cegados por ele. Quando a nuvem se dispersou, o choco tinha desaparecido, e meu infeliz compatriota com ele. Dez ou doze polvos agora invadiam a plataforma e as laterais do Náutilus. Rolamos desordenadamente no meio daquele ninho de serpentes, que se contorciam sobre a plataforma, nas ondas de sangue e tinta. Parecia que aqueles tentáculos se erguiam como as cabeças da Hidra. O arpão de Ned Land, a cada golpe, era enfiado nos olhos fixos dos chocos. Mas meu corajoso companheiro foi repentinamente derrubado pelos tentáculos de um monstro que não conseguira evitar.

Ah! Como meu coração batia com emoção e horror! O bico formidável de um choco estava aberto sobre Ned Land. O infeliz seria cortado em dois. Corri em seu auxílio. Mas o Capitão Nemo chegou antes de mim; seu machado desapareceu entre os dois enormes olhos e, milagrosamente salvo, o canadense, se levantando, enterrou o arpão no fundo do coração triplo do polvo.

- Eu devia esta vingança a mim mesmo! – disse o Capitão para o canadense.

Ned fez uma reverência, sem responder. O combate durara quinze minutos. Os monstros, derrotados e mutilados, nos abandonaram finalmente, e desapareceram sob as ondas. O Capitão Nemo, coberto de sangue, quase exausto, olhava para o mar que engolira um de seus companheiros, e grandes lágrimas banharam seus olhos.

Capítulo 19
A Corrente do Golfo

Aquela cena terrível do dia 20 de abril nenhum de nós jamais esquecerá. A escrevi sob a influência de uma emoção violenta. Desde então, revisei a narrativa; a li para Conseil e para o canadense. Acharam que é exata quanto aos fatos, mas insuficiente quanto aos efeitos. Para pintar tais retratos, deve-se ter a caneta do mais ilustre de nossos poetas, o autor de "Os Trabalhadores do Mar".

Já disse que o Capitão Nemo chorou enquanto observava as ondas, sua tristeza era grande. Era o segundo companheiro que perdia desde nossa chegada a bordo, e que morte! Aquele amigo, esmagado, sufocado, machucado pelos horríveis tentáculos de um polvo, achatado por suas mandíbulas de ferro, não descansaria com seus colegas no pacífico cemitério de corais! No meio da briga, havia sido o grito de desespero do pobre homem que dilacerara meu coração. O pobre francês, esquecendo seu idioma convencional, mudara para sua língua materna, para emitir um último pedido de ajuda! Dentre a tripulação do Náutilus, associada de corpo e alma ao Capitão, fugindo como ele de todo contato com a humanidade, eu tinha um compatriota. Será que só ele representava a França naquela misteriosa associação, evidentemente composta por indivíduos de diversas nacionalidades? Era um daqueles problemas insolúveis que surgiam incessantemente em minha mente!

O Capitão Nemo entrou em seu quarto, e não o vi mais por algum tempo. Mas que ele estava triste e irresoluto, eu podia ver pela embarcação, da qual ele era a alma, e que recebia todas as suas impressões. O Náutilus não manteve a rota escolhida; flutuava por aí como um cadáver, de acordo com a vontade das ondas. Seguia aleatoriamente. Ele não conseguia se desvencilhar da cena da última batalha, daquele mar que devorara um de seus homens. Dez dias se passaram assim. Não foi até o dia 1° de maio que o Náutilus retomou sua rota rumo ao norte, após ter avistado as Bahamas na entrada do Canal das Bahamas. Estávamos, então, seguindo a corrente do maior rio para o mar, que tem seus bancos, peixes e próprias temperaturas. Me refiro à Corrente do Golfo. É mesmo um rio, que flui livremente até o meio do Atlântico, e cujas águas não se misturam com as águas do oceano. É um rio salgado, mais do que o mar que o cerca. Sua profundidade média é de 1.500 braças, e sua largura média é de dezesseis quilômetros. Em certos lugares, a corrente flui com a velocidade de cinco quilômetros por hora. O corpo de suas águas é mais considerável do que o de todos os rios do globo. Era naquele rio oceânico que o Náutilus então navegava.

Devo acrescentar que, durante a noite, as águas fosforescentes da Corrente do Golfo rivalizavam com a eletricidade de nossa luz de vigília, especialmente no clima tempestuoso que nos ameaçava com tanta frequência. No dia 8 de maio, ainda cruzávamos o Cabo Hatteras, na altura da Carolina do Norte. A largura da Corrente do Golfo ali é de cento e vinte quilômetros, e sua profundidade é de cento e noventa metros. O Náutilus continuava seguindo uma rota aleatória; toda supervisão parecia ter sido abandonada. Pensei que, sob tais circunstâncias, seria possível escapar. Na verdade, as costas habitadas ofereciam, em todos os locais, um refúgio fácil. O mar era incessantemente cortado pelos navios a vapor que viajam de Nova York ou Boston até o Golfo do México, e tomado dia e noite pelas pequenas escunas que costeiam as diversas partes do litoral dos Estados Unidos. Podíamos ter esperança de sermos resgatados. Era uma oportunidade favorável, não obstante os cinquenta quilômetros que separavam o Náutilus dos litorais da União[22]. Uma circunstância desfavorável estragou os planos do canadense. O tempo estava bastante ruim. Nos aproximávamos daquelas costas onde as tempestades são tão frequentes, a região de trombas d'água e ciclones engendrados pela própria Corrente do Golfo. Tentar o mar em um barco frágil era destruição na certa. O próprio Ned Land reconheceu isso. Estava agitado, tomado por uma nostalgia que só a fuga poderia curar.

- Senhor, – disse aquele dia, para mim, – isso precisa acabar. Preciso falar a verdade. Este Nemo está deixando a terra e subindo para o norte. Mas declaro para você que fiquei cheio do Polo Sul, e não o seguirei até o Norte.

- O que deve ser feito, Ned, já que escapar é impraticável neste momento?

- Precisamos falar com o Capitão – disse ele. – O senhor não disse nada quando estávamos nos seus mares nativos. Eu falarei, agora que estamos nos meus. Quando penso que, em pouco tempo, o Náutilus estará na Nova Escócia, e que a província de Terra Nova está lá perto,

[22]N. da T.: "União" referia-se aos 23 estados do norte dos EUA, favoráveis à abolição da escravatura.

e que o rio St. Lawrence cai naquela baía, e que o St. Lawrence é o meu rio, o rio que passa por Quebec, minha cidade natal... quando penso nisso, me sinto furioso, faz meu cabelo se arrepiar. Senhor, prefiro me jogar no mar! Não ficarei aqui! Estou sufocando!

O canadense estava, evidentemente, perdendo toda a paciência. Sua natureza vigorosa não aguentava aquela prisão prolongada. Seu semblante se alterava diariamente, seu temperamento se tornou mais ranzinza. Eu sabia o que ele devia sofrer, pois eu mesmo sentia saudades de casa. Quase sete meses haviam se passado, sem que tivéssemos qualquer notícia da terra; o isolamento do Capitão Nemo, seu humor mudado, especialmente desde a briga com os polvos, sua taciturnidade, tudo me fazia ver as coisas por um novo prisma.

- Bem, senhor? – disse Ned, vendo que eu não respondia.

- Bem, Ned, quer que eu pergunte ao Capitão Nemo quais são suas intenções em relação a nós?

- Sim, senhor.

- Apesar de ele já nos ter informado?

- Sim, quero estabelecer isso de forma definitiva. Fale por mim, somente em meu nome, se quiser.

- Mas o encontro tão raramente. Ele me evita.

- Mais um motivo para o senhor ir vê-lo.

Fui para meu quarto. De lá, pretendia ir para o do Capitão Nemo. Não daria para deixar passar aquela oportunidade de encontrá-lo. Bati na porta. Não houve resposta. Bati de novo, e então girei a maçaneta. A porta se abriu, e entrei. O Capitão estava lá. Debruçado sobre sua mesa de trabalho, não me ouvira. Decidido a não ir embora sem ter falado, me aproximei dele. Ele levantou a cabeça rapidamente, franziu o cenho e disse rispidamente:

- Você aí! O que quer?

- Falar com o senhor, Capitão.

- Mas estou ocupado, senhor, estou trabalhando. Te dou a liberdade de se trancar, não permite que eu faça o mesmo?

Aquela recepção não era encorajadora, mas eu estava determinado a ouvir e responder a tudo.

- Senhor, – disse eu, com frieza, – preciso falar-lhe sobre um assunto que não permite atrasos.

- O que é, senhor? – respondeu ele, ironicamente. – Descobriu algo que me escapou, ou o mar lhe entregou novos segredos?

Não estávamos nos entendendo. Porém, antes que eu pudesse responder, ele me mostrou um manuscrito aberto sobre sua mesa e disse, em um tom mais sério:

- Este, Monsieur Aronnax, é um manuscrito escrito em diversas línguas. Contém todos os meus estudos sobre o mar, e, se for da vontade de Deus, ele não perecerá comigo. Este manuscrito, assinado com meu nome, completo com a história de minha vida, será preso em uma maleta flutuante. O último sobrevivente, dentre nós todos, a bordo do Náutilus, jogará esta maleta ao mar, e ela irá para onde as ondas a levarem.

O nome daquele homem! Sua história, escrita por ele mesmo! Seu mistério seria, então, revelado algum dia.

- Capitão, – disse, – só posso concordar com a ideia que o faz agir assim. O resultado de seus estudos não pode se perder. Mas o meio que utiliza me parece ser primitivo. Quem sabe aonde os ventos carregarão aquela maleta, e nas mãos de quem ela cairá! Não poderia usar outro meio? Você não poderia, ou um de seus...

- Nunca, senhor! – ele disse, me interrompendo apressadamente.

- Mas eu e meus companheiros nos prontificaríamos a manter este manuscrito guardado, e se o senhor nos colocar em liberdade...

- Em liberdade? – disse o Capitão, se levantando.

- Sim, senhor; este é o assunto sobre o qual gostaria de questioná-lo. Por sete meses, estivemos aqui a bordo, e lhe pergunto hoje, em meu próprio nome e em nome de meus companheiros, se sua intenção é nos manter aqui para sempre?

- Monsieur Aronnax, responderei hoje da mesma forma que respondi há sete meses: quem entra no Náutilus, não deverá nunca sair.

- O senhor nos impõe uma verdadeira escravidão!

- Dê a isso o nome que quiser.

- Mas em todos os lugares, o escravo tem o direito de recuperar sua liberdade.

- Quem nega este direito a vocês? Já tentei aprisioná-los com uma promessa?

Ele me olhava com os braços cruzados.

- Senhor, – eu disse, – retomar este assunto não será agradável nem para mim, nem para você, mas, já que começamos, vamos terminar. Repito, isto não diz respeito só a mim. Estudar me é um alívio, uma diversão, uma paixão que consegue me fazer esquecer de tudo. Como você, estou disposto a viver em obscuridade, na tênue esperança de deixar de herança, um dia, para o futuro, o resultado de meus trabalhos. Mas é diferente com Ned Land. Todo homem, digno de ser chamado assim, merece um pouco de consideração. Já pensou que o amor pela liberdade e o ódio pela escravidão podem dar origem a esquemas de vingança em uma natureza como a do canadense, que ele pode pensar e tentar...

Fui silenciado. O Capitão Nemo levantou-se.

- O que quer que seja que Ned Land pense ou tente, que significa para mim? Não fui atrás dele! Não é para meu prazer que o mantenho a bordo! Quanto a você, Monsieur Aronnax, é um daqueles que consegue compreender tudo, até mesmo o silêncio. Não tenho mais nada para dizer ao senhor. Que esta primeira vez que veio tratar deste assunto seja a última, pois, numa segunda vez, não o escutarei.

Me retirei. Nossa situação era crítica. Relatei minha conversa para meus dois companheiros.

- Agora sabemos – disse Ned – que não podemos esperar nada deste homem. O Náutilus está chegando perto de Long Island. Escaparemos, qualquer que seja o clima.

Mas os céus se tornavam cada vez mais ameaçadores. Sintomas de um furacão começaram a ficar óbvios. A atmosfera se tornava branca e enevoada. No horizonte, linhas finas de nuvens cirros eram sucedidas por massas de cúmulos. Outras nuvens baixas passavam rapidamente. O mar inchado se erguia em grandes ondulações. Os pássaros desapareceram, exceto as pardelas, que gostam de tempestades. O barômetro caiu perceptivelmente, e indicava uma extrema extensão dos vapores. A mistura no medidor de tempestades estava decomposta, sob a influência da eletricidade que permeava a atmosfera. A tempestade irrompeu no dia 18 de maio, logo quando o Náutilus flutuava perto da costa de Long Island, alguns quilômetros de distância do porto de Nova York. Posso descrever aquela contenda dos elementos! Pois, ao invés de fugir para as profundezas do mar, o Capitão Nemo, devido a um capricho inexplicável, decidiu encará-la na superfície. O vento soprava, de início, do sudoeste. O Capitão Nemo, durante as rajadas, se posicionara na plataforma. Havia se amarrado, para impedir que fosse levado pelas ondas monstruosas. Eu me arrastara para cima e também me amarrara, dividindo minha admiração entre a tempestade e aquele homem extraordinário que lidava com ela. O mar bravio era sacudido por enormes nuvens que se moviam, e que estavam saturadas pelas próprias ondas. O Náutilus, às vezes caído de lado, às vezes erguido como um mastro, rolava e balançava terrivelmente. Lá pelas cinco horas, uma torrente de chuva caiu, que não acalmou nem o mar, nem o vento. O furacão soprava a quase quarenta léguas por hora. É sob aquelas condições que ele destrói casas, quebra portões de ferro, desloca canhões. Contudo, o Náutilus, no meio da tempestade, confirmava as palavras de um engenheiro esperto: "Não há caso bem construído que não consiga desafiar o mar". Ele não era uma rocha resistente; era um fuso de aço, obediente e móvel, sem cordame ou mastros, que desbravava a fúria do oceano com impunidade. Contudo, assisti aquelas ondas bravias com atenção. Mediam quatro metros e meio de altura, e de 140 a 160 metros de comprimento, e sua velocidade de propagação era de nove metros por segundo. Suas massas e potências aumentavam com a profundidade da água. Ondas como aquelas, nas ilhas Hébrides, já deslocaram uma massa que pesava 3.800 quilos. São aquelas que, na tempestade do dia 23 de dezembro de 1864, após destruir a cidade de Yeddo, no Japão, quebraram, no mesmo dia, contra o litoral da América. A intensidade da tempestade aumentava conforme a noite passava. O barômetro, assim como em 1860, em Reunion, durante um ciclone, caiu sete décimos ao fim do dia. Vi uma embarcação grande passar no horizonte, lutando dolorosamente. Estava tentando ficar a meio vapor, para permanecer sobre as ondas. Provavelmente era um dos navios a vapor que faziam a linha de Nova York para Liverpool, ou para Le Havre. Logo desapareceu na escuridão. Às dez horas da noite, o céu estava em chamas. A atmosfera era cortada por vívidos relâmpagos. Eu não aguentava o brilho deles, enquanto que o Capitão, olhando para eles, parecia invejar o espírito da tempestade. Um barulho terrível preencheu o ar, um som complexo, composto pelos uivos das ondas que se quebravam, pelo rugir do vento e pelos trovões. O vento se voltou, de repente, para todos os pontos do horizonte, e o ciclone, elevando-se ao leste, voltou após passar pelo norte, oeste e sul, na rota contrária à adotada pela tempestade circular do hemisfério sul. Ah, aquela Corrente do Golfo! Merece mesmo seu nome de Rainha das Tempestades. É ela que causa aqueles ciclones formidáveis, pela diferença de temperatura entre seu ar e suas correntes. Um jorro de fogo se sucedera à chuva. As gotas d'água se transformaram em pontas afiadas. Seria de se pensar que o Capitão Nemo estava cortejando uma morte digna dele, morte por relâmpago. Enquanto o Náutilus, sacolejando terrivelmente, levantava seu esporão no ar, parecia atuar como um condutor, e vi longas faíscas saírem dele. Esmagado e sem forças, rastejei até o painel, o abri e desci para o salão. A tempestade estava, naquela altura, em seu ponto máximo. Era impossível ficar ereto dentro do Náutilus. O Capitão Nemo desceu lá pela meia-noite. Ouvi os reservatórios se enchendo gradualmente, e o Náutilus afundou lentamente nas ondas. Através das janelas abertas do salão, vi grandes peixes aterrorizados, passando como fantasmas na água. Alguns foram atingidos na frente dos meus olhos. O Náutilus continuava a descer. Pensei que, a umas oito braças de profundidade, encontraríamos a calmaria. Mas não! As camadas superiores estavam agitadas demais para isso. Tivemos que buscar repouso a mais de vinte e cinco braças, nas entranhas das profundezas. Mas ali, que quietude, que silêncio, que paz! Quem poderia dizer que um furacão fora solto na superfície daquele oceano?

Capítulo 20
Da latitude 47° 24' à longitude 17° 28'

Em decorrência da tempestade, havíamos sido jogados em direção ao leste, novamente. Todas as esperanças de escaparmos no litoral de Nova York ou St. Lawrence estavam perdidas, e o pobre Ned, em desespero, se isolara como o Capitão Nemo. Conseil e eu, entretanto, nunca nos abandonamos. Eu disse que o Náutilus fora para o leste. Deveria ter dito (para ser mais exato) nordeste. Por alguns dias, navegou primeiro na superfície, e depois abaixo dela, entre as névoas tão temidas pelos marinheiros. Que acidentes são causados por essas névoas cerradas! Que colisões contra os corais, quando o vento abafa o som das ondas se quebrando! Que batidas entre embarcações, apesar de suas luzes de alerta, apitos e sinos! E o fundo desses oceanos parece um campo de batalha, onde ainda jazem todos os derrotados pelo oceano, alguns velhos e já encrustados, outros frescos e com seus aros de ferro e placas de cobre refletindo o brilho de nossa lanterna.

No dia 15 de maio, estávamos no extremo sul dos Grandes Bancos de Terra Nova. Consistem em depósitos de sedimentos, ou grandes montes de matéria orgânica, trazidos do Equador pela Corrente do Golfo, ou do Polo Norte, pela contracorrente de água fria que passa ao lado da costa americana. Lá também estão empilhados os blocos erráticos carregados pelo gelo quebrado, e, lá perto, um vasto jazigo de moluscos, que perecem ali aos milhões. A profundidade do mar não é grande, em Terra Nova – não mais do que algumas centenas de braças, mas em direção ao sul, há uma depressão de 1.500 braças. Lá, a Corrente do Golfo se alarga. Perde um pouco de sua velocidade e temperatura, mas se torna um mar.

Foi no dia 17 de maio, cerca de 800 quilômetros da cidade de Heart's Content, a uma profundidade de mais de 1.400 braças, que eu vi o cabo elétrico caído no fundo. Conseil, para quem eu não havia mencionado nada, pensou, primeiro, que era uma gigantesca serpente marinha. Mas corrigi o bom camarada, e, como consolação, relatei diversos detalhes sobre o assentamento daquele cabo. O primeiro foi assentado nos anos de 1857 e 1858; mas, após transmitir cerca de 400 telegramas, não funcionou mais. Em 1863, os engenheiros construíram outro, medindo 3.200 quilômetros e pesando 4.500 toneladas, embarcado no navio Great Eastern. Esta tentativa também falhou.

No dia 25 de maio, o Náutilus, a uma profundidade de mais de 1.918 braças, estava no exato local onde a ruptura ocorrera, que arruinara o empreendimento. Estavam a menos de 1.100 quilômetros do litoral da Irlanda, e, às duas e meia da tarde, descobriram que toda a comunicação com a Europa cessara. Os eletricistas abordo decidiram cortar o cabo antes de trazê-lo para cima e, às onze da noite, tinham recuperado a parte danificada. Fizeram outra ponta e a emendaram, e o cabo foi novamente submerso. Mas, alguns dias depois, quebrou de novo, e, nas profundezas do oceano, não pôde ser capturado. Os americanos, contudo, não ficaram desencorajados. Cyrus Field, o ousado promotor do empreendimento, já que tinha investido toda a sua própria fortuna, começou a pedir subscritores em pessoa, chamado que foi prontamente atendido, e outro cabo foi construído, com princípios melhores. Os feixes de cabos condutores foram embalados em látex, e protegidos por cânhamo, contidos em uma cobertura metálica. O Great Eastern partiu no dia 13 de julho de 1866. A operação funcionou bem. Mas um incidente ocorreu. Várias vezes, ao desenrolarem o cabo, observaram que pregos haviam sido enfiados nele recentemente, obviamente com o propósito de destruí-lo. O Capitão Anderson, os oficiais e os engenheiros se reuniram e anunciaram que, se o infrator fosse encontrado a bordo, seria jogado ao mar, sem julgamento. Dali em diante a tentativa criminal não foi repetida.

No dia 23 de julho, o Great Eastern estava a menos de oitocentos quilômetros de Terra Nova, quando telegrafaram da Irlanda a notícia do armistício acordado entre a Prússia e a Áustria, após a batalha de Sadová. No dia 27, em meio à névoa cerrada, chegaram ao porto de Heart's Content. O empreendimento estava terminado com sucesso, e, para sua primeira transmissão, a jovem América endereçou à velha Europa as seguintes palavras de sabedoria, tão raramente compreendidas: "Glória a Deus nas alturas, e, na Terra, paz e boa-vontade entre os homens".

Eu não esperava encontrar o cabo elétrico em seu estado original, como estava ao sair da fábrica. A longa serpente, coberta com restos de conchas, cheia de foraminíferos, estava encrustada com uma forte camada que servia como proteção contra todos os moluscos furadores. Jazia calmamente protegida dos movimentos do mar, e sob uma pressão favorável para a transmissão da faísca elétrica que vai da Europa até a América em .32 segundos. Sem dúvida, aquele cabo durará um longo tempo, pois descobriram que a cobertura de látex melhora com a água do mar. Além disso, naquele nível, tão bem escolhido, o cabo nunca está tão profundamente submerso a ponto de fazer com que quebre. O Náutilus o seguiu até a maior profundidade, que era de mais de 2.212 braças, e lá jazia, sem ancoragem; e então chegamos ao local onde o acidente ocorrera em 1863. O fundo do oceano formava, ali, um vale de mais ou menos 160 quilômetros de largura, no qual o Mont Blanc poderia ser colocado, sem que seu cume aparecesse acima das ondas. Aquele vale é fechado, ao leste, por um paredão perpendicular de mais de 2.000 metros de altura. Chegamos lá no dia 28 de maio, e o Náutilus não estava, naquele momento, a mais de cento e noventa quilômetros de distância da Irlanda.

O Capitão Nemo atracaria nas Ilhas Britânicas? Não. Para minha grande surpresa, ele se virou para o sul, retornando para os mares europeus. Ao contornar a Ilha Esmeralda, por um instante avistei o Cabo Clear, e a luz que guia as embarcações que saem de Glasgow ou Liverpool. Uma pergunta importante surgiu, então, em minha mente. O Náutilus ousaria se enfurnar no Canal da Mancha? Ned Land, que reaparecera quando começamos a nos aproximar da terra, não parava de me questionar. Como eu poderia responder? O Capitão Nemo continuava invisível. Após ter dado ao canadense um vislumbre da costa americana, me mostraria a costa da França?

Mas o Náutilus continuava indo em direção ao sul. No dia 30 de maio, passou perto de Land's End, entre o ponto extremo da Inglaterra e das Ilhas Scilly, que estavam a estibordo. Se quiséssemos entrar no Canal da Mancha, ele precisaria ir direto para o leste. Não o fez.

Durante todo o dia 31 de maio, o Náutilus descreveu uma série de círculos na água, que me interessaram profundamente. Parecia estar procurando um ponto, estava com dificuldade de encontrar. Ao meio-dia, o Capitão Nemo em pessoa veio ver os registros da embarcação. Não me dirigiu uma palavra, mas parecia mais carrancudo do que nunca. O que poderia tê-lo aborrecido tanto? Seria sua proximidade do litoral europeu? Ele tinha alguma lembrança do país que abandonara? Se não, o que sentia? Remorso, ou arrependimento? Por muito tempo, este pensamento assombrou minha mente, e tive um tipo de pressentimento que, em pouco tempo, o destino revelaria os segredos do Capitão.

No dia seguinte, 1° de junho, o Náutilus continuou o mesmo processo. Estava, evidentemente, buscando algum ponto específico do oceano. O Capitão Nemo mediu a altitude do sol, como tinha feito no dia anterior. O mar estava lindo, o céu límpido. Cerca de 12 quilômetros ao leste, uma grande embarcação a vapor podia ser discernida no horizonte. Nenhuma bandeira voava em seu mastro, e não consegui descobrir sua nacionalidade. Alguns minutos antes, o sol passou pelo meridiano, o Capitão Nemo pegou seu sextante e observou com muita atenção. A perfeita quietude das águas ajudou muito a operação. O Náutilus estava imóvel; nem se agitava, nem balançava.

Eu estava na plataforma, quando a altitude foi medida, e o Capitão pronunciou as seguintes palavras:

- Está aqui.

Virou-se e desceu. Tinha visto a embarcação, que mudava de curso e parecia se aproximar de nós? Eu não sabia dizer. Voltei para o salão. Com os painéis fechados, ouvi o sibilo da água nos reservatórios. O Náutilus começou a afundar, em uma linha vertical, pois sua hélice não o impulsionava. Alguns minutos depois, parou a uma profundidade de mais de 420 braças, repousando sobre o fundo. O teto luminoso foi apagado, e então os painéis se abriram. Através da janela, eu via o mar brilhantemente iluminado pelos raios de nossa lanterna, por pelo menos um quilômetro ao nosso redor.

Olhei para bombordo, e não vi nada além de uma imensidão de águas calmas. Mas, a estibordo, apareceu no fundo uma grande protuberância, que imediatamente chamou minha atenção. Seria de se imaginar que era uma ruína enterrada sob uma camada de conchas brancas, muito parecida com um monte de neve. Ao examinar a massa cuidadosamente, consegui reconhecer a forma em constante espessamento de uma embarcação sem mastros, que deve ter afundado. Certamente pertencia aos tempos antigos. Aquele naufrágio, para estar tão encrostado de limo, já deveria ter passado muitos anos no fundo do mar.

O que seria aquela embarcação? Por que o Náutilus visitava seu túmulo? Poderia ser um mero naufrágio, que o atraíra para debaixo das águas? Não sabia o que pensar, quando, ao meu lado, em voz lenta, ouvi o Capitão Nemo dizer:

- Outrora, este navio se chamou Marseillais. Carregava setenta e quatro armas, e foi lançado em 1762. Em 1778, no dia 13 de agosto, comandado por La Poype-Ver Trieux, lutou bravamente contra o Preston. Em 1779, no dia 4 de julho, esteve no ataque a Grenada, com o esquadrão do Almirante Estaing. Em 1781, no dia 5 de setembro, tomou parte na batalha de Comte de Grasse, na Baía de Chesapeake. Em 1794, a República da França mudou seu nome. No dia 16 de abril do mesmo ano, juntou-se ao esquadrão de Villaret Joueyuse, em Brest, tendo sido confiado ao comando do Almirante Van Stebel. Nos dias 11 e 12 do prairial[23] do segundo ano, aquele esquadrão topou com uma embarcação inglesa. Senhor, hoje é o dia 13 do prairial, primeiro de junho de 1868. Há setenta e quatro anos, neste mesmo dia, neste exato lugar, na latitude 47° 24', longitude 17° 28', que esta embarcação, após lutar heroicamente, perdendo seus três mastros, com a água ainda em seu compartimento de carga e um terço de sua tripulação fora de combate, preferiu afundar com seus 365 marinheiros, ao invés de se render; e, pregando sua bandeira na popa, desapareceu sob as ondas, aos gritos de: "Vida longa à República"!

- O Vingador! – exclamei.

- Sim, senhor, o Vingador! Um bom nome – murmurou o Capitão Nemo, cruzando os braços.

---

[23]N. da T.: Nono mês do calendário revolucionário que vigorou na França, de 1792 a 1805.

Capítulo 21
Uma hecatombe

O modo de descrever aquela cena inesperada, a história do navio patriota, contada inicialmente de forma tão fria, e a emoção com que aquele estranho homem pronunciou as últimas palavras, o nome do Vingador, o significado em que eu não poderia ter deixado de reparar, tudo isso causou uma profunda impressão sobre minha mente. Meu olhar não saiu do Capitão, que, com a mão estendida em direção ao mar, observava o glorioso naufrágio com um brilho nos olhos. Talvez eu nunca soubesse quem ele era, de onde viera, ou para onde ia, mas vi o homem se comover, além do erudito. Não era a misantropia comum que prendera o Capitão Nemo e seus companheiros dentro do Náutilus, e sim um ódio, monstruoso ou sublime, que o tempo nunca poderia enfraquecer. Poderia aquele ódio ainda ansiar por vingança? O futuro logo me diria. Mas o Náutilus subia lentamente até a superfície do mar, e a silhueta do Vingador desapareceu gradualmente de vista. Logo, uma ligeira vibração me indicou que estávamos a céu aberto. Naquele momento, um estrondo foi ouvido. Olhei para o Capitão. Ele não se moveu.

- Capitão? – disse.

Ele não respondeu. O deixei e subi até a plataforma. Conseil e o canadense já estavam lá.

- De onde veio aquele som? – perguntei.

- Foi um tiro – respondeu Ned Land.

Olhei na direção da embarcação que vira antes. Estava chegando perto do Náutilus, e podíamos ver que estava aumentando a velocidade. Estava a menos de dez quilômetros de nós.

- O que é aquele navio, Ned?

- Pelo cordame e a altura de seus mastros mais baixos, – disse o canadense, – aposto que é um navio de guerra. Tomara que chegue até nós, e se necessário, afunde este maldito Náutilus.

- Caro Ned, – respondeu Conseil, – que mal pode fazer ao Náutilus? Consegue atacá-lo sob as ondas? Consegue nos mandar, com um tiro de canhão, para o fundo do mar?

- Diga-me, Ned, – disse eu, – consegue reconhecer a que país o navio pertence?

O canadense franziu o cenho e semicerrou os olhos. Por alguns momentos, fixou um olhar penetrante no navio.

- Não, senhor, – respondeu, – não consigo dizer a que nação pertence, pois não exibe nenhuma bandeira. Mas posso declarar que é um navio de guerra, pois um longo galhardete tremula em seu mastro principal.

Por quinze minutos, observamos o navio, que corria em nossa direção. Não consegui, contudo, acreditar que ele conseguia ver o Náutilus daquela distância, e menos ainda que sabia o que aquele aparelho submarino era. Logo, o canadense me informou que era um navio com rostro, grande, encouraçado e de dois andares. Uma fumaça preta e grossa saía de suas duas chaminés. Suas velas enroladas estavam presas a seus postes. Não exibia nenhuma bandeira em seu terceiro mastro. A distância nos impedia de discernir as cores de seu galhardete, que flutuava como uma fita fina. Avançava rapidamente. Se o Capitão Nemo permitisse que se aproximasse, tínhamos uma chance de salvação.

- Senhor, – disse Ned Land, – se aquele navio passar a dois quilômetros de nós, me jogarei ao mar, e aconselho que faça o mesmo.

Não respondi à sugestão do canadense, mas continuei olhando o navio. Fosse ele inglês, francês, americano ou russo, com certeza nos acolheria, se ao menos conseguíssemos chegar até ele. Logo depois, uma fumaça branca saiu da parte frontal do navio, alguns segundos depois disso, a água, agitada pela queda de um corpo pesado, molhou a popa do Náutilus, e em breve uma explosão alta chegou aos meus ouvidos.

- O que! Estão atirando em nós! – exclamei.

- Para o senhor ver, – disse Ned, – reconheceram o unicórnio, e estão atirando em nós.

- Mas, - exclamei, – certamente que podem ver que há homens na embarcação?

- Talvez seja por causa disso – respondeu Ned Land, olhando para mim.

Minha mente encheu-se de luz. Sem dúvida, agora sabiam que deviam acreditar nas histórias do pretenso monstro. Indubitavelmente, a bordo do Abraham Lincoln, quando o canadense o atingiu com o arpão, o Comandante Farragut reconhecera no suposto narval uma embarcação submarina, mais perigosa do que um cetáceo sobrenatural. Sim, deve ter sido isso, e, em todos os mares, procuravam agora aquele instrumento de destruição. Terrível, mesmo! Se, como supúnhamos, o Capitão Nemo usava o Náutilus em obras de vingança. Na noite em que fomos aprisionados naquela cela, no meio do Oceano Índico, ele não havia atacado uma embarcação? O homem enterrado no cemitério de corais não tinha sido vítima de uma colisão causada pelo Náutilus? Sim, repito, deve ser isso. Uma parte da misteriosa existência do Capitão Nemo fora descortinada; e, ainda que sua identidade não tenha sido reconhecida, pelo menos as nações unidas contra ele não estavam mais caçando uma criatura quimérica, e sim um homem que fizera um juramento de ódio mortal contra elas. Todo o formidável passado se ergueu diante de mim. Ao invés de nos encontrarmos com amigos a bordo do navio que se aproximava, só podíamos esperar inimigos impiedosos. Mas os tiros zumbiam ao nosso redor. Alguns deles atingiram o mar e ricochetearam, perdendo-se na distância. Porém, nenhum deles encostou no Náutilus. O navio estava a mais de quatro quilômetros de distância. Apesar da séria saraivada, o Capitão Nemo não apareceu na plataforma, mas se um dos projéteis cônicos tivesse atingido o casco do Náutilus, seria fatal. O canadense, então, disse:

- Senhor, precisamos fazer tudo o que pudermos para sair deste dilema. Vamos fazer um sinal para eles. Talvez então entendam que somos gente honesta.

Ned Land pegou seu lenço para abanar no ar, mas mal o havia exibido, quando foi derrubado por uma mão de ferro e caiu, apesar de sua grande força, no convés.

- Tolo! – exclamou o Capitão. – Quer ser perfurado pelo esporão do Náutilus, antes que ele seja arremessado de encontro a este navio?

O Capitão Nemo era horrível de se ouvir; era ainda mais terrível de se ver. Seu rosto estava mortalmente pálido, com um espasmo em seu coração. Por um instante, deve ter parado de bater. Suas pupilas estavam assustadoramente contraídas. Não falava, rugia, enquanto, jogando o corpo para a frente, torcia os ombros do canadense. Então, deixando-o e virando-se em direção ao navio de guerra, cujos tiros continuavam a cair ao seu redor, exclamou, com uma voz poderosa:

- Ah, navio de uma nação maldita, você sabe quem eu sou! Não preciso de sua bandeira para saber quem você é! Olhe e verá a minha!

E, na parte da frente da plataforma, o Capitão Nemo desfraldou uma bandeira preta, semelhante àquela que colocara no Polo Sul. Naquele momento, um tiro acertou o casco do Náutilus em um ângulo oblíquo, sem perfurá-lo; e, ricocheteando perto do Capitão, se perdeu no mar. Ele deu de ombros e, dirigindo-se a mim, disse, de forma curta:

- Desçam, você e seus companheiros, desçam!

- Senhor, – exclamei, – vai atacar este navio?

- Senhor, vou afundar este navio.

- Não fará mesmo isso?

- Farei – respondeu, friamente. – E aconselho-o a não me julgar, senhor. O destino lhe mostrou o que você não devia ter visto. O ataque começou, desça.

- O que é esta embarcação?

- Não sabe? Muito bem, melhor assim! Pelo menos a nacionalidade dele será um segredo para você. Desça!

Só podíamos obedecer. Cerca de quinze marinheiros cercavam o Capitão, olhando com ódio implacável o navio que se aproximava deles. Podia-se sentir que o mesmo desejo de vingança animava todas as almas. Desci no momento em que outro projétil atingiu o Náutilus, e ouvi o Capitão exclamar:

- Ataque, navio louco! Mande seus tiros inúteis! E então não escapará do esporão do Náutilus. Mas não será aqui que perecerá! Não admitirei que suas ruínas se misturem com as do Vingador!

Cheguei ao meu quarto. O Capitão e seu tenente continuavam na plataforma. A hélice foi posta em movimento, e o Náutilus, navegando velozmente, logo estava além do alcance das armas do navio. Mas a perseguição continuava, e o Capitão Nemo se contentou em manter distância.

Cerca de quatro horas da tarde, não conseguindo mais conter minha impaciência, fui até a escadaria central. O painel estava aberto, e ousei ir até a plataforma. O Capitão continuava andando para cima e para baixo, com passos agitados. Olhava para o navio, que estava oito ou dez quilômetros a sotavento.

Circulava o navio como uma fera selvagem, e, atraindo-o para o leste, permitia que o perseguisse. Mas não o atacava. Talvez ainda hesitava? Tentei mediar mais uma vez. Mas mal havia começado a falar, quando o Capitão Nemo me impôs silêncio, dizendo:

- Eu sou a lei, e eu sou o juiz! Eu sou o oprimido, e ali está o opressor! Através dele, perdi tudo o que amei, estimei e venerei – país, esposa, filhos, pai e mãe. Vi todos perecerem! Tudo o que odeio está ali! Não diga mais uma palavra!

Lancei um olhar ao navio de guerra, que aumentava a velocidade, e voltei para Ned e Conseil.

- Fugiremos! – exclamei.

- Ótimo! – disse Ned. – Que embarcação é esta?

- Não sei, mas o que quer que seja, será afundada antes do cair da noite. De qualquer forma, é melhor perecer com ela, do que tornar cúmplice em uma retaliação que não podemos saber se é justificada ou não.

- Também sou dessa opinião – disse Ned Land, friamente. – Vamos esperar até a noite.

A noite chegou. Um silêncio profundo reinava a bordo. A bússola mostrava que o Náutilus não alterara seu curso. Estava na superfície, sacolejando ligeiramente. Meus companheiros e eu decidimos fugir quando a embarcação estivesse próxima o suficiente para nos ouvir ou ver, pois a lua, que estaria cheia em dois ou três dias, brilhava forte. Quando estivéssemos a bordo do navio, se não pudéssemos impedir a colisão que o ameaçava, poderíamos fazer, ou pelo menos faríamos, tudo o que as circunstâncias permitissem. Por diversas vezes, pensei que o Náutilus se preparava para o ataque, mas o Capitão Nemo se contentava em permitir que seu adversário se aproximasse, e então fugia mais uma vez.

Parte da noite passou sem qualquer incidente. Observamos a oportunidade de agirmos. Falávamos pouco, pois estávamos nervosos demais. Ned Land teria se jogado ao mar, mas o forcei a esperar. De acordo com minha ideia, o Náutilus atacaria o navio em sua linha de flutuação, e, então, não seria só possível, como também fácil, de fugir.

Às três da manhã, cheio de ansiedade, subi na plataforma. O Capitão Nemo não saíra. Estava de pé na parte da frente, perto de sua bandeira, que uma leve brisa sacudia acima de sua cabeça. Não tirava os olhos do navio. A intensidade de seu olhar parecia atrair, fascinar e puxar o navio para a frente, mais do que se o estivesse rebocando. A lua estava, naquele momento, passando pelo meridiano. Júpiter aparecia ao leste. Em meio àquela cena pacífica da natureza, o céu e o oceano rivalizavam um com o outro em tranquilidade, com o mar oferecendo à noite o mais belo espelho que poderia ter para refletir sua imagem. Enquanto eu pensava sobre a profunda calma daqueles elementos, em comparação com todas aquelas paixões que ferviam imperceptivelmente dentro do Náutilus, estremeci.

O navio estava a menos de quatro quilômetros de nós. Se aproximava cada vez mais daquela luz fosforescente que mostrava a presença do Náutilus. Eu conseguia ver suas luzes verdes e vermelhas, e sua lanterna branca pendurada no grande mastro frontal. Uma vibração indistinta perpassava seu cordame, mostrando que as fornalhas estavam aquecidas ao máximo. Chuvas de faíscas e cinzas avermelhadas voavam das chaminés, brilhando no ar como estrelas.

Fiquei ali até as seis da manhã, sem que o Capitão Nemo reparasse em mim. O navio estava a cerca de três quilômetros de distância de nós, e, com o raiar do dia, os tiros recomeçaram. Não podia estar longe o momento em que, com o Náutilus atacando seu adversário, meus companheiros e eu abandonaríamos aquele homem para sempre. Me preparava para descer e lembrá-los, quando o tenente subiu na plataforma, acompanhado por diversos marinheiros. O Capitão Nemo não os viu, ou não os quis ver. Algumas medidas foram tomadas, que podem ser chamadas de sinal para agir. Eram muito simples. A balaustrada de ferro ao redor da plataforma foi baixada, e a lanterna e o recinto do piloto foram empurrados para a frente, até que emparelhassem com o convés. A longa superfície do charuto de aço não oferecia mais só um único ponto para restringir suas manobras. Voltei para o salão. O Náutilus continuava flutuando, com alguns raios de luz atravessando as águas. Com as ondas, as janelas eram iluminadas pelos raios vermelhos do sol nascente, e aquele tenebroso dia 2 de junho começara.

Às cinco horas, o registro mostrava que a velocidade do Náutilus estava diminuindo, e eu sabia que isso estava permitindo que o navio chegasse mais perto. Além disso, os relatórios estavam sendo ouvidos mais distintamente, e os projéteis, atravessando a água ambiente, eram extinguidos com um estranho sibilo.

- Meus amigos, – eu disse, – é chegada a hora. Um aperto de mãos, e que Deus nos proteja!

Ned Land estava resoluto, Conseil calmo, e eu tão nervoso que mal sabia como me conter. Passamos todos para a biblioteca, mas, no momento em que empurrei a porta que se abria para a escadaria central, ouvi o painel superior se fechar repentinamente. O canadense correu para as escadas, mas eu o impedi. Um sibilo conhecido me dizia que a água estava correndo para dentro dos reservatórios e, dentro de alguns minutos, o Náutilus estava alguns metros abaixo das ondas. Compreendi a manobra. Era tarde demais para agir. O Náutilus não queria acertar a couraça impenetrável, e sim abaixo do nível da água, onde a cobertura metálica não protegia mais o navio.

Estávamos presos novamente, testemunhas relutantes do terrível drama sendo preparado. Mas tivemos tempo para refletir; nos refugiando em meu quarto, olhamos uns para os outros sem falar. Um profundo estupor tomara conta de minha mente; os pensamentos pareciam ter se imobilizado. Eu estava naquele doloroso estado de expectativa que acontece antes de uma notícia horrível. Esperei, ouvi, todos os sentidos se misturavam com a audição. A velocidade do Náutilus aumentava. Estava se preparando para atacar. A embarcação inteira tremia. De repente, gritei. Senti o choque, mas comparativamente leve. Senti o poder penetrante do esporão de aço. Ouvi chocalhar e raspões. Mas o Náutilus, carregado por sua força de propulsão, passou através da massa do navio, como uma agulha através de um pano!

Não pude mais aguentar. Louco, fora de mim, corri do quarto para o salão. o Capitão Nemo estava lá, mudo, mal-humorado, implacável; olhava através do painel de bombordo. Uma grande massa fazia sombra sobre a água, e para não perder um segundo de sua agonia, o Náutilus descia para o abismo com ela. A dez metros de mim, vi o casco aberto, através do qual a água entrava com o barulho de um trovão, e então a linha dupla de armas e as redes. A ponte estava coberta por sombras escuras e agitadas.

A água subia. As pobres criaturas se amontoavam nas escadas de corda, agarravam-se aos mastros, lutavam sob as águas. Era um formigueiro humano, tomado pelo mar. Paralisado, enrijecido pela agonia, de cabelos em pé, olhos arregalados, ofegante, sem ar e sem voz, eu, também, fiquei assistindo! Uma atração irresistível me grudava ao vidro! Repentinamente, ocorreu uma explosão. O ar comprimido explodiu o convés do navio, como se os cartuchos das armas houvessem pegado fogo. Então, a embarcação desafortunada afundou mais rapidamente. Sua gávea, cheio de vítimas, agora aparecia; então, seus mastros secundários, envergados sob o peso dos homens; e, por último, o topo de seu mastro principal. Então, a massa escura desapareceu, e, com ela, a tripulação morta, levada para baixo pelo forte redemoinho.

Voltei-me para o Capitão Nemo. Aquele terrível vingador, um perfeito arcanjo do ódio, continuava olhando. Quando tudo estava acabado, foi para seu quarto, abriu a porta e entrou. O segui com o olhar. Na parede do fundo, embaixo de seus heróis, vi o retrato de uma mulher, ainda jovem, e duas criancinhas. O Capitão Nemo olhou para eles por alguns momentos, esticou os braços em direção a eles, e, ajoelhando-se, irrompeu em lágrimas.

Capítulo 22
As últimas palavras do Capitão Nemo

Os painéis haviam se fechado para aquela terrível visão, mas a luz não voltara ao salão, tudo era silêncio e escuridão dentro do Náutilus. Em alta velocidade, a trinta metros abaixo das águas, estava saindo daquele lugar desolado. Para onde estava indo? Para o norte, ou para o sul? Para onde aquele homem voava, após tão horrível retaliação? Eu voltara ao meu quarto, onde Ned e Conseil permaneciam em silêncio.

Sentia um horror insuperável pelo Capitão Nemo. O que quer que ele tivesse sofrido nas mãos daqueles homens, não tinha o direito de puni-los desta forma. Ele havia me tornado, se não um cúmplice, pelo menos uma testemunha de sua vingança. Às onze horas, a luz elétrica reapareceu. Entrei no salão. Estava deserto. Consultei os diferentes instrumentos. O Náutilus voava em direção ao norte, a quarenta quilômetros por hora, ora na superfície, ora dez metros abaixo dela. Ao ver a localização no mapa, vi que estávamos passando pela entrada do Canal da Mancha, e que nosso curso nos levava rapidamente em direção aos mares do norte, a uma velocidade assustadora. Naquela noite, cruzáramos duzentas léguas do Atlântico. As sombras apareciam, e o mar estava coberto pela escuridão, até que a lua surgiu. Fui para meu quarto, mas não consegui dormir. Estava sendo atormentado por terríveis pesadelos. A horrível cena de destruição estava continuamente em meus pensamentos. Daquele dia em diante quem saberia para que parte da bacia do Atlântico Norte o Náutilus nos levaria? Ainda àquela velocidade inexplicável. Ainda no meio daquelas névoas nortenhas. Será que atracaria em Spitzbergen, ou no litoral da Nova Zembla? Exploraríamos aqueles mares desconhecidos, o Mar Branco, o Mar de Kara, o Golfo de Obi, o Arquipélago de Liarov, e a costa desconhecida da Ásia? Não sabia dizer. Não conseguia mais julgar o tempo que se passava. Os relógios tinham sido parados, a bordo. Parecia, como nos países polares, que o dia e a noite não seguiam mais seu curso regular. Me senti atraído para aquela estranha região, onde a imaginação naufragada de Edgar Poe vagueava à vontade. Como o fabuloso Gordon Pym, a todo instante eu esperava ver "aquela figura humana velada, de proporções maiores do que as de qualquer habitante da Terra, jogada de um lado ao outro da catarata que defende a entrada do polo". Eu estimei (apesar de poder estar enganado) que aquele percurso aventureiro do Náutilus durou quinze ou vinte dias. E não sei quanto mais poderia ter durado, se não fosse pela catástrofe que encerrou aquela viagem. Não via nada do Capitão Nemo, nem de seu tenente. Nenhum homem da tripulação estava visível, nem por um instante. O Náutilus estava quase que incessantemente debaixo d'água. Quando subíamos à superfície, para renovar o ar, os painéis de abriam e fechavam mecanicamente. Não havia mais marcas no planisfério. Eu não sabia onde estávamos. E o canadense também, com sua força e paciência esgotadas, não aparecia mais. Conseil não conseguia arrancar uma única palavra dele, e, temendo que, em um horroroso acesso de loucura, ele pudesse se matar, o observei com constante dedicação. Uma manhã (não sei dizer de que dia), eu pegara em um sono pesado no fim da madrugada, um sono doloroso e deletério, quando acordei de repente. Ned Land estava debruçado sobre mim, dizendo em voz baixa:

- Vamos fugir.

Sentei-me.

- Quando iremos? – perguntei.

- Hoje à noite. Toda a supervisão a bordo do Náutilus parece ter cessado. Todos parecem estar em um estupor. Estará pronto, senhor?

- Sim. Onde estamos?

- Perto o suficiente da terra para avistá-la. Fiz as medições hoje de manhã, na névoa: trinta quilômetros ao leste.

- Que país é?

- Não sei, mas qualquer que seja, nos refugiaremos lá.

- Sim, Ned, sim. Fugiremos esta noite, ainda que o mar nos engula.

- O mar está ruim, o vento violento, mas trinta quilômetros naquele barco leve do Náutilus não me assustam. Sem que a tripulação percebesse, consegui pegar comida e algumas garrafas d'água.

- O seguirei.

- Mas, – continuou o canadense, – se for surpreendido, me defenderei; os forçarei a me matar.

- Morreremos juntos, amigo Ned.

Eu havia me decidido em relação a tudo. O canadense saiu. Cheguei à plataforma, sobre a qual conseguia, com dificuldade, me apoiar contra o choque das ondas. O céu estava ameaçador, mas como havia terra naquelas sombras marrons, precisávamos fugir. Voltei para o salão, temendo, e, ainda assim, esperando ver o Capitão Nemo, desejando e não desejando vê-lo ao mesmo tempo. O que eu poderia ter dito a ele?

Conseguiria esconder o horror involuntário que ele inspirava em mim? Não. Era melhor não me encontrar com ele cara a cara; era melhor esquecê-lo. Como pareceu longo aquele dia, o último dia que eu passaria no Náutilus. Fiquei sozinho. Ned Land e Conseil evitavam falar, por medo de se traírem. Às seis, jantei, mas não estava com fome, me forcei a comer, apesar de minha repulsa, para que não enfraquecesse. Às seis e meia, Ned Land veio até meu quarto, dizendo:

- Não nos veremos novamente antes de nossa partida. Às dez horas, a lua ainda não terá aparecido. Aproveitaremos a escuridão. Venha até o barco; Conseil e eu esperaremos por você.

O canadense saiu sem me dar tempo de responder. Querendo verificar a rota do Náutilus, fui até o salão. Estávamos indo em direção norte-norte-leste, a uma velocidade assustadora, e a mais de cinquenta metros de profundidade. Lancei um último olhar àquelas maravilhas da natureza, as riquezas da arte entulhadas naquele museu, à inigualável coleção destinada a perecer no fundo do oceano, com aquele que a formara. Queria guardar uma impressão indelével em minha mente. Fiquei uma hora daquela maneira, banhado pela luz do teto luminoso, e avaliando os tesouros que brilhavam sob seus vidros. Então, voltei para meu quarto.

Vesti-me com roupas grossas, próprias para o mar. Coletei minhas anotações, guardando-as cuidadosamente comigo. Meu coração batia alto. Não conseguia contar seus pulsos. Certamente, minhas perturbação e agitação me trairiam aos olhos do Capitão Nemo. O que ele estaria fazendo naquele momento? Escutei atrás da porta do quarto dele. Ouvi passos. O Capitão Nemo estava lá. Não tinha ido dormir. A todo instante, esperava vê-lo aparecer e me perguntar por que queria fugir. Estava constantemente em estado de alerta. Minha imaginação magnificava tudo. A impressão se tornou, finalmente, tão viva que me perguntei se não seria melhor ir até o quarto do Capitão, olhá-lo no rosto e enfrentá-lo com o olhar e gestos.

Era a ideia de um louco; felizmente, resisti ao impulso e me estiquei em minha cama, para aquietar a agitação de meu corpo. Meus nervos estavam um pouco mais calmos, mas, em minha mente estimulada, eu repassava toda a minha existência a bordo do Náutilus; todo incidente, feliz ou infeliz, que acontecera desde meu desaparecimento do Abraham Lincoln – a caçada submarina, o Estreito de Torres, os selvagens de Papua, a corrida na costa, o cemitério de corais, a passagem pelo canal de Suez, a Ilha de Santorini, o mergulhador cretense, a Baía de Vigo, Atlântida, o iceberg, o polo sul, a prisão no gelo, a briga com os polvos, a tempestade na Corrente do Golfo, o Vingador, e a horrível cena do navio afundado com toda a sua tripulação. Todos esses eventos passaram diante de meus olhos, como as cenas de um drama. Então, o Capitão Nemo pareceu crescer enormemente, seu semblante assumindo proporções sobre-humanas. Não era mais meu igual, e sim um homem das águas, um gênio do mar.

Eram nove e meia. Coloquei a cabeça entre as mãos, para impedir que explodisse. Fechei os olhos; não queria mais pensar. Ainda havia mais meia hora de espera, mais meia hora de um pesadelo que poderia me levar à loucura.

Naquele momento, ouvi as notas distantes do órgão, um acompanhamento triste de um canto indefinível, a lamentação de uma alma que anseia por cortar os laços terrenos. Ouvi com todos os sentidos, mal respirando, mergulhado, como o Capitão Nemo, naquele êxtase musical, que o atraía, em espírito, para o fim da vida.

Então, um pensamento repentino me aterrorizou. O Capitão Nemo saíra do quarto. Estava no salão, que eu precisaria cruzar para fugir. Lá, eu o encontraria pela última vez. Ele me veria, talvez falaria comigo. Um gesto seu poderia me destruir, uma única palavra me acorrentar a bordo.

Mas eram quase dez horas. Chegara o momento de sair do quarto e me juntar a meus companheiros.

Eu não podia hesitar, ainda que o próprio Capitão Nemo se erguesse diante de mim. Abri minha porta cuidadosamente, e mesmo naquele momento, enquanto girava sobre as dobradiças, parecia fazer um barulho horrível. Talvez só existisse em minha própria imaginação.

Subi sorrateiramente as escadarias escuras do Náutilus, parando a cada passo para controlar as batidas de meu coração. Cheguei à porta do salão e a abri gentilmente. Estava mergulhado em uma escuridão profunda. As notas do órgão soavam baixo. O Capitão Nemo estava lá. Não me via. Com luz total, creio que não teria me visto, de tão absorto que estava em seu êxtase.

Andei nas pontas dos pés sobre o tapete, evitando o menor som que pudesse entregar minha presença. Levei pelo menos cinco minutos para chegar até a porta, do lado oposto, que se abria para a biblioteca.

Estava a ponto de abri-la, quando um suspiro do Capitão Nemo me prendeu no lugar. Eu sabia que ele estava se levantando. Podia até mesmo vê-lo, pois a luz da biblioteca chegava até o salão. Veio em minha direção silenciosamente, com os braços cruzados, deslizando como um espectro, ao invés de andando. Seu peito arfava enquanto chorava, e o ouvi murmurar as seguintes palavras (as últimas que chegaram aos meus ouvidos):

- Deus todo poderoso! Chega! Chega!

Seria uma confissão de remorso, que escapara da consciência daquele homem?

Em desespero, corri pela biblioteca, subi a escadaria central e, seguindo o nível superior, cheguei até o barco. Enfiei-me pela abertura, por onde meus companheiros já haviam passado.

- Vamos, vamos! – exclamei.

- Imediatamente! – respondeu o canadense.

O orifício nas placas do Náutilus foi primeiro fechado, e depois trancado com uma falsa chave, que Ned Land havia feito sozinho; a abertura no barco também foi fechada. O canadense começou a soltar os parafusos que ainda nos prendiam ao submarino.

De repente, ouvimos um barulho. Vozes respondiam uma à outra em um tom alto. O que estaria acontecendo? Será que tinham descoberto nossa fuga? Senti Ned Land colocar uma adaga em minha mão.

- Sim, – murmurei, – sabemos como morrer!

O canadense havia parado sua tarefa. Mas uma palavra, repetida diversas vezes, uma palavra horrível, revelara a causa da agitação que se espalhava a bordo do Náutilus. Não éramos nós com quem a tripulação se preocupava!

- O maelstrom[24]! O maelstrom!

Uma palavra mais temível, em uma situação mais desesperadora, poderia ter soado em nossos ouvidos? Estávamos, naquele momento, na perigosa costa da Noruega. O Náutilus estaria sendo arrastado para aquele golfo, no instante em que nosso barco estava prestes a sair por sua lateral? Sabíamos que, na maré alta, as águas presas entre as ilhas Faroe e Lofoten correm com uma violência irresistível, formando um redemoinho do qual nenhuma embarcação escapa. De todos os pontos do horizonte, enormes ondas se encontram, formando um golfo justificadamente chamado de "Umbigo do Oceano", cujo poder de atração se estende a uma distância de trinta quilômetros. Ali, não só embarcações, como também baleias, são sacrificadas, assim como ursos brancos das regiões nortenhas.

Fora para lá que o Náutilus, involuntária ou voluntariamente, havia sido levado pelo Capitão.

Estava se movendo em uma espiral, cuja circunferência diminuía gradativamente, e o barco, ainda preso à sua lateral, era carregado junto, com uma velocidade vertiginosa. Senti aquela vertigem de enjoo que surge de girar continuamente.

Estávamos atemorizados. Nosso horror atingira o ápice, a circulação parara, todas as influências nervosas foram aniquiladas, e estávamos cobertos de suor frio, como um suor de agonia! E que barulho havia ao redor de nosso frágil barquinho! Que rugidos, que ecoavam a quilômetros de distância! Que balbúrdia das águas se chocando contra as rochas afiadas no fundo, onde os corpos mais duros são esmagados, e árvores desgastadas, "com toda a casca arrancada", como diz o ditado norueguês!

Que situação para se estar! Estávamos sendo terrivelmente sacudidos. O Náutilus se defendia como um ser humano. Seus músculos de aço estalavam. Às vezes, parecia ficar de pé, e nós também, junto com ele!

- Precisamos nos segurar, – disse Ned, – e cuidar dos parafusos. Ainda podemos nos salvar, se ficarmos presos ao Náutilus.

Ele mal havia acabado de dizer tais palavras, quando ouvimos um estrondo, os parafusos cederam e o barco, arrancado de seu suporte, foi ar-

---

[24]N. da. T.: Turbilhão gigante.

remessado como uma pedra de um estilingue, para o meio do redemoinho.

Minha cabeça bateu em um pedaço de ferro e, com a violenta colisão, perdi a consciência.

Capítulo 23
Conclusão

Assim termina a viagem sob os mares. O que aconteceu naquela noite – como o barco escapou do turbilhão do maelstrom, como Ned Land, Conseil e eu saímos do golfo, não sei dizer.

Mas, quando recobrei a consciência, estava deitado na cabana de um pescador, nas Ilhas Lofoten. Meus dois companheiros, sãos e salvos, estavam ao meu lado, segurando minhas mãos. Nos abraçamos calorosamente.

Naquele momento, não podíamos pensar em voltar para a França. Os meios de comunicação entre o norte da Noruega e o sul são raros. Estou, portanto, sendo obrigado a esperar o barco a vapor que sai, mensalmente, do Cabo Norte.

E, entre as estimáveis pessoas que nos receberam com tanta gentileza, reviso meus registros destas aventuras mais uma vez. Nenhum fato foi omitido, nenhum detalhe exagerado. É uma narrativa fiel desta incrível expedição em um elemento inacessível para o homem, mas para o qual o progresso abrirá, um dia, uma estrada.

Acreditarão em mim? Não sei. E pouco importa, afinal. O que hoje afirmo é que tenho o direito de falar sobre esses mares, sob os quais, em menos de dez meses, cruzei 20.000 léguas naquela viagem submarina ao redor do mundo, que revelou tantas maravilhas.

Mas o que aconteceu com o Náutilus? Resistiu à pressão do maelstrom? O Capitão Nemo ainda vive? E continua, sob o oceano, aquelas terríveis retaliações? Ou parou depois da última hecatombe?

Será que as ondas um dia carregarão por ele o manuscrito que contém a história de sua vida? Um dia saberei o nome daquele homem? A embarcação desaparecida nos dirá, com sua nacionalidade, a do Capitão Nemo?

Espero que sim! Espero, também, que sua poderosa embarcação tenha prevalecido sobre o mar, em seu mais terrível golfo, e que o Náutilus tenha sobrevivido, onde tantas outras embarcações se perderam! Se for assim – se o Capitão Nemo ainda habita o oceano, seu país adotado, que o ódio tenha se abatido, naquele coração selvagem! Que a contemplação de tantas maravilhas extinga para sempre o espírito de vingança! Que o juiz desapareça, e que o filósofo continue a pacífica exploração do mar! Se seu destino é estranho, também é sublime. Eu mesmo não o compreendi? Não vivi dez meses daquela vida antinatural? E a pergunta feita no Eclesiastes, há três mil anos, "o que há de longínquo e excessivamente profundo, quem conseguirá descobrir?", só dois homens, de todos os que hoje vivem, têm o direito de responder: o Capitão Nemo e eu mesmo.

Fim